盛世如锦

她和他的小时光

梅子黄时雨 著

花城出版社
中国·广州

图书在版编目（CIP）数据

盛世如锦：她和他的小时光 / 梅子黄时雨著. --广州：花城出版社，2024.4
ISBN 978-7-5749-0131-5

Ⅰ．①盛… Ⅱ．①梅… Ⅲ．①长篇小说－中国－当代 Ⅳ．①I247.5

中国国家版本馆CIP数据核字(2024)第057955号

出 版 人：张　懿
责任编辑：夏显夫
责任校对：梁秋华
技术编辑：凌春梅
封面设计：张年乔

书　　名	盛世如锦：她和他的小时光 SHENGSHI RUJIN：TA HE TA DE XIAO SHIGUANG	
出版发行	花城出版社 （广州市环市东路水荫路11号）	
经　　销	全国新华书店	
印　　刷	深圳市福圣印刷有限公司 （深圳市龙华区龙华街道龙苑大道联华工业区）	
开　　本	787毫米×1092毫米　16开	
印　　张	19　　1插页	
字　　数	300,000字	
版　　次	2024年4月第1版　2024年4月第1次印刷	
定　　价	59.80元	

如发现印装质量问题，请直接与印刷厂联系调换。
购书热线：020-37604658　37602954
花城出版社网站：http://www.fcph.com.cn

目　录

楔　子 … 001
第 1 章　缘劫起 … 003
第 2 章　心初动 … 028
第 3 章　纠缠始 … 055
第 4 章　情相悦 … 083
第 5 章　曝　光 … 106
第 6 章　失　踪 … 123
第 7 章　煎　熬 … 136
第 8 章　逃　离 … 158
第 9 章　被　迫 … 176
第 10 章　夜　探 … 190
第 11 章　辩　论 … 204
第 12 章　团　聚 … 220
第 13 章　风云变 … 245
番外一　一切皆可原谅 … 263
番外二　锦绣盛世，盛世如锦 … 292
梅子的话 … 297

楔　子

"Eileen，我是当朝端亲王的第二子，我的名字是爱新觉罗·载沁……因为我十五岁便留学德国，所以洋人弗兰克他们都称呼我卡尔……"

盛怀秀倏然抬头："你说什么?!"

卡尔。不。是载沁。他见她瞠目结舌的呆滞神情，以为是自己的显赫身份吓到了她，便在她脸上落下一吻："Eileen，不管我是谁，我永远都是你的卡尔。"

爱新觉罗·载沁。

当朝端亲王的第二子。

也是那个害得他们盛家家破，一家人四处逃亡，害得她大哥盛怀新几次三番命悬一线、差点性命不保的罪魁祸首。

怎么会这样子的?!

盛怀秀不愿相信，也不愿接受这个事实。

她也不知道自己愣了多久，方才找回了呼吸，颤着嗓音："你……再说一遍你是谁？"

载沁知她不敢置信，便又重复了一遍，道："Eileen，我知道你一时无法相信。可这又做不得半点假……再说了，我骗你做什么?!"

哪怕是垂髫小儿也知，端亲王是慈禧太后跟前的第一红人，不仅是朝廷世袭罔替的铁帽子王，也是朝中的首席军机大臣兼总理外务部大臣，乃慈禧太后和光绪皇帝二人之下、万万人之上的实权人物，可谓是真真正正的权倾朝野。

眼前的人身份显赫至此，可是盛怀秀却毫无半分欣喜，如果可以，她宁愿他是街头身无分文的乞儿。

载沁大约是见她依然处于一片震惊之中，便含笑捉住了她的手，温柔款款地对她解释道："Eileen，我并非存心对你隐瞒自己的身份，想要骗你。只是我、我大哥还有我阿玛几次三番遭革命党刺杀绑架，命悬一线……这江南一带，特别是上海租界里头藏有不少革命党……我阿玛担心我的安危，再三叮嘱我低调行事……我倒也不是怕革命党。只是不想惹来不必要的麻烦，才对外隐瞒自己的真实身份。"

　　"Eileen，我早就打算告诉你有关我的身份，可都阴错阳差地错过了……前几日，我写了封信回家，跟我阿玛和额娘说我找到意中人了，请他们派人来江南提亲。这些年来，我阿玛和额娘啊，盼我成亲可盼得不行了。他们收到我的信，肯定高兴得不行了……"

　　提亲？成亲？

　　怎么可能呢?!

　　他们此生是不可能的。

　　载沁又说了很多的话，可盛怀秀迷迷怔怔的，一句也没听清楚。

　　世上怎么会有如此荒诞可笑之事。

　　她的爱人竟然是她家的大仇人。

第 1 章　缘劫起

半年前。

上海，中西女塾，女宿舍。

盛怀秀抱着书正要去图书馆温习，同学 Elizabeth（朱正仪）从外头回来，唤住了她："Eileen，有你的一封信。"

"谢谢。"盛怀秀接过了信，一见信封上那娟秀的字迹，便知是她大嫂沈如锦写来的。

大嫂沈如锦在信里头说家里一切都好，娘身体也好，让她别牵挂，在学校好好地安心念书。还随信附上了一张银票，让她不要省着花钱。说穷家富路，该花的就花，该买的就买。还说如今家里的缫丝厂生意红火，经济宽裕，家里头不差这些个小钱。最后再三叮嘱她行事小心，千万不可泄露真名，惹来不必要的麻烦。

为什么大嫂要叮嘱她千万不可泄露真名呢？

是因为他们家正在被朝廷通缉。他们家的每个人都是朝廷的通缉犯。

此事说来话长。如果要三言两语交代的话，那就是她一母同胞的大哥盛怀新是个革命党，一心想要推翻清廷腐朽的统治。他与一群志同道合之士成立了同心会，而后与会里的同志们一直从事刺杀朝廷重臣、策划各种起义、组织各种运动等革命活动，做尽了世人眼里头那些个"抄家杀头株连九族"之事。

他们盛家是浙江嘉兴府人士。祖上不过是一个织造绸缎布匹的机房小工而已，靠着日夜辛勤劳作、省吃俭用很多年攒下了一点银子，与同为小工的邵家祖上一起合买了一台织机起家的。两人从一台织机发展到了近百台织机而发家致富。盛家祖上待人仁和宽厚、豁达大度，邵家祖上则是精明能干、锱铢必较。或许是应了"同患难易共富贵难"那句老话，发家后，两人在机房的经营等各方面有了不同的想法，嫌隙渐生，加上邵家祖上早已经存下了要单干的心思，经常无事生非，借故摩擦，最后闹到了实在无法继续合作的地步。之后，盛邵两家分道扬镳，各凭本事经营自家机房。

此后数十年，盛家靠着经营"盛锦记"绸缎庄和机房，积累了不少财富，在她爹盛斯年这一辈，已成了嘉兴城里头的首富。邵家亦不弱，也是嘉兴城中数得上的大富商。但两家由于在商场上多年的竞争，邵家数代总是处于盛家下风，愤愤不平加上眼红嫉妒，暗地里早把盛家当成了眼中钉肉中刺，心心念念地想要将盛家拉下嘉兴首富的位置，取而代之。

他们盛家虽是大富之家，人丁却并不兴旺，在她爹盛斯年这一代有嫡庶三个兄弟。到了她这一代，上一辈的嫡庶三房一共也才有四个人而已，分别是她大哥盛怀新和她，二房二叔家的盛怀霖，还有三房三叔的遗腹女、尚在襁褓的小妹盛怀敏。

她的本名叫作盛怀秀。不过因盛家被朝廷通缉的缘故和如今在中西女塾求学的需要，她另取了个名字叫作吴芷漪。中西女塾是美国人在上海开办的女校，要在校的每个学生都要有一个洋人名字，所以她又有个洋人名字叫Eileen。

她大哥盛怀新从小聪慧过人，开蒙后饱读诗书。她爹盛斯年是个思想开明的爱国人士，痛恨洋人对中国的侵略，又深受洋务运动"师夷长技以制夷"的思想，知道四书五经八股文这些个无用之物是无法抵御洋人侵略、无法救中国的，所以等年龄一到就送她大哥进入洋人在嘉兴开办的教会学校念书，后来她大哥盛怀新以第一名的成绩考入了上海圣约翰大学。

一直以来，大哥盛怀新都是他们盛家和她爹盛斯年的骄傲。

可不曾想到的是，大哥盛怀新在大学里头学了知识、开了眼界，与此同时也进一步深入地了解到了洋人列强是如何分割中国，是如何欺凌中国同胞的，也亲眼见到了清廷统治下很多民不聊生的惨状。然，面对这一状况，清廷却依旧不思改进，不求励精图治。上层权贵奢靡腐败，底下吏员差役徇私舞弊，更甚的是为了维护自身统治，进一步剥削底层百姓。整个中国的局势已经坏到了无可救药、随时会亡国亡族的地步。大哥盛怀新受进步思潮影响，无心向学，在学校里作了多篇革命檄文，分贴在学校各处，言辞之激烈令学校师生为之悚然。后来他结识了很多志同道合之人，便一心闹起革命来，连学也不肯上了。

她爹盛斯年虽然为有这么一个忧国忧民的儿子而高兴自豪，可膝下就这么一个独苗，自是担心惊惧，怕她大哥有个万一，盛家大房便无后了。于是，她爹以病重为由将她大哥骗回了老家，强迫他和沈如锦成亲，这才有了侄子盛东青。

大哥盛怀新深受"自由、博爱、平等"新思想的影响，本是不接受"父母之命、媒妁之言"这种封建婚姻的。然大嫂沈如锦不仅温柔聪慧、贤惠能干，更是深明大义，理解大哥盛怀新"一心投入革命，想要推翻清廷统治，想要把洋人赶出我们中国，想要国家变强盛，想要人人有饭吃，人人有衣穿，人人有屋住"的远大志向，她帮着公公盛斯年打理"盛锦记"绸缎庄和机房，帮着婆婆盛吴氏照顾家里，里里外外操持着盛家，大力支持大哥盛怀新在外头革命。两人虽然是封建包办婚姻，可几经波折后，心意相通，竟出乎意料地琴瑟和谐，恩爱万分。

大哥盛怀新不愿连累家人，原是隐姓埋名去做革命党的。然，大哥盛怀新带人刺杀朝廷大臣、组织策划起义的事情做的次数多了，早被暗杀过的朝廷仇家留意上了，被他们顺藤摸瓜找到了嘉兴府，找到了他们盛家。

盛家一家人九死一生地逃了出来，东躲西藏了一阵，最后在穷乡僻壤的三不管地带隐姓埋名住下。

而盛家这一番变故，让苦等数代、大喜过望的邵家邵明恩终于等到了一个大好机会，抱上了当朝端亲王之子载沁贝勒爷的大腿，一举接手了盛家的"盛锦记"绸缎庄和机房，取代了盛家一跃成为嘉兴城的首富。

隐姓埋名后，为了一家的生计问题，大嫂沈如锦跟着农户们学习养蚕，阴错阳差地认识了数个在日本学习蚕桑养殖和生丝生产技术，回国后想在乡间推广日本改良蚕种、改良中国乡村千百年来养殖的土蚕种的女留学生。可是农户们只认自己养殖多年的土蚕种，不愿尝试。大嫂沈如锦带头养殖日本改良蚕种，并利用女留学生们从日本学习来的科学养蚕技术养殖，大获成功。第二年，带动了那一带乡间的所有养蚕户们，极大地提高了蚕茧的品质。

她爹盛斯年当年被庶出的二叔和水匪串通绑架撕票后，大哥盛怀新在外革命生死未卜，大嫂沈如锦在不得已之下曾一度执掌了整个盛家，经营盛家的"盛锦记"绸缎庄和机房。所以她知道蚕种和蚕茧品质的提高，就是从源头改良了生丝的品质。大嫂沈如锦见了这么好品质的蚕种，起心动念，又与女留学生们合作办了一个缫丝坊。大嫂沈如锦女扮男装以男子身份出面打点生意，苦心经营，生产出了一种品质极佳，远胜过湖州辑里丝的生丝产品，在整个生丝出口市场上供不应求，一经出口，令众多外商趋之若鹜。

去年，大哥盛怀新平安归家小聚，大嫂沈如锦便与他商量了几件家里头的大事情。

头一桩事情，便是关于她盛怀秀的。

大嫂沈如锦从来不信奉"女子无才便是德"这一套，她觉得女子从来不输男子，所以大嫂一直想要让她继续求学深造。

那晚，盛怀秀在门外，听见大嫂沈如锦说："娘，怀新，我想让怀秀出去念书。咱们再怎么也不能耽误了怀秀的将来。"

"怀秀若是可以出外求学，一来能多读书、多明事理，也多见识一下外头的世界，对她将来总归是好的。二来，朝廷爪牙密布，我们在任何地方都不安全。若是有个万一，便会被朝廷一网打尽。怀秀离开这里，对她也是一种保护。三来，怀秀与卞家定的那门亲事，如今咱们盛家这情形，我看这桩婚事多半是不成了的。可这穷乡僻壤的，哪里能给怀秀找一个好婆家?！长此下去，会生生耽误怀秀的……所以我很想送怀秀到外面去念书，希望她日后能考上大学，甚至可以出国留洋……"

盛夫人感慨万千亦感动万分："如锦，难为你替怀秀想得这般周到。"

大哥盛怀新亦十分赞同并且支持大嫂沈如锦的想法："如锦，你这番话简直说到了我心坎里。我也曾几次三番考虑过怀秀的事情，还想到了一个法子……这次回来，正准备和娘，还有你商量此事。"

"什么法子？你快说。"

"我想让怀秀去上海求学……"

大哥盛怀新当年在上海圣约翰大学一起念书的同学个个都是出自名门富商之家，他们中的很多人如今都是上海的社会名流和精英。

大哥盛怀新当年在大学里头进行各种革命演讲，张贴各种革命檄文，当时的同学们如程重熙大哥等人因着家庭原因不敢明里支持他，但心里头对他却是极为敬佩敬重的。

程重熙大哥是英国怡和洋行的买办。在一次聊天中，程重熙大哥曾告诉过盛怀秀，说就算他再怎么为怡和洋行兢兢业业做事，他再怎么鞍前马后、鞠躬尽瘁，他再怎么能干、再怎么出色、再怎么努力，可在怡和洋行的英国人眼里头，他只不过是一个二等公民而已。

那些个洋人不仅瞧不起中国人，更是一再地压榨欺负中国人，程重熙大哥日日与洋人打交道，比谁都清楚明白，比谁都更有深刻的体会。他也想改变现状，想要在洋人面前昂首挺胸，告诉他们我们中国人并不是东亚病夫，我们中国人并不低人一等。可这一切并不是想想就可以得到的，是要去抛头颅洒热血地干革命的。苦于家庭和社会以及自身种种原因，他自身是不能的，也是不敢的。正因为如此，他便越发地敬重敬佩盛怀新的胆量和气魄。因为盛怀新做了他和很多人想为却不敢为之事。

或许正因为如此，所以程重熙大哥利用他英国怡和洋行买办的身份出大力地帮忙照顾沈如锦的新锦记缫丝坊的生丝生意，与缫丝坊签订了英国怡和洋行长期的生丝购买合同，短短两年的时间，便使得新锦记缫丝坊从一个小小的缫丝坊发展成了大缫丝厂，使他们盛家颠沛流离的生活得以安稳了下来。

这回又因着大哥盛怀新的请托，程重熙大哥便又出力帮忙，鞍前马后地把她安排进了这所美国人开办的中西女塾插班念书。

当日，大哥盛怀新把她送到了中西女塾门口，曾叮嘱她说："怀秀，大哥做的事情，你也是知晓的。所以，大哥今日之后不会来看你了。你在学校万事要低调小心。你若是有任何事情，就联系我这位程重熙同学，他一定会帮忙的。"

盛怀秀自然知道大哥盛怀新是因为怕连累她，所以才不与她见面。她虽然不舍，可还是乖巧听话地应下。

盛怀秀如今大了，又经历了家里头的种种变故，比同年龄的女生懂事多了。她知道自己这个念书的机会来之不易，所以倍加珍惜，学习十分刻苦用功。

中西女塾除了国文一门课外，其余课都是英文教学，而她的英文底子并不好，幸得程重熙大哥帮忙跟校长打了招呼，让她得以每日下课后找洋人老师补习英文。如今不过一年多的时间，她的英文已能跟上班里的同学了，授课的老师们都夸赞她学习努力、刻苦上进，对她另眼相待。

盛怀秀把大嫂沈如锦写来的信翻来覆去地看了几遍，最后仔细折好，收进了抽屉里。

朱正仪邀请她："Eileen，等下放学，我们三个约了下午一起去逛街，坐电车。你别老是闷在学校里了，跟我们一起出去逛逛吧。"

盛怀秀摇头："Elizabeth，我要温习英文。你知道我的英文水平实在是太差了……"

"Eileen，你天天看书，都快成书呆子了。难得最近天气这么好，一起去逛逛吧。你都没有跟我们三个一起逛过街呢。"

另一个女同学 Anne 笑盈盈地劝道："是啊，Eileen，去吧。这样我们一个宿舍四个人就齐齐整整的了……"

盛情难却之下，盛怀秀只好恭敬不如从命了："好吧。"

宿舍的另外三人顿时欢呼："太好了。我们等下一起去西菜馆喝咖啡，吃奶油栗子蛋糕。"

电车"当当当"行驶在繁忙的街道上，在某个站牌停了下来，盛怀秀随着朱正仪等人下车。

不远处的一个十字路口，一个衣衫褴褛的小孩子忽地从路旁冲了出来，开车的侍卫见状，猛地踩下了刹车。

车子轮胎摩擦着马路，发出一声长而凄厉的"哧"声后，方才停了下来。

因为惯性太大，载沁结结实实地撞在了前头座椅的椅背上。

侍卫长张得胜忙扶着载沁的肩膀："主子，您没事吧？"

"我没事。"

张得胜放心了下来，转而大声地训斥起了开车的侍卫："你怎么开车的？没长眼睛吗？！若是伤着了主子，你这个奴才怎么担待得起？！"

侍卫清楚自个儿头子张得胜那些个整治人的厉害手段，慌慌张张地解释道："请主子恕罪。这个小孩子突然间冲了出来，属下怕撞上了，会闹出人命，一时情急才会踩下了急刹车……叫主子受惊了。小的罪该万死。"

张得胜瞥了一眼车头前面那个衣着褴褛、被吓瘫在地的孩子，从鼻子里哼出了声："一条贱命而已。撞死便撞死了……"

载沁摆了摆手："他说的是事实。我亲眼看到那个孩子从路边冲出来的……这事不怪他……"
　　主子载沁都发话了，张得胜自是不好再说什么了，只得悻悻收声。
　　前头开车的侍卫感激涕零："谢谢主子体恤。"
　　盛怀秀和朱正仪等四人正经过这个路口，目睹了这一个惊心动魄的场景。
　　四人都吓了一大跳，见孩子被疾驶过来的汽车吓得跌倒在了地上，一动不动，以为孩子出事了，慌忙奔跑了过去，七手八脚地扶起了孩子："你没事吧？"
　　"可是撞到了哪里？"
　　"看看他哪里出血了？"
　　孩子受了这个大惊吓，原是吓蒙了的，如今被她们摇来问去，终于是后知后觉地回过了神来，意识到了是怎么回事，大为后怕了起来。他"哇"一声大哭起来。
　　盛怀秀仔细地查看了一番，见孩子额头和手肘处磕到了地面，擦破了皮，渗了少许的血出来……其他地方倒没见什么伤。她不是大夫，一时间也不知道孩子到底是怎么个情况，便取出了干净的帕子给孩子捂住额上的伤。
　　这时，有个妇人急匆匆地拨开人群冲了过来，呼天抢地地大喊道："我的儿啊……娘摆着摊，一个没注意……你怎么就跑到马路上了……"
　　妇人一把将哭得撕心裂肺的孩子搂进了怀里："我的儿，你没事吧？哭得这么厉害，可是撞到了哪里？你可别吓娘啊……"
　　一时间，看热闹不嫌事大的行人一窝蜂地围拢了上来，将街口围得水泄不通。
　　张得胜知道主子载沁与德国人弗兰克等人约了有要事商谈，耽搁不得，见这密密麻麻的人群堵着了他们开车的道，便摇下了车窗，对围观众人喝道："都赶紧给我让开！我们有要事在身，急着赶路。"
　　朱正仪闻言，勃然大怒。她因着家里从小把她当假小子养大，养成了一副男子气概，如今一听车子里的人不下来瞧一眼孩子的情况，居然还如此盛气凌人、不可一世，遂打抱不平了起来："你们撞了人，不下车跟孩子他们道个歉，还这么大口气让我们让开……你们还讲不讲道理了?!"
　　张得胜道："你哪只眼睛看到我们撞人了?!明明是这个孩子突然冲过来，

是他自个儿撞上来的。幸好我们及时踩住了刹车……不然，我们车子撞坏了，你们还得给我赔车钱呢！"

张得胜因端亲王府出身，仗着自家王爷的显赫地位，在京城那是飞扬跋扈、作威作福惯了的主。他自觉自己方才的话已经够客气的了。要不是这里是公共租界，洋人们的地盘，他铁定还要更霸道几分。

朱正仪被他气得七窍生烟，卷起了袖子："你们也欺人太甚了！快给我下车赔礼道歉。否则我们绝对不让你们开车。"

张得胜："好狗不挡道！还不给我滚开。我们急着赶路……"

朱正仪反唇相讥："你才是狗呢！你们一车的狗。"

张得胜恼羞成怒，一把推开车门，恶狠狠地指着朱正仪："你他妈的骂谁是狗？赶紧给我滚开。别挡着我们开车。否则把我惹毛了，我叫你吃不了兜着走！"

"都给我滚开！"

围观众人都觉得开洋汽车的这群人太过分，皆露出了愤愤不平之色，帮着朱正仪说话，骂张得胜等人太嚣张过分了。

朱正仪有了依仗，顿时更有底气了，双手往腰上一叉："好。今儿我们就挡在你车前了……看看你怎么叫我们吃不了兜着走……有本事你从我们这群人身上碾过去！"

众人帮腔："是啊。有本事你从我们这群人身上碾过去！"

张得胜不可一世惯了，如今也被伶牙俐齿的朱正仪气得七窍生烟："你真当我不敢碾过去吗?!"

朱正仪："你碾啊！"

"对啊。你碾啊！你碾碾看啊！"众人群情激愤，眼见着要闹起来了。

黑色小汽车里，突然有人出声："张得胜，好好说话。"

闻言，张得胜气焰顿敛，垂首应了声："是，主子。"

载沁推开了车门。张得胜忙将车门拉开至最大，而后恭敬地站在车门旁伺候着主子载沁下车。

载沁这一下车，两辆车子里的所有人等都齐刷刷地跟着他下了车。

围观的众人一瞧，都反应了过来：看来此人就是他们的主子。

盛怀秀抬眼瞧去，只见此人身着质地精良、做工考究的三件套黑色西服，身形清瘦挺拔，面容阴郁俊美。

竟是一个气宇轩昂的年轻男子。

盛怀秀不觉一怔。

载沁对众人抱拳以礼，客客气气地道："各位朋友，真是不好意思。我们因为跟人约定好了时间商谈要事，急着赶去会面的地点，所以方才我们的车子开得快了一些。可这孩子确实是突然冲到马路上来的。想必在场的众人中肯定有人看到这一幕，知道在下所说的话半分不假……因事发突然，我们见了也是一惊，急急忙忙踩了急刹车，方才堪堪避开了这孩子……这件事情确有我们不对的地方。但是我们的车子根本没有撞到这个孩子……这孩子是自己吓得跌倒的……"

盛怀秀便是目击者之一，此人说的这一番话确实是实情。

"各位，我等真的是与人有约，有要事……若是去晚了，那便是失信于人……要不这样吧，我们赔孩子一点银钱，让孩子他娘带孩子去看看大夫……大伙觉得如何？"

孩子他娘见载沁被人前呼后拥着，连随从们个个都身着上好丝绸制成的长衫马褂，且这年头能开得起舶来的小汽车的，都是非富即贵之人，不是他们这种升斗小民惹得起的，便也无任何异议。

朱正仪却依旧是不服气："有钱了不起吗？！"

盛怀秀站在朱正仪身后，并不认识眼前这个年轻男子是害他们盛家逃亡通缉的罪魁祸首——载沁贝勒爷，听了他的话，只觉得他态度谦和，彬彬有礼，显然是个明事理之人。

盛怀秀因着经历的变故多了，比朱正仪等人更懂得"大事化小，小事化了"的道理，便扯了扯朱正仪的袖子，低声劝道："算了。其实双方都各有不对的地方。也不能一味指责他们。如今连孩子他娘都没意见了，我们这些外人就不要多插手了。"

载沁听见盛怀秀的话，把视线移到了她身上，只见眼前说话的女子肌肤如雪，侧脸婉约。

也不知为何，载沁莫名地觉着这女子有几分似曾相识。

载沁不觉多看了两眼。

盛怀秀感应到了他停留在她身上的目光，条件反射一般地看向了他。

两人的视线在空中交汇。

盛怀秀只觉此人的双眸又黑亮又深沉,她心头突地一跳。她不好细瞧,四目交投后,一触即分。

朱正仪对他们这群人厌恶到了极点,如今见载沁一瞬不瞬地盯着盛怀秀瞧,只觉得他不怀好意,便双手叉腰,冲着载沁嚷嚷道:"喂!你看什么看?!有什么好看的。登徒子!"

张得胜本就跟牙尖嘴利的朱正仪杠上了,若朱正仪是男子的话,他早上去揍一顿出气了,如今听得朱正仪出言不逊,侮辱他主子,张得胜实在忍无可忍,撸起了袖子,正欲呵斥,却见载沁示意不可再多生事端。张得胜只好再度哑忍,觉着自己都快憋得内伤了。

"张得胜,你给这母子俩一点银子。"

张得胜应了声"是",掏出了半锭银子递给了母子俩。

孩子他娘头一回见这么多银子,顿时瞠目结舌。她回了神后,又惊又喜地接过了银子,道了声谢,便哄抱起孩子回了自己的摊位,三下两下地收拾了摊子,"阔气"地拦了一辆人力车走了。

盛怀秀见正主都走了,自是不好继续多管闲事下去了,拉着朱正仪的袖子,道:"Elizabeth,我们走吧。"

朱正仪点了点头。

离开前,盛怀秀下意识地又朝那男子方向望了一眼。谁知那个年轻男子也在瞧她。

这一眼,便又坠入了他黝黑莫测的眼睛里头。

盛怀秀心里头没来由地一阵慌张。

那是一种从未有过的慌乱羞涩感觉,叫她再不敢多看他的眼,又匆匆地收回了眸光。

不多时,这两辆黑色小汽车鱼贯经过了她们身畔,而后加速驶向了远方,消失在了长街的拐角处。

小汽车里,载沁靠坐在椅背上,沉吟不语。他在想自己为什么会觉得那个女子眼熟。

好半晌后,载沁开口道:"你们有没有觉得刚才那个说话的女子有点眼熟?"

张得胜一愣:"主子,是哪个说话的女子?说话凶巴巴的像母老虎的那个?还是说话温温柔柔那个?"

闻言,坐在前头副驾驶座的李大均笑了:"头,主子说的肯定是那个说话温温柔柔的女子。"

张得胜见载沁不语,便知是默认了。他挠着头,想了片刻,道:"主子,我没觉得她眼熟。"

李大均也说没有半分印象,应该是之前从未见过的。

载沁不解道:"真是奇了怪了。我怎么总觉得她很眼熟,像是在哪里见过一般?"

张得胜听了载沁这话,却是心思一歪,往别处想了,心道:莫非主子看上了这个女子不成?

主子载沁贝勒爷平日忙于公务,不近女色。如今这样的情况,还是张得胜第一次见。

若是在朝廷管辖的地方上,主子载沁说了这话,哪怕是无心提及,地方官们为了巴结讨好主子载沁,定会千方百计地把这美人找出来献上了。

可如今这里是上海的公共租界,他们与这个女子不过是萍水相逢而已,他张得胜想要去打听也无从打听起。

不多时,两辆小汽车便到了弗兰克的洋房。

德国人弗兰克和安德里亚斯两人早已经在大门口等着了,见了车子一停下,忙亲亲热热地迎了上来,招呼载沁:"卡尔,好久不见。"

…………

今日,载沁确实是有要事。

如今他们大清王朝面临内忧外患,如同一座将倾之大厦,稍有风雨,便随时可能轰然倒塌。各国洋人对大清虎视眈眈,每日都想着怎么样才能更多地瓜分大清的地盘,怎么样才能在大清谋取更大的利益。而国内外的革命党人如盛怀新等人所在的同心会、光复会等则大肆刺杀朝廷重臣,组织各地起义,虽然暂时都被镇压住了,可是他们这些个革命党都是不怕死的,屡战屡败,屡败屡战,弄得朝廷忙于应付各地起义,顾此失彼,焦头烂额。

载沁身为爱新觉罗的皇家子弟,一心报效朝廷。他想要让大清强盛起来,把各国洋人从大清的土地上赶出去,恢复祖宗的康乾荣光。他想要让他们爱新觉罗的皇位永固，让爱新觉罗的江山世世代代地传下去。所以载沁被朝廷公派去德国留学后，在德国军校念书的时候勤奋刻苦，以第一名的成绩毕业。他是一心想要从德国学一身本领，回大清后做出一番成绩来的。

留德归国后，载沁被朝廷安排在了练兵处当值。他奏请朝廷，得朝廷同意后，按照德国军校的训练方式训练了一些八旗子弟，经过一段时日下来，也颇有了一点成绩。

慈禧太后看在眼里，曾亲口对载沁的阿玛端亲王嘉许过："载沁这孩子，哀家瞧着不错，是个可造之才。这练兵处虽然烦琐辛苦，却是咱们大清的根基所在，让载沁这孩子好好在里头历练历练。日后啊，咱们大清的重担少不得要他挑起来……"

太后老佛爷都许了这话，可见只要日后儿子载沁不行差踏错，这泼天的荣华富贵是怎么也跑不了的。端亲王自是喜不自胜。

可载沁却是毫无半分欢喜，他心心念念想要按照德国军校为蓝本在国内建一所陆军武备学堂，长期招收满蒙的子弟。他要把朝廷养废了的八旗子弟重新训练起来。他深知大清的未来便在于新式的军队，而军队的成员必须是他们满蒙子弟。

袁世凯已经在天津小站训练新式陆军多年，羽翼已丰。可袁世凯是个汉人，有道是非我族类，其心必异。加上当年戊戌变法的时候，袁世凯为了自己的荣华富贵出卖过当今圣上光绪帝，载沁一直觉得袁世凯是个靠不住的。如今太后老佛爷还在，尚还能制得住袁世凯。倘若有朝一日太后老佛爷不在了呢？袁世凯手握北洋六镇的陆军新军，大权在握，这天下恐怕是要改姓袁了。

载沁再三与阿玛端亲王说过大清的军队须得掌握在咱们自个儿手里。

"阿玛，就怕袁世凯练出来的这支陆军新军只听他一人号令，连朝廷都使唤不动。如湘军之于曾国藩，如淮军之于李鸿章。阿玛，今时可不同往日……如今朝廷式微，太后老佛爷年迈，皇上没有掌实权……咱们不得不防啊！"

然，阿玛端亲王却一再对他说："载沁，不是阿玛不想给你递这个折子，是这折子递了无用，且阿玛也递不了这折子。你刚从德国留洋回来，尚未做出一番成绩，便要另寻地方大肆练兵……太后老佛爷必然有其考虑和忧虑……阿玛可以很明白地告诉你，这折子就算递上去了，太后老佛爷也是不会准奏的。你虽然从德国军校学习回来，可年纪轻资历浅，若不是你是皇家子弟，身上流的是咱们爱新觉罗的血，另加上阿玛在朝里头的分量，恐怕是连如今练兵处这个位置也是坐不上的。这是其一。二来，朝廷这些年来的各种赔款，国库年年空虚。各地又是连年灾害不断，西边干旱，东边水灾，东北三省还有鼠疫……都在上奏请求拨款救灾……户部捉襟见肘，日日喊穷，拿不出半点银子来……朝廷训练军队每年可拨用的银两就这么一点。且大部分都拨给了袁世凯那边的北洋六镇，哪里还有多余的银两再大规模地训练一支新式军队呢？如今咱们大清啊，就如同一个茅屋，到处漏雨……太后老佛爷和皇上也难啊……这巧妇难为无米之炊……每年都是拆了这头补那头啊……"

"再说了，阿玛在外人眼里头虽是位高权重，可在太后老佛爷心里唯一真正信任的还是醇亲王府，那与她才是真正打断骨头连着筋的血亲……阿玛若是一再递折子上去，恐怕适得其反，令太后老佛爷疑心我们端亲王府想掌兵权，想谋朝篡位……"

到最后，阿玛端亲王叹了好长一口气："载沁，阿玛知道你有一番壮志雄心。但这世道啊……尽人事，听天命吧……"

载沁涌起了深深的无奈感。他眼睁睁地看着大清的大厦将倾，想要抢救这座大厦须得要与时间赛跑，可自己却丝毫无能为力，空有一身的抱负和才干不知道怎么去实现。

既然朝廷不行，他就另谋他路，想其他办法。

如今他的陆军武备学堂在浙江巡抚，也是他堂姐夫张鲁扬的大力支持和协助下终于在杭州城办成了，可以操练新兵了，载沁真正是热血沸腾，准备撸起袖子，好好地大干一场。

而训练新兵是一回事，用最新式的步枪装备这些兵则是最要紧的一桩事情。

所以，这一回他来上海是专程来跟德国人弗兰克采购他所建陆军学堂所需的五千杆步枪。

前期已经见过几回，来来回回地磋商过了，今日是要来商谈具体价格，并将这事情敲定下来的。

弗兰克自是不肯轻易松口让价："卡尔，我们德国制造的步枪，无论原料和工艺，都是世界第一流的。看在我们是多年朋友的分儿上，我们已经给你最优惠的价格了。而且你购买数目并不多，我们的价格已经给你最优惠的了，实在不能再让了。"

"弗兰克，这批步枪是我用于杭州陆军武备学堂训练新兵学员的。等我的新兵学员学习结束，这些新兵学员便会整编为一小支军队，这些步枪便会发给他们使用。这也就是说，每一年的新兵学员招进学堂后，我都会跟你们购买一批新枪。眼下这一批五千杆枪和枪支弹药确实不是个大数目。可明年我的陆军武备学堂便又需要五千杆枪……后年又需要五千杆……且不说年年要购买枪支，单说这些枪支所需的弹药便是一桩长期的生意……长此以往的话……"说到这里，载沁刻意地停顿下来，而后又道，"再说了，若是我这边练兵成功，到时候太后老佛爷和圣上得知我是跟你们德国人采购的军火……加上我爹端亲王在朝中的影响力……弗兰克，你说日后会怎么样？"

"弗兰克，安德里亚斯，做生意要把眼光放远了，不能太执着于眼前的一毫一厘的得失……"

最后，载沁气定神闲地再下了一剂重药："英国人、法国人还有美国人那边得知我要购买枪支，几次三番来找我商谈，欲和我合作……可我在德国留学这么些年，对咱们德国还有弗兰克你们的感情与他们是不一样的，所以才一直委决不下，没有决定……"

弗兰克闻言，立时与身畔的安德里亚斯对视了一眼，忙道："卡尔，我知道我们之间的感情不一般。这样吧，我们跟德国国内那边商议一下，再给你一个最终答复，好吗？"

他们与载沁一向交好，倘若载沁自己有了这一支军队，壮大他自己在大清国的权势，那么他们德国在大清国自然也可以谋求更多的利益。

载沁知道自己已胜券在握了，所以也不急在这一时半刻，从从容容地道："好，我等你们的消息。不过你们须得尽快。陆军武备学堂那边事情很多，我不能在上海久留。"

"好，卡尔。我们会尽快给你一个答复的。"

载沁知道事情已经十拿九稳了，遂施施然地告辞了。

三日后，弗兰克果然如载沁预料的那般挂了电话过来，约载沁再度商谈。

弗兰克道:"卡尔,我们商议过了,你若是同意日后你陆军武备学堂所需的大炮也优先从我们德国采购的话,我们可以给你算一个最低的总价……"

载沁:"哦。你们可以给我的最低总价是?"

弗兰克报给了载沁一个金额:"卡尔,这已经是我们的底价了,再不能更低了。"

这个总价比载沁预期的还低。载沁十分满意,但面上不露半分,依旧故作沉吟了一番。

顿了片刻后,载沁方才点头道:"好吧,成交。"

弗兰克与安德里亚斯闻言,长舒了一口气,面上露出了愉悦微笑,吩咐仆人送上了红酒,与载沁碰杯道:"卡尔,合作愉快。"

"合作愉快。"

弗兰克的妻子米娅推开门进来,笑吟吟地道:"弗兰克,我听仆人说你吩咐送上了红酒庆祝,所以知道你们合作成功了。祝贺,祝贺。"

"卡尔,你难得来一次上海,为了庆祝这次你和弗兰克、安德里亚斯成功合作,我想这几日为你举办一个舞会,邀请一些朋友来庆祝。顺便也介绍一些朋友与你认识认识。"

弗兰克举着酒杯,含笑着对载沁道:"卡尔,你知道的,米娅她最爱筹办舞会了,届时请你务必赏光。"

载沁欠身握住了米娅的手,在她手背上落下一吻:"谢谢米娅。我实在是荣幸之至。"

这日傍晚时分,程重熙一回到家,女佣迎上来,接过他的帽子和皮包:"大少爷,老爷有事请你去一趟书房。"

程重熙来到了书房外,敲了敲门:"爹,您找我?"

程父程元庆把桌上的请帖推给了他:"德国人弗兰克那边给我们家送了一张请帖来,说是邀请我们出席后天的一个舞会。你爹我一把老骨头了,就不去了。你弟弟这几日去东北为洋行办事了……这个叫弗兰克的德国人在德国的家族实力不小,他来上海不久,必定是想要借这个机会广交上海各界名流。这个舞会你去参加吧。"

洋人买办靠的便是左右逢源,从中搭线,朋友越多路越广。所以程家在上海滩上是出了名的爱结交朋友。程重熙这些年来深得父亲程元庆教导，一直以来也广结各路朋友："是。爹。"

程家是靠程元庆在德国礼和洋行当买办发家的，到了如今程家两个儿子程重熙和程重亭分别在英国怡和和德国礼和当洋人买办。程家早已是富甲一方，是上海的隐形富商了。

程元庆当年不过是个船员，是德国轮船上最低等的一名杂役，在轮船上干最苦最累最脏的活。有一回，他撞见了一个德国洋人因风浪颠簸掉下了船，他立刻取下了一个救生圈套在身上，不顾风高浪急跳下海救人。

他福大命大，成功地将人救起。

那被救起的德国人是德国礼和洋行那边派来上海礼和洋行做总经理的。他虽然是个洋人，但亦懂得知恩图报。他感念程父的救命之恩，加上考虑到到了清国后人生地不熟，言语不通，很是不便，便跟船长商议后，将程父的合同买了下来，将程父带在了身边做长随。程父自此便成了这德国经理的心腹，从随从一路升到了洋行的买办，成了德国礼和洋行在上海的第一个华人买办。程家由此而发家。

程元庆膝下有两子，大儿子便是和盛怀新同学的程重熙。程父眼光长远，考虑到英法在国内的势力比德国更胜几筹，所以他让大儿子程重熙从小学习英文和法语，大学就读圣约翰大学，一毕业便请托了上海的要人推荐他去了英国的怡和洋行工作。小儿子程重亭则留学德国，去年归国后子承父业，接手了他在德国礼和洋行的买办一职。而如今的程元庆名义上退居二线，实则隐在暗处，专心经营自家的生意。

所以程重熙不仅精通英文和法语，因着从小跟着父亲进出德国礼和洋行总经理的家里，德语也是不在话下。他去参加舞会是毫无语言障碍的。

程重熙见请帖上写了携伴参加。他思来想去，一时不知道要邀请谁做女伴。

这几年来，他爹程元庆一心打算起了他的婚事，给他安排了不少相亲，可是他对谁也没有特别的感觉。但作为家中长子，为家族开枝散叶是必须承担的责任，他成亲是迟早的事情。

踌躇间，他看见了请帖上写了携伴参加，时间是礼拜天晚上，忽然想到了在中西女塾念书的吴芷漪。中西女塾每个礼拜的礼拜天到礼拜一是休息的。

他可以带吴芷漪一起去。

盛怀新写信请程重熙帮忙安排妹子读书一事的时候，并没有言明吴芷漪是他的妹子。然程重熙与盛怀新同窗数年，他初见吴芷漪便从两个人相似的长相里头瞧了出来：这吴芷漪是盛怀新的妹妹。也知吴芷漪这个名字不是真名。

程重熙知道盛家和盛怀新如今被朝廷通缉，须得隐姓埋名的处境，体谅盛怀新不便说破的原因和苦衷，便也知之当不知，看破不说破。

在程重熙的心中，这盛怀新的妹妹便是他程重熙的妹妹，他自当在能力范围内加以多多照顾。

如今上海滩上等家庭的女孩子都以学西式礼仪、出入上等舞会为时髦。一是为了培养女孩子家优雅雍容、处变不惊的气度；二是可以认识接触到同样家世好背景好的适龄男子。

程重熙便想着带吴芷漪出来见识见识。

虽然盛家如今被通缉，可在这上海滩，在德国人的舞会里头谁人会认识吴芷漪是盛家人呢？

第二日，程重熙亲自开了小汽车来到了中西女塾。

盛怀秀在图书馆里复习，听得学校门房说有人找，便抱着书本去了校门口。

听程重熙说带她去舞会，盛怀秀不禁呆了一呆。

在进中西女塾以前，盛怀秀还真不知舞会是什么。可因中西女塾不仅有舞会，还有钢琴课、家政课，另外还有骑自行车、游泳、骑马、打网球等各种活动。进学校后，她真正是学到了很多从前见所未见的东西，长了许许多多的见识。

"芷漪，今晚的舞会我缺个女伴，想着今日正好是礼拜天，学校休息……所以便想邀请你陪我一起出席。"

程重熙大哥几次三番地帮助盛家，帮助她，盛怀秀打心里感激。这么一个简单的请求，她自然是无法拒绝的。当然，此时的盛怀秀尚不知程重熙大哥并不是找不到女伴，而是特地带她去见世面的。

盛怀秀低头看了一眼自己的衣物，难为情地道："可是……我的衣服都不适合舞会……"

程重熙微笑道："小事一桩。"

夜幕落下，华灯初上。

程重熙的车子停在了弗兰克洋房的花园里。

"芷漪，等下舞会上大伙都会称呼彼此的洋文名字，我的洋文名字叫 Charles，你称呼我 Charles 就好。"

"好。"

"程大哥知道你第一次出席舞会，可能会有些紧张。不过你不用怕，凡事都有程大哥在。"

"谢谢程大哥。"盛怀秀一直把程重熙当作亲大哥一般敬重，如今听了他的话，觉得心头暖意融融。

盛怀秀挽着程重熙的手，踩着柔软的羊皮软鞋，伴随着洋房里头传来的悦耳钢琴声，迈上了洋房大门口的台阶。

程重熙与主人弗兰克和米娅握手寒暄，并将盛怀秀介绍给了他们。

米娅与盛怀秀行了贴面礼。弗兰克按着西洋的礼节，绅士地亲吻她的手背："欢迎你，Eileen。"

弗兰克和安德里亚斯等人初来乍到，虽然他们是洋人，自诩高人一等，可又自知若想在上海发展下去，将来肯定有不少地方要依仗中国人或者要跟中国人合作的，而程家背靠着德国礼和洋行在上海滩上深耕多年，实力不容小觑，且与上海的各方势力都能攀上交情，他们以后说不得要有用到程家的地方，所以明面上对程重熙很是客气热络。

寒暄了一番后，程重熙带着盛怀秀去认识别的朋友了。

大厅里的人绝大多数人都是用德语交流，偶有几个讲法文和英文的，所以盛怀秀只是面带微笑地站在程大哥边上，做一个举止得体的淑女便好了。

忽然间，大厅里的说话声一瞬间低了下来。

盛怀秀觉着诧异，抬头环顾了四周，发现很多人的视线都投向了大厅的入口。她随着众人的视线望去，见到那里站了一行数人。

为首的一个年轻男子穿了今晚所有男士都穿着的三件式的黑色西服，可举手投足之间却自有一番旁人没有的尊贵不凡气派。

主人弗兰克夫妇正热情洋溢地与他拥抱寒暄。

程重熙见状，便知这个人是今日舞会邀请的主角。

不过，他并不认识此人。

然，站在他身畔的盛怀秀却是一眼认出来了：此人竟然是上个礼拜天在大街上差点撞上孩子的那个年轻男子。

程重熙见弗兰克夫妇对此人殷勤备至，而那人却是一副淡淡然的矜傲之态，可见平日里头是被人逢迎惯了的，便知此人的身份绝对不容小觑。

他留了心，在与相熟的几位德国人寒暄的时候，刻意询问了一番。

德国人都纷纷摇头，表示他们也是头一回见到此人，并不认识。

原来啊，因为盛怀新等革命党人一直在暗杀朝廷重臣和皇亲国戚，载沁不想暴露自己的真实身份，更不想泄露购买军火一事，引来不必要的麻烦，所以事先特地关照过弗兰克夫妇，只让他们介绍说自己曾经留学德国，是他们的好友。

至于宴会上弗兰克请来的德国人，都是一些在上海的德国人，皆是不认识载沁的，所以都不知载沁是大清国当今权倾朝野的端亲王之子。

众人只是从弗兰克等人对载沁热情尊敬的态度里头知道此人来头不小而已。

如此一来，程重熙打探了好半天，仅仅打探到此人的德文名字叫卡尔，姓金，曾留学德国，与主人弗兰克夫妇相识多年，其余便什么都打听不出来。

程重熙不知。

盛怀秀自然更无从知晓载沁的真实身份了。

在婉转动人的音乐声里头，弗兰克夫妇下场领舞。载沁与米娅介绍的一个德国女洋人是第二位下场的。

程重熙伸出右手，打趣般地邀请盛怀秀跳舞："Eileen 小姐，不知在下是否有这个荣幸请您跳支舞？"

盛怀秀含笑把手递给了程重熙。

说来也巧，这时载沁便与那德国女子跳到了他们两人面前，相距不过数寸。

载沁一抬起眼便看到了笑靥如花的盛怀秀。

盛怀秀穿了洋人女子的礼服，又盘起了头发，鬓角碎发微卷，做了一副西式的装扮，可载沁却还是一眼认出了她，不觉微愣：她怎么会在这里？

载沁上回在街头见了盛怀秀觉着面善，问了身边的侍从都说没见过后，他事多忙碌，这等小事他转眼便忘记了。

可不曾料到，隔了短短数日，两个人竟然再度相见了。

不过再见归再见，女人对于载沁而言，除了曾经的未婚妻徐瓷碧外，无一不是唾手可得的，载沁从来不会在女色上多花费一分心思。

这次也不例外。他仅仅是诧异了一息甚至更短的时间而已。

舞曲毕，众人停了下来。

程重熙带着盛怀秀，再度上前与弗兰克夫妇攀谈。他这回是存了心思，想要与弗兰克夫妇身畔的载沁结交一番的。

弗兰克夫妇便把程重熙引荐给了载沁："卡尔，这位 Charles 先生是英国怡和洋行的买办，年轻有为，能力出众，极得怡和洋行总经理的器重。"

英国怡和、德国礼和等都是上海一等一的大洋行。所谓的买办便是利用洋人和清人之间言语不通，做翻译兼帮忙买卖。实际上不过是个跑腿打杂的。可因着身份特殊，往往利用洋人和清人之间的言语不便，趁机在其中大肆牟利，成为富商，甚至是巨贾。

显然这位 Charles 先生和其家族是其中之一，且实力不凡。否则弗兰克等人怎么可能瞧得上并邀请他来参加舞会呢？

可这些个买办再富，这种小角色在载沁眼里那是不够看的。载沁遵循社交场合上的表面礼仪，颔首道："Charles 先生，你好。"

程重熙见他气度尊贵，一举一动中颐指气使之态尽露，便知他是刻意隐瞒姓名，不欲让人知晓真实身份。可越是这样，程重熙越发觉着这位卡尔先生的来历不凡。

"卡尔先生，您好。有机会请多多指教。"程重熙取了一张精致的名片双手捧给了载沁。

载沁接过，扫了一眼后，便递给了身后的李大均。

"这位是 Charles 先生的女伴——Eileen 小姐。"

在交际场合上，女伴的意思可以是多重的。外室？情人？女性朋友？或者只是家里的女性亲戚？载沁在心里暗自揣摩。

他先前只作从来没见过盛怀秀的样子，到了此时米娅为两人介绍，方才不露声色地把目光投向了盛怀秀脸上："Eileen 小姐，你好。"

这时候，一旁候着的张得胜和李大均也终于把今日盛装打扮的盛怀秀认了出来，表情俱是一滞。

张得胜压低了声音对李大均道："这不是主子那日看上那个女子？她这一打扮，可真是比徐瓷碧姑娘还好看几分。主子的眼光可真好。"

盛怀秀自然是不会听见两人之间的嘀咕。

她和载沁之间仅仅是简简单单地打了个招呼而已。

盛怀秀头一回来这种舞会，除了程重熙之外，她一个人都不认识，所以程重熙和洋人用德语、法语热聊的时候，她便恍若聋人哑巴一般。

她待了片刻，对程重熙等人说"失陪一下"。程重熙知她无聊，叮嘱她不要走远，若是饿了便去自助餐台取吃的。

从洗漱间出来，盛怀秀闻到了似有若无的一阵花香。她环顾四周，见远处有一个窗幔遮住的圆形拱窗。

那些隐隐约约萦绕在鼻尖的花香应该便是从那里传来的吧。

盛怀秀不想回大厅无聊地陪站，便来到了拱窗处。

掀开厚重的丝绒窗幔，一阵馥郁芬芳的香气便扑面而来。盛怀秀惊喜地发现原来这里的半圆形阳台正对着后花园里一丛又一丛盛放着的玫瑰花。

盛怀秀闻着清幽花香，听着婉转音乐，只觉得别有一番动人享受。

她不知自己站了多久，忽然有道低沉的声音在身后响起："说吧，有什么事情要禀报……"

盛怀秀一惊，倏然转过身。

此时，丝绒窗幔被人掀开了，有人抬步迈进了阳台，与她打了个照面。

半明半暗的光线里头，盛怀秀看见了载沁的清俊眉眼。

载沁和张得胜也没料到如此僻静的地方竟然会有人，表情俱是一愣。

"原来 Eileen 小姐在这里。不好意思，打扰了。"载沁刚欲转身，突然想到了觉得她眼熟面善的那件事，心道不如借此机会问个清楚，"Eileen 小姐，我想请问你一件事情，可以吗？"

"卡尔先生，您请问。"

"上回在大街上遇到的那一次之外……我们两人可曾有见过面吗？"

盛怀秀不知他为何会这般问，但她据实回答："我以前从未曾见过卡尔先生。"

载沁皱眉凝视着她，数秒后，方才道："Eileen 小姐，你忙。在下先告辞了。"

盛怀秀又站了许久，怕再不出去，程重熙要四下寻她了，方才回到了大厅。

在人头攒动的大厅里，盛怀秀一眼望去便看到了被人簇拥着的载沁。

他的身形高挑挺拔，握着高脚的水晶酒杯，气定神闲地站在一群人高马大的洋人中，不仅毫不逊色，反而比所有的洋人显得更加俊美醒目。

耳边似有声音响起，盛怀秀回了神，听见程重熙含笑对她道："Eileen，汉斯先生想邀请你跳舞。"

程重熙身边站了一个肥胖的德国人，正微笑着对她伸手邀请。

洋人侵略中国，瓜分中国的土地，欺凌中国的百姓。盛怀秀与所有百姓一样，讨厌洋人，除了她们中西女塾的几个对她们友爱和善的女洋人老师外，她并不想跟洋人跳舞，不觉犹豫了起来。

程重熙见她犹豫，以为她害羞，便鼓励道："Eileen，去吧。今晚来舞会，你只跟我跳了一支舞。"

盛怀秀不好再拒绝。

她的舞步并不熟练，一踏入舞池不久便踩了汉斯先生的脚。盛怀秀用英文致歉。

汉斯先生直勾勾盯着她看，对她笑。盛怀秀只觉得他的眼神火辣古怪，令人极不舒服。她有一种甩开他的手，想逃开他的冲动。

不过片刻，盛怀秀发现自己的直觉是十分准确的。这个汉斯先生确实不是什么好东西，他那只搁在她腰部的手一停不停地在上下滑动，越来越往上。

她被他吃豆腐了！这个色坯，登徒子！盛怀秀推着他，用英文说了一句放开，那个叫汉斯的只装听不懂状，低下头凑了过来。盛怀秀一边把头往后仰以避开他的头，一边抬起脚用尖鞋跟狠狠地踩他的肥脚……

汉斯吃痛，想大叫……可他又怕引来众人把事情闹大，便硬生生将痛呼声憋在了嘴里。他凶神恶煞般地瞪着盛怀秀，手下用足了力道去掐她的手臂和细腰，想叫她吃点苦头。

忽地，有人一把捉住了汉斯的手臂，对非礼盛怀秀的汉斯说了几句德文。

嗓音是自己方才听过的……盛怀秀抬头，果然发现是载沁。

此刻，他的表情淡淡，可盯着汉斯的目光却是极黝黑摄人。

汉斯脸色不虞地回了一句德文。

载沁脸色冷厉了数分，却没有回话。

下一秒，他一把拽住了盛怀秀手臂，不容拒绝地把她从这个叫汉斯的德国人那里拽了过来。

盛怀秀被载沁大力一拽，脚下不稳，趔趄了一下，撞进了载沁的怀里。

这个叫汉斯的德国人在上海滩上素喜欺压中国人，可谓是称王称霸惯了，哪里能吞得下这口恶气，正欲发作，可一抬头便见载沁的目光如出了鞘的利刃一般，冰冷无声地盯着他，仿佛想在他身上割几块肉下来。他知自己的龌龊心思被载沁看破了，心底发虚了起来。

他见弗兰克等人对载沁恭敬客气的态度，又见载沁狠戾的眼神，知道载沁不好惹，也是他惹不起的，便不敢妄动，灰溜溜地从舞池离开了。

鼻尖俱是载沁身上强烈的男子气息，盛怀秀从未与一个男子这般亲密地接近过，心里头怦怦乱跳，面上犹如火烧一般地滚烫发热起来。

盛怀秀赶忙从载沁怀里直起身子，诚恳真挚地向他道谢："谢谢您，卡尔先生。"

"不客气。"

原来，那德国人牵着盛怀秀的手一下舞池，载沁便瞧见了。

之后，载沁发现自己在同旁人寒暄的时候，视线却总是会不受控地去寻找盛怀秀的身影。所以他第一时间留意到了盛怀秀蹙眉忍耐的异样表情，随之便发现了在她背上摸来摸去的那只咸猪手。

载沁金枝玉叶，出身富贵，从来不是多管闲事之人。端亲王府底下就有数百号的仆人。载沁高高在上，看着底下这群人整日为了蝇头小利，拉帮结派、媚上欺下、无事生非，还不时地向主人告状，只觉得是茶杯里看风波，龌龊得有趣。

可也不知为何，他看到盛怀秀被那洋人吃豆腐的画面却觉得很刺眼，让他极度不舒服，甚至胸口怒气隐约。

载沁拧过头去瞧程重熙，见他与一个德国人正聊得热火朝天，丝毫没有注意到他女伴在舞池里的情况，不觉怒气更甚了。

载沁举起酒杯，饮了一大口葡萄酒，想顺口气。

他转过头，那个德国人还在动手动脚，而盛怀秀整个人已经僵硬成了一块木头。载沁来不及细思，也没有细思，"咕咚"一口咽下了嘴里葡萄酒的同时，迅速地把手里的水晶高脚杯往仆人的托盘里重重一搁，来到了舞池，动手"抢人"。

他那时只以为自己看不下去是因为那个好色无耻的胖德国人吃大清女子（自己人）的豆腐，所以才会做出这举动的。

世人以为洋人男子对待女子颇为绅士。可事实上很多来大清，特别是来上海淘金的洋人都是他们本国的下等人，甚至有一些是犯了罪行的人，在本国待不下去了，便来大清，来上海淘金而已。

既然把人"抢"过来是跳舞的，怎么也要跳完这一支曲子。载沁松开了盛怀秀的手臂，改握她的手。

这一握，盛怀秀顿觉得他的手又热又大，两人接触着的地方似有一物如游蛇般地沿着筋脉钻进了心脏，叫人心尖簌簌发颤。

盛怀秀从未遇到过这种情况，明明先前跟程重熙大哥和洋人跳舞的时候都不是这样子的，她慌乱失措，一连跳错了数个拍子，踩了他两回脚。

"对不起……"

"无妨。"

载沁可以很清楚地感受到盛怀秀的紧张和无措，以及羞涩。

可载沁除了与前未婚妻徐瓷碧有过接触外，实在没什么跟女子的相处经验，更没有安慰人的经验（毕竟从来都是别人捧着他，奉承他，侍奉他，讨好他，哪里需要他载沁去安慰别人），于是只能干巴巴地说了句"无妨"。

载沁一低头，便瞧见了盛怀秀衣领处一截白嫩肌肤，顿觉燥热了起来。

他有种很想去亲吻啃噬那里，落下一个又一个属于自己痕迹的冲动。

载沁惊觉：怎么会这样子的?! 这是往日徐瓷碧都不曾带给过他的感觉。

载沁怕自己会出丑，之后便一直将视线落在前方，不敢再多瞧。

舞曲一结束，他立时松开了盛怀秀的手，僵硬地说了一句"谢谢"后，便头也不回地转身，迅速离开了。

盛怀秀望着载沁远去的背影，缓缓地低下头，看着自己被他握过后余温尚在的手，不觉怔然。

之后的时间里，盛怀秀仿佛中邪了一般，目光总是会默默地去寻载沁的身影。可载沁再没有多看她一眼。

其实他们本来就只是陌生人而已。本该如此的。

可盛怀秀心里头却有一抹不可言说的失落和怅然。

因为她知今晚离开舞会后,她和他应该永远不会再见了。

第 2 章　心初动

"卡尔，你放心。我会尽快安排好一切的。这批货在抵达上海码头之前，我会第一时间拍电报通知你。"弗兰克拉开车门，亲自送载沁上车。

"好。我等你的消息。"

两辆车子一前一后地驶离了洋房。

车子行过了一条街，转过弯，忽然看到有辆小汽车抛锚，停在路中间，有个人正掀开了车盖子在修车。

位高权重的端亲王府一直都是革命党人的目标。载沁的阿玛端亲王和载沁的大哥载鸿都曾几次三番被革命党人盛怀新等人试图暗杀。

载沁是德国军校毕业，精通枪法，可双手使枪。可从德国归来的第一年便在北京城被革命党人盛怀新等人绑架过，被盛怀新作为人质交换被捕的革命党人。

张得胜等众侍卫便是在那次绑架事件后被他阿玛端亲王安排到载沁身边的。

此时此刻，张得胜见了这般情形，脑中立刻警铃大作，示意众侍卫戒备了起来："注意那辆车子。保护主子。"

开车的侍从打起了刺眼的强光，从路的一侧，缓而慢地经过那辆车子。

如此一来，那辆车子四周便都无所遁形了，包括撸起袖子正在修车的程重熙和站在一旁的盛怀秀。

载沁示意张得胜停车。

张得胜出声拦阻："主子，小心为上。万一是埋伏就糟糕了……"

载沁眼角微抬，扫了张得胜一眼。张得胜一凛，只能应了声"是"。

舞会结束后，程重熙带着盛怀秀向主人弗兰克夫妇告辞后，驾驶着汽车离开了。可不承想才行驶了短短一条街，汽车熄火抛锚了。

夜深人静，附近连一辆人力车都没有。程重熙不得已，只好卷起了袖子亲自上阵，想试着把车子修好。

载沁是整个舞会最后一个离开的，所以撞见了他们。

张得胜奉命下车："Charles 先生，我家主子请两位上车，说送你们两位一程。"

程重熙正是求之不得："如此的话，真的是太感谢卡尔先生了。"

程重熙与洋人打交道惯了，素有女士优先的绅士礼仪："Eileen，你先上车。"

盛怀秀抱着书本朝后座望去。

载沁也在瞧她，目光极明亮又极幽深。

盛怀秀的耳畔霎时间恍若失声了一般。

车子的后座空间不大，三个人这一坐，彼此间几乎呼吸可闻。盛怀秀本以为日后是不会再见载沁了，可没想到这么快又见了。

载沁："Charles 先生住哪里？我让司机送你过去。"

程重熙把家里的地址报给了他。

载沁又问道："Eileen 小姐呢？"

盛怀秀听得载沁提及了她，呼吸一窒。

程重熙如实答道："Eileen 也住在我家。"

载沁顿了数秒，抬了抬下巴，吩咐道："去程公馆。"

程重熙向载沁道谢了一番。

载沁淡声道："Charles 先生，不必这般客气。我不过是举手之劳而已。"

程重熙有心与载沁结交，挑着话题与他攀谈，可载沁面色寡淡，言语之间也很是敷衍。程重熙见状，便知道载沁刻意保持距离，也就不再多言了。

可就算不言不语，载沁的气势也是在那里的，叫人无法忽视。

盛怀秀双手搁在膝盖上，正襟危坐在载沁的身边，只觉得汽车里的空气不仅稀薄，还尽是载沁特有的气息，一路上呼吸都发紧。

幸好程家的洋房也在公共租界，汽车的速度又快，所以很快便到了。

"谢谢卡尔先生送我们回来。"

"卡尔先生，再见。"

载沁淡淡颔首，一言不发地接受了他们的道谢。

而后，两辆车子远去。

盛怀秀并不知，车子里头的载沁一直盯着车子的后视镜，望着她和程重熙肩并肩站着，登对极了的画面。

张得胜偷瞧了主子载沁一眼，只见他面色阴霾，侧脸线条紧绷，显然很不悦。

张得胜察觉到了不对，一路都不敢吱声。

车子里的气氛安静到了古怪的地步。

到了自家洋房，张得胜下车，绕到了主子载沁这一边拉开了车门。载沁似在沉吟出神，端坐着不动。

张得胜静候着。好半晌，忽然听到主子载沁吩咐道："去查一下这个姓程的底细。"

张得胜领命："是，主子。"

载沁起身准备下车，感觉自己脚下踩到了某物。一低头，就着汽车里微弱的灯光一瞧，看到了薄薄的一本本子。

第二日中午，载沁处理了几封请示他的急电，稍稍空闲下来，便摇铃让听差送了一杯咖啡上来。

张得胜撩着袍子匆匆地从外头进来了。他双袖一甩，跪下一膝，行了一礼后起身禀报道："主子，昨晚您吩咐的事情，小的已经查探清楚了。"

载沁端起咖啡，徐徐饮了一口，方道："说吧。"

"昨晚我们见到的那个叫 Charles 先生的人，叫作程重熙，他是英国怡和洋行的买办……他们程家是其父程元庆发的家，其父乃德国礼和洋行的第一个华人买办……如今名义上两个儿子均是给洋行办事，实则自家手底下有很多营生，在上海和他们的老家都置有不少的田产、房产和铺子……"

张得胜便把程家的发家史，程家如今的各项情况一一禀报给了载沁。

载沁搁下了咖啡杯，拿起了听差搁在手旁的报纸，漫不经心地翻了起来。

张得胜说完，偷偷地打量了载沁一眼，方又道："至于那位叫 Eileen 的小姐，小的也自作主张打听了一下。希望主子不要嫌属下多事。"

载沁翻报纸的手顿了一顿。

张得胜见状，忙道："听程公馆做事的仆人说那位 Eileen 小姐，姓吴，名字叫作吴芷漪，是江苏苏州府人氏。平日里程公馆上下都称呼她 Eileen 小姐。说是他们大少爷程重熙朋友的妹妹，现在在中西女塾读书。因家人不在上海，所以委托了他们大少爷程重熙平日里照看一二。中西女塾虽然每个礼拜天会让学生返家，但这位 Eileen 小姐只在假期会来程公馆小住几日，平时都住在学校的宿舍里头……还说程家上下得过他们大少爷程重熙关照，所以对这位 Eileen 小姐都很是尊敬客气……

"那仆人还说这 Eileen 小姐并非他们大少爷程重熙的未婚妻，也不是他们大少爷的女朋友。属下追问过他，这消息可属实？那仆人得了属下的银子，所以知无不言言无不尽，还说了他们程老爷看中了叶葵明叶大买办家的大小姐，想着与叶家联姻，强强联手，前些日子还跟他们大少爷说起过这件事……当时正好他在里头端茶侍候，老爷夫人让他出去，他关上门出来的时候听到了这几句话……可见这位 Eileen 小姐与程重熙是没男女之情的……"

张得胜把打探来的事情，特别是关于 Eileen 小姐的事情，事无巨细地禀报给了载沁，到最后实在没什么可说的了。

好半晌后，载沁方道："知道了。"

张得胜"哎"了一声，候在一旁。

载沁一边优雅闲适地饮着咖啡，一边慢条斯理地翻阅着今日的上海《申报》，找了上头刊登的几则感兴趣的新闻。他饶有兴致地一一看完后，方才搁下了报纸起身："去账房支一百两银子的赏去吧。"

张得胜不觉惊喜交集，忙抱拳叩谢道："谢主子的赏。"

张得胜门儿清，知道自己这件事情办得好，办到了主子载沁的心坎上，所以这么一桩小事会得了这么大的一笔赏。

载沁回了卧室，看到了搁在床头的那本英文作业本。这便是昨夜他在车子里捡到的本子，上头有一行娟秀的字迹：吴芷漪（Eileen）。

载沁垂眼瞧了片刻。

他拿起了本子下了楼，吩咐道："备车。"

"主子，这是要去哪里？"

"去克利番菜馆……"

…………

侍卫小心翼翼地驾驶着车子经过沐恩堂附近的时候，只听后座上的主子载沁出声道："在前面的中西女塾的门口停一下车。"

这一日是返校日，校门口停了好几辆舶来的黑色小汽车，女学生从车子里斜挎着书包出来，进入学校。

载沁拿起了搁在一旁的本子，递给了张得胜："上头有她的名字。你让门房把她叫出来，亲自交给她。"

这本子不值一钱，交给学校门房便是了。可主子载沁这么吩咐，显然是想要见Eileen小姐。

张得胜来到了门房，对门房说找吴芷漪同学，让门房帮忙进去唤人。

片刻，张得胜便看见了Eileen小姐远远地走了出来。

今日的她，与上一回在大街上一样，身着普通至极的斜襟上衣和祆裙，墨染似的一头长发编成了两条辫子，垂在肩头两侧。一点装扮也无。但目若点漆，肌肤胜雪，清雅动人，叫人移不开眼。

"Eileen小姐。"

"是您。"盛怀秀认出了张得胜，不觉诧异万分，"请问您找我有事吗？"

张得胜恭恭敬敬地把本子捧给了她："Eileen小姐，是我家主子命我给您送这本子来的。"

盛怀秀不知自己何时丢了夹在英文原文书里头的作业本，本在担心明日上课没有作业本可以交给授课老师，正想要重做，如今失而复得，顿时欣喜不已："劳烦您帮忙送过来，实在是太感谢了。"

张得胜在王府当差多年，早已乖觉成精了："Eileen小姐，我可担不起您的这声谢。"他头一侧，朝两辆汽车所在的位置努了努下巴，道，"是我家主子让我给Eileen小姐送来的。我家主子就在车子里。Eileen小姐不如亲自去跟我家主子道个谢吧？"

盛怀秀一愣后，有些惊慌地把视线移到了汽车处。

张得胜都如此说了，她要是不上前道一声谢的话，颇失礼数。可一想到要见载沁……盛怀秀又觉着大为紧张。

她怕见载沁。可是她又想见……盛怀秀不知自己到底是怎么了，只觉得自己古怪极了，好似得病了一般。

盛怀秀沉吟片刻，最终还是来到了车子边上。

张得胜忙不迭地敲了敲车门："主子，Eileen小姐说要亲口跟您说声谢谢。"

打开门的那一瞬间，载沁正垂眼在看怀表时间。从盛怀秀的角度，便瞧见他高耸挺拔的鼻梁和棱角分明的侧脸。

载沁"啪"的一声盖上了怀表的盖子，从容地塞进了上衣的口袋，而后抬起头，与她四目相对。

盛怀秀又坠入了那黑深无边的目光里。她心口发紧，下意识地捏紧手里的本子："卡尔先生，谢谢您把作业本给我送来学校。"

载沁："不客气。我正好路过而已。"

"卡尔先生，您贵人事忙，我不打扰您了。再见。"

盛怀秀正准备离开，忽听载沁道："Eileen小姐，你用过午膳了吗？"

盛怀秀不觉一怔：他为什么会这么问？他不会是想约我吃午饭吧？

果然，下一瞬载沁已经说出口了："不知在下有没有荣幸请Eileen小姐一起吃顿午饭？"

见她一直不回应，张得胜在一旁都干着急了起来："Eileen小姐，不如您陪我家主子一起吃顿饭？就当你对他表示感谢……"

盛怀秀垂下了眼帘，望着地面道："谢谢卡尔先生的邀请。我已经吃过了。我先回学校温习功课了。"

张得胜见她拒绝，顿时发急了，劝道："Eileen小姐，吃顿饭又不会耽搁您多少时间……"

载沁喝住了他，对盛怀秀道："Eileen小姐，您忙。下次有机会我再邀请Eileen小姐用餐，到时候请Eileen小姐务必赏光。"

"好的，谢谢卡尔先生。"

彼此都知道这不过是场面上的一番客套话而已。

盛怀秀抱着作业本进入了学校。

走了很远后，她方才回头，只见停在门口的两辆黑色小汽车已经驶离了。

此刻的校门口空荡荡的。

盛怀秀莫名地觉得自己的胸口也是一片空荡荡的。

这是一种从未有过的感觉。

她不应该有这种感觉的。

她是定过娃娃亲的人，自小便被爹许给了卞家的卞学衡。

大哥大嫂与娘商议她来上海求学一事的时候，也曾说起过卞家的这门亲事，说："咱们盛家现今这个样子，我看卞家那门亲，定然是黄了……卞家也不可能等我们怀秀的……"

大嫂沈如锦道："娘，卞家的这桩婚事，倘若真的不成，也不能怪卞家。我们盛家被朝廷通缉，是我们有错在先。"

娘说："我晓得的。如今我们盛家犯的是抄家掉脑袋的大事……就算卞家另娶也不能怪他们。"

大嫂说："娘，不如我们偷偷地去打听打听如今卞家的情况？"

大哥盛怀新也赞成："娘，如锦，你们是知道我的，我本就不赞成这样的盲婚哑嫁。在我看来，卞家另聘新妇，也不失为一桩好事。"

娘叹息了一声，应了下来："好。你们去打听一下，再做打算也好。有道是长兄如父，长嫂如母。怀秀的事情，你们两个做主就好。"

当时盛怀秀站在门外，听得一清二楚的。后来，她来了上海求学。卞家那边的事情到底是怎么样的，她便不清楚了。

…………

此时，盛怀秀抱着载沁送还的作业本站在学校宿舍楼前，也不知怎的便想起了这件事情。

她默立良久，方转身回了宿舍。

另一厢，载沁见盛怀秀进了中西女塾的大门，便吩咐侍卫开车。

侍卫发动了车子，继续往克利番菜馆去。

张得胜见主子载沁面色淡淡，虽然瞧不出异色，可他在载沁身边久了，一看便知主子此刻心情不佳。所以，他识相得很，眼观鼻，鼻观心，不作一声，生怕一个不小心，做了主子的出气筒。

果然，车子开过了一个路口，载沁便出声道："不吃了。回洋房吧。"

侍卫应了声"是"，忙掉转了车头。

下车之后，载沁便吩咐张得胜："所有人收拾一下，一个时辰后回杭州。"

众人齐声应道："是，主子。"

话说，载沁带了张得胜等侍卫回了杭州城。

载沁的堂姐夫张鲁扬是浙江巡抚。载沁在杭州的陆军武备学堂便是在他大力支持下办起来的。张鲁扬带了一家老小上任后，并不住在府衙，另置办了一个府邸。

他堂姐拨出了一个院落，一再地让载沁住进他们府里头，如此一来，她也可以精心照顾载沁的饮食起居。可载沁觉得有堂姐和堂姐夫拘着不习惯，出入也不便，加上他心心念念盼了几年的陆军武备学堂终于办成了，可以操练新兵学员了。载沁干劲十足。他数度婉拒两人的好意，自打陆军武备学堂开学，他便带了侍卫们在学校里头吃住了下来。

载沁重金聘请了德国的军官，按照德国军校的方式，将所有学员分六队一科，分别为步兵队、炮兵队、骑兵队、工兵队、谍报队、医务队和忠君爱国科，用德国最新的训练方式训练新兵学员。

载沁虽然是金枝玉叶之身，但在陆军武备学堂里头毫无骄奢习气，他每日与新兵学员同吃同住，亲自带领新兵学员进行训练。

张得胜等侍从看在眼里，打心眼里佩服之余，却也是叫苦连天。他们身为王府侍从，平素的饮食起居比一般官宦人家都要好上三分，如今在这学校里跟着主子载沁和学员们吃着大锅炒出来的粗茶淡饭，没两日嘴里便淡出了鸟来。且军校里每日作息固定，校规又极严，无事不能出军校，又严禁赌博，连玩个牌九、掷个色子也是不能。可素来锦衣玉食惯了的主子载沁都毫无怨言，他们这些人自是不敢说一个字。

…………

这一日，是五月初五，端午佳节。

陆军武备学堂也应景，给新兵学员们放了一日的假。

载沁的堂姐早早就派人来与载沁说了，端午节去她府里过节，好好热闹一番。

如今在杭州，只有堂姐和堂姐夫这一家亲人，载沁自是欣然应下。

他堂姐今日一早，又派了人过来催请。

载沁命张得胜赏了来人后，便带了张得胜等几个心腹侍卫出门了。

车子路过洋行，载沁进去给堂姐和孩子们买些礼物。

这也是载沁第一次进杭州的洋行。

他进去第一眼就看到了一个穿着西式裙子的女子正在挑选衣服，她的装扮不就是前些日子 Eileen 小姐在舞会时候的样子……载沁不觉呼吸一顿。

那女子转过身，露出了一张陌生的脸。

载沁这才呼吸顺畅了起来。

其实载沁也觉着奇怪，自己与 Eileen 小姐不过是见过三次而已。

大街上差点撞到孩子的那一次。

弗兰克家的舞会的那日算一次。

中西女塾门口一次。

可自己从上海回来后，怎么会在就寝的时候，总是时不时地想起她呢？

特别是前儿夜里，午夜梦回他竟然梦到自己在亲吻那截白皙柔嫩的脖子。

载沁醒过来后，喝了一大壶凉掉了的茶水。

还有，自己第一次见面就觉得她面善……这面善到底是从何而来呢？

再说了，这种西式的裙子和装扮，是自己从前的未婚妻徐瓷碧最喜欢的。徐瓷碧留学德国多年，摩登得很，但凡有什么时兴的款式，都会立刻买下。

为何自己不第一时间想起徐瓷碧，反而会想起她呢？

载沁百思不得其解。

不过，载沁也没时间和精力去想、去弄明白。他如今忙着陆军武备军堂各种事宜都来不及。

载沁的失神，短短不过数息而已。

之后，载沁在洋行里挑了一大堆礼物，让张得胜付了账后就离开了。

载沁一到堂姐家门口，早已经等候着的丫头便恭恭敬敬地迎着他进去了。

"格格，贝勒爷来了。"

载沁堂姐笑吟吟地迎了出来："可算是来了，叫我好等……"

载沁唤了一声，让张得胜等人把礼物捧上。

他堂姐出身高贵，又嫁了个能干的夫婿——贵为浙江巡抚，实权在握，为一方大吏的张鲁扬。可谓是真真正正的富贵锦绣中人。

他堂姐让人把礼物收下了，也不谢一声，只亲亲热热地招呼载沁道："今日晴暖舒适，我们姐弟二人去靠花园那边的四季轩坐坐。那里头三面窗皆可打开欣赏美景，是府里头最好的地方……"

四季轩靠南面的一排窗户都打开了，黄花梨木圆桌上已经摆上了精致的各式茶点,其中一盘是端午节应景的小粽子。

两人一入桌,仆人送上了两盏雨前龙井。

闲聊了一会儿北京家族里头的事情后,他堂姐无意中说起革命党最近频繁刺杀朝廷大臣一事,连太后老佛爷近年来极为器重的恩铭大人都被暗杀殉国了,不免担忧关切,对载沁再三叮嘱:"如今你姐夫出入都带足了人手,且里头还不乏重金从江湖上聘请来的高手……载沁,你虽然精通枪法,会双手使枪,可百步穿杨,但也须得千万小心了。"

堂姐对自己这个弟弟是真心实意地关心和照顾。载沁感激不已:"载沁知道。载沁先前也被革命党绑架过。所以如今进进出出也带足了侍卫,为的就是以防万一。"

今日是端午佳节,他堂姐也就不想多说这些扫兴的事情了,道:"这些革命党小打小闹,是成不了气候的。我们爱新觉罗的江山有祖先保佑,必定会稳稳当当地一代一代传下去。"

他堂姐亲自给剥了一个青豆火腿粽子:"这江南的粽子在咱们京城也是出了名的。听说隔壁嘉兴府的粽子比杭州的名堂更多了……各种的馅儿,单单馅儿名字,我听都快听晕了……这是我们府里头的嘉兴师傅裹的粽子,你尝一个看看……不过这粽子啊,用多了积食,很难克化,我特地让人包了些小粽子……"

载沁听到嘉兴两个字,不免想起了一直与他作对的革命党盛怀新。想着他和他们一家人至今潜逃,尚未被官府抓捕到,不觉心口气愤不平。

但今日端午佳节,为这等小事置气不值当。

两人用了些茶点。他堂姐渐入正题,道:"载沁,如今你也不小了,那徐府的徐瓷碧小姐失踪许久了,只怕……"

他堂姐便见他脸色倏变,以为触到了他的伤心事,忙打圆场道:"哎呀,堂姐我知道不应该提这事情,平白叫你伤心难过。可这事情呢,已是这样子了。我们大伙也不能总不提。且你也不能一直这样耽搁着,不娶妻生子……"

载沁一心扑在救大清这个"伟业"上,对男女之情素来并不看重,所以也没有什么大的伤心难过。他道:"男儿志在建功立业。成家一事,载沁不急。"

他堂姐道:"载沁,你是不急。可是你阿玛额娘急得不行了……载沁,以你的年纪，若不是当年去德国留洋的话，孩子都已经是个半大小子了。你额娘这回又写信来，让我帮忙留意着。你额娘还说了，若是你相得中，门第之事他们不会多在意的……"

载沁是不知，自打他来杭州建陆军武备学堂开始，他堂姐便一直留意他身边的情况，但这些日子以来，她发觉载沁是一心扑在军校上头，根本不近女色。所以如今他堂姐也跟着发急了，前些时日还特地去香火鼎盛的寺庙为载沁求了一支姻缘签。

载沁端着茶盏，用茶盖拨着漂在上头的浮沫，沉默不言。

他堂姐今日把话说开了，也就不藏着掖着了，索性趁这个机会来个打破砂锅问到底："载沁，你倒是跟堂姐说说……到底有没有中意的？"

载沁使用拖字诀，慢条斯理地饮了一口茶，方才道："堂姐，我都说了，成家一事不急于一时。"

他堂姐道："话虽如此。可你也得留意着。这江南遍地都是好看的女子，倘若你有看中的喜欢的，就收一个在自己身边。若是能给你生下一男半女的，日后就抬做侧福晋。祖宗们刚进关时是不兴满汉通婚的，可这都二百八十多年了，这规矩早就不拘了不是……你堂姐我便是一个例子……"

那一刹那，载沁的脑中居然又闪过了 Eileen 那张白净如初雪似的脸。

好端端的，居然又会想起她。他莫非魔怔了不成？

这时，有丫头进来，在他堂姐耳边禀报了几句。

他堂姐听完，道："载沁，府里有事情需我去处理。你好好在这里坐坐，用些茶点。"

载沁应了一声，起身送走了她。

载沁为了撇去脑中一再烦扰他的那张脸，便来到了窗前，欣赏那一丛开得如云如雾的蔷薇。

鸟鸣啾啾，蜜蜂嗡嗡，越发显得四季轩里头幽深静谧。

忽然，院子里响起了凌乱的脚步声和细碎的说话声。

载沁抬眼望去，看见他堂姐带了一群盛装打扮的闺阁小姐们来到了院子里头赏花。

四季轩有一大片蔷薇遮着，他又隐在暗处，所以旁人都没有发觉里头站着一个男子。

这哪里是请他来过端午的?!

这分明是相亲（选妻）大会！

载沁心里发笑，索性坐下来，听他堂姐的话，好好地坐着用茶用点心。

…………

过了个把时辰，他堂姐笑容满面地进来："载沁，怎么样？"

载沁装模作样："堂姐，什么怎么样？"

他堂姐狡黠一笑："方才那么多位端庄大方的小姐，你可有相中的？"

载沁故作惊愕状："相中什么？堂姐，我听你的话，一直坐着喝茶吃点心，也没留心旁的……"

闻言，他堂姐脸上有些绷不住了，硬邦邦地道："你一直坐着喝茶吃点心?!"

载沁道："是啊。这盘桃花糕不错，不仅样子做得精致，口味也极好……还有这个绿豆糕也不错，就是太甜了些……"

他堂姐的面色一时间比珐琅彩瓷器上的颜色还精彩纷呈："载沁！"

载沁少时便行事得体，不像别的府里那些浮浪的纨绔子弟，这些年留洋和回国历练下来，更是成熟稳重。他难得在亲人面前放松了一回，嬉皮笑脸地逗他堂姐玩。

载沁见他堂姐是真生气了，倒是不敢继续装傻，忙道："堂姐，我知道你打小就疼我。可这件事情啊，你无须为我操心。我自个儿会留心的。"

他堂姐听载沁这话，长叹了口气，道："这留洋啊，真会把人给留坏了。别人府里头的孩子，哪个不是父母之命，媒妁之言，早早成亲，为家族开枝散叶。你啊你，非得要找自己喜欢的……"

又道："载沁，你知道堂姐疼你就成。你这般年岁，身边总得有个知冷知热的人侍候吧……"

"堂姐，我身边有的是人。单单是侍卫，阿玛就给我配了一群人。"

"那能一样吗?！这些个侍卫都是大老粗。"

载沁举着手，道："堂姐，我向你保证：我从今日起一定好好留意。倘若我有喜欢的，一定早日成亲。"

他堂姐见载沁都这般表态了，又想起了解签师父说的那句缘分一事可遇不可求，让她静待时日，必有好消息，知道不能急于一时，这才放过了他，不再多说什么了。

数日后，载沁与骑兵队一起训练。

他一马当先，第一个冲向了终点线。

"主子，上海发来了一份电报……"张得胜拿着电报，一路跑着过来。

载沁"吁"的一声勒住了马匹，从张得胜手里接过了电报。

这是弗兰克发来的电报，跟他说载着枪支的德国轮船即将抵达上海码头，让他前去上海提货。

太好了！只要这批军火一到手，学员们马上可以真枪实弹地操练了。

这一日是礼拜天，是盛怀秀的同学朱正仪的生辰。

朱正仪上个星期回家的时候，就跟爹娘说了，生辰那天中午要做东请宿舍里头的同学去克利番菜馆吃饭。

朱家父母欣然同意，还再三关照说让她务必要好好招待同学们。

朱正仪点了牛排、奶油蘑菇汤、色拉、果子冻。

自打来上海念书后，程重熙带着盛怀秀去过几家番菜馆。盛怀秀跟他学过了基本的西式用餐礼仪，几回下来也驾轻就熟了。此时，她慢条斯理地拿了刀叉用餐，举止优雅得体，与朱正仪三个从小生活在上海的大小姐相比都毫不逊色。

四个人有说有笑地用完了餐。

餐馆又送上了朱正仪提前叫人订好的一个大的奶油栗子蛋糕。

她们学洋人过生日的方式，在蛋糕上插了蜡烛，叫朱正仪吹蜡烛许愿，一起唱了一曲英文的生日快乐歌。

四个人一起度过了一个很愉快的中午。朱正仪招来了服务生结账。

服务生过来，对朱正仪道："这位小姐，你们这一桌的账单已经有人帮你们付掉了。所以，你不用再结账了。"

朱正仪不觉一愣："谁这么好心，居然帮我们付钱了？"

服务生指了指店里一个位置："是那三桌的先生……"

朱正仪惊愕地瞧见了几张熟悉的面孔。

这不正是上回车子差点撞到孩子的那几个人？当时她还与其中一人大吵了一架，至今想起心头都会冒火。

无端端地怎么会给她买单结账呢？

有道是无事献殷勤，非奸即盗！里头必有古怪。

同一时间，盛怀秀见了载沁，也不禁呆了一呆。

朱正仪走到载沁的桌前，质问道："喂，你为什么给我们付账？"

载沁搁下了手里的咖啡杯，不理不睬。

"本小姐不需要你给我结账。多少钱？我还你。"

"不必了。"载沁从从容容地推开椅子，起身便走。

朱正仪唤他："你等一下。"

载沁正经过盛怀秀的身畔，闻言顿住了脚步："什么事？"

他这一停顿，手臂离坐在椅子上的盛怀秀，堪堪不过数寸距离而已。

盛怀秀整个人霎时有些僵。

朱正仪取出了钱递给载沁："我把钱还你们。我朱正仪从来不欠人人情。也不用你们给我买单。"

载沁只做没听见，抬起长腿，径直出了餐厅。

张得胜等人忙亦步亦趋地跟了上去。张得胜经过盛怀秀身畔的时候，恭敬地唤了一声："Eileen 小姐。"

朱正仪见张得胜一反当日大街上的嚣张跋扈态度，居然客客气气地跟盛怀秀打招呼，吃了一惊："Eileen，你认识这些人吗？"

盛怀秀一时也不知如何解释，只说自己后来又偶遇过他们。

朱正仪追问道："这人叫什么名字？家里是做什么营生的？为什么他的随从竟然敢这般嚣张？"

盛怀秀摇头道："我不知道。我只知道旁人都称呼他卡尔先生。"

朱正仪不容分说地把那钱塞到了盛怀秀手里："既然你认识他，就帮我把钱还他。我朱正仪从来不吃白食，更不用他们请客。"

盛怀秀连忙摇头，想要把钱还回去："Elizabeth，我真的不认识他。我去哪里找到他把钱还他呢？"

但她怎么解释也没用。

朱正仪道："Eileen，既然你们有共同认识的人，你总归有办法能还他的。这件事情就托付给你了。我朱正仪才不要他这种人请客呢。我又不是没钱吃不起。"

朱正仪从小被家里当成男孩子养大,也养成了一些男子性格,比如爱打抱不平,素来最看不惯的便是仗势欺人、欺凌弱小的这类人。偏偏那日在大街上,张得胜每一条都犯到了她的忌讳,所以连带着朱正仪对载沁的观感也差到了极点,觉着上梁不正下梁歪,主子不好,没有约束底下的人,底下的人才会如此嚣张跋扈。

"Eileen,还钱的这个事情就拜托你了。好了,你按计划去中华书局买书,我送她们回家了。咱们礼拜一见。"

盛怀秀苦恼无比:"Elizabeth,我真的还不了这钱……"

朱正仪道:"Eileen,不如这样,这钱你先收着,万一哪天碰到了,你就帮我还钱……若是实在碰不到,还不了钱,你过些天再还我,可好?"

朱正仪都这般说了,盛怀秀实在是推拒不了。

此番不过是偶遇而已,她和卡尔先生再遇到的可能性是微乎其微的。

克利番菜馆离中西女塾本就不远,中间有家中华书局,盛怀秀早就打算好了要去买书的。

有两辆黑色小汽车在她身边停了下来。

张得胜推开车门下车,对盛怀秀做了一个请的姿势:"Eileen 小姐。我家主子请您上车,说送您一程。"

盛怀秀转过头,看到了坐在车子里直勾勾望着她的载沁。

张得胜:"Eileen 小姐,请。"

盛怀秀想起了朱正仪交代她的任务,取钱递给了张得胜:"我同学让我把钱还给你们。说谢谢你们的好意,她心领了。"

主子载沁金尊玉贵,怎么会在乎这些个小钱呢?再说了主子载沁帮她们付账,还不都是因为眼前这位 Eileen 小姐。而且张得胜很确定 Eileen 小姐那位凶巴巴的像母老虎的同学是不会客气地说什么好意心领了之类的话的。

张得胜自是不敢自作主张接这钱的:"Eileen 小姐,小的不敢擅自做主。不如您上车亲自还给我们家主子吧?"

看来今日自己不上车,这钱是还不掉的了。盛怀秀沉吟了数秒,上了小汽车。

盛怀秀想着把钱搁在车子里就算是完成朱正仪交代的事情。没承想前头侍卫得了张得胜的眼色吩咐,见了她坐稳后,便将车子发动,行驶了起来。

"谢谢卡尔先生。这是我同学让我还你的。"盛怀秀在两人中间的位置上放下钱,对开车的侍卫道,"麻烦你在前面的路口停车。"

载沁淡淡出声道:"去悦音园大戏院。"

这句话一出口,不单盛怀秀怔了怔,连坐在副驾驶的张得胜也是一愣:主子下午不是与弗兰克先生约好了吗?

他以为是主子载沁忘记了,便出声提醒道:"主子,弗兰克先生……"

载沁依旧是那句话:"去悦音园大戏院。"

"卡尔先生……我在路口下车就好。"

可载沁的侍卫哪里会听盛怀秀的吩咐。车子一路行驶过了路口,转眼便来到了悦音园大戏院。

侍卫停下车后,张得胜示意他们跟着自己下车,把车子留给了主子载沁和 Eileen 小姐。

载沁把脸转了过来,对着盛怀秀道:"Eileen 小姐,也不知您可否赏脸和我一起听一出戏?"

载沁一瞬不瞬地瞧着她,眼神亮得惊人。

盛怀秀不敢与他灼灼逼人的目光对视,垂下了长而卷的睫毛,盖住了眸子:"卡尔先生,我下午还有事。"

盛怀秀没来由地怕载沁这种目光。

他看着自己,仿佛猎人看到猎物时候的饶有兴致,又仿佛势在必得。

另外还有自己每回见到他时那些莫名其妙的古怪感觉……令盛怀秀觉得害怕,不敢与他多相处。

盛怀秀伸手去推车门。

然,她的手甫一碰到车门,只听载沁的声音缓缓响起:"Eileen 小姐,你是不是怕我?"

盛怀秀一惊,不知他为什么能看出自己的想法。但她立刻矢口否认道:"我没有。"

"你有。"

"我……没有……"

"Eileen 小姐,既然你没有怕我的话,为什么不敢和我一起看一出戏呢?"

"我……我……"

"Eileen 小姐，这样吧。你跟我一起听一出戏，我便收下你同学的钱。怎么样？"

……………

台上鸣锣开场。

今日挂牌的戏是麒麟生的《鸿门宴》。

两人所在的二楼包厢位子极好，阳台开阔，正对着戏台的正面，可以清楚地看到出场的项羽身穿绣金蟒袍，丰神俊逸。

项羽一张口，喉清韵雅，字字铿锵……

包厢里只有他们两人，载沁与她之间只隔了一张小几。

载沁靠在椅子上，双腿交叠，目光投在戏台上，仿佛专心致志地在听戏。可他就算一言不发，对于盛怀秀来说，他的存在感也是太强大了。

盛怀秀念书时曾读到过《鸿门宴》这篇文，但却是头一回听这出戏。她为了不去在意身边的载沁，强迫自己凝神静心去听戏文。

麒麟生唱做俱佳，盛怀秀一静心很快便入了戏文里头，津津有味地欣赏了起来。所以她没有留意载沁在一旁瞧她的目光。那是一种毫不掩饰地充满着兴致和占有欲的眼神。

她若是瞧见了，恐怕会更加怕他了。

方才在克利番菜馆，倒真的是巧遇。

载沁为了查验接收德国军火一事，三日前从杭州来到上海，难得今日中午得空，所以来了这家番菜馆用餐。

用餐中途，门口进来了四个女学生。

载沁抬头就看到了盛怀秀，不禁一愣：怎么会这般巧？仿佛约好了似的，这一来上海便又遇见了她。

载沁缓下了吃牛排的速度，吃完后，又重新叫服务生上了一杯热咖啡。

他一边喝咖啡，一边暗中瞧着盛怀秀的举止。

载沁其实也觉得奇怪得紧：自己这都吃完了，应该要离开了。下午还与弗兰克约好了要见面的。

可是，他却并不想离开。

他想看盛怀秀。哪怕仅仅是这般隔了数张桌子的距离，远远瞧着也好。

他也很想知道盛怀秀看到他是何反应？

于是,他便招来了服务生帮她们这一桌结了账单。

盛怀秀看到他的那一瞬间,面上也是明显的惊愕,随后她便敛下了眼帘,收回了目光,此后再没看他。

载沁出身金贵,什么样的美女没见过。可他素来洁身自好,除了曾经一厢情愿地单恋徐瓷碧外,没有任何的感情经历和经验。

所以一直以来,他自己也弄不清楚自己为什么会时不时地想起盛怀秀。

但载沁能感觉到盛怀秀和徐瓷碧于他而言,是不同的。

对于徐瓷碧,他喜欢是喜欢,可是他从没有对盛怀秀的那种悸动和冲动。

在杭州的时候,他因为公务繁忙,加上操练新兵,根本无暇他顾。偶尔想起或者梦到盛怀秀,他回神过来是可以抛之脑后的。因为太忙,那种感觉是不怎么强烈的。至少是在载沁可控范围内的。

可如今见了活生生的人,见了盛怀秀一颦一笑,一举一动,往日那种悸动的感觉便瞬间放大了无数倍。

比如,方才他经过盛怀秀的椅子,离她不过数寸距离的时候,他整个人控制不住地发热。

他从未有过这么强烈的想要得到一个人,在她身上为所欲为的冲动。

载沁都觉得自己快疯魔了。

但他也终于明白了:他想要得到盛怀秀。

"锵锵锵"的锣鼓喧哗声中,张得胜在包厢外头敲了敲门,唤了一声:"主子。"

载沁对盛怀秀说了一句"Eileen 小姐,请恕在下失陪一会儿",起身往外走。

忽然,只听"砰"的一声在耳边炸响了开来。

载沁整个人迅速朝她扑了过来,搂着她的腰,将她扑倒在地。

盛怀秀被载沁重重地压在了地上,整个人都蒙了,不知这是唱的哪一出。

戏院的锣鼓声太大了,完全把这一声声响掩盖了,包厢外的张得胜等侍卫一时并未察觉到异样。

载沁搂着她,护着她的头部:"别动。戏院有埋伏。"

盛怀秀闻言,方才后知后觉地意识到了刚刚那一声是枪声,有人在朝他们开枪。她不受控地发抖，惊恐万分。

载沁的手抚着她的头顶，在她耳边轻声道："你别怕，有我在，没事的。"

就这短短对话的时间里，耳畔又接连响起了"砰砰"数声枪响。其中一枪击中门板，将门板击穿了一个孔洞。

张得胜发觉不对，立时大喊道："有刺客。快！都快来保护主子！"与此同时，他一脚踹开了门，带人举着枪冲了进来，一边射枪反击，一边将载沁和盛怀秀围成一团，保护了起来。

"主子，你们没事吧？"

"我没事。"载沁拉着盛怀秀起身，视线飞速在她身上打了一圈："你没事吧？"

盛怀秀全身打战，听得载沁问她，恍惚了数秒，才哆嗦着摇了一下头。

载沁扯护着她："走。赶紧离开这里。"

张得胜："刺客藏身在对面的屋顶，李大均，你带人护着主子下楼。我带人去抓刺客。兄弟们跟我来。"

紧接着，一阵"啪啪啪"的枪声响彻整个戏院。

"打枪了……杀人啦……"

"杀人啦……快跑……"

戏院里一时乱成了一锅粥。

台下看戏的观众尖叫推搡着往大门口拥去，争先恐后地逃出戏院。戏台上的麒麟生等人早被这番变故吓呆了，也顾不得唱戏了，慌慌张张地带着琴师逃往了后台，保命为上。

"头儿，刺客不见了，好像跳下后巷跑了……"

"我们快去追！"

张得胜出声喝住手下道："穷寇莫追。说不定还有别的埋伏……我们先保护主子离开这里……李大均，你带人断后……"

"是。"

张得胜带三个侍卫一路保护着主子载沁和盛怀秀出了戏院大门，来到了车边，打开了车门。

"快上车。"载沁护着盛怀秀，躲在了车门后，将她推塞进了车里。

这时，只听又是"砰砰"两声响起，子弹分别打在了离载沁最近的铁皮车门和玻璃窗上，发出了刺耳的碎裂声。刺客显然并没有逃跑，而是转移了方位，找准了时机再度开打。

张得胜等人开枪反击，压制刺客的火力。

这时，李大均也从戏院冲了出来，朝着刺客所在方位开枪，给主子载沁制造安全上车的时间："主子，快上车。我等来断后。"

得此空当，张得胜保护着载沁迅速地上了车。

前头开车的侍卫一脚踩下油门，小汽车便似离弦之箭一般冲了出去。

伏在屋檐上的刺客见状，懊恼地握拳砸了一下瓦片，而后当机立断地撤了。

李大均等侍卫谨慎小心地包抄戏院屋顶的时候，那刺客早跳下屋檐，跑得不见踪影了。

另一厢，小汽车里，载沁捉着盛怀秀的手臂，紧张道："你怎么样？可有伤到？"

盛怀秀哪里见过这等大阵仗，早吓蒙了，脑中一片空白，好一会儿才知道要回答他："我……没有……我没事……"

这一开口，她才发现自己的牙根都在颤抖。

载沁的脸过于苍白，黑色西服的右上臂处有深色的水迹似的物质洇出。但盛怀秀也无察觉。

也不知道过了多久，盛怀秀方才平复了一些，视线不经意下移，停顿在了载沁的手腕手背处那一缕猩红色的蜿蜒血迹，不由得失声惊呼："你……你的手在流血……"

前头开车的侍卫和张得胜齐齐大惊失色："主子，您伤到哪里了？"

张得胜："快！快掉头去医院！"

载沁："不去医院！回洋房！"

"Eileen 小姐，洋人医生说主子手臂上的子弹取出来了，醒过来就应该没什么大碍了……"

盛怀秀只觉大松了一口气，悬着的一颗心也归回了原位。

张得胜推开门，请她进去。

屋子里俱是消毒药水和血腥味交织在一起的刺鼻难闻味道。

洋人女护士正在收拾手术用的医疗器械，洋人医生正在给西式床上躺着的人挂点滴。

载沁面色惨白地昏迷着，赤裸着上身，只用了薄被盖住腰腹部以下，右手的肩膀处绑着白色绷带，隐约有血迹渗透出来。

盛怀秀只一眼，便红了脸迅速地移开目光："卡尔先生要多久才能苏醒过来？"

张得胜："洋人医生说估摸着麻药的药性要两个时辰左右才会散去，到时候主子方能慢慢清醒过来……"

盛怀秀顿了顿，问道："为什么会有人要杀卡尔先生呢？"

盛怀秀并不想打探旁人的隐私，可竟然会有人开枪杀载沁，这事情于她而言也太震撼了。换了是任何人，想来也会好奇的。

张得胜不敢透露实情。若是透露了，主子载沁的身份便也就随之暴露了。

"Eileen 小姐，实不相瞒，我们主子家里头家大业大，得罪的人很多，恩怨纠葛也多。如今看来是有人想要谋害我们主子，让我们主子不能挡他们的路……但这些个都是主子家的家丑，我们底下的人也不敢乱嚼舌根。且事情也没有查明，具体是怎么样的情况，也实在是说不上来。"

张得胜含糊其词，说得似是而非。要说家大业大，这整座江山都是主子他们爱新觉罗家的，他也没扯谎。再说了，革命党刺杀朝廷重臣皇亲贵族，不就是想抢江山吗？

盛怀秀却是被张得胜闪烁其词的这番话给带偏了，然后想歪了，以为载沁家里头兄弟众多，有人想要谋夺家产，以至于找了人暗杀载沁。

因为他们盛家便是如此。当年，她庶出的二叔盛斯良想要谋夺他们盛家的家产，几次三番地谋害她爹盛斯年。最后她爹便是惨死于盛斯良和他勾结的水匪头黑龙之手。

张得胜怕盛怀秀追根究底，忙转了话题道："Eileen 小姐，现在也晚了，学校早已经关门了。我们这些人都粗手粗脚的，不如您今晚留下来，照顾一下我们主子……我们主子醒来见到您的话，肯定会很开心的……"

盛怀秀想起在戏院子弹横飞、千钧一发之际，载沁用身体将她护住的场景，在她耳边说"别怕，有我在"的那个画面，就没作声。

或许这子弹还是在护卫她的时候替她挡的呢！

盛怀秀张了张口，但最终还是没有出声拒绝。

张得胜见她默应了，便示意洋人医生和护士一起退了出来。

载沁醒来的第一眼，看到的便是候在床头的盛怀秀。

他以为自己眼花看错了，又缓缓地闭了闭眼。

可下一秒，盛怀秀那温柔而令人惊喜的声音便传入了耳中："卡尔先生，你醒了吗？"

确实是盛怀秀无疑。

载沁不敢置信："Eileen 小姐，你……"

他的声音虚弱干哑。盛怀秀忙道："你先别说话。洋人医生说你醒来，他要检查你的情况。你别动，我去唤他们进来。"

得知载沁醒转了，洋房的众人顿时都放心了，个个面露喜色。

洋人医生仔细地检查了一番后，用德文与载沁交谈，叮嘱了一番术后的注意事项。

盛怀秀听不懂德文，便如聋人一般站在一旁干着急。

最后，洋人医生对她和张得胜道："病人没什么大碍。只是要好好休养一些时日，让手臂的伤口痊愈。"

张得胜听了，只觉得那压在肩头的千斤重担瞬间搁下了。

若是主子载沁有什么闪失，王爷怎么可能轻易放过他们这一群侍卫，更别说他这个侍卫头了。

如今，他一心只求主子载沁快快好起来。

"主子，灶房熬了粥，也炖了补汤，这就给您和 Eileen 小姐端上来……Eileen 小姐先前担心您的身体，一直陪着您，不肯进食……如今您醒来，Eileen 小姐也该放心了……"

张得胜挑着让载沁欢喜的话说。不过他说的也是事实。方才他进来请盛怀秀用饭，盛怀秀一直说自己不饿，拒绝进食。

张得胜说完后就识相地赶快出去吩咐听差。

盛怀秀面色大窘，羞窘不已。

载沁不错眼地凝视她。他脸上没血色，衬得眸子越发亮得惊人。

如此一来，盛怀秀越发觉得面红耳赤，手足无措了："卡尔先生如今没事便好。我先回学校了……"

载沁怎么可能让她走。他伸出那只没受伤的左手，一把捉住了她的手，牢牢扣住。

载沁并不说话。

但他知，此时此刻他什么都不说，盛怀秀也是懂的：他不让她走。他要让她留下来陪他。

载沁从来没有过这般美好的感觉。

他从前曾经一厢情愿地喜欢自己曾经的未婚妻徐瓷碧。

付出的，从来没有得到过回应。

可是，他方才一睁开眼，便能从盛怀秀忧心忡忡的眼神里感觉到她在担心自己。

她对自己不是没有情意的，否则她不会流露出如此担忧着急之色。

载沁欢喜极了，也快活极了。

"我回学校了。你好好休息。"盛怀秀挣扎着想让载沁松开手。

她一挣扎，便牵动载沁右上臂的伤口。载沁吃痛，闷哼了一声。

盛怀秀有些吓到了，不敢用力挣扎了，转而试图用手掰开载沁紧扣着她的那五根手指："你……放手……"

载沁并不愚笨，他只是一心扑在自己想要做的事情上，在男女关系方面没有什么经验而已。此时，载沁见她小心翼翼怕再度扯痛他的模样，一下子便福至心灵了。

他"哎哟"地假呼痛了一声。

盛怀秀正在掰开他手指的手便不敢动了，还抬起水光潋滟的眸子内疚地望向了他。

载沁"虚弱"地道："伤口疼……"

"你躺着不动就不疼了……"

"那你答应留下来陪我，我就躺着不动。"

……

这时，敲门声响起，随之传来的是张得胜的声音："主子。饭菜都准备妥当了，可要现在送进来？"

盛怀秀脸更红了，她怕张得胜等人推门进来撞见两人手指相扣的这一幕，也顾不得会牵扯到载沁手臂的伤了，使力甩开他的手。

盛怀秀不知端亲王府邸历来规矩森严，只要载沁没出声让张得胜进来，张得胜是决计不敢带人进来的。

可如此一来，载沁这回倒是假呼痛变成真呻吟了。

盛怀秀素来心地良善，更何况面前的是载沁了。她这一甩，便眼睁睁地看着载沁额头冒出来了冷汗，显然痛楚难当，又想起了在戏院里时他护着她的场景，一时间心里头不免愧疚不安了起来。

载沁待痛意稍缓，方才对外头的人道："进来吧。"

张得胜带了数个听差，搬了一个小桌子进来，搁在了床前。听差把热气腾腾的粥和菜一个个地摆在其上。

载沁吩咐张得胜扶他靠坐了起来。

小桌上是四菜一汤，还有一小锅粥、一碗米饭、一盅燕窝、一盘糕点。粥是熬得金黄稀烂的小米粥。汤是辽东海参炖鸡汤。四个菜分别是腌萝卜，酱牛肉，两个清淡的蔬菜小炒。

张得胜躬身带了听差们轻手轻脚退了出来。

载沁望着盛怀秀："吃饭吧。"

盛怀秀一直不动。

载沁见她不坐也不动，两人这般僵持下去也不是办法。他便探手去拿粥锅里的勺子舀粥，可他一动，顿时又牵着了刚缝合的伤口，闷哼了一声。

盛怀秀还在愧疚前面甩他的手、令他痛楚不已之事，如今看着他冒着冷汗去盛粥，便默不作声地上前，从他手里取过了粥勺子，盛了一碗粥。

盛怀秀用小瓷勺子搅拌了一会儿，稍稍放凉了一些，把粥捧到他面前。

载沁知她面薄如纸，害羞得紧，与往日里那些会讨好人、想从他身上得到荣华富贵的人是截然不同的。她也是决计不会喂他的。所以，他便伸出了那只没受伤的手接过了粥碗，就着碗口喝了起来。

一口气喝了小半碗粥后，载沁搁下碗，用左手拿筷子去夹菜。他不惯用左手，便跟洋人吃中国菜一样，两根筷子根本不听他使唤。有的根本夹不住，有的夹住了，还没送进嘴里便掉了。

一时间，把床边弄得脏污不已。

载沁何曾这般失态过，更何况是在自己喜欢的女子面前。

他心火顿起，生起自己的气来，把筷子一搁，不想用饭了。

盛怀秀看着载沁吊绑着的手臂，想到他护着她的画面，心头便是一软。她默默地取过了他的碗，用小瓷勺舀了一小勺的粥，用筷子夹了一小片酱萝卜搁在上头，送到了他嘴边。

载沁没想到居然有此等天大的好待遇，一愣之后，狂喜不已。可他面上不敢露出半分，怕她脸皮薄又羞怯了起来，便不愿喂他了。

载沁乖乖地张口吃掉了。

一勺又一勺。

一碗小米粥一下子便喂完了。

载沁心里头欢喜快活得不知如何是好。

他担心盛怀秀饿着了，道："你先吃吧。吃好再喂我。"

盛怀秀轻声道："我不饿。"

在盛怀秀的喂食下，载沁又喝下了一碗粥、一盅炖汤。他怕盛怀秀饿久了把胃给饿坏了，道："我真饱了。你用饭吧。这汤凉了就油腻了。"

盛怀秀这才端起碗，就着小菜，小口小口地吃起来。

她唇色本就嫣红，吃菜喝汤的时候，被油一浸润，樱唇越发诱人了。

载沁被吸引住了目光，只觉得异常口干舌燥，仿佛方才的汤和粥俱白喝了，一心羡慕上了那只舀汤的小瓷勺子，只恨不得自己就是那只瓷勺子。

可他怕惹恼了盛怀秀，也不敢久看，见盛怀秀眼帘稍稍一动，便忙不迭地移开视线，装作看着别处的模样。

载沁虽然受了伤，但能与盛怀秀有如此迅速的进展，可以如此甜蜜地相处，他只觉得这子弹没白挨。

用完餐，听差们将小桌子抬了出去。

载沁失血疲乏，之后就沉沉地睡去了。

第二日清晨，盛怀秀梳洗完毕，张得胜派人请她去了载沁的屋里用早膳。

载沁如今是真开窍了，加上对盛怀秀的脾性有所了解，知道她面薄，决计不会主动的。可她心地良善，见不得人受苦。所以，载沁也不说让她喂饭的话，只在她面前做出一副"吃饭困难，东掉一块肉，西掉一只瓷勺，又扯疼伤口"的模样。

果然，他"哎哟"地呼痛几声后，盛怀秀便低着头，默不作声地端起了他面前的碗，用勺子一勺一勺地喂他吃了起来。

载沁得偿所愿，配合极了，一口一口地吃完了两大碗饭，又进了两碗补汤，吃了一块糕点。

盛怀秀喂完他，自己用了一碗粥和两块小点心，提出要回学校。

载沁知道自己需要好好休息，才能尽快让伤口恢复，便也不留她了："我让张得胜安排人送你回去。不过，你得答应我一件事情。"

"什么事情？"

"等学校这个礼拜天放假，你来看我，好不好？"

盛怀秀踌躇不已。她脑中有个声音告诉她，两个人这样继续牵扯是不对的，要立刻停止。可是，载沁眼里头那期盼的光，叫她说不出任何拒绝的言语。

载沁不知她内心的百般挣扎，见她不拒绝，便打蛇随棍上，道："我就当你答应了。我到时候安排张得胜去接你。"

载沁摇铃唤张得胜进来，吩咐他安排司机送盛怀秀回了学校。

张得胜恭恭敬敬地将盛怀秀送到了楼下，帮她拉开了小汽车的车门，殷勤万分地请上了小汽车，目送她离开。

待小汽车驶离洋房后，他方上楼禀报载沁。

载沁道："张得胜，这桩事情你办得好。"

看来将 Eileen 小姐留在洋房照看主子载沁的这件事情果然办对了。主子载沁对他们保护不力一事显然是要轻拿轻放了。张得胜心里大喜，但嘴上却是一个劲地告罪："是小的办事不力，没有保护好主子，小的万死莫辞。主子没有怪罪小的，小的已经感激万分的，不敢得主子的夸奖……"

"一桩归一桩……这次刺杀伤我的事情，必定是盛怀新这帮革命党人所为。前几日没把他杀了，真是可惜了。你让巡捕房给我好好地彻查，就算是把这个法租界给我翻个底朝天，也要把盛怀新这些个革命党给我找出来……"

"小的昨日一回来便挂了电话去巡捕房，让他们严查出入悦音园戏院的所有人等……今天一早也再度询问过了。可巡捕房那边别说刺客了，连一点线索都没找到……"

"让他们继续查！"

"是。小的立刻再挂电话去巡捕房。主子您好好休息。"

"还有……你给我吩咐下去,让底下的人都把嘴巴给我闭严实了,我受伤这件事情不能让任何人知道,特别是我阿玛和额娘……"

"是,主子。"

载沁自是不会轻易放过盛怀新等革命党,便通过弗兰克等人向公共租界相关方面和人等进行施压,要他们的巡捕房大力搜捕盛怀新等人。

而载沁自己这时则是半分都不知,自己竟然跟自己的死对头——盛怀新的亲妹子盛怀秀,也就是 Eileen 产生了感情纠葛。

第 3 章　纠缠始

三日前，载沁从杭州回上海。

车子行驶在回洋房的马路上，载沁忽然指着路边走着的一个人，对张得胜等人道："张得胜，你们瞧瞧前头这个人的背影，眼熟不眼熟？"

张得胜望去，只见那人身穿黑色西服，头戴一顶黑色礼帽。

这种打扮在这上海的公共租界里头是太寻常不过了。

唯一有点怪的是，此人的黑色礼帽压得颇低，好像并不想让过路人看到他的脸似的。

载沁皱着眉头，一瞬不瞬地盯着那人的背影，只觉得越看越熟悉，便吩咐汽车夫："车速放慢一些。我要看看此人的脸到底长什么模样。"

汽车夫领命，踩下了刹车，用极缓慢的速度经过了那个人的身畔。

车子与那人交身而过时，载沁透过车窗玻璃不错眼地紧盯着那人看。可那帽子压得实在太低了，那人又刻意地低着头走路，载沁只见了一脸的络腮胡子，其余什么也看不见了。

小汽车缓缓前行。

载沁猛地打了一个激灵，想起了此人是谁。

"是盛怀新！给我立刻掉转车头！"

听了这话，饶是张得胜也是大吃一惊："主子，这个人是盛怀新吗？"

"我确定是他！"

盛怀新素来是个小心谨慎之人。因此番是按着会里给的地址要去周钟岳的家里接头，所以他乔装打扮后依然不放心，特地压低了帽子走路。他的暗杀经验丰富，为人又机警，所以见前头的两辆黑色小汽车急匆匆地掉头，他立时察觉到了不对，撒开腿跑进了一条汽车行驶不进的私家小路。

"盛怀新,你给我站住。"载沁和他的侍卫们已经下了车,拔枪追了过来。

"再跑我们就开枪了!"

盛怀新也认出了追捕他的人竟然是载沁,亦是惊愕不已。

两人过往有许多恩怨纠葛,如今竟然会在上海公共租界的马路上碰了个正着。真真可谓不是冤家不聚头!

盛怀新拔出了枪,边躲边朝载沁等人还击。

一阵混乱枪战,载沁射中了盛怀新一枪。盛怀新捂着淌血的伤口,跑出了小路另一个出口,在马路上拦劫了一辆车子逃跑了。

载沁等人追赶不及,只能眼睁睁地看着载着他的汽车踩着油门轰然而去……

车子开过了数个路口,盛怀新见摆脱了载沁和他的手下,便第一时间收回了手枪,对开车的年轻男子致歉道:"对不住。方才用手枪胁迫你了。我也是迫于形势,不得已而为之。请您原谅。"

他捂着伤口下车离开后,又小心谨慎地换了两辆人力车,确定无人跟踪,方又绕了一圈来到了周钟岳的家,用会里的暗号敲门。

周钟岳是盛怀新在嘉兴教会学校的同学,两人打小相识,在嘉兴教会学校毕业后又一起考进了上海的圣约翰大学,在盛怀新革命思想的影响下,他一路追随盛怀新,一起成为同心会的会员。

如今周钟岳的夫人顾子婴身怀六甲,临近生产,所以会里最近一直没有安排任务给周钟岳。

周钟岳和顾子婴见他白衬衫上的斑驳血迹,大惊失色:"怀新,怎么了?可是遇到朝廷捕快了?"

盛怀新恨恨道:"冤家路窄!我刚才遇到载沁了。就是当年咱们在北京城刺杀他阿玛端亲王,你落入他手里吃尽了他的苦头,后来我又绑架了他在天津大沽码头换了你的,之后他又捉了我,划花了我脸,把我们盛家通缉的那个载沁贝勒爷!"

盛怀新和这载沁之间的恩怨纠葛,那真是多了去了。

周钟岳听后却道:"载沁果然在上海!"

盛怀新一听这话,察觉到了异样:"怎么?载沁来上海可是有什么图谋不成？"

周钟岳道："怀新，你这一年多来去了南方负责起义事宜，所以不知。载沁这件事情说来话长。我先给你疗伤。"

"不碍事。我在过来的路上已经检查过了，没有射中要害，只是被子弹擦伤而已……"盛怀新解开了衣服，让周钟岳查看自己的伤口。

周钟岳一看，只见盛怀新右腰畔处一片血肉模糊，但幸无大碍，不由得放下了悬着的一颗心。

"家里备有云南白药。我去取来。"

周钟岳去取了药和干净的一块布来，手脚利落地给盛怀新敷药疗伤。

他和盛怀新等同心会的同志们刺杀朝廷重臣，又在各地策划各种起义推翻清政府，受伤于他们而言便如同家常便饭，所以对疗伤一事如今也是驾轻就熟的了。

周钟岳一边手脚利落地给他包扎，一边告诉了他一个重要消息，说会里得知最近有艘载有德国军火的轮船会在数日内抵达上海码头。

周钟岳说到这里，停顿了下来，问盛怀新道："怀新，你可知这批货的买家是谁吗？"

"莫非就是载沁不成？！"

"不错！就是他！"

"他要这么多军火做什么？"

周钟岳道："当年在北京城的时候，这个载沁从德国留洋回国不久，在练兵处当值，不像他阿玛端亲王和大哥载鸿位高权重，所以咱们会里也没把他当一回事。可没料到，这个载沁却是个有真材实料的，本事不小。他如今在浙江巡抚张鲁扬的帮助下，在杭州城办了一个陆军武备学堂，第一期收了五千多个新兵学员，重金聘请了德国军官，以德国陆军为蓝本，按照德国军校的方法进行训练……听说他在杭州的陆军武备学堂从来都是以身作则，与新兵学员们同吃同住，一起训练，无论风里雨里，摸爬滚打，同甘共苦。陆军武备学堂的新兵学员每个月有三两白银。每个月都是载沁亲手发饷银到这些学员手中的……一来为的是不让人经手克扣，二是收买这些学员的人心……我们会里如今对载沁忌惮得很。这个陆军武备学堂若是这样一期一期地训练下去，每一期的学员都将是清廷的一支精锐部队，不出数年，清廷在江南便会有一支劲旅，到时候与小站练兵的袁世凯的陆军新军一南一北遥相呼应……我们革命形势危急也……"

盛怀新听了这番话，不觉也面色沉重了起来："若是早知道这个载沁这般能干，当年我们绑架他的时候就不该轻易放了……"

盛怀新又问道："如今会里对载沁此人是怎么个安排？"

周钟岳道："会里有人主张除去载沁。若是把载沁除去，他那个刚办起来的陆军武备学堂便群龙无首，立时瓦解了。"

盛怀新沉吟道："可今时不同往日。我今日遇到的载沁，身边有很多侍卫保护，人多势众。我这番也是侥幸，方能从他手里逃脱。"

周钟岳道："刺杀一事不急于一时。咱们再从长计议。"

盛怀新点了点头。

周钟岳又问："对了。你今日是怎么遇到载沁的？"

"就在大街上偶遇的。"说起这个，盛坏新也觉得很是无语，"你说巧是不巧？我贴了这么一大把胡子，又把帽子压得极低，都乔装成这副模样了，载沁这厮居然还能认出我来。"

盛怀新便将整件事情从头到尾地告诉了周钟岳："我当时见到两辆黑色小汽车速度极缓地从我身边行驶过，就警觉戒备了起来……后来，见汽车扬长而去，我以为是我多心了……可很快便见那两辆小汽车急匆匆地掉头，我知道不对……之后，便与载沁枪战了起来……"

"对了，钟岳，今日你把我找来商议，可是事关这批军火？"

"是的。会里要我们想办法劫走载沁那船德国军火。"

"这敢情好！我们会里如今最紧缺的便是枪支弹药。若是有了这批枪，我们会里接下来在各地的起义行动必定如虎添翼……"

两人商议了一番，都一致认为待这批德国军火上了岸，从上海运往杭州的途中想办法劫走是最佳的。

"无论他们这批军火是走水路还是陆路，只要一出了上海的公共租界，到了咱们嘉兴地界，我们便有的是办法。劫了这批军火，装上船，我们嘉兴水路四通八达，到时候便可以消失得无影无踪。"

周钟岳道："另外，关于劫军火一事，怀新，你是知道的，我们会里骨干四散全国，如今在上海的人手不足。会里这次找你回来，便是想与你商议，希望你能联系到枭帮的孟余亭孟大当家，让枭帮的兄弟们一起帮忙劫载沁的这批军火……"

孟余亭孟大当家是太湖第一大帮枭帮的帮主，与盛怀新和他夫人沈如锦素有交情。盛家人被朝廷通缉追捕，也是得了他和枭帮的大力相助，方能成功逃脱。盛怀新在与孟余亭的接触中，跟他讲述了很多时局大事和见闻，比如洋人对我们中国的侵略、洋人利用鸦片烟对我们中国百姓的控制和荼毒，各地官员贪腐成风、层层盘剥底层人民，底层人民穷苦潦倒、衣不蔽体、食不果腹、卖儿鬻女，时有所闻，等等。他对孟余亭动之以情、晓之以理，劝说他一起革命，推翻清政府，救中国救百姓。如今的孟余亭已经改邪归正，带领着手下的枭帮帮众成为同心会的一个强劲侧翼。

盛怀新道："好，我尽快联系孟大哥。"

周钟岳道："怀新，你先在我家里安心住下，好好养伤。我这两日向会里汇报一下情况，再做定夺。"

这日，周钟岳乔装打扮了一番后，出了门去会接头人。

路过悦音园大戏院的时候，周钟岳看到了两辆黑色的舶来小汽车停下来，有人在众人簇拥下从车子里出来。

周钟岳刺杀朝廷重臣多了，经验丰富，见了前呼后拥的人物，知道都是些权贵显要，总是习惯性地瞧上两眼，看看是不是会里的目标人物。

结果这一瞧，他自己都惊住了：竟然便是前两日与盛怀新狭路相逢、发生火拼的载沁贝勒爷。

当年，周钟岳和盛怀新两人在北京城刺杀载沁的阿玛端亲王的时候，周钟岳失手被擒，落到了载沁手里，被他严刑拷打，各种折磨，吃尽了苦头。所以这载沁啊，就算是化成灰，周钟岳也能认得。

周钟岳迅速地将自己的身子隐在了某根大柱子后面，观察着马路对面的举动。

他亲眼看着载沁与一个妙龄女子肩并肩地进了戏院。

周钟岳与盛怀新都是嘉兴人士，两人入读同一个学校，一起长大，成为志同道合的好友。那些年，他也曾三天两头地出入盛家，见过盛怀秀很多次。可他和盛怀新离开嘉兴，来了上海圣约翰大学求学的时候，盛怀秀不过是一个身量只及他们腰畔的小姑娘而已。这些年来，两人没再见过面。所以周钟岳根本认不出载沁身边那个亭亭玉立的娇柔女子便是盛怀新的妹子盛怀秀。

会里如今一心想除去载沁。今日难得有这么好一个机会，周钟岳可不想白白放过。可仓促之间，他又来不及再去通知其他人。

周钟岳思来想去了一番，随后当机立断地定下了主意：择日不如撞日。潜入戏院，埋伏在暗处，找个机会刺杀载沁。

可有道是人算不如天算，他好不容易找准了时机，拔枪对着载沁的胸口射击，却被载沁起身这个动作给避过了，引来了载沁身边的侍从，最后功亏一篑。

礼拜天，张得胜奉命来中西女塾接盛怀秀。

他打探好了中西女塾的放学时间，早早地来到了校门口等候着。

这一等就等了一个多时辰，张得胜眼睁睁地看着一辆又一辆的小汽车或者人力车陆陆续续地来了，接到了人，又离开了。

一直等到学校的女生都走光了，校门口处空无一人，都没等到盛怀秀。

张得胜找了门房，塞给了他一点小碎银，说家里人来接吴芷漪同学，可一直不见她出来，请他帮忙进去找找人。

门房得了他的赏钱，殷勤地进了学校里。

门房很快出来了，说："吴同学在宿舍里。我跟她说了家人在校门口等她，都等着急了，请她尽快出来。她只说知道了。"

张得胜继续等候。

可这一等，便又是等了许久，还是不见盛怀秀。

他便又让门房去催。

门房应声而去。

张得胜想了想，唤住了他，道："劳烦你就跟她这般说，就说家里的病人等着她过去一起用午饭。她若是不去，家里的病人就一直等到她过去为止。"

门房"哎"了一声，又去了宿舍。

不久后，张得胜便看见了盛怀秀慢腾腾出来的身影。

盛怀秀一直在宿舍里踌躇不定。

事实上，她这一个礼拜都过得魂不守舍、心不在焉的。

她总是会不经意地想到载沁，想着子弹横飞时，他保护着她，对她说的那句"别怕，有我在"，想着他扯护着她、第一时间把她塞进车子里的画面，想着他吊着绑带的手臂，如今不知道恢复得怎么样了。

也总是会想起载沁牢牢地扣着她的手，不让她走的情形。

想起她一口一口喂他用饭的情形。

每每只要一想起，她便心神起伏，难以安静下来。

夜里都无法好好入眠，更不用说静下心来好好学习了。

这个情形连宿舍里的同学都发现了。

有一日，朱正仪悄悄地把手搁在她看的书上。她竟然也没察觉，只愣愣怔怔地出神。

这一回，连素来大大咧咧的朱正仪也瞧出了她的不对劲，纳闷不已："Eileen，你最近这是怎么了？老是一个人在发呆。"

盛怀秀回神后，赧然不已，只好推说家里有事。

盛怀秀的年龄比朱正仪等人还小一岁，但因着盛家历经变故，所以反而比朱正仪等人更沉稳成熟几分。一向她不想说的事情，朱正仪等人是怎么也无法问出来的。

她推说家里有事挂心，朱正仪等人追问关心了几句，见她不肯说，也就不便再多问了。

盛怀秀这一个礼拜以来一直在考虑到底要不要遵守承诺去见载沁。

她是想见载沁的。

可理智告诉她，不能去见载沁。

若是见了，有些东西恐怕就要不受控制了。

所以，盛怀秀举棋不定，委决不下。

今日宿舍里的人一一离开，她还是没个决断，索性便躲在宿舍里不出来。

她想着载沁的人等不到她，自然就会回去的。

如此一来，她便也不用一再纠结了。

门房第一次来找她的时候，她只说知道了，可依然不愿出去。她想着，继续拖着。载沁的人总不可能一直等下去的。

可不料，门房第二次过来敲门，对她说："吴同学，你家里人让我转告你，家里的病人在等你回去一起吃午饭。你不回去，家里的病人就一直等着。"

载沁那说一不二的性子确实有可能会如此。如今早已过正午了……

门房因得了张得胜的赏银，还特地补了一句："吴同学，病人的身体可不能挨饿。你赶紧回去吧。家里头的病人要紧。"

盛怀秀捂着脸，最终长叹了一声。

张得胜在外头候着，实在是怕盛怀秀不出来。

平日里，张得胜仗着端亲王府那是横行霸道惯了的。可在这租界里头，在美国人开办的学校里，就算是他胆子再大，再嚣张跋扈也不敢进学校去把盛怀秀绑出来。

可若是盛怀秀执意不出来，不肯去见主子载沁，他怎么交差呢？

如今张得胜见了她出来，心里头可算是松了一大口气，喜笑颜开地迎上前："Eileen 小姐，快请上车，快请上车。"

小汽车一行驶进大门，洋房二楼一直竖着耳朵的载沁就在第一时间听到了动静。

对于盛怀秀到底会不会来陪他，载沁其实也是毫无半分把握的。

去接盛怀秀的汽车一出发后到现在，他不知拿起一旁的怀表看了多少次了。如今可算是盼来了。载沁大喜过望。

可也不好这样眼巴巴地等着她进来，载沁便取过了一旁的报纸，做出了一副正在"津津有味"阅读报纸的模样。

很快，敲门声响起，张得胜禀报说"主子，Eileen 小姐来了"，他才出声："请她进来。"

盛怀秀进门时，他做出正从报纸中抬头的模样。

盛怀秀自是不知他在装模作样。

可张得胜却心知肚明，忍笑都快忍出了内伤。

他们这群侍从也是头一回知道，自己这位高权重的主子对着心悦女子木讷笨拙，竟与毛头小伙无异，完全没有平日的冷静从容。

张得胜见盛怀秀进门后并不走近主子的床边，只远远站着。

然，就算站得这么远，与主子载沁隔了一个比西式长沙发还要远的距离，两人之间的表情也是淡淡的，可两人之间却自有一种说不出的旖旎气氛。

张得胜素来精明乖觉，知道自己这个大电灯泡是越快消失越好。

于是，他躬身问道："主子，Eileen 小姐来了，是不是可以开膳了？"

载沁点了点头。

张得胜吩咐了下去。听差们端来了小桌子，摆上了饭菜。

一切妥当后，张得胜便识相地赶快带人告退了。

屋子里只剩下了载沁和盛怀秀两人而已。

载沁搁下了报纸，抬起脸对着盛怀秀道："你过来。站这么远做什么？"

盛怀秀不动。

载沁一把掀开薄被，想要下床。

一路上，张得胜一个劲地对盛怀秀说主子载沁的伤势，说什么洋人医生说，我们主子无大碍了，稍稍走动是无妨，可是不能动到伤臂，更不能用力，影响伤口愈合之类的。

盛怀秀见状，轻声出言提醒："那个洋人医生说最好卧床好好休息……"

载沁闻言，心花怒放，面上也露出了淡淡笑意："洋人医生的话也不可全听。"

他又道："你过来，我便不动。"

盛怀秀这才走了几步，站到了床边，但还是离他有一个长沙发的距离。

载沁："这都过晌午了……"

他就是想让盛怀秀喂他。

盛怀秀不作声，但最后还是叫载沁得偿所愿了。

载沁在盛怀秀的喂食下，细嚼慢咽地吃完了这几日来最快活最美味的一顿饭。

听差们才将用餐的小桌子抬出去，盛怀秀就提出要回校。

载沁心心念念了她一个礼拜，怎么肯轻易送她回去："我一个人在屋子里，无聊至极。难得今日你来陪我说说话，解解闷。"

盛怀秀反驳道："明明屋子里有好多人……"

载沁灼灼地盯着她看："可那些人又都不是你。"

此话一说出口，顿时便将两人间那一层薄薄的窗户纸捅破了。

盛怀秀羞红了脸，一时间连眼神往哪里搁都不知道。

两人不说话，屋里静得落针可闻。可彼此间却是心意相通了起来。虽不说话，屋子里头却是自有一种不必言说的甜蜜。

载沁道："我一直躺着，都快发霉了。你扶着我下地，稍稍走动一下。洋人医生说我适当走动,有益身体健康和伤口复原。"

这一扶,便是要有身体接触的。盛怀秀轻声道:"我去唤人进来扶你……"

这便是不肯扶他。

载沁闻言,沉默了。

盛怀秀知道载沁不快。

屋子里陷入了一片安静。

载沁从小到大想要的东西,无一不是唾手可得的。盛怀秀的拒绝,他心里头怎么可能不生气。可他唯恐自己这么置气下去,盛怀秀要是走了的话,他便得不偿失,后悔莫及了。

于是,他没有坡也要下驴,想了想,摇了铃,唤来了听差,说要喝茶。

听差得了吩咐,很快把两盏新沏的热茶端了上来,搁在载沁的床头。

载沁伸手就去端茶盏。

这是新煮沸的热水冲出来的热茶,滚烫滚烫的。载沁握在手里,便如握了燃着的热炭一般,"哎呀"一声,立时撒开了手。

茶盏"哐当"跌在了地上,碎裂成片。

"请主子恕罪。"听差立时跪下,忙不迭地收拾一片狼藉的地板。

张得胜听得响动进了屋,见主子载沁的手指都烫红了:"主子,你的手……"

张得胜赶忙让人去取烫伤膏药。

张得胜乖觉得紧,见盛怀秀垂眼不语,主子载沁虽面色寡淡,可眉眼沉沉,似薄怒隐隐,两人之间有种说不出的怪异,便知情况不对,一心只想赶快离开这是非之地。

待听差把烫伤膏药取来,他恭恭敬敬地把瓷瓶捧给了盛怀秀:"劳烦 Eileen 小姐给我家主子上药。"

他忙不迭地带人告退了出去,生怕一不小心撞到主子载沁的枪口上。

载沁是跟自己置气才把手给烫了。盛怀秀心明如镜。她默默地打开了烫伤膏药的塞子,用食指蘸了药膏,缓缓地在载沁的掌心和手指间涂抹开来。

这是载沁的苦肉计。他哪里会真把自己烫到,左手甫一接触热茶盏便撒手了,烫得并不严重。

如今盛怀秀低着头,凝神专注地用手指替他涂抹药膏。单这个温柔场景便足以让载沁所有的怒气都消散了。更别说被她手指碰触到的地方清清凉凉的，一片舒服。

盛怀秀把烫伤药膏厚厚地涂满了载沁手上被烫红的所有地方。待涂好了，盛怀秀正欲移开手，载沁反手一把握住了她的手，将手指挤进她的手指缝里，与她掌心相贴，十指相扣。

盛怀秀耳畔蔓延了一片红，挣扎着想抽出手。因着烫伤膏的缘故，手上滑腻不堪。载沁一心要与她温存，便用力握得越紧，还趁机装作扯到了伤口，闷哼了一声。

他知道自己这一声呼痛，盛怀秀必定不会再用力挣扎了。

果然不出所料。

盛怀秀不动了。

载沁知道盛怀秀最是害羞不过了，如今握住了她的纤纤玉手，遂也心满意足了。

他怕真惹恼了她，她便不再来看他，也不见他了。

于是，他退而求其次地道："那我不下床走动了。你给我念报纸，成吗？"

盛怀秀不语。

载沁便知她同意了，心情立刻多云转晴，快活地把报纸递给了她。

…………

张得胜在外头候着，见屋子里头良久都无动静，便连茶水糕点等吃食也不敢叫人往里头送，生怕一个不小心打扰到了主子载沁，那他真是吃不了兜着走了。

可候得久了，又不放心。张得胜遂偷偷地打开了一丝门缝往里瞧。

午后热烈的阳光透过玻璃窗户照进来，照得屋子里一片亮堂堂的。主子载沁靠在床头，不错眼地凝视着 Eileen 小姐，而 Eileen 小姐则低头在念报纸，字字悦耳动听……

屋内气氛安安静静的，却别有一番旖旎动人的味道。

他的视线再往下移，忽地顿住了：两人的手是十指紧扣着的。

张得胜是载沁的贴身护卫，跟着他的时日也颇久了，哪里见过他这般柔情款款的模样，连对从前的未婚妻徐瓷碧也是没有的。

主子载沁跟徐瓷碧徐小姐在一起，总是给他一种热脸贴冷屁股之感。他看在眼里，总觉得主子载沁是因为徐小姐不喜欢他，他不甘心，所以越发不肯放手。毕竟对于男人而言，得不到的永远都是最好的。主子载沁当时亦是。

然，如今主子载沁与这 Eileen 小姐在一起的时候，他觉得主子载沁总有种从未见过的开心快活。主子载沁每次看这位 Eileen 小姐的眼神，都好像被糨糊糊住了一般，怎么移也移不开似的。

此时此刻便是。

显然主子载沁对这位 Eileen 小姐是动了真心。

这一日，载着军火的德国轮船到了上海码头，载沁带伤亲自去仓库查验了这批军火。

载沁让人取了不同箱子里头的枪支出来试射。他不顾有伤在身，亲自试了一杆枪。

张得胜和李大均几人均是用枪好手，知道开枪的后坐力不小，怕载沁手臂的伤势会加重，百般劝阻，都是无用。

不出两人所料，只试射了一枪，主子载沁的袖子上便有血迹渗出了。

两人齐声惊呼："主子，你的伤？"

载沁摆了摆手："伤口无碍。你们带人一箱一箱地查验，每杆枪都要验过。"

"是。"

所有箱子的枪支查验无误后，载沁按下了手印，收下了这批军火。

回到洋房，载沁脱了衣服一查看，伤口果然迸裂流血了。

洋人医生来了之后，重新上药换纱布，关照载沁必须好好卧床休息，别再乱动了，否则伤口会难以愈合。

载沁本是想要亲自押着这批军火回杭州武备军事学堂的，可身体情况实在是不允许，只能让心腹张得胜带着人马走这一趟了。

临行前，他再三叮嘱张得胜："事关重大，务必要小心谨慎。"

"请主子放心。属下必定将这些枪一杆不落地运送进杭州的武备军堂。"

载沁怕有闪失，为了以防万一，他还特地拍了电报给浙江巡抚——他的堂姐夫张鲁扬，让他电令嘉兴知府派兵等候在交接之地，一到嘉兴地界便让士兵们全程护送。

可没料到，盛怀新、周钟岳等人所在的同心会早就对这批军火虎视眈眈。盛怀新等人做足了详细周密的安排，与枭帮帮主孟余亭联手，准备不计一切代价，一定要抢了这批枪。

…………

装运军火的船只被劫，张得胜不仅失了这批军火，一群手下也在激战中死的死、伤的伤，自知无法对主子载沁交代。

张得胜无计可施之下，把主意打到了盛怀秀身上。

张得胜想把盛怀秀送上主子载沁的床，而后他趁着主子载沁心情大悦的时候，向主子载沁负荆请罪。

到时候，主子载沁看在盛怀秀的分儿上，或许会饶了他和手下的性命。

手下的人听了他的吩咐，不觉犹豫了起来："头儿，这法子可行吗？"

这五千杆步枪对主子载沁和他的陆军武备学堂而言，实在是太重要了。主子载沁一直在等着这些枪到，准备进行实枪实弹训练。这对于主子载沁来说，可不仅仅是五千杆步枪，而是听命于他、效忠于他的一支军队……可如今这五千杆步枪竟然被盛怀新带领的革命党抢了去……他们哪里还有别的活路可走？

张得胜只问他们一句话："你们是想死还是想活命？"

手底下的人异口同声："头儿，我等自然是想活命。"

"想活命就必须得听我的。"说到这里，张得胜道，"主子这一回是必定不会轻饶我们。除了这个法子可以一试之外，我实在已经想不出任何别的法子了……"

"张三发，你给我去一趟主子载沁那里，找负责的李大均，对他说一定要把这批枪火被劫的事情压住了，无论如何都不可让主子知道。另外再让他帮我做一件事情……"

"可是头儿，这事太大了，纸包不住火。李大均恐怕不敢给头儿兜着……"

"你对李大均说，只要他帮忙将这个消息压下两日，拖过了这个礼拜天就成。另外，你再去给我弄点东西……"张得胜把事情吩咐下去。

"是，头儿。"底下的人一一领命去办事了。

除此之外，张得胜知道自己别无第二个机会。

唯有一搏了。

张得胜好不容易等到了礼拜天，来到了学校门口接了盛怀秀。

盛怀秀见了张得胜来接她，习以为常，根本也不疑有他。

到了载沁的洋房后，张得胜把盛怀秀带到了小厅里："Eileen 小姐，洋人医生在给我家主子换药。您先在这里小坐片刻，喝口茶，进些糕点。等洋人医生换好药，我便带您上去……"

说完，张得胜便退下了。

盛怀秀端起了茶盏，饮了两口茶。

之后，她便人事不知了。

载沁的伤口再度迸裂了，且渗血的情况还远胜数日前。

洋人医生来了，拆开绷带和纱布一瞧，大为光火："卡尔先生，我从未见过像你这样不配合医生的病人。你若是这么不愿听我的医嘱，你这个病人我是无法医治的。如此下去，将会严重影响我的医生信誉。今日替你换药之后，请你另请高明吧！"

平日里几乎没有人敢这么不客气地对载沁说话。但他今日心情愉悦，并不动怒，反而还大笑道："马克医生，请别生气。我保证从今天开始一定听你的吩咐，好好配合你，让伤口尽快恢复，决计不影响你宝贵的声誉。"

马克医生知道载沁身份尊贵，平日里见他都是神色淡淡、矜傲无比的样子，今日竟然言笑晏晏地对他说出这番保证的话，简直反常到有些不对头。

可如此一来，他也不好再生气了。毕竟载沁是他的病人，是他的上帝。

"卡尔先生，那我就再相信您最后一次。您这条伤臂可千万不能再使力了。"

马克医生吩咐洋人护士帮他用酒精清洗擦拭了伤口以作消毒之用，又在伤口上撒了消炎止血的药物，最后包扎好。

待马克医生一走，载沁方才缓步来到了盛怀秀所在的客房。

女佣正候在门口，见了他过来，朝他行了一礼。

载沁先前一直待在客房里头，马克医生到来后，载沁才离开。走的时候，他还特地吩咐过女佣："Eileen 小姐醒了的话，就过来禀报我。"

这女佣一直没来禀报，说明盛怀秀到现在都还没醒过来。

进了房，果然看见盛怀秀蹙眉睡着，毫无醒过来的迹象。

如今盛怀秀已经是他的人了。

可载沁看着，却依然越看越是欢喜。

盛怀秀掀开眼皮，醒来的时候，只觉得眼前一片晦暗。

她脑中昏沉沉的，似有千斤重，又糨糊似的黏稠，整个人一片浑浑噩噩。

意识和感官随着人的苏醒一点点地开始回笼之后，她只觉得身子不舒服到了极点。

盛怀秀动了动，忽然察觉到了不对劲：她似乎全身光裸，不着一缕。

这一认知令她整个人瞬间清醒了过来。

盛怀秀试图回忆，但她只记得上了载沁派来接她的车，来到了载沁的洋房。张得胜说载沁在换药，让她在偏厅稍等片刻。她坐了一会儿，喝了几口茶……之后便一片空白，记忆全无了……

她瑟瑟发抖地起来……

她拥着薄被下床。可脚一触地，膝盖顿时便一软。她跌坐在了地上。

有人听见动静，立刻推开门进来，"啪"的一声打开了灯，见她坐在地上，忙匆匆地过来搀扶她："Eileen 小姐……您醒了？您没事吧？"

是载沁洋房的一个女佣。

盛怀秀其实已经察觉到了这里是载沁的屋子，这间屋子是她曾经住过的客房。可她总归是不愿意相信，所以才会想下床去拉开窗帘看个清楚。

此时见了女佣，她便是想不相信也是不能了的。

"Eileen 小姐，您睡了很久了，可要用点水进些食？"

女佣扶着她坐下，见她愣愣怔怔的，似丢了魂一般，不言不语不动，便去了窗口，拉开了厚重的墨绿色窗帘，只留了一层舶来的薄而透的蕾丝窗帘。

霎时，窗外明媚灿烂的阳光便透了进来。

盛怀秀总算是稍稍有了点反应。她木然地抬起了头，望向了窗口。

女佣见她如此模样，行礼告退出来后，去禀报了载沁。

守在书房门口的李大均拦下了她："主子在忙。"

女佣因得了载沁的吩咐说 Eileen 小姐醒了，要第一时间来禀报，所以她不敢有半分耽搁。

李大均听了她这话，倒也不敢再拦，便敲了敲门："主子。"

书房内，张得胜跪在地上，向主子载沁禀报那批枪支弹药被劫走的具体经过。

载沁端坐在椅子上，面色阴沉，不发一言，确实起了杀张得胜之心。

张得胜在载沁身边久了，知道主子越不动声色便越是危险，拼命地磕头求饶："主子饶命，主子饶命……"

载沁见了李大均打开门，便抬起脸，喝道："什么事？"

…………

女佣哪里见过载沁这般戟指怒目的暴怒模样，缩了缩脖子，颤声道："主子，Eileen小姐……小姐醒了……"

载沁闻言，胸膛起伏了数下，生生地压下了满腔的怒火，对女佣道："我知道了。"

他也不再多瞧趴跪在地上的张得胜一眼，径直走出了书房。

洗漱间里有一块极大的大镜子，盛怀秀愣了片刻后，抬头瞧见了里头的自己。只一眼，身上那些不堪入目的痕迹便尽入眼中，盛怀秀又惊又羞，恨不得自己当场晕死过去算了。

她旋即闭上眼，不敢再看，胡乱地穿上了些衣物。

一打开洗漱间的门，正好载沁从外头推门进来："Eileen，你醒了？"

盛怀秀一见载沁，脑中瞬间蒙了，空白一片，复而回过神来，无措羞怯地往后退。

载沁亲亲热热走近了她："你睡了许久了，定是饿了。我已经吩咐人给你送吃食上来。"

"你……别过来。"他走近一步，盛怀秀就后退一步。

载沁知道她一时之间无法接受这个现实，温言软语地道："Eileen，你若是不舒服的话，便躺下休息……"

载沁不说这话还好，这一说盛怀秀便羞得满脸红晕："你走开，别过来……"

载沁哪里会听她的话。

昨天下午之前，载沁虽然与盛怀秀两情相悦，可他知道盛怀秀的脾性，能握一下盛怀秀的纤纤玉手，他便已经心满意足了。

可如今两人之间什么都发生过了。盛怀秀都已经是他的人了，再让他离她远远的，却是怎么也不成的了。

就如同尝过珍馐美食的人，如何能够再去啃无滋无味的馒头。

载沁此时只想去搂她的腰，将她抱在怀里，好好地与她温存说话。

盛怀秀羞极了，也恼极了，又防备他，怎么也不肯让他靠近："你走开……你走开……"

她一直退，退到了墙边，直到背抵着墙，退无可退。

载沁人高马大地站在自己面前，缓缓地俯下身，两人之间几乎再无什么空隙。她鼻子闻到的全是载沁身上的气息，越发慌乱害怕："你走开……"

"我不走开。"

载沁见她脸上绯红一片，自打他进屋后，她的眼光都不敢与他接触。载沁知她羞涩恼怒。可他也不知怎么哄人，便低下头凝视着她，道："Eileen，你已经是我的人了，我以后会好好对你的……"

盛怀秀伸手推他："你不许说话，你走开。"

载沁顺势捉着了她的手，又见她怒气之下，别有一番动人味道，一时情不自禁了起来，低头在她脸上落下一吻。

盛怀秀脑中"嗡"一声作响："你……"

她真真是羞恼到了极点，抬起手便不管不顾地朝载沁打了过去。

载沁这两日来得偿所愿，称心快意。他知道盛怀秀要泄愤，就没闪躲，甘之如饴地受着。

盛怀秀打中了他的脸。

载沁自小备受宠爱，从小到大连阿玛端亲王和额娘都不舍得轻易打他一下，更别说打他的脸了。这么被盛怀秀重重打了一巴掌，他竟也生生受下了："我这两日觉得很开心很欢喜……就算现在你打我，我也觉得很开心，很欢喜……"

他一边说，一边还捉着她的手，按在自己的心口处。

"你放开我，我要回学校……"

"我已经让人去你学校以你监护人的名义替你请了一个礼拜的假。"

盛怀秀："你！"

这时，女佣在外头敲了敲门："主子，饭菜送来了。"

盛怀秀顿时身子一僵，她面薄如纸，怕别人见到两人之间如此亲昵的画面。

载沁松开了她，吩咐道："送进来。"

听差们将膳食搁下，而后低着头退了出去。从始至终，根本不敢抬眼瞧他们一眼。

载沁左手拿勺子，舀了一勺燕窝，递到她嘴边："你已经一天一夜没吃东西了，定饿了，快吃吧。"

"Eileen，你吃几口。别把胃给饿坏了。"

盛怀秀自是不知载沁这亲手喂食的待遇，她是头一份的，连载沁他额娘端亲王福晋都没得到过。

可载沁好说歹说都是无用，盛怀秀只说要回去，也不肯进食，甚至连水也不肯喝一口。

载沁无法子，只好软硬兼施，道："Eileen，你知道一屋子都是我的人，没我吩咐，你是决计不可能回去的。你乖乖的，好不好？"

盛怀秀听了载沁的这话，便连"回去"两个字都不肯再说。

载沁见她如此，一时竟拿她毫无办法。

李大均来禀报："主子，弗兰克先生来了。"

载沁知道弗兰克想必是知道了这批枪支弹药被劫一事，为此而来的，他不能不见。

"知道了。你请他去我书房小坐片刻。我马上就到。"

"是。"李大均领命而去。

载沁对盛怀秀叮嘱了一番："Eileen，你多少用点吃食，用完就好好休息。我处理好了事情便过来陪你。"

载沁想着盛怀秀饿了，总是熬不过要吃的。

他出了房门，吩咐女佣时刻注意盛怀秀的动静，有什么事情就即刻禀报。

盛怀秀听见载沁的脚步声远去，便扶着沙发起身，来到了窗边。

她打开窗户往下瞧，只见窗户边有棵梧桐树，树下便是碧油油的草坪。

四下无人。若是能从窗户跳到树上，再跳到草坪上的话，或许就能逃走……

这"砰"一声打开窗户的声响惊动了门外静候着的女佣。她推开门，见盛怀秀半个身子探出了窗户，顿时大惊失色，以为盛怀秀想不开，要寻短见。

她忙快步跑上去，一把死死地抱住了盛怀秀："Eileen 小姐，你千万不能跳楼啊……"

盛怀秀整整一天一夜未进食，加上醒来后发现了这个不能接受的事实，整个人本就晕晕乎乎的，此刻被女佣粗手粗脚地大力拖拽，只觉得眼前一黑，便软软倒下了。

那女佣吓到了，慌慌张张地喊人："来人哪……来人哪……"

载沁进了书房，这才招呼弗兰克入座，听差连热咖啡都还未曾送上来，便听见李大均敲门，在外头禀道："主子，Eileen 小姐晕过去了……"

载沁一时也顾不得弗兰克了，道："弗兰克，我有桩急事要处理。请你稍候片刻。"

说罢，也不待弗兰克说话，便大踏步地走了。

女佣把方才所见一一禀报给了载沁，载沁也是心惊肉跳，这屋子位于二楼，高度倒也并非极高，可这真跳下去，若是有个闪失的话，后果也不堪设想。

载沁一边命人再去把洋人医生马克请来，一边吩咐李大均找人把窗户钉上几根木条。

马克医生以为载沁又出事了，挂了电话，便带了女护士，怒气冲冲地赶来了洋房。

一见载沁，方知他没事。

下一瞬，马克医生见到了床上昏迷着的盛怀秀，见她白皙脖颈间露出来的斑驳吻痕，立时便明白了载沁手臂的伤口再度渗血的具体原因。

马克医生刚想掀被子，却被载沁伸手拦住了。载沁对着他手下的女护士抬了抬下巴："让她来检查。"

马克医生在上海行医也有段时日了，知道清国人有很多陋习，比如清国人的思想陈旧迂腐得很，什么男女有别、男女授受不亲。其中还有一种叫他最难接受的是，清国女子的脚在四五岁开始就被其长辈用长布条将拇趾以外的四个脚趾连同脚掌这段弯向脚心，不让脚发育长大，硬生生地把脚给包得畸形了，称之为裹小脚。并且，长期以来，以畸形小脚为美，将其称为三寸金莲。自然生长的脚，被人叫作天足，反倒会受人歧视。拥有天足的女子在长大后是无法嫁入好人家的。

马克医生原先以为载沁留过洋，思想开明，不会在意男女有别这些。如今方知这载沁竟也是个保守陈腐的。

马克医生无法子，只好隔了薄被用听筒听了心跳，又在载沁"虎视眈眈"的目光中把盛怀秀的眼耳口鼻等检查了一番。之后，他便出去了，让手底下的洋人女护士帮着检查了盛怀秀的身体。

他与女护士交流了一番，对载沁道："卡尔先生，这位小姐并无大碍。她晕过去的主要原因是受了过度刺激。等她醒过来，别让她再受刺激就行。让她好好休息，过两日便好了。还有这是消肿去淤的药膏，你给她涂上……"

…………

德国人弗兰克在书房等了许久才等到载沁回来。

他觉得十分费解。

这军火被劫一事是何等紧急和重要，可载沁竟然把他晾在书房晾了这么久。

他心里纳闷不已：这个Eileen小姐到底是什么人？能让载沁如此之重视！

弗兰克在自家舞会上见过盛怀秀一面，可当时盛怀秀是程重熙带去的女伴，他根本没有将两个人联系起来，所以完全不知这个Eileen小姐曾经与自己有过一面之缘。

载沁对弗兰克致歉了一番后，便开门见山地进入了正题："弗兰克，你可是听到了军火被劫的消息……"

"是。此事传得沸沸扬扬的，所以我特地来跟你确认真假。"

载沁重重地叹了口气，点头道："确有此事。"

"卡尔，你可知是什么人干的？居然如此胆大包天，敢抢你的军火……"

"是一群乱党所为。我已经掌握抢劫军火之人的身份了……"载沁将情况和盘托出，告知了弗兰克。

"卡尔，如今你是要怎么处置此事？"

载沁道："我已经电令下去，各州府全力搜查，不放过任何线索……"

…………

江南一带的水路、陆路均四通八达。这一批军火被劫之后便如泥牛入海，再无任何音讯传来。

事实上，盛怀新、周钟岳与枭帮的孟余亭孟大当家在抢劫这批军火之前，便做了各种沙盘推演，并按照推演的情况做了各种周密部署。

他们同张得胜等人经过一番激烈交战，折了不少兄弟后，终于成功地抢下了这批军火。

盛怀新和孟余亭按照原先商议好的，就地分了这些枪支弹药。大伙将其分别搬上了十数条船只。

之后，这些船便消失在了黑夜的河道里头。

为了严防走漏消息，彼此都没有过问对方的安排和目的地。

此后，同心会和孟余亭的枭帮两方都因为得了这一批军火，一时实力激增，为日后江南一带城市的光复做出极大的贡献。

载沁送走了弗兰克后，便来到了盛怀秀的屋子。

小桌上的食物还是一动未动，显然盛怀秀还是不肯进食。

载沁吩咐女佣："叫灶房重新弄一些清淡的吃食上来。另外再看看可有熬好的小米粥？还有，去热一杯牛乳，尽快送上来。"

女佣领命而去。

载沁在床畔坐下，道："Eileen，我不是不让你回去。我只是想你休息好了，再回去。"

盛怀秀背对着他，仿佛入睡了。

载沁心知她不是睡着，只是不肯理睬自己，不想跟自己说话，又道："你如今这模样怎么能回去呢？你怎么跟你宿舍里头的同学解释？"

饶是盛怀秀看不见载沁的脸，可听了他这话脸也是热辣辣的。

"Eileen，我向你保证：一个礼拜后，一定将你送回学校。若是我说话不算话的话，就罚我日后再不能见你……好不好？"

盛怀秀还是不言语。载沁以为她听了他的保证想通了，默应了，便伸手去搂她。

下一瞬，载沁忽觉腹部一痛，一低头，瞧见一把水果刀正抵着自己。

原来盛怀秀醒来后，左思右想不知道怎么办，无意中看见了水果盘上搁着的水果刀，便趁女佣不注意，藏在了身上。

"你放我走！"

载沁浑然不把这把小小的水果刀放在眼里："Eileen，你把刀放下。别伤着自己的手。"

"你让我走。"

载沁知道此事若是不说清楚，日后恐将会成为盛怀秀心里头的一个疙瘩，也会成为两人之间的一个永远解不开的心结，影响两个人之间的感情。

于是，他坦诚道："Eileen，我知道这件事情是我不对。可这件事情绝非我授意……"

"这件事情是张得胜所为。此事说来话长……

"因他最近把我吩咐的一桩极为重要的事情给办砸了，自知罪无可恕。他知道我喜欢你，对你一片真心。所以想用你来讨我欢心，好求我饶过他。"

当时，载沁是被张得胜安排的手下侍从一句"Eileen在客房等主子"请进客房的。

盛怀秀因喝了张得胜下了春药的茶水，药性发作，正在床上娇吟呼热。

载沁不知她怎么了，一走近，便见她衣襟半解，露出了一大片雪白剔透的肌肤……载沁本就钟情于她，怎么可能忍得住……

"张得胜现在还跪在地上求饶呢。你若是不信的话，可以亲自去与他对质。"说到这里，载沁顿了顿，"张得胜向来都是我的心腹。想必此时此刻无论我说什么，你都是不信的。"

载沁用没受伤的左手捏住了盛怀秀拿刀的手，道："你想刺就刺吧。我不躲。你若是解气的话，你想刺几刀都成。但是你刺完后，不管怎么样，这几日你必须待在这里。"

这洋房里里外外都是他的人。若是他不肯放她离开，她怎么都回不去的。盛怀秀又恼又急："你！"

"若是你刺我几刀能让你原谅我的话，你尽管刺。来，刺这里……这里是心脏位置。可一刀毙命！"载沁用力地握住她的手，作势便往自己胸口捅。

这个人疯了。盛怀秀瞠目结舌，哪里敢真刺。她想要松开手，把刀给撒了。可是，她的手被载沁牢牢握着，连松手都不能。

刀尖刺破了载沁的白衬衫……她眼睁睁地看见白衬衫的料子有血迹渗了出来……

盛怀秀吓得失声大叫："你放开……"

第 3 章 纠缠始

"你不生气,不恼我了,我就放开……"

盛怀秀咬着唇,怒瞪着他。

她这模样像足了一只生气的小猫,毫无威慑力,只叫人觉得分外可爱有趣。

载沁不觉微笑,收了手上握着她的力道。

刀立时跌落在了床褥上。

载沁把刀远远地扔了出去。"啪"一声,也不知扔到了哪个角落里头。

下一秒,他低下头去吻正在发愣的盛怀秀。盛怀秀挣扎着,可到底是没什么力气,没几下便被他轻而易举地吻住了唇,舌尖探了进来,与她纠缠反复……

女佣在外头禀报:"主子,您要的热牛乳……"

载沁听了动静,不得不放开盛怀秀,气息短促地道:"进来。"

盛怀秀只恨不得晕死过去算了。

女佣低眉敛目地推开门进来,屋子里又尽是两人急促的呼吸声,气氛旖旎暧昧,女佣不敢多待,轻手轻脚地搁下热牛乳便忙不迭地退了出去。

门外,女佣只觉得脸热,抬手一摸,竟然滚烫如沸。

载沁把热牛乳倒入凉掉的燕窝盅里头,舀了一勺喂她:"吃一口。"

盛怀秀蒙头蒙脸地用被子盖住了自己。

载沁:"若是我不放你出去,你便绝食,一直不吃,是不是?"

盛怀秀闷声不响。她确实是准备这么做的。

这便表示默认了。

自是不能这般由着她!

载沁就着碗喝了一口牛乳燕窝,掀开被子,用左手扣住了她的下巴,低头堵上了她的嘴,唇齿相触间将燕窝往她嘴里送。

盛怀秀被载沁压制住了,连动弹都不能,只能被迫承受他的热吻。

唇舌推拒间,载沁把牛乳燕窝一点点地哺给她……

这一口喂完,盛怀秀眼中迷蒙,红唇微张的样子太可人疼了。

这种喂食方式,载沁是太喜欢了。

载沁又饮了一口,覆了上去。

喂完了最后一口,载沁意犹未尽,低头吻她的唇:"从今往后,你不肯用饭,便是让我用这法子喂你……"

盛怀秀长而卷的睫毛便似发抖一般地颤了颤。

载沁倒也不全是威胁她。他自己对于这种喂食是太享受其中了。

盛怀秀抬手打他,可除了打几下外,又能拿蛮横霸道的载沁怎么办呢?一时间伤心羞恐委屈齐齐地涌了上来。她咬着唇,泪水悄无声息地涌了出来,沾湿了睫毛。

载沁一愣,一时不知道怎么办,无措地道:"你别哭……"

他越是这般说,盛怀秀的泪便越是流得厉害了,脸都哭糊了。

载沁并不会哄人,翻来覆去地就是叫她别哭。

最后,实在是没办法了,只好低下去吻她的泪珠子,"威胁"她:"别哭了,再哭我要做别的坏事了……"

果真把盛怀秀吓得不敢哭了。她眼里包着泪,委屈戒备地怒视着载沁。

如果眼刀能杀人的话,他身上估摸着已经千百个窟窿了。载沁不免好气又好笑。他何时这般对女子温柔款款,伏低做小过,可偏偏遇上了她。

"你不哭,我就不做。"

载沁怕她哭。盛怀秀又怕载沁做"坏事"。

于是,两人达成了一种"不平等协定"。

不一会儿,女佣带了人搬了小桌进来,送上了一盘又一盘热气腾腾的菜。

载沁表演起了"单手绝活",用左手盛了一碗金黄的小米粥,吹凉了一些,用瓷勺子舀了一勺,递到了盛怀秀的嘴边:"吃吧。"

盛怀秀因实在怕载沁像喂牛乳燕窝一样方式喂她,于是也不敢违逆他的意思,乖乖地张口吃了。

载沁喂了几口,方才注意到自己都没有喂她吃菜(毕竟从来没有给人喂食的经验不是!),于是便又夹了几口小菜喂她。

盛怀秀都一一吃了。

载沁见她如此乖巧听话,一时只觉得身心都舒坦了。

吃了一碗小米粥,用了两块小糕点后,盛怀秀说饱了,不肯再吃了。

载沁就着她用过的碗筷把她吃剩的粥和汤都一股脑地喝了,又用了两碗粥,大半碟的糕点以及两大碗汤。

他趁着盛怀秀梳洗的时候,盼咐女佣将小桌子等撤下,连舶来的水晶花瓶等物都撤走。最后，他亲自检查了房间里的每个角落，确认了没有任何伤人的利器方才放心。

载沁待盛怀秀睡去后，才来到关押张得胜的地方。

张得胜一直垂头跪着，见载沁带了李大均等人进来，浑身一震，忙不迭地爬了过来磕头求饶："主子，饶命……主子，饶命……"

"主子，您就看在小的这些年尽心尽力地侍候您的分儿上，看在Eileen小姐的分儿上，饶了小的这一回吧……"

载沁斜睨着他，眼神阴恻恻的。

李大均等人心里头也揣摩不出主子到底是何决断，但都知道此时此刻主子载沁的决定将干系着张得胜的性命。平日里作为他们头头的张得胜最喜欺上瞒下、邀功透过、唯利是图，治下手段又极为阴毒，大伙都为之不齿。可如今瞧着也于心不忍，便齐刷刷地跪了下来为张得胜求情："主子，张侍卫长素来对主子一片忠心，为了保护主子几次三番地出生入死，可谓没有功劳也有苦劳……请主子饶了张侍卫长这一回吧。"

"请主子饶了张侍卫长这一回吧。"

…………

载沁丢了这一批军火自是怒气冲天，可亦知此事已成事实，就算杀了张得胜也无济于事。再说了，盛怀新这些革命党是有备而来，这些人又都是不怕死的，不达目的誓不罢休，即便换了另一个人哪怕是自己亲自押送这一批军火或许也改变不了这个结果。

这几年来，张得胜侍奉护卫他左右，也没出过什么大纰漏，确实是没有功劳也有苦劳。这一次若是杀了张得胜，恐会让身边的侍卫们寒心，日后于己也是不利。加上这盛怀秀一事……虽然他不喜欢张得胜对盛怀秀用这种下三烂的手段，但又不可否认，这事情委实是办到了载沁的心坎上。

睇了众侍卫半晌后，载沁才开口道："既然大伙都给你求情，我就饶了你这一回。但死罪可免，活罪难逃。你这侍卫长从今日起就由李大均接任。你先下去养伤吧。一切等你养好了伤再说。"

张得胜听了，知道自己这是可以活命了，顿时大松了一口气，整个人瘫了下来。他匍匐在地上磕头谢恩："小的谢主子不杀之恩。属下必定好好反省，以期日后为主子戴罪立功。"

第二日，盛怀秀醒来便已经是晌午时分，发现载沁不在，顿时大松了口气。

昨儿夜里，载沁不肯回自己房间，无论盛怀秀怎么抗议都不成，霸道地分享了盛怀秀一半的床褥。

盛怀秀抗议不成，借着去洗漱间的机会，把自己反锁在了里头，怎么也不肯出来。

载沁后知后觉地想起洗漱室里有一面舶来的大镜子，一时惊怕了起来。

事实上，是载沁自己关心则乱而已。

盛怀秀因被通缉逃亡，与家人几次三番遇险，心性坚毅胜过寻常女子。她哪怕仅仅是想到年迈的娘和家人，就决计不会做任何傻事的。更何况盛怀秀知道无论自己发生什么事情，大哥盛怀新和大嫂沈如锦都会为她兜底的。再说了，事已至此，就算寻死也解决不了任何问题。

且……她本身也是喜欢载沁的，与载沁两情相悦。

她只是拿蛮横的载沁没办法，想自己一个人静静。

载沁心里头发急，一边低声吩咐女佣去找管事取洗漱室的钥匙，一边隔着门与她商议："你让我回自己房间是怎么也不成的。最多这样，我答应你，今晚也不闹你。"

载沁的伤臂得了马克医生的再三叮嘱，也不敢妄动。

盛怀秀从不曾想过世间还有这种无耻的讨价还价，听了载沁的话，在洗漱室双手捂脸，根本不敢看镜子里头面红耳赤的自己。

盛怀秀不肯同他讲话。

载沁："你不说话，那我就当你同意了。"

这怎么成？！盛怀秀脱口而出："我不同意！"

载沁道："那我再后退一步，今晚不闹你，安安静静地睡你旁边……"

"不行！"

这时，女佣从管事那里取了钥匙匆匆而来，捧给了载沁。

在盛怀秀错愕的眼神里头，载沁用钥匙打开了洗漱间的门。

载沁如今已经拿捏住了盛怀秀的弱点，便凑到她耳边道："若是你不同意我说的，我便亲你，亲一晚上。怎么样，你选哪个？"

盛怀秀想直接闭眼晕死过去算了。

自打两人的关系不清不楚后，仅仅在今日一个下午，载沁便对她放肆极了，想抱就抱，想亲就亲。所以盛怀秀根本不信他任何的话。

有载沁这么一个强烈的存在，以至于盛怀秀一个晚上都如临大敌一般，连闭眼都不敢，直到天蒙蒙亮确认载沁这回确实说话算话了，方才支撑不住，睡了过去。

所以才会醒来这般晚。

女佣听见她起床的动静，禀报说主子在书房处理事情。还说主子让小姐醒过来就用点吃食，千万别饿着了。

盛怀秀只作没听到，洗漱后用了饭，取过报纸，坐在窗前的沙发上阅读了起来。

她翻到了一篇连载小说，这一章节写的是翰林小姐和戏子夜里私奔，紧要处写得惊心动魄。盛怀秀读得津津有味，不知不觉沉浸其中。

突然间，盛怀秀觉着有什么湿润的东西在脸上触了触，她一惊，猛地转头。

是载沁放大的眉眼。

剑眉星目，不是不俊美的。

盛怀秀想起了那日在大街上的初见，他身着三件式的黑色西服从小汽车里出来，长身玉立，风度翩翩。

她本对他们的所作所为很是愤怒，可载沁下车，彬彬有礼地向众人致歉，又说了息事宁人的一番话，她才对他转了观感。

当他抬眼朝她望过来的那一霎，她只觉得一股英气咄咄逼人而来，叫人呼吸都有些凝滞。

后来，他们几次三番遇见，他看她的眼神便有些古怪的意味不明。

此时的载沁又用那种古古怪怪的眼神盯着她瞧。

从前她不知道这种眼神代表了什么，如今经历过了，自然是明白了。

盛怀秀抬手便推他，叫他离自己远远的。

盛怀秀是不知，两人两情相悦后，载沁便对她心心念念，不能自已。如今的载沁得到她了，尝过了那美好滋味，食髓知味，欲罢不能，见了她，根本无法控制自己。那脚就像不是他自己的似的，总是自动自觉地往她这边靠。

无论她做什么，哪怕生着气不理人，载沁都觉得别有动人情趣。

可盛怀秀的力气对于载沁而言，这推便简直是蚂蚁撼大树，怎么可能推得动。

载沁还犹觉不足，想搂着她一起看报纸。

盛怀秀恼了，"腾"地便从沙发上起身，把报纸扔给了他，叫他自己看个够。

可她快，载沁更快，他一把捉住了她的手臂，把她拉坐到自己身旁的沙发上低声笑道："好了，我不闹你，你别动。万一扯着我伤口。"

"我问你，你在看什么看得这么出神？"

盛怀秀被他制住，只能被迫坐着，所以不肯说话搭理他。

载沁知道她还没有这么快消气，也不与她计较，取过了报纸，看了几眼，笑道："这有什么好看的。对了，前些日子，德国人送给了我一个照相机，趁今日天气大好，我给你去楼下院子拍拍照吧……"

盛怀秀如今见了载沁身边的那些随从都觉得害臊，只恨不得永永远远躲在这里不见人，也不见载沁。

载沁见状，知道她不乐意，便柔声道："你不想去便不去。那这样吧，我让人送几本书过来，我陪着你坐在沙发上一起看会子书。"

于是，两人便一起看书。

载沁是皇族子弟，自小得翰林院的翰林亲自教导，虽然十几岁去了德国，但文学功底却不弱，琴棋书画都有所通晓，加上八旗子弟必学的骑马射箭，他亦十分精通，可谓是文武双全。

而盛怀秀因她爹盛斯年思想开明的缘故，从小便被她爹抱在膝上教导《古文观止》，后进了教会学校念书，如今在美国人开办的中西女塾，所受的教育在清国女子中也是少有的。

两人在一起，只要载沁安安静静地，不闹她，盛怀秀便觉得安宁舒适。

第 4 章　情相悦

这日下午，载沁见阳光温暖明媚，花园里头草木葳蕤，一片碧油油的绿色，便又想着把盛怀秀哄到花园。

盛怀秀不想看到载沁身边的那一群人。她知他们如今对她和载沁两人之间的事情是心知肚明的。盛怀秀如新嫁娘一般，总觉得羞涩得紧，一直躲在屋子里看书，怎么也不肯出去。

载沁知道她的心思，便下了一剂猛药，故意对她道："我知道你不想见我身边的随从，怕他们笑话你。可若是我们整日待在屋子里不出去，他们便以为我们……"

果然，这话一说出，盛怀秀脸上顿时一片绯红。

"我们去院子坐坐。我让他们都别跟着我们。就我们两个人。"

盛怀秀瞧着外头的天光云影，不觉犹豫了起来。

她与载沁约法三章："我有一个条件。"

"你说。"

"你须得规规矩矩的，不许……不许……"盛怀秀面皮薄，怎么也说不出那些个字。

哪怕不说出口，载沁也是懂得的，他一口应承了下来。

花园里的各式花朵开得团团簇簇，特别是那一花架的紫藤花，沉甸甸地坠在架子上，简直如紫色的云雾一般，遮住了花园的半边天。

载沁一直想着给盛怀秀拍几张照，所以早就吩咐李大均将弗兰克前不久送他的那架照相机取出来，在紫藤花架前头架好。

又吩咐李大均带着侍卫们四散开来，尽量隐在看不见的角落。

盛怀秀见偌大的花园里头只有她和载沁，果然自在闲适了很多。

"Eileen，你站这位置。"

盛怀秀亭亭站好，背后是如烟如雾的紫藤花。

载沁凝视着这一幅美景，而后低下头看着相机里头，数道："五，四，三，二，一。"

他按下了键，只听"咔嚓"一声，灯泡随之亮起又瞬间暗下，相机便记录下了这一美好画面。

盛怀秀没见过相机，对眼前的这个木匣子颇为好奇。

载沁拉着她站到相机前，手把手地教她使用方法："你人站在这里，看里头……这里面是倒影的……"

"相机里头有底片的……你按下这里的把手后，底片便会感光，慢慢成像……因着成像的速度慢，所以照相的人要倒数……"

盛怀秀低头摆弄相机，露着白嫩嫩的一截脖颈，上头还有数个自己留下的痕迹。载沁瞧着，忍不住想去亲吻她的脖子，想在上头留下更多的印记。

可前头应承过她了，加上载沁太了解盛怀秀性子了，他若是真亲下去，她肯定会大恼，指责自己的不诚信。如此一来，不止今日的快乐要泡汤了，自己在她心里估摸着又要大打一个折扣了。所以，载沁只能硬生生地忍着。

"来，举着灯泡，按下去……"载沁捉着她手，与她一起按下了相机的小把手。

"咔嚓"一声，灯泡在两人眼前明了又暗。

"看。这样便成了。到时候在暗房用显影水洗出来便是相片了。"

因对相机的好奇，方才学照相太投入了，也没觉着什么。可此时回神，她才反应了过来：载沁从身后捉着她的手，教她怎么用照相机照相，这姿势浑然便如从后头抱着她似的。

盛怀秀面上一热，往边上一挪，离开载沁的手臂。

载沁注意到了，只做没见，提议两人一起合照。

盛怀秀有些心动，但并不作声。

如今的载沁对她了解得很，就知她应了，摇铃叫来了人，帮两人照了好几张相。

草坪上摆着听差们搬来的桌子，上头铺着舶来的蕾丝桌布，摆了热咖啡、牛奶、果汁露和几个西点。

载沁倒了一杯咖啡，又往里头加了糖和牛乳，用小银勺搅拌均匀后，递给了盛怀秀："你喝一口，试试看我调制的咖啡好不好喝？"

盛怀秀端起白瓷杯，徐徐地饮了一小口，而后又饮了一小口。

载沁含笑凝视着她："怎么样？"

盛怀秀将一小杯咖啡喝了近三分之二，方才缓缓地搁下。

载沁见状，虽然知道她已然用行动回答了，可心里头还是希望她可以亲口作答的。

"不好喝吗？"载沁伸手取过咖啡杯，就着她喝过的地方一口饮尽了杯里的咖啡，最后道，"明明就很好喝。"

盛怀秀见他自赞自夸，又见他就着她喝过的地方一口饮尽了杯里的咖啡，一时也不知做何反应。

此时，园子里四下无人，盛怀秀也只能任他去了。

载沁又动手调了两杯咖啡，将其中一杯加了糖的递给了她。

载沁："如今这洋人的咖啡、西点、下午茶在我们大清是越来越流行了。特别是在这上海，租界里头都是洋人开的番菜馆……记得从前我在德国留学的时候，第一回喝这个咖啡，不懂得加奶加糖，喝一口便吐了，觉得马尿也不至于这么难喝吧……"

盛怀秀不觉被他逗得莞尔一笑。

载沁因着身份特殊，能真心结交的人并不多。他勤奋好学又有雄心壮志，京城那些与他门户相当但每日只知道花天酒地的浪荡纨绔，他是瞧不上的。当初难得想引为知己的盛怀新却是个革命党。所以这些年来下来，不外乎曾经一起留学德国的徐绪仁和段宏铭两个好友而已。

面对着自己喜欢的盛怀秀，他有种从未有过的分享欲。

他见盛怀秀嘴角上扬，几天来难得在面上显露了笑容，兴致便越发高了。

"如今倒是喝习惯了，每天总是要叫人冲泡一两杯……

"德国的猪蹄、香肠和啤酒在欧洲也是出名的。租界里有德国人开的菜馆，下回咱们可以去尝尝。"

载沁讲了好些德国留学的事情。盛怀秀虽然不回应他，可载沁知道她很认真地听着。

不知不觉间，日头渐移，盛怀秀杯子里的咖啡又饮尽了。载沁讶异，但却不敢再给她调咖啡了，把果汁移到她面前："可不敢再让你喝咖啡了。否则你今晚怕是会睁眼到天亮了。"

"对了，Eileen，我一直想问你，你在中西读书，为什么监护人是程重熙，而不是你自己的家人？"

载沁和盛怀秀两人因为彼此各有顾忌，之前从不提及彼此的家世。

载沁手臂受伤那日，张得胜曾对盛怀秀提起过载沁家里头家大业大，纠葛重重。有道是家家都有本难念的经，这都要买杀手刺杀载沁了，可见他们家里头的问题大了去了。载沁不说，盛怀秀自是不会提起，去触他的伤疤。

而她的大哥盛怀新是革命党，他们盛家又被朝廷通缉，全家都在逃亡，情况太过复杂，藏着掖着都来不及，她更是不会轻易透露半个字。

此时，盛怀秀听载沁提起程重熙，只道："我家人都不在上海，所以请了程重熙大哥做了监护人，照看我一二……"

一来，这些话没牵连到任何关于盛家的事情。二来，盛怀秀内心深处并不想对载沁说谎，所以她说的这几句话都是事实。

这些事情载沁早就叫张得胜查得清清楚楚的了。听了盛怀秀的这番解释，载沁点着头道："这程家在上海是有点实力的，你家人请程重熙做监护人，想得很是周到。"

载沁曾经一度揣摩过盛怀秀和程重熙的关系，暗中吃过一些醋，如今难得有这么一个好机会，不肯轻易放过："那……程重熙可有经常去学校看望你吗？"

"程大哥在怡和洋行的工作很忙，我们并不经常见面……"

事实上，大哥盛怀新觉着程重熙大哥已经帮他们家太多忙了，又怕他们盛家出事会牵连程重熙家。盛怀秀懂得大哥的意思，所以把感激之情放在心里，并不愿多打扰。

但载沁还是很在意，一径追问："那他上回带你去舞会？"

"程大哥说上海的名流富商间很流行舞会，他特地带去我见识一下。那回是我第一次参加舞会。"

载沁想起那晚盛怀秀踩了他好几脚，显然是不熟练。他得到想要的答案了，心里高兴得很，面上却是不显露半分。他越过桌面去捉着盛怀秀的手，道："以后有我在。你的事就都是我的事，所以你以后有事就找我，别再去找程重熙了。"

听载沁这般说，盛怀秀一怔后，低头"嗯"了一声。若是说盛怀秀没有一点欢喜的话，那是骗人的。可是有事，她真能找他吗？

她不知载沁具体身份，可自打载沁受伤后，她便隐隐约约觉着载沁不简单，甚至可能是官宦人家的子弟，还是颇有权势那种家庭出来的。然而，如今他们盛家此时的境地……

载沁见她羞怯应下，眼角眉梢顿时都洋溢出了喜悦，补了一句："从今日起你们家的事情也是我的事。有什么你尽管告诉我，来找我。我一定都给你办得妥妥当当的。"

以载沁的身份地位，这决计不是一句虚话。

然，他不知这句话说坏了。

盛怀秀心里听得载沁提及他们家，怕他继续追问，刨根究底，直觉便想躲开。

"起风了，我觉得有点冷……"

这时，女佣正好过来向载沁禀报说："主子，洋行那边送东西过来了。"

载沁点了点头，对着盛怀秀道："走吧，我们回屋吧。"

载沁因着盛怀秀如今已经是自己的人，他跟盛怀秀聊这个话题，是准备坦白自己身份的。此外，他也想了解盛怀秀的家世，好写封信回京城让阿玛额娘派人来江南提亲。

这几日来，载沁与盛怀秀在一起，无论做什么，哪怕两个人静静地窝在沙发里各自看书，或者两个人什么都不做，他心里都觉得安乐舒服，无比甜蜜。

从未有任何人给过他这样的感觉。

载沁也是第一次知道，原来自己喜欢着的人，也在喜欢着自己，是如此美妙的一件事情。

载沁想要让盛怀秀陪在自己身边，自己时时刻刻都可以看到盛怀秀，甚至已经有了把盛怀秀接去杭州的打算。

就如堂姐说过的，若是他有中意的，便留在身边抬做侧福晋。

可他想要把盛怀秀留在身边，是想要明媒正娶，娶做正妻的。

以他们端亲王府的权势，到时候去盛怀秀家提亲，想来也是小事一桩。

至于阿玛额娘那里，如果介意盛怀秀的家世（反正盛怀秀家再好也是大大不如自己家的）的话，他便好好求求额娘，让额娘去阿玛那里多说几句好话。若是再不行，他便以日后不娶亲做要挟，表明一定要娶盛怀秀，阿玛额娘拗不过自己，最后肯定也是会成的。

可因为盛怀秀的逃避，加上事有凑巧，她便错过了一次可以知晓载沁真实身份的机会。

一进房间，盛怀秀便看到了西式长条沙发上搁了满满一沙发的衣物。想来是载沁让洋行送来的。

载沁让她去洗漱间试换衣服。

盛怀秀摇头，只说累了。

载沁端详着洋行送来的一些首饰，头也不回地吩咐女佣把衣服挂起来。

女佣应了声"是"，拿了衣服来到了西式衣柜边，拉开了衣柜门。

盛怀秀正站在衣柜的正对面，这柜门一拉开，她一眼就瞧见了那衣柜角落里头有两件女士长裙，不觉睁了睁眼。

她除了德国人舞会那日程重熙大哥给她在洋行买过一条西式长裙外，并没有任何别的西式衣物。

很显然，这并不是她的衣物，是旁的女子留下的。

载沁是背对着衣柜的，他看中了一对金刚钻男女戒指，对衣柜里头他从前的未婚妻徐瓷碧留下的衣物和盛怀秀愣怔的表情浑然不觉。

洋人男女举行婚礼的时候，是要交换着给彼此戴戒指的，称之为婚戒。如今在上海的一些名门富商家庭里头也渐渐流行了起来。

"Eileen，这款式不错，你来试一下大小。"载沁捉住了她的手，想给她戴在手指上。没料到，盛怀秀用力一挣扎，撞到了载沁的手，戒指"啪"的一声掉落在了地上。

盛怀秀随即转身去了洗漱间。

载沁察觉到盛怀秀的表情似乎有几分不对劲，可因着经验实在不足，一时也没发现到底是怎么不对头。

女佣将一切看在眼里，加快速度将衣物一件件地挂好，而后匆匆告退了出去。

洗漱间里头，盛怀秀只觉得似有盆冰水从头到脚浇下，浑身凉透。

衣柜里的衣服说明这间房间里曾经住过载沁别的女人。

或许载沁所说的全是骗她的。

什么张得胜办砸了事情，这一切有可能都是载沁安排的也说不定。

种种假设在盛怀秀脑中一一闪过，盛怀秀猛地打了一个战。

载沁见她进去太久了，在外头敲门唤她："Eileen，你没事吧？"

载沁见她一直没出声，开始急了："Eileen，你是不是不舒服？你回答我一声。"

"Eileen，你再不说话，我就撞进去了……"

盛怀秀总算是打开了门。

载沁见她脸上灰白，便探手去摸她的额头："莫不是方才真的在园子里着了凉？我这就让人去请马克医生过来瞧瞧？"

她额头上冰冰凉凉的，完全没有灼烫之感。

"Eileen，你怎么了？"

盛怀秀只说："我要回去。"

载沁闻言却是舒了一口气，笑了："好好地怎么又说要回去？不是说了星期一送你回去吗？这不还有几日……"

"我现在就要回去。"

"好了好了。我知道你要回去。等请假的时间到了，我一定让司机送你回去。"载沁去握她的手。可这一握，发现她的手心一片湿腻冰冷。

"不，我现在就要回去。"盛怀秀挣扎地往门口走去。

"Eileen，你到底是怎么了……"载沁一把搂住了她的腰，不让她往外走。

盛怀秀推着他，一直闹着说要回去。

载沁被她闹得实在没办法了，只能唬她："Eileen，这屋子里上上下下，里里外外都是我的人，没有我的吩咐，你连这个门都不能踏出一步……"

随即又温言软语，伏低做小："别闹了……你不舒服就乖乖地躺下来休息好不好？"

盛怀秀整个人忽然一震，而后便骤然安静了下来。她往沙发里头一坐，说什么也不让载沁靠近，一径叫他走开。

载沁实在是不知到底哪里不对头。

明明在花园里头的时候两人还是好好的，怎么一回房间就不对了呢？这到底是怎么了？

载沁想起女佣方才也在屋子里，便让人把女佣叫进了书房，仔细地询问了一遍当时的情形。

既然主子载沁发问了，女佣也不敢隐瞒，一五一十地禀报了，说徐瓷碧姑娘当年住在客房，在衣柜里头留下了两件衣服。

"Eileen 瞧见那两件衣服了？"

"回主子的话，Eileen 小姐看到了。奴婢瞧见 Eileen 小姐一下就变了脸色……"

到了这地步，载沁就算是再没有恋爱经验，也豁然开朗了：原来是为了这么小一点事情在跟他置气！真是个醋坛子。

他挥退了女佣，回了房间。

盛怀秀坐在沙发上，依旧保持着他离开时的姿势。

载沁走过去，不声不响地挨着她坐下。

盛怀秀条件反射一般地挪到了沙发的最角落。

如今知道了原委，盛怀秀反应越大，载沁心里头越是欢喜。他不觉微笑，觉得她的样子实在是太叫人可怜可爱了，只恨不得将她捧在手心里。

载沁依旧不作声地移过去，还是挨着她。

盛怀秀"腾"地站了起来，显然要光火了。

载沁知道不能再继续逗她了，捉着她的手臂，正色道："好了。我跟你坦白，你方才看到的衣服，是我以前的未婚妻留下来的……"

未婚妻？！盛怀秀猛然抬头，难以置信地看着他。

"你先别生气。听我把话说完。事情是这样的。"载沁一一地说给她听，"我从前有个未婚妻，叫徐瓷碧。她失踪了许久，一直音信全无，恐已经遭遇了不测……

"虽然她是我未婚妻，我与她之间是清清白白的，比小葱拌豆腐还要清白。

"我知道你或许不会信我的话。可我也用不着骗你……你如今是我的人了，又在我的地方，我想骗你的话，随随便便编个谎便成了，也不用编一个未婚妻的谎话来告诉你，徒惹你不快……"

盛怀秀听了这个话，也觉得有几分道理。载沁确实没必要骗自己。

"Eileen，如今我有了你，就算她不失踪，我也是要与她解除婚约的……"载沁摩挲着她的手，与她十指相扣。

"Eileen，你放心。我会对你负责的。我写信回家禀报父母，等我手头的急事处理妥当一些，他们也应该回信了。到时候我就去你家提亲……好不好？"

盛怀秀侧着脸，依旧不说话，手也还是挣扎着，不过力道已经渐弱了。

"别生气了。那都是过去的事情。当时我都还未认识你呢……"

载沁养尊处优，这辈子真真是从未对任何人这般伏低做小过，可如今竟也觉得心甘情愿。

可盛怀秀却是一团烦乱。

他们盛家被通缉的事情，还有她从小定的亲事，她和载沁两人之间如何能成亲？可如今的情况，她心里头早已经有了载沁，两人之间又做了世间最亲密的事情，她如何能再去嫁给别人。

盛怀秀不知如何是好，又不愿意拿谎言来骗他，唯有默然不语。

载沁："你不说话，我便当你答应了。"

过了良久，盛怀秀低声道："我想明天回学校。"

载沁最后到底还是应了下来："好。我明天安排人送你回去。不过你得给我一个保证……"

礼拜天，是中西女塾女学生们返家的日子。

这一日清晨起，便下起了瓢泼大雨。到了中午，依旧雨大如珠，不见半分停歇。

中西女塾门口从热闹喧哗归于一片平静，唯有雨打在油纸伞上发出的"噼里啪啦"之声，而后随着伞檐滴下落在地上，溅起了一大片迷蒙水雾。

门房撑着伞涉水而行，来来回回地进出学校，两只裤腿湿得都能拧出一盆水来了。但门房得了心满意足的赏钱，所以他根本不以为意，甚至恨不得能再多跑几趟，再多赚点银子。

大门口站着一位手臂受伤、脖子上吊着白绷带的年轻男子。此时此刻，他的脸色比天色还暗沉了几分。

为此人撑伞的那位男子一见他出来，便迫不及待地追问："吴芷漪同学怎么说？"

门房恭敬地回话道："两位爷，我已经把话带给吴芷漪同学了，还翻来覆去地说了好几遍，可吴同学一直不肯回我的话。"

载沁从李大均手里取过了伞："你们回车子候着吧。"

李大均明白主子载沁这是要自己撑伞等 Eileen 小姐出来。可是如今主子载沁手臂上的伤口未痊愈，若是在雨里受了寒，势必会影响伤势的恢复。

"主子，您的伤……"

"不必多说。"

主子载沁素来是个杀伐决断之人，如今心意已决，再劝也是无用。可若是不劝，到时候王爷和福晋怪罪下来，那便都是他们这些贴身侍卫的责任。

李大均等人哪里敢回车子里头，一个个地都撑着伞，候在主子载沁的身后。

雨越下越大，好似一片巨大的瀑布，铺天盖地地倾泻下来。

载沁站在滂沱大雨中，仿佛一尊石像般。

他早料到会有今日的这个局面。

前几日，载沁送盛怀秀回来之前，让她保证下个星期一定要来看他。盛怀秀答应了。

当时载沁便知道她的应承不过是权宜之计，为的只是离开他的洋房，离开他而已。

载沁有权有势，阴鸷霸道，有无数种方法可以不让盛怀秀离开。

可因着真心喜欢，所以他希望盛怀秀是心甘情愿留在他身边的。

而不是强逼利诱胁迫。

载沁头一回品尝到了两情相悦的美好，知道了什么是真正的爱情。所以不愿意对盛怀秀用强。

载沁送盛怀秀回中西，于他而言，不亚于一场赌局。他在赌盛怀秀到底对自己有多少分的在意和喜欢。

他相信盛怀秀对他是有情的。但他在她心里到底有多少分量，却是不知的。

时间一分一秒地过去。

盛怀秀的身影一直没出现。

李大均见主子载沁浑身上下被雨淋了个湿透，他手臂的伤才刚好了一些，这一番折腾，恐又要出事了。他忙又塞给门房一点银子，让他再去里头通传。

门房又来回了数趟，敲了一遍又一遍宿舍门："吴芷漪同学，你家里人一直站在雨里，不肯回去……

"吴同学，你家里人淋成了落汤鸡……他手臂又受了伤，经不起这般折腾……你快出去见一面吧……都是一家人，有什么好置气的呢？这都站了一个多时辰，再站下去，只怕要着凉发热了……"

可里头仿若无人一般，一直都没有任何回应。

宿舍里的其他人早在中午就回家了，空荡荡的宿舍里只有盛怀秀一人。

雨如利箭，从空中噼里啪啦地射下来，在廊檐下汇聚成了无数的小瀑布。盛怀秀站在窗口，出神地望着一片白茫茫的雨气，心里头也是空荡荡的一片。

这几日来，盛怀秀并不好过。

她实在是不知要怎么办。

她知道自己不应该与载沁继续下去的。这是不对的。

可她对载沁一见钟情，载沁也喜欢她，她又与载沁这样子了，心里头真真是百转千折，割舍不下。

如今载沁带着伤在等她，她不出去他就不走。

她知道载沁用这样不动声色的方式在逼迫她。

倘若她这一回铁了心不出去，矜傲如载沁等不到她，或许便会死了心，以后也不会再来见她了。

两人之间也算是真断了。

天色一点点地暗沉了下来，很快便要黑了。

然，雨势却丝毫没有小下来。

宿舍门又被"砰砰砰"敲响了："吴同学，你那家里人在大门口晕过去了……你快出去瞧瞧吧……"

盛怀秀整个人一震，猛地转过头。

"吴同学，你去瞧一眼吧……"话音未落，门突然被人从里头打开了，盛怀秀头也不回地走入了雨帘里头，门房未说完的话已经来不及说了。

路面已成了一片汪洋，盛怀秀深一步浅一步，也不知走了多久，才来到了校门口。

自打她的身影一出现在载沁的视线里头，载沁就一把抛掉了手里的雨伞。

两人隔着雨幕，怔然相对。

雨声滴答，不绝于耳。

可对于两人而言，此时此刻，却仿佛世界静止了一般。

过了不知多久，载沁神色狠戾地一把抱住了她："你答应过我的。你不许说话不算数。"

载沁下车，绕到另一头替盛怀秀开了车门，而后紧扣着她的手，拉拽着她进屋。

这开车门之事，平日本都是李大均等侍卫干的活，如今他们发现都不用干了，只要眼观鼻，鼻观心地在主子载沁身边做个聋哑之人便可。

李大均默不作声看着从楼下大厅到楼梯这一路蜿蜒的水迹，让人吩咐灶房煮了姜汤。

一个手下凑过来，压低了声音道："头儿，看来咱们从今儿起是要多个女主子了。"

经了今日的这一幕，谁还能不明白呢？

另一厢，房间的门一关，载沁便把盛怀秀恶狠狠地压在了墙上，做了他在小汽车上想做但却强自抑制了一路的事情：吻她。

载沁浑身湿透，脸也是冰凉，可落下的吻却是滚烫如沸的。

他吻一下，便说一句："你说话不算数。"

盛怀秀心里头说不出的百般滋味，头一回连挣扎都不挣扎了，任他为所欲为。

载沁又吻一下，嘟囔一句："你不许说话不算数。"

仿佛受了天大的委屈似的。

盛怀秀整个人晕乎乎的，仿佛被载沁下了蛊似的，双手不受控地抚上了载沁的脸。

载沁也因她的动作呆了呆。

他的反应是更加凶狠地吻她……

后来虽然是喝了姜汤，但是没起作用，两人都着凉发热了起来。

这倒是遂了载沁的愿,可以把盛怀秀多留下几日。

理由是:"你这么去,不是要把病传给同学吗?"

一副很是大义凛然的模样。

盛怀秀知道自己无论如何是走不了的。

这大雨又一连下了三日,载沁看在眼里,眉头紧锁,心事重重。

盛怀秀问他怎么了。

载沁长叹道:"这么大的雨再继续下的话,恐江南一带会有洪涝灾害……有道是苏湖熟天下足。历朝历代以来,这江南一带都是朝廷的粮仓,也是朝廷赋税最重之地。如今更是当今朝廷最依仗的地方……时局已经这么坏了,倘若江南一带遭受洪涝之灾,百姓必定流离失所。当今朝廷国库空虚已久,各地州府都没银钱,到时候如何安置灾民便是一大头疼之事……且洪涝灾害之后,粮食必当歉收,弄得不好便是饥荒,还有瘟疫……但这还不是最可怕的,最怕的是……"

盛怀秀想不到载沁竟然如此忧心国家和百姓,不觉追问:"最可怕的是什么?"

载沁想说最怕革命党人鼓动灾民起来造反。倘若连朝廷最依仗的江南一地都闹起来的话,到时候朝廷危矣。

李大均的敲门声打断了两人的对话:"主子,马克医生来了。"

"请他进来。"

盛怀秀的手动了动,想从他手里抽出来。

载沁道:"你陪我换药。"

盛怀秀轻"嗯"了一声。

载沁心情是稍佳了一些。

马克医生进来后,第一眼便看到了载沁与盛怀秀十指紧扣的双手。他先是一愣,转瞬如常,只作未见。

马克医生先是帮两人测量了体温,发现两人都退热了,便去解开载沁伤口的纱布:"卡尔,伤口今日觉得有什么异样?"

"这两日觉着很痒。"

"这是好事,说明伤口开始不断在愈合中……"

马克医生给伤口消了毒,涂上了消炎去肿的药膏,最后覆上了纱布,一圈一圈地缠绕起来。

他走之前关照:"伤口接下来的麻痒会加剧起来,切记不要抓挠……若是抓挠了,碰触到伤口,有所损伤,痊愈起来就慢了……"

"还有,切记一点:你不能再随便折腾了。"

载沁连连保证。

可是他一犯再犯,信誉着实不佳,保证的话在马克医生这里已经是大打折扣了的。

到了晚间,伤口果然如马克医生所说的,更为麻痒了起来,仿佛蚂蚁啃噬一般。

载沁意志力极好,若是疼痛的话,再痛他也可以忍住,不吭一声。可这麻痒却最是难耐不过的了。

他不受控地想伸手去挠。

可他一抬手想去挠伤口,盛怀秀便注意到了,按着他的手,不让他动。

"痒……"

盛怀秀伸出手,在他伤口的稍远处一圈一圈地画着圆圈。

虽然没有真正触碰伤口的麻痒处,可也算解痒了许多。

载沁见盛怀秀低着头,垂着浓密的睫毛,认认真真给他画圈解痒的好看模样,一时不觉看怔了。

盛怀秀抬头的时候,见他目光灼灼地瞧她的模样,显然是动了别的心思,她顿时脸一热,轻喝道:"不许看。"

载沁忍不住,凑过去寻她的唇:"好,我不看。我亲……"

盛怀秀抬手便去打他,可又怕打着他伤口……便又让载沁得偿所愿了。

两人淋成落汤鸡之日,盛怀秀换衣服的时候,就发现原先衣柜里头的那两件衣裙不见了。

这日,载沁去书房了,盛怀秀见屋子里只有她和女佣,便问起了此事。

女佣见载沁不在,悄悄地对盛怀秀说:"Eileen小姐那日一走,主子就吩咐奴婢把那两件衣服都给扔了。"

女佣帮她换上了蕾丝的长裙,系上了衣服背后的系带,赞道:"Eileen小姐穿了这裙子,真真是好看极了……"

盛怀秀看着镜子里头的自己,一时只觉陌生得紧。她几次欲言又止,最后终究是好奇占据了上风，问道："你可曾见过那衣服的主人？"

女佣看了看门口，见房门紧闭，方才小心翼翼地压低了声音回道："奴婢只见过徐小姐一回。"

"她……她是怎么样的……一个人？"

载沁治下甚严，女佣本不敢多嘴。她想着盛怀秀平日里对她的温柔可亲，还是说了："徐小姐很洋气摩登的，奴婢听她跟洋人聊天说洋文，说得可溜了……徐小姐平日里都是穿洋服，爱吃西餐，爱喝咖啡。每日吃早饭之前一定会吩咐底下的人冲泡一杯咖啡给她……奴婢只知道这些而已……"

盛怀秀想起载沁冲泡咖啡的娴熟手势，从前想来一定给那位徐小姐冲泡过很多次吧。

一时便发愣了起来。

忽然，远远传来"咚咚"几声声响。听着声响方位，显然是来自载沁书房的。

很快，李大均就过来请她了："Eileen 小姐，我们主子在书房里头大发脾气。请 Eileen 小姐去瞧瞧主子，劝一劝。"

"他好好地为什么大发脾气？"盛怀秀正因着载沁未婚妻徐瓷碧的事情，心里有点发堵，此刻并不想见到载沁。

"属下也不知。"这里头牵扯到主子载沁的身份。主子载沁都未对 Eileen 小姐坦白身份，李大均怎么敢说破。可主子载沁心情不好，发了这么大的火，他们这些随侍的人整一日都不会好过。

经了张得胜一事，李大均这一群人都知道了这 Eileen 小姐在关键时刻，那可是他们的保命符。所以如今载沁身边的人对她执了女主人之礼，那可是殷勤备至，尊敬恭敬的。

"Eileen 小姐，主子伤势未愈……这般发脾气对他的身子也是不好。有道是怒极伤身。请 Eileen 小姐务必去劝一劝主子。"

德国的那批军火被劫，主子载沁命人严加追查，可是却一直毫无任何线索。照这情形来看，这批军火想要找回来是无望的了。

李大均在主子载沁身边护卫得久了，他是知道自己主子的雄才大志的，想创办军校，培养自己的军队。主子载沁一直觉得袁世凯是个汉人，当年靠着出卖当今圣上得了太后老佛爷的信任，这种背主之人怎么可以轻易相信呢。

所以主子载沁一直担心袁世凯操练出来的北洋陆军新军到了关键时刻会不听朝廷使唤，到时候朝廷才是真正麻烦了。

历来功高震主、手握兵权的谋逆者，数不胜数。

可朝廷有各种难处，自家王爷端亲王也有种种难处。

主子载沁实在没办法，只得自己暗中筹划。他靠着他堂姐夫——浙江巡抚张鲁扬的大力支持和江南富商们"捐钱"，如今好不容易在杭州办起了武备军堂，正是急需这些枪支弹药操练，要出成效给朝廷看的时候。可谁知这批军火偏偏就被革命党人给抢走了。

吃了这个大闷亏，还不能声张，怕一旦传出去，不仅丢了主子和杭州武备军堂的面子，还进一步壮了革命党人的声势，只能让他堂姐夫——浙江巡抚张鲁扬想办法暗中严查。可这事情严查了这么久，江南各府的知府大人们都禀报说毫无任何蛛丝马迹。也不知是不是真的去查了。

这件事情看来多半又是一个不了了之。

难怪主子载沁方才得知消息后，气急攻心，大发雷霆。

盛怀秀一进去，便瞧见了书桌上的电话和摆件都被人扫到了地上。看来载沁方才果然是发了好大一顿脾气。

载沁面朝着窗户坐着。

阳光从窗户洒进来，在他身上萦绕着，她看不清，只觉得初夏暖意融融的光线里头，载沁的背影很是落寞寂寥。

盛怀秀把地上的电话等物件一件件地捡起来，在他那西式书桌上一一摆放好。

将一切都收拾妥当了，她方才默默地走到了载沁的椅子边。

她一手握着他的手臂，一手用食指在他缠着绷带的伤口外围画着圈圈。

一圈，一圈，又一圈。

她用这种无声无息的方式给他解痒又给他安慰。

她知载沁是知的。

载沁缓缓地扣住了她的手，不作声。

屋内静谧。过了良久，他方才道："Eileen，你知道吗？从小到大，我都是天不怕地不怕的。可是如今我竟然害怕了……

"Eileen，我很怕自己所有的努力会功亏一篑……

"我从来都没有这么无力的时候……

"我很怕自己会失败。而我到时候会无法接受这个失败。"

盛怀秀回扣他的手："没关系。人生在世，只要尽力了就好。尽力了就没什么遗憾了。"

载沁从来不是多愁善感之人。可也不知怎的今天竟有一种日暮夕阳无限愁之感。

他第一次深深地察觉到了一种"有心无力"之感。

难道大清真的气数将尽了吗？

不，不会的。

这是祖宗们二百六十多年传下来的基业。

只要他载沁活着，便绝不能看着革命党把祖宗们传下来的基业给毁了。

"我会尽力的，也会继续努力的。我相信我自己一定可以成功的。"

做大事的，又何惧这点小小的挫折呢？

盛怀秀："我相信你。你想做的事情，一定可以成功的。"

在盛怀秀的陪伴下，载沁缓下了情绪，重新振作了起来。

温柔乡和解语花，载沁从前是嗤之以鼻的。可如今，他却有了另外的理解：得到自己爱人的理解和关怀于一个人而言是何等的重要。无论这个人是王侯将相还是贩夫走卒。

他与盛怀秀十指相扣着说话："明天一定要回去吗？"

"嗯。"

"又要过一个礼拜，我才能见你。"载沁只觉得自己快成了闺阁怨妇，口气委屈哀怨。这实在是要不得的。

"不如这样，你以后就陪在我身边，我请几个洋人老师来家里头教你，可好？"

载沁早有了带盛怀秀去杭州的打算，关于她念书的问题，也是深思熟虑过了的。所以，这看着平常的一句话，实则是表达他的心声，也是一种试探。

盛怀秀一怔，摇头："不成。我家人送我来中西是好好念书的，我不能叫他们失望的。而且我自己也喜欢念书。"

载沁听了这话，只得暂时作罢："那到时候我去学校接你。"

"你别来。"

"为什么不让我去接你?"

"万一叫朱正仪她们看到……"盛怀秀脸一红,便说不下去了。

"看到就看到……还怕她们不成?"

"她们若是看到你,便会胡乱猜测我们的关系。反正你不许来接我……不然我以后就待在宿舍好了……"

这是决计不行的。可载沁知道她脸皮薄,只能先应下。

盛怀秀回到了学校宿舍,朱正仪等人都已经到齐。

四个人平时在寝室里便极为友爱,所以三人见了她进来,便纷纷地围过来关心慰问盛怀秀:"Eileen,你的身体可都大好了吗?"

"Eileen,这是我从家拿来的水果,给你。"

"这是我去买的糖和糕点。"

"还有我的蜜饯……"

一时间把盛怀秀的床铺都堆得满满当当的。

盛怀秀连声道谢:"谢谢你们的关心。我如今都大好了。"

"你可得照顾好自己。最近都连着生病两回了。"

说者无意,听者有心。盛怀秀立时想起了第一回"生病"之事,脸上红晕顿起。

同学Anne心细,见她面色不对,便探出手抚她的额头,一摸之下,惊道:"Eileen,你额头好烫……哎呀,看来还没有好全……快,快躺下来休息。"

之后数日,盛怀秀在朱正仪三人的照顾下,在宿舍里过起了"千金大小姐"的生活。

盛怀秀一再说:"我真的好了。我自己去打水就可以了。"

"没事,我们多打一壶便成了。你待着,不许动!"

…………

趁着四下无人,盛怀秀总是会取出脖子处的红绳坠子。

坠子是个鸡心,瞧着很普通的款式。就算同学们见了也是不会有多少兴趣的,只以为是件小首饰。

盛怀秀用手轻轻一掰,两片鸡心便会打开,露出里头的一张小合照。

是那日她和载沁站在紫藤花前拍的相片，对着照相机镜头微笑。

一个礼拜很慢地过去了。

盛怀秀很晚才出去，校门口已经无人了。抬头正要四下寻找，忽然便看见了两辆黑色小汽车鱼贯而来，在自己的面前停了下来。

盛怀秀一怔：莫非载沁来了？不是叫他别来的吗？

后头一辆车子的车窗摇了下来，露出了一张脸，不是载沁是谁？

盛怀秀忙抱着书本上了车。

这个礼拜，盛怀秀一走，载沁便想回杭州武备军堂的。

李大均怕他伤势反复，一心想让他在上海养好伤再回杭州，遂再三拦住他："主子，杭州军校有德国军官们负责训练，作息时间、课程皆是规定好了的，断断不会有什么事情的。且若是真有什么急事，他们会第一时间拍电报过来请示的。主子，您的手臂伤势未愈，发热又才刚好，这来来回回一路颠簸的……"

李大均的话不是没有道理的。载沁沉吟不语。

李大均见状，忙下了一剂"重药"："再说了，Eileen 小姐星期日便放假了。主子倘若去了杭州，万一有所耽搁，赶不回来了……主子您不若在这里再好好休息一个礼拜，待伤口好一些再回杭州也是不迟……"

果然这几句劝了后，载沁便决定不回杭州了。

…………

盛怀秀一上车，载沁含笑的视线便如同凝固在她脸上一样。

盛怀秀的目光一触他的视线，便觉得害羞脸热，遂蜻蜓点水般地瞬间移开了："你怎么来了？不是说好不许来接我的吗？"

而后又轻声补了一句："这回是你说话不算话。"

载沁早早就打好了一番腹稿，道："我上回不是说了要带你去德国菜馆的吗？想着今日天气大好，择日不如撞日。我这可不算是说话不作数。"

盛怀秀知他是存心来接自己的："你狡辩。"

"我没有。"

"你有。"

"好吧，我狡辩，我是特地来接你的。可我也是真的只是想带你去德国菜馆而已。"载沁边说边去牵盛怀秀的手。

前头有汽车夫和李大均两人，盛怀秀不敢大力挣扎，怕闹出动静，叫人笑话。她微微一挣动，却被载沁握得更牢了。

小汽车停在了一家德国餐馆的门口。

李大均早让人在这里订了一个最佳的包厢。

李大均是不赞成主子载沁来餐馆的。革命党人如今暗杀活动猖獗，上一回他们没有暗杀成功主子载沁，李大均怕他们还有后招，很是小心谨慎。

载沁自是不同意："难不成我载沁要一辈子龟缩在自家洋房里头不成？我不怕革命党，他们来一个我杀一个，来两个，我杀一双。"

李大均知道自己再劝也是无用，唯有带足了人手前来。

他先带人下车去了菜馆，里里外外上上下下地检查了一番。待一切妥当，李大均从菜馆出来，恭敬地为载沁拉开了车门。

进了包厢后，载沁亲自拉开了椅子，体贴地请盛怀秀入座，而后也不看菜谱，直接报了几个菜名给服务生。

盛怀秀拦着道："你手臂伤势还未痊愈，不能喝酒。"

"无妨，这德国的啤酒清淡得跟水似的。且我的手已经快好了，你瞧，已经很灵活了。"

盛怀秀很坚持："还未全好，不能喝。"

"那我稍稍喝一点。可好？"

…………

服务生送来了载沁点的菜。载沁亲自用刀叉将猪蹄切开，切成小份，递到了盛怀秀面前的小盘子里："德国最出名的便是这三样：猪蹄、香肠和啤酒。当年我在德国的时候，一直嫌弃这些，觉得跟吃猪食似的。可回来后，偶尔竟会想起这些味道……"

盛怀秀拿起刀叉，尝了一口，猪蹄的味道咸香，虽然不似家里头红烧炖煮的美味可口，但也另有一番风味。

香肠也是。

那大杯子啤酒看着就觉得惊人，她不敢碰。

载沁道："你喝一口试试……"

"我不会喝。"

"这酒是麦芽酿的，味道极淡。比我们大清自个儿家里酿的桂花酒、青梅酒这些还清淡几分，不会醉人的。你喝一口便知。我喝这啤酒，一口气可以喝一杯。"

载沁再三哄她："Eileen，你试一口。若是不喜欢，那就不喝。好不好？"

盛怀秀试着饮了一口……果然入口清淡，麦香隐隐，确实没什么酒意。

"我说得没错吧。"他见盛怀秀小口饮酒文静娴雅的模样，显然是出自良好的家庭的。

"Eileen，听说你们江南一带有一种酒叫作女儿红。据说家里头生下了女儿后，那家人便会在院子里埋上一坛酒，等女儿出嫁的时候取出来喝……是不是？"

"听说浙江绍兴府一带便是如此。"

载沁"哦"地应了一声，顿了好半晌，道："Eileen，你爹娘有没有在院子里给你埋上一坛女儿红……"

"你问这个做什么？"

"随口问问。"

"不告诉你。"

"好吧。你不肯说也没事。反正到时候我也会知道的……"

盛怀秀听出了他的言外之意，耳朵都发红了。

载沁伸出手握住了盛怀秀的手，柔声道："屋子里又没有别人，就我们两个人而已。你有什么好脸红的，咱们两个……又不分彼此……"

载沁很想说咱们之间什么没做过。可是他怕这句话说出口，面薄的盛怀秀便回学校，再也不肯见他了。所以他硬生生地把话给圆了过来。

之后，他便转移了话题，道："我以前在德国，看到那些个洋人，喝啤酒便跟喝水一样。我们大清的人喝酒是一口一口地喝……说起喝酒啊，沙俄人更是不得了，他们最爱喝烈酒，喝伏特加也跟喝水似的……"

"当年朝廷未入关前的八旗子弟也是如此。他们剽悍雄壮，喝烈酒便也如沙俄人喝水一般，所以战斗力方才如此彪悍。"载沁面上露出了心驰神往之色，但片刻，又怅然道，"可惜如今的八旗子弟，都已经被朝廷给养废了，四体不勤，五谷不分，还尽日抽大烟……你看洋人打我们，便如同切菜砍瓜般地容易……这大好的江山啊……"

载沁说到这里重重地叹了口气。

盛怀秀听了，不甚放心地看了看紧闭着的包厢门，劝道："在外头不要谈国事。有道是隔墙有耳，若是被朝廷密探听了去，到时候胡乱给你安上一个革命党的罪名，自己下狱遭罪不说，还会连累你的家人……"

"革命党！"载沁露出了一个苦笑，叹息道，"不说这些个糟心的事情了。"

载沁端起了酒杯，一口气饮了大半杯，之后又是一口气将剩余的饮尽了。

盛怀秀道："这酒清淡，可也不能多喝。"

"好。"

可答应归答应，盛怀秀察觉到载沁的心情好像十分不对头，他要么不喝，可但凡端起杯子就会一口气喝半杯。

一顿饭下来，载沁出德国餐馆的时候都迷糊了。

可回到了洋房，一关上门，载沁便呼吸粗重急促地欺身过来，抱住了她，暴风骤雨似的吻了下来。

载沁想她都想了整整一个礼拜了。一见到她，他便想亲近她。可她面皮这么薄，又如白纸单纯，平日两个人私下相处，都是他千方百计地哄着她顺着她，若是他真当着旁人的面做出那些事，她定会叫他吃不了兜着走。

如今只有两个人的屋子，他终于是如愿了。

第二日，盛怀秀梳洗完毕，下楼来到了饭厅，只见载沁已经在了，听见她下楼的动静便含笑着起身，过来牵她的手。

载沁一靠近，盛怀秀便立时闻到了他身上独有的气息，顿时又红了脸。

幸得载沁知道她的性子，早将人都远远地遣走了。饭厅里此时只有他们两人而已。

"来，坐下先吃点三明治垫一下肚子。"载沁拉开椅子，请她入座，"想来点咖啡还是牛乳？"

盛怀秀："都可以。"

载沁听了她这句，也不选择了，冲了一杯咖啡给她，又给她倒了一杯牛乳。

中西女塾也有三明治。但此刻白瓷盘里搁着的这个鸡蛋三明治的面包似乎煎得有点过头了，所以有些焦掉了。

盛怀秀用刀叉切了一块，发现里头的煎蛋也是焦的。她叉了一块送进了自己的嘴里。

载沁看着她吃了两小口后便将刀叉搁下了，问道："怎么了？是不是不好吃？"

"不是……我有些口干。"盛怀秀喝了两口牛乳，便又一小口一小口地吃了起来。

载沁道："算了。别吃了。灶房已经将午膳准备好了。我让他们送上来。"

盛怀秀道："我想吃完这三明治。"

载沁立时便明白了：她这般聪慧，已经发现这三明治是他亲手做的。

半天很快便过去了，盛怀秀也该回学校了。

临走前，载沁捉着盛怀秀的手不肯放："Eileen，不如我尽快向你家提亲，然后你从中西女塾休学，去杭州念个女校……这样我就可以天天见着你了……"

盛怀秀不知道要怎么跟载沁讲自己家里头的事情，只能用沉默来回应。

第5章 曝 光

中西女塾会客室。

盛怀秀一进屋便看到了大嫂沈如锦,不觉惊喜交集,跑到大嫂身畔,一把抱住了沈如锦:"大嫂,您怎么来了?"

沈如锦拉着她的手端详了一番,看着许久未见的怀秀如一朵初绽的花蕊,娇嫩无双,显然在中西女私塾过得很不错。沈如锦遂放心了,微笑道:"我来上海处理缫丝厂的事情。今天得空,便来看你了。"

盛家逃过官府追捕后,便在枭帮帮主孟余亭的帮助下隐姓埋名生活了起来。沈如锦女扮男装出面与人合办了一个新锦记缫丝坊,因得了程重熙的鼎力相助,与英国怡和洋行签订了购销合同,生意十分红火,如今早已经发展成了大缫丝厂。她将缫丝厂赚的大部分盈利都拿出来支持盛怀新和同心会,大力支持盛怀新的革命活动。

可因着生意太好了,生丝市场就这么点大小,断了旁人的财路,引来了商场仇家邵家邵明恩的嫉妒,前几日被邵明恩派人纵火烧了厂子。如此一来,厂子停摆了,与怡和洋行签订的交货合同就没办法如期完成了。沈如锦这回急匆匆赶来上海是找程重熙商量延期交货一事。

这等烦心事,沈如锦自是不会跟盛怀秀提半个字的。

盛怀秀不知就里,喜不自胜:"大嫂,你难得来一趟上海,不如多待几日,等我礼拜天放假了,可以陪你好好逛逛。"

沈如锦道:"大嫂因公事来上海,具体要留几日,目前还说不准,要看事情的发展进度。"

盛怀秀又迭声地追着问:"娘身体可好?家里的人可都好?"盛怀秀在上海念书,最牵挂的便是她的娘盛夫人。

"好好好。娘身体很好。家里的人也都好。一切都好着呢。你放心。只管好好念书便是。娘一直都说你现在已经是我们盛家的女秀才了,希望你将来考进大学,成为咱们盛家的女状元。"

盛怀秀闻言,高兴欢喜,可一想到许久没见到娘和家人了,不觉又伤感了起来:"也不知什么时候才能见到娘和东青他们。"

沈如锦道:"等找个机会大嫂带娘来一趟上海。到时候让娘住上几日,好好陪陪你。"

"太好了。"

两人聊了片刻,沈如锦带着盛怀秀回到了她入住的汇中饭店。

沈如锦点了一桌的菜,又一个劲地给盛怀秀夹菜,让她多吃点。

盛怀秀也给她夹菜:"大嫂,你也吃。"

饭后,沈如锦不顾她的拒绝,又给她点了果子冻,说让饭店送去她们房间吃。

沈如锦付好了账,两人一起上楼回房。

才进房间,只听盛怀秀"哎呀"了一声,说把手帕忘记在饭桌上了,要下楼去取。

沈如锦叮嘱她记着房间号,可千万别走错了。

盛怀秀按着原路返回,见手帕原封不动地搁在餐桌一角。她拿了手帕便离开了。

汇中饭店的餐厅在一楼大堂的东侧。从餐厅返回大嫂五楼房间的时候,必须路过饭店大堂。

她透过干净通透的大堂玻璃,看到了两部黑色小汽车在饭店门口停了下来,车牌号码分明是自己熟悉的。这是载沁的车子。

可载沁不是说他这个礼拜回杭州吗?盛怀秀眉头微蹙。

下一瞬,她看到了李大均等人下了车,拉开了小汽车后座车门。

有个熟悉至极的身影弯腰下了车,不是载沁是谁?

紧接着,后座下来了一个穿着西式衣裙的曼妙女子。

载沁侧着头,与她说话。而后,两人肩并肩地走向汇中饭店的大门。门口的门童拉开了大门,他们一群人进入了大堂。

盛怀秀条件反射般地往大堂的圆柱子后面一躲,看着载沁等人进了饭店,去了一旁的餐厅。

就如载沁与她在外头吃饭的时候一样，载沁与那女子一桌，李大钧等人一桌。

载沁给那女子倒咖啡，一直与那女子款款说话。而那女子却是并不怎么开口。到了后来，那女子是流泪了，载沁体贴地取出了自己的帕子，递给她……

两人之间的表情和举动分明是极亲昵的。

饭店大堂的门又一次被人打开了，一阵穿堂风凉飕飕地吹来。

盛怀秀的身体骤然打了一个冷战。

她失魂落魄地回到了大嫂房间的门口。

门从里头打开了，沈如锦见了她，含笑问道："怎么去了这么久？大嫂以为你迷路了，正想要去找你呢。"

盛怀秀掐着自己的手心，试图让自己平静一些。

沈如锦许久都未见她了，与她有着说不完的话。可说了几句，她就发现盛怀秀神思恍惚："怀秀，你怎么了？是不是累了？若是累了的话，我们就早点休息吧。"

盛怀秀这才发现自己跟大嫂说话间竟然再度走神了。

事实上，大嫂方才都与她说了些什么，她脑中是全然空白的，只是"嗯嗯嗯"地胡乱应声而已。

两人便早早睡下了。

第二日一早，盛怀秀起来梳洗，准备回学校。

沈如锦问她："怀秀，你是不是想娘了，所以昨晚没睡好？"

她察觉到盛怀秀昨儿晚上一整夜未眠。

盛怀秀忙摇头，矢口否认："没有。大嫂，我昨晚睡得很香。"

沈如锦嫁进盛家多年，知道自己的这个小姑子素来乖巧懂事，以为她不想让自己担心，所以对于她昨夜辗转反侧的事情也就不多提了，只说："大嫂这两日忙着处理缫丝厂的事。等大嫂把事情处理好，再去学校看你。"

"大嫂你忙。我在学校一切都好，你只管放心地去办你的事情就好。"

临走前，沈如锦欲言又止，最后还是问她道："怀秀，你最近可有见过你大哥？"

盛怀秀摇了摇头，表示没有，随之又安慰她："大嫂，你且放宽心。大哥没有消息便是好消息。"

这番话虽是宽慰大嫂沈如锦，但同时也是宽慰她自己。

沈如锦点了点头。

盛怀秀双手握着沈如锦的右手，低声道："大嫂，这些年来……辛苦你了。若是我们盛家没有你的话，如今真不知道落到了何等田地。"

小姑子这番熨帖的话，令沈如锦红了眼圈："怀秀，大嫂也是盛家人。这是大嫂应该做的。"

盛怀秀挥手道别，回到学校后，便等着再见大嫂沈如锦。

她想着大嫂这一番来上海处理工作上的事情，势必会多待几天的，两人必定还能再见面。

然，两日后，她收到了大嫂沈如锦让人送来的一封信，信里说缫丝厂那边有急事，大嫂必须得立刻返程，唯有下次再来上海看她了。大嫂信中又是叮嘱了一番，让她好好照顾自己之类的话。

这几日，盛怀秀整个人仿佛三魂失了七魄似的，脑中总是控制不住地想起那日载沁与那女子说话，载沁拿着帕子给那女子擦眼泪的情景。

这等温柔亲昵，两人之间绝不会是寻常关系。

那女子是谁呢？

她想起载沁对她说过的话，对她做过的事情，或许也曾对那女子做过，一时间只觉得肝肠寸断。

她几乎夜夜失眠，不知道背着朱正仪等人偷偷地流了多少眼泪。

有时候，她会觉着载沁没骗她。他凝视着她时的温柔眼神，他与她说话时的诚挚表情，他亲吻她时的炽热缠绵……她都记得分明。怎么会是假的呢？

她常常会无缘无故地怔忡失神。

回过神来，脑中一片空白。

这一日下午，班级在外头上网球课。

盛怀秀接了个球后，忽然感觉到自己脖子上空荡荡的。

鸡心项链呢？她顿时一惊，赶忙伸手去摸。

这一摸，果然发现不对：项链不见了。

什么时候不见了的呢？掉哪里去了呢？

盛怀秀心里发急，急急忙忙地环顾了一圈网球场，前后左右地四下寻找。

她在场地一侧看到了自己的鸡心项链。

盛怀秀跑过去弯腰捡起，也没有注意到对面朱正仪的球已经回过来了。

"Eileen，快接球！"同学们一个劲喊她。

盛怀秀抬头，见那颗网球利箭似的从对面飞来。她朝球场另一侧快速奔去，想要接住这一球。

但她跑得太快，脚踝一扭，打了一个趔趄，便"砰"的一声摔倒在地了。

"Eileen，你没事吧？"洋人女教师和朱正仪等同学纷纷跑了过来，围成了一圈。

脚踝处火辣辣地疼。盛怀秀只说没事。

朱正仪等同宿舍的同学搀扶着她回了宿舍。一坐下，朱正仪替她脱鞋脱袜子，忽然"哎呀"地惊呼了一声："Eileen，你的脚都肿成大馒头了。"

洋人女教师一瞧："这可不成。我们必须送她去医院好好检查一下，看可有伤到骨头。"

朱正仪和洋人女教师扶着她到了校门口，拦了两辆人力车便去了附近的洋人医院。

洋人医生检查了一番，对她们说没有伤到骨头，只是扭伤了关节和经脉，并无大碍，但说须要躺在床上静养几日，等脚恢复如常了就好。洋人医生开了一点消炎祛肿的药片和膏药，跟她们说了外抹内服的详细用法。

洋人女教师和朱正仪去取药了。盛怀秀坐在走廊的椅子上等她们。

这时，她听见有个熟悉的声音从走廊最里头的某个看诊间传来了出来："什么？马克医生，你有没有弄错？汉娜怀孕了？"

盛怀秀霎时僵愣。

紧接着的是马克医生那颇为熟悉的嗓门："卡尔先生，你这是在怀疑我的医术吗？"

"马克医生，我不是这个意思。"

"好。那我就来告诉你，汉娜小姐确实怀孕了……用你们中国的话来说，如假我来包换……"

又有个低柔好听的声音传来，应该就是马克医生口中的汉娜："马克医生，孩子……孩子几个月了？"

"两个多月了……"

盛怀秀实在无法再留在此地继续听下去了,她扶着墙壁起身,跷着脚一点点地朝外头走去。

走了一小段路,朱正仪和洋人女教师回来了,见了她,忙过来扶她:"怎么不好好坐着等我们?"

"好了,我们取好药了,回学校吧。"

"吴同学,你家里人还在外头呢……这天都黑了……他这都站了老半天了……"门房又来来回回地敲盛怀秀寝室的门。

盛怀秀烦躁地捂着耳朵,一直在背英文单词,只作没听见这些话。

门房说了数遍,盛怀秀都不理不睬。见状,门房只得出了门去禀报李大均。

听得门房的脚步声远去,盛怀秀缓缓地放下了自己的手,摊开掌心,露出了里头的一条鸡心项链。

这根链子已经被她扔进垃圾桶里几回了,可最后一刻总还是忍不住将它捡了回来。

只是,她再没有打开过鸡心,再没有看过里头两人的合照。

自打从医院回来,盛怀秀便如行尸走肉一般。

她反反复复地去想载沁与她两人之间发生的一切,然后翻来覆去地不断失眠。

可都到了这田地,他怎么不去陪那位汉娜小姐,还要来见自己?是他觉得自己好玩,没玩够吗?

这回,盛怀秀是铁了心,再不会见载沁的了。

…………

深夜时分,盛怀秀忽然惊醒了过来,倏然睁开眼。

有人在亲吻她的唇。

盛怀秀欲尖叫,可她的下巴被捏住了,她的唇被堵住了,半点声息都发不出来,那人趁着她呼吸的空当,顶开了她的牙齿,凶狠地缠着她的舌尖,饱含掠夺意味……

那人身上的气息熟悉至极。

是载沁。

盛怀秀喘息急促，受不住他暴风骤雨似的吻，可怜兮兮地去推他，被他霸道地扣住了手，压在了床褥上。等载沁狠狠地亲够本了，才喘息着放开了她的唇，转而去咬她的耳垂。他一点点地舔舐，翻来覆去地玩弄那一小块的耳垂。

载沁的呼吸又湿又重，喷在盛怀秀的耳上颈畔，盛怀秀抬起软绵绵的手臂试图去推他，叫他走开。可是那说出的每个字都带着短促的呼吸，听入了载沁耳中，诱人无比。

载沁将上下齿尖一合，恶狠狠地咬住了那耳垂……盛怀秀失声呼痛，而后咬着唇压抑喘息……载沁闻声寻了过去，又去亲她……

这一层楼的宿舍，如今只剩了她一人而已。二楼三楼倒是有其他数个女校友。可盛怀秀哪里敢出声把人唤来，把事情闹开闹大。

盛怀秀拼命推着载沁，可她的这点力气便如蚂蚁撼大树，如何能撼动？所以便让载沁如了愿。

载沁得偿所愿，心情极好。下一瞬，却在盛怀秀的脸上摸到了满手的湿润。载沁用手去给她擦，盛怀秀偏头躲开他的手。

载沁转而去摸她的脚："你的脚怎么了？我方才触碰到，你唤了声痛……我打开灯瞧瞧。"

"别开……"

如今两人的模样……黑暗里头，盛怀秀便羞得不行了。若是开灯，她还不如直接晕死过去算了。

"好。那我不开灯……那你告诉我怎么了？"

"上网球课的时候崴脚了。"

"去了医院没有？"载沁用指腹一点点地摩挲她的脚腕。

虽然这两日已经消肿了不少，可他的这种温柔却叫盛怀秀越发觉得委屈了起来。泪，落得更凶了。

盛怀秀咬着唇，好一会儿才道："去了。礼拜四那天下午在德国人开的医院找洋人医生看的。"

载沁一愣之后，反应了过来："那日你看到我和汉娜了？"

盛怀秀不作声。但她的沉默也就是默认了。

"还有，前几日你是不是也在汇中饭店？"

"李大均说见到跟你很像的女子，以为是你，可转眼便不见了。如今看来真的是你。你看到了我跟别的女子在一起，所以吃飞醋了，是不是？"

盛怀秀矢口否认："没有。"

"还没有。"载沁俯在她耳边轻笑，"醋劲这么大！都不肯见我了。叫我在外头站了足足半日。"

"以为自己不说话就可以不认吗？如果不是吃醋的话，那我来接你，你为什么不肯出来？"

"说了我没有。"

"口是心非！这都不叫吃醋，那什么是吃醋？"

"还有上一回，看见了两件衣服就生气。你啊，就是个大醋坛子。"

"怎么了，一直不说话？怎么不问我，那女子是谁？"载沁又饶有兴致地去玩她的耳垂，与她耳鬓厮磨。

盛怀秀实在是怕他再继续"为非作歹"，加上确实想知道："那女子是谁？"

"我一说，你定是会生气的。你先答应我，不许生气。"

盛怀秀不作声。

"那个女子是我从前的未婚妻。"

盛怀秀闻言，整个人都呆住了。

"她来上海找我，请我帮忙……"

到了这时，盛怀秀总算是反应了过来：他未婚妻回来了，还怀了他的孩子。那她算什么？哦，鸠占鹊巢，她是那只鸠。

盛怀秀突生了力气，抬起手打他。

载沁早已经预料到她的反应了，一把捉住了她的手，扣着不放："就知道你这个醋坛子听了会生气。你听我说完再生气也不迟……"

"她是我好友徐绪仁的妹妹，从前跟着我们几个人一起去了德国留洋……后来我和她定了亲……之后，她便失踪了……这一失踪便失踪了两年多，我们怎么找也找不到她……

"我不知她怎么会失踪的，也不知这段日子她去了哪里，经历了什么。可前几日她突然出现在了我洋房的大门口，我也大吃一惊。

"这几日来，她什么都不肯说……只说让我送她回京城的家里头……所以我也是一头雾水，处于什么都不知的状况……我只好第一时间发电报去了北京，让她大哥徐绪仁赶快动身来上海。

"Eileen，你放心。就算她回来了，我也不会娶她了……

"我之前便与她清清白白的。如今，我心里只有你一个人，更不会与她有任何牵扯的……

"Eileen，我说了要对你负责，要娶你的，我绝不食言……"载沁先是好言好语、伏低做小了许久，而后又开始兴师问罪："不过我又很生气。气你不信任我，随随便便就怀疑我。就算你怀疑我，再怎么样生气，你也应该问我一声是不是？就算罪犯要定罪判刑也是要讲究证据是否确凿无误的，是不是？"

载沁当年留洋归国，进宫觐见太后老佛爷，也不过是在外头候了两炷香的时间而已。至于皇帝光绪，那是太监一进去禀报就宣自己进去了，又与自己亲亲热热地畅聊了许久。从未有人敢这般对他。他自是生气的，而后又觉着被冤枉了的委屈。

"倘若是我的问题，你爱怎么生气就怎么生气。但你这样子不相信我，不分青红皂白地就疑心我……"

明明是他不对，他与他从前的未婚妻在一起被她撞见了，可被载沁这样一说，是非颠倒，好像成了她的错似的。盛怀秀张口结舌，竟无言以对。

载沁还不依不饶，不肯罢休了："这样吧，你亲我一下，我便不生气了。"

"你不肯亲我也行。那我亲你……"

"明天开始，跟学校请假，跟我回去。等你的脚消肿了，我再送你回来。"

盛怀秀不肯离开学校，且她也不想看到他未婚妻。

"你的脚都肿成这样，在学校里谁侍候你？连一日三餐都是问题。"

"平日里，宿舍的同学会帮忙取饭菜。放假的这两日，灶房的人也会给我送过来的。"

载沁沉默了数秒，忽地道："你不会是因为我那个未婚妻，所以不想去吧？"见盛怀秀不说话，载沁就知道自己猜中了。他哑然失笑了起来："大醋坛子。她不住我那里。她一直住在汇中饭店。"

"你去了我那里就知道了。到时候你眼见为实了，好好还我一个清白。"

"哼！到时候，你非好好给我道歉不可。再怎么也不能平白无故冤枉人不是？"

此时，天色已经渐露鱼肚白了，载沁知道自己不能再多待了，便与盛怀秀说让她休息一下，中午来接她。

临走前，载沁又实在是怕盛怀秀不肯出来，便说："以后你倘若不出来，我便依瓢画葫芦，按这法子来见你。"

盛怀秀一听，抬眼怒瞪他。

此时，屋子里已经能识物了，载沁见她又如此娇憨妩媚，忍不住又凑上去，与她接了一回吻。

载沁果然没有说谎，女佣说徐瓷碧小姐不住在洋房，住在外头。

盛怀秀听后，心里头无端端便欢喜了起来。

载沁每日亲自给她抹消瘀去肿的药膏。没几日，盛怀秀的脚踝便大好了。至于载沁手臂的伤，如今也已经结痂，开始掉痂了。

这一日，载沁对盛怀秀说明日约了徐瓷碧在汇中饭店吃午饭，让盛怀秀陪他一起去，美其名曰：以证自己清白。

盛怀秀并不想去。她顿了顿，对载沁道："我信你说的都是真的。"

"不成。你怎么也得一起去。你得还我清白。必须得去。不然有个万一，又要疑心我了……"

到汇中饭店的时候，徐瓷碧已经在等候他们了。

徐瓷碧穿着西式的裙子，头上戴了顶缀了蕾丝的帽子，手上戴了同款同色的蕾丝手套，亭亭地站在汇中饭店的大堂门口迎接他们。

徐瓷碧容色出众，仪态优雅，吸引了很多出入饭店的男士的眼光。但她毫不羞怯，抬头挺胸地站着，十分高贵雍容。

盛怀秀见了，也不禁在心底赞叹了一声：这留过洋的女孩子到底与所谓大门不出二门不迈的闺秀是不同的。

"瓷碧，这是 Eileen，吴芷漪。你唤她 Eileen 就好。"载沁为两人做介绍。

"你好。我是汉娜，徐瓷碧。"徐瓷碧微笑着伸出了手，落落大方地与盛怀秀握了握手，"卡尔说要介绍一个人给我认识，我当时就猜出来了，他有意中人了。"

三人坐下用餐，中途的时候，载沁去了洗漱间。徐瓷碧与盛怀秀聊了几句，忽然问盛怀秀："卡尔他有没有跟你说过，我从前是他的未婚妻？"

盛怀秀轻轻点头。

"卡尔是我大哥徐绪仁的好友。一直以来，我都把卡尔当作自己的哥哥。当年我们四个人，一起留学德国，在异乡一起长大……在那里，洋人很瞧不上我们清国人的……刚到德国的时候，我们对德国充满了好奇，便出去逛街买东西。有一回，卡尔看到一家店里的一个瓷器，说这是宫里头流出来的东西，也不知怎么流落到了德国。他说是咱们大清的东西，想买下，日后带回来。谁知进来了个洋人，也看中了这件瓷器。若是按先来后到的话，这件瓷器怎么也该是卡尔买到的。可是那店铺的洋人老板看不起我们清国人，就算卡尔出再高的价格，他也不肯卖给卡尔……卡尔和我们一起据理力争，可是洋人老板和那洋人骂我们东亚病夫，还叫了警察把我们赶了出来。卡尔气不过，与那些警察理论，警察就动手打了卡尔两个巴掌……卡尔他哪里受过这种侮辱，吃过这种委屈？自那时起，他发誓要发愤图强好好学习，学一身的本事，回来后救国救民，把洋人赶出我们中国人的土地，不叫洋人再欺凌我们……

"今天看到你和卡尔这么般配，这么罗曼蒂克，我真为你们两个高兴。"说完，徐瓷碧抬头，整个人忽然一震。

盛怀秀随着她的视线望去，在餐厅和大堂的入口处看到了一个面色憔悴的男子，胡子拉碴，穿了一套深色的三件式的西服，可他的西服外套和裤子皱成了菜干一般。

载沁从大堂洗漱间回餐厅，见人挡着了路，便道："麻烦你让一让。"

那男子不动。

载沁只觉得此人有些怪异，便绕了一个桌子，避开他。在经过的时候，载沁朝他望了一眼。这一瞧之下，他顿时惊呆了："宏铭，是你！"

载沁当年与徐瓷碧、徐瓷碧的大哥徐绪仁以及段宏铭一起漂洋过海去德国留学，在人生地不熟的德国，四个人相互扶持依靠，感情甚笃。留洋归国的这些年来，彼此的感情也不是家人胜似家人。

"你什么时候来的上海？你怎么不提前跟我说一声？"载沁伸出拳头往他肩膀上"揍"了一拳，而后又上上下下地打量了他一番，大皱起了眉头，"宏铭，你怎么这副鬼模样？这是在路上遭贼打劫了不成？还是受了什么打击？"

要知道段宏铭素来风流倜傥，往日里头最注重外在形象了。

然，段宏铭完全不理睬载沁，径直来到了徐瓷碧面前，目光直愣愣地盯着徐瓷碧："你果然来找他了！"

自打他出现后，徐瓷碧便脸白如纸，僵在了座位上。

闻言，载沁一怔："宏铭，你这是什么意思？"

段宏铭硬邦邦地道："你觉得什么意思就是什么意思！"

有个念头忽地闪过了载沁的脑袋，他醍醐灌顶似的反应了过来。而后，他瞧着眼前的两人，不敢置信地道："宏铭，瓷碧的失踪……莫非与你有关？"

段宏铭直认不讳："是。她这两年来几乎日日夜夜都与我在一起。"

这话一出，两人关系昭然若揭。

徐瓷碧呜咽了一声，捂着脸跑出了餐厅。

段宏铭欲追上去，载沁一把拦住了他："段宏铭，你把事情给我说清楚。"

载沁的一群侍卫也齐刷刷地站了起来。载沁对他们摆了摆手，示意无事，让他们别管。

载沁转头对盛怀秀道："Eileen，麻烦你上楼去照看一下瓷碧。"

盛怀秀一离开，载沁便立时沉下了一张俊脸，质问段宏铭："段宏铭，这到底是怎么一回事？你若是不说清楚，别说见瓷碧了，我载沁叫你吃不了兜着走！"

段宏铭道："载沁，你一直不知道我喜欢瓷碧，是不是？"

载沁被问住了。他真是不知。

段宏铭冷笑道："看来你真是不知。也是！端亲王府多高高在上啊，你载沁贝勒爷多尊贵的身份啊……哪里会在意我们这些人心里头想什么，中意什么……在你载沁贝勒爷眼里，我们这些围着你转的人都不过是溜须拍马，讨你欢心，想要从你和你阿玛那里讨好处的奴才罢了。跟你额娘跟前凑趣的哈巴狗差不多……"

载沁哑口无言，无法反驳。

长久以来，他已经习惯了身边的人对他有所图或者对他阿玛端亲王有所求。这些人千辛万苦地凑到他身边来，各种讨好他，最后总是要开出价码来的。

唯一没有这么对他的人，只有他爱的盛怀秀。她不知他的真实身份，却对他真心以待。他们彼此钟情，不掺杂旁的任何东西，纯粹剔透如晨间的露珠。因为太珍贵了，载沁此生没有遇到过，所以，他才倍加珍惜。

"载沁，你可知道，自打我第一眼见到瓷碧，我就喜欢她。可是你们端亲王府位高权重，她家里头一直属意的人是你。为了不得罪你和端亲王府，我从来不敢在你面前显露一丝心迹……你可知当我知道她和你定亲的时候，我心里有多难过……"

…………

等盛怀秀在小汽车里再见到载沁的时候，载沁的左手挂了彩，李大均正在给载沁处理伤口。

盛怀秀瞧了一眼，不声不响。

载沁说他把段宏铭揍了一顿，又派了两个侍卫日夜保护徐瓷碧，让段宏铭无法接近徐瓷碧，直到徐瓷碧的大哥从北京城来上海。

"日后他们的事情与我再无关系。

"如今你总该信我和瓷碧真的清清白白，毫无关系了吧？"

"你冤枉我。那日叫我在大门口站了大半日……"

"你好好给我赔罪。哄我高兴。"

盛怀秀不言语。

载沁知道她不会哄人，片刻后，哼哼道："那你给我做顿好吃的。"

"还要酒。我要喝女儿红。"

…………

做吃食自然是难不倒盛怀秀的。毕竟江南的女孩子，哪个不是从小便习得一手好厨艺。

她下灶房忙碌了半日，给载沁做了几道家常菜。

时正盛夏，载沁见她忙得满头大汗，心里头又后悔了，只恨自己没想到灶房会这般热。

听差们很快将菜一道道地端上了桌。

盛怀秀做了一肉、一鱼、一虾、一蔬菜和一汤。

肉是红烧肉，鱼是清蒸白条，虾是白灼河虾，蔬菜是蒸茄子。汤则是菊花清补汤，鲜香透亮的汤上漂着盛放的菊花，搭配了红枣枸杞，一看就觉得赏心悦目，叫人垂涎欲滴。

载沁目瞪口呆，不敢置信。

他虽让盛怀秀做吃的，可也不过嘴上说说。只要盛怀秀愿意为他下厨做一道羹汤，他便心满意足了。

哪知事情发展远远超出他的预期。盛怀秀竟然有一手好厨艺。这……这简直就是大大的意外之喜。

红烧肉煮得色如琥珀，看着就入味极了。载沁尝了一口，又是一呆："入口即化，不油不腻，还有一股清香……"

"是粽叶的清香。"

载沁追问做法。

盛怀秀道："在锅底铺上了粽叶，然后加入姜块、葱结、红枣，放入酱油、黄酒、盐和清水，烧上一个半时辰……"

"难怪如此美味。如今天热都这般入味好吃，等天冷下来，那味道肯定更绝。Eileen，这道菜谁教你的？"

"我娘教我的。当年我爹最喜欢这道菜了。"

载沁道："我也喜欢。"

载沁吃得称心如意，最后说："每道菜都好。不过，我与你爹一样，也是最喜欢这道红烧肉。"

"Eileen，我们尽快成亲……到时候，你跟我去杭州。我们不能这样两地相隔。"

盛怀秀害羞，不说话。

可这样的不应承便是一种应承。

载沁欢喜得跟什么似的，扣着盛怀秀的手，在盛怀秀试图闪躲之前吻了下去。

她嘴里有淡淡的女儿红的味道，尝起来甜得要命。

载沁与她反复厮磨，吻了她许久，两人的喘息都交织在了一起。

…………

"Eileen，我有件事情要跟你说。"

盛怀秀"嗯"了一声，安安静静地等着他说下去。

"Eileen，我是当朝端亲王的第二子，我的名字是爱新觉罗·载沁……因为我十五岁便留学德国，所以洋人弗兰克他们都称呼我卡尔……"

盛怀秀倏然抬头："你说什么?!"

卡尔。不。是载沁。他见她瞠目结舌的呆滞神情，以为是自己的煊赫身份吓到了她，便在她脸上落下一吻："Eileen，不管我是谁，我永远都是你的卡尔。"

爱新觉罗·载沁。当朝端亲王的第二子。

也是那个害得他们盛家家破，一家人四处逃亡，害得她大哥盛怀新几次三番命悬一线、差点性命不保的那个罪魁祸首。

怎么会这样子的?!

盛怀秀不愿相信，也不愿接受这个事实。

她也不知道自己愣了多久，方才找回了呼吸，颤着嗓音："你……再说一遍你是谁？"

载沁知她不敢置信，便含笑重复了一遍，道："Eileen，我知道你一时无法相信。可这又做不得半点假……再说了，我骗你做什么？"

哪怕是垂髫小儿也知，端亲王是慈禧太后跟前的第一红人，不仅是朝廷世袭罔替的铁帽子王，也是朝中的首席军机大臣兼总理外务部大臣，乃慈禧太后和光绪皇帝二人之下、万万人之上的实权人物，可谓是真真正正的权倾朝野。

眼前的人身份显赫至此，可是盛怀秀却毫无半分欣喜，如果可以，她宁愿他是街头身无分文的乞儿。

载沁大约是见她依然一片震惊之色，便含笑着捉住了她的手，温柔款款地对她解释道："Eileen，我并非存心对你隐瞒自己的身份，想要骗你。只是我、我大哥还有我阿玛几次三番遭革命党刺杀绑架，命悬一线……这江南一带，特别是上海租界里头藏有不少革命党……我阿玛担心我的安危，再三叮嘱我低调行事……我倒也不是怕革命党。只是不想惹来不必要的麻烦，才对外隐瞒自己的真实身份。

"Eileen，我早就打算告诉你的，可阴错阳差地都错过了……前些天，我写了封信回家，跟我阿玛和额娘说我找到意中人了，请他们派人来江南提亲。这些年来，我阿玛和额娘啊，盼我成亲可盼得不行了。他们收到我的信，肯定高兴得不行了……"

提亲？成亲？

怎么可能呢？！

他们此生是不可能的。

载沁又说了很多的话，可盛怀秀迷迷怔怔的，一句也没听清楚。

世上怎么会有如此荒诞可笑之事。

她的爱人竟然是她家的大仇人。

盛怀秀在大街上与载沁阴错阳差地相遇，而后又不断地再遇，以至于纠缠至今。

盛怀秀虽然与卞家卞学衡定过娃娃亲，可那不过是父母之命。小时候，卞伯父带了卞学衡来家里拜年，盛怀秀便和大哥盛怀新、二哥盛怀霖同他一起玩耍，也算是两小无猜。

后来，年纪渐大，卞学衡也出外求学了。两人便再不曾相见。

再后来，盛家便发生了一系列的事情，最后被载沁搞得通缉逃亡了。

这一回，大嫂沈如锦来上海，与她一起在汇中餐厅吃饭的时候，盛怀秀便用言语试探了大嫂。

大嫂沈如锦对她说："怀秀，大嫂也不瞒你。过年的时候，大嫂跟你大哥还有咱们娘一起说起过你和卞家的事情，你来上海念书后，大嫂特地请孟大哥派了个人去卞家那里打听了一番……但打听来的消息是，卞家没有另聘……"

盛怀秀当时听了这番话，心里头是坠坠沉沉的。

她已是不能嫁给卞学衡了的。

她如今喜欢的人是载沁，且两人之间……

在此前，盛怀秀还担心载沁询问她家世，要去他们家提亲。

可她怎么也没想到载沁竟然便是害他们家沦落至此的大仇人。

她怎么会遇到载沁？然后竟然会与他这般纠缠的呢？

"Eileen，你别生气了。我真不是存心欺瞒你的……

"好了。你若是真生气的话……这样吧……你打我吧……"载沁捉着她的手，在自己的身上拍了两下，而后道，"解气了没有？若是没有，就再打两下。"

能这般让载沁伏低做小，柔着声、耐心哄的人，真真也就盛怀秀一人。连他额娘——端亲王福晋都没得过这么好的待遇。

盛怀秀缓缓地抬起眼凝视他。

载沁也不知怎么了，只觉得她目光怪异得紧，她从未用这般温柔，这般认真专注的眼神看过他，仿佛要将他一笔一画镌刻下来似的……她一直望着他，良久也没移开分毫。

载沁欢喜极了，便捧着盛怀秀的脸，温温柔柔地吻住了她的唇。

第二日是星期一，中西女塾学生回校的日子。

下午的时候，载沁亲自送盛怀秀回了学校。

到了校门口，盛怀秀如常地推开车门（她怕人撞见，从不让载沁下车送她）。

载沁目送她下车。下一瞬，载沁突然发现她有本书落在车上了，便忙摇下车窗唤她："Eileen……"

盛怀秀的背影似乎骤然一震。

她很缓很慢地转过了身。

载沁扬起了手里的书："你的书。"

盛怀秀接过了书，怔怔地望着他，似痴了一般。

也不知怎的，她的眼神有种让载沁很想抱抱她的冲动。

可这大庭广众、众目睽睽的，载沁便强忍住了，对盛怀秀道："礼拜天见。"

盛怀秀垂了眼帘，不说话。

她一直如此，载沁便当她默应了。

载沁目送盛怀秀进了学校，直至看不到那一抹身影。

第 6 章　失　踪

　　这一日是礼拜天，载沁因有事情耽搁，从杭州的武备军校赶回上海的时间有些紧张。

　　开车的侍卫知道主子心急如焚，他便尽量加快速度。

　　这样紧赶慢赶地，总算在中西女塾放学的时候赶到了。

　　此时，学校门口的人群已经散得差不多了。

　　载沁在车子里静候盛怀秀出来。

　　在等待的时间里，他闲闲地把玩着手里捏捏着的一对光泽润滑的翡翠手镯。那是额娘专门派人随信一起送来的，说这是太后老佛爷最近赏赐给她的物件，让他转送给他的意中人。信里头还说了，他阿玛专门写了封信，托他堂姐夫张鲁扬处理他提亲的事情。

　　家里头尽是这些个东西，载沁往日里对这些个御赐之物是浑然不在意的。可是这对翡翠镯子表达了额娘对盛怀秀的看重，他自是欢喜得很。

　　载沁一边把玩一边等。

　　可等了良久，他取了怀表看了好几回，却还是不见盛怀秀的人影。

　　李大均下车，给了门房赏钱，让他去里头找盛怀秀。

　　门房满脸堆笑地接过赏。他如今对这个活都已经驾轻就熟了，熟门熟路地来到了宿舍门前敲门。

　　可是敲了许久却也不见有人开门，也无人应声。

　　此时，正巧楼上寝室有个女学生下来，问他说："你找谁？这宿舍的人都回去了。"

　　"我找这个宿舍的吴芷漪同学。她家在苏州府，平时放假都不回的。"

　　那女学生道："吴芷漪同学已经休学，不在中西了。"

"休学了?！真的假的？"门房不觉一愣。可他因得了赏钱，不好随便交差，便去找负责宿舍管理的女洋人玛丽女士问个究竟。

女洋人玛丽一听是找吴芷漪，便道："Eileen 吴确实已经休学了。他们家人怎么会不知道呢？真是怪事。"

门房得了这句话，知道是真休学了，匆匆忙忙地告辞了出来，一溜烟地跑到了大门口，对候着的李大均道："你们找的吴芷漪同学……Eileen 吴，已经休学了，不在我们中西念书了。"

李大均听了这话，大吃了一惊，脱口而出："什么？休学了？这不可能！"

门房道："这位爷，我骗你做什么？再说了，这事情你去学校校务处一查便知。我为什么要骗你！"

李大均一冷静下来便知道门房是决计不会骗他的。他们每回来接 Eileen 小姐，都是赏了这门房银钱，让他进去找人的。一个月四个礼拜，他们主子赏的银钱可比他门房这份工的月俸高了。这 Eileen 小姐不在，这门房还少了一条大财路呢。

李大均头大如斗，不知怎么跟主子去禀报。

主子肯定会大发雷霆。

可再不想禀报，也必须去。

果然，车子里头的载沁听了"门房说 Eileen 小姐休学了，如今不在中西读书了"这句话的时候，把玩镯子的手一顿，猛地抬头："你说什么?!"

李大均哭丧了一张脸："主子，门房方才进去找人了，出来跟我讲 Eileen 小姐休学了，不在中西读书了……"

载沁一把推开了车门，下了车。

李大均转头对门房道："你把刚才怎么进去找 Eileen 小姐的经过讲一遍……"

载沁听完门房的话，大步地往学校里头走。

门房赶忙伸手拦住了他："这位爷，我们中西规定，所有男士都不能进学校。就算男性监护人，都须在学校工作人员陪同下进去……"

载沁双目一瞪："你敢拦我?！你拦得住吗？"

载沁是金枝玉叶，身上自有一种尊贵不凡、不怒自威的气度。那门房被他这一瞪，顿时后退了两步，不敢再拦。

载沁便带了侍卫闯进了学校。

女洋人玛丽急匆匆地从宿舍房间里出来拦住了他们："你们是什么人？这里是我们中西的女生宿舍。你们不能踏入这里半步。"

载沁不管不顾，抬腿便迈上了台阶。

女洋人玛丽喝道："不许进来。你敢走进来，我就立刻打电话报巡捕房。"

李大均忙劝载沁："主子，这是美国人开的学校，咱们不能一味硬来。若是引起了纠纷，那就不好了。再说了，这是女生宿舍，咱们都是男子，这么一大群人硬闯进去，传出去的话，旁人不知就里，会有辱我们端亲王府的名声的……而且，到时候连累 Eileen 小姐的声誉就不好了……"

李大均这几句话是很在理的。

载沁只是一时急怒攻心，失了分寸。他听得李大均的话，便停住了脚步。

李大均忙对女洋人玛丽说了声抱歉，然后息事宁人地解释道："我们是吴芷漪——Eileen 吴的家人，来接她的……可是门房说她休学了……我们半分不知，很是吃惊，担心她出事情，一时情急，所以闯了进来确认一下，请您千万不要见怪。"

前头门房来寻 Eileen 吴的时候，女洋人玛丽就已经觉得奇怪了。此时，她听了李大均的话，又瞧着载沁焦急如焚的神色不似是伪装的，便消了些许怒气，道："Eileen 吴确实已经休学了。我亲眼见她把宿舍的东西搬出去的。"

载沁着急地问道："Eileen 吴是什么时候休学的？"

"Eileen 吴的监护人礼拜二向学校提出休学，学校同意后，他们当天下午就搬走了。"

载沁又追问道："是程重熙先生来学校接她走的吗？"

女洋人玛丽点了点头："是的，是 Charles 程来接的人。"

因着很多女生的家里人或者监护人都是不会说英文的，可这 Eileen 吴的监护人 Charles 程却是相反，不单讲得一口流利的英文和德语，连法文都会说，女洋人玛丽与他用英文聊天，沟通十分顺畅。且程重熙为了让她多照顾吴芷漪，虽然来中西女塾的次数不多，可每回只要来，都送她一瓶最新舶来的法兰西香水，所以这女洋人玛丽对 Charles 程很是熟悉，也很是赞赏。

载沁听到这里，想要知道的都已经知道了，便彬彬有礼地鞠了一躬，向她致歉："原来是程公馆的程重熙把她接回去了，那我就放心了，我这就去程公馆找她。万分不好意思，打扰了。请务必体谅我们不见了家人的心情。"

女洋人玛丽的面色方才缓和了下来："没有误会了就好。"

载沁上车，吩咐道："去程公馆。"

两辆小汽车一前一后来到了程家大门口，按着汽车喇叭。

程家的两个听差拉开了大门，放了两辆小汽车进去。

载沁下了车，径直来到了程家的客厅，吩咐道："把程重熙给我叫出来。"

程家在上海颇有实力，程家的听差在自家公馆也是见惯上海滩上的各种达官贵人的，见此人虽面色寡淡，可那种颐指气使的尊贵气度却是他从未见过的，他不禁一凛，应了下来，上楼去请大少爷程重熙。

程重熙正在书房与人讲电话。

他讲完电话，挂上了电话机，听得听差禀报说有人找他，不由得纳闷道："是谁找我？"

听差回道："大少爷，此人我从未见过。可是我瞧着来头不小，且来意不善……"

"是吗？"程重熙微微一笑，道，"那我下去会会这个来头不小的大人物。"

程重熙踩着楼梯一步一步下去，只见客厅有个人负手而立，身姿挺拔。

那人听见了楼梯响动，缓缓地转过了身来，露出了一张俊美但有些阴沉的脸。

程重熙一眼认出来了，此人便是那晚在德国人弗兰克家见过的卡尔先生。怪不得自家的听差说此人来头不小，可见还是有些眼力见儿的。

程重熙当日见弗兰克等洋人对卡尔的恭敬态度，知道此人背景颇深，不容小觑，遂扬起了一个热情万分的笑容，客气道："原来是卡尔先生。是什么风把您给吹来了？快请坐，快请坐。"

程重熙吩咐听差道："快去端两杯咖啡来。"

"卡尔先生，您请坐。"

载沁端坐了下来："程先生，有句古话叫作无事不登三宝殿。我今日来是有事情找你帮忙的。"

程重熙含笑道："卡尔先生有事请尽管开口。我们程家在上海滩上是出了名喜欢结交朋友，但凡朋友的事情就是我们程家的事情。"

载沁听了这话，脸上神色稍转好一些，道："如此是最好不过的了。实不相瞒，我是来找人的。"

闻言，程重熙倒是纳闷了："找人？卡尔先生想要找谁？"

载沁望着他，一字一顿地道："我要找 Eileen 吴——吴芷漪。"

程重熙大为惊诧："吴芷漪？卡尔先生找她何事？"

载沁道："这是我与她之间的事情，恕我不能相告。我只是想见她，程先生可否请她出来与我一见？"

程重熙如实相告："吴芷漪她不在我家。"

载沁挑了挑眉毛，淡淡道："不在你家？"

"是。"

"那她在哪里？"

程重熙与他黝黑莫测的目光不动声色地交接了片刻，毫不退缩地问道："请问卡尔先生是为了何事要找她？"

载沁道："我要见她。我知道程先生是知道她下落的。请你告诉我。"

程重熙道："卡尔先生，实不相瞒，吴芷漪如今在哪里我实在也是不知。"

"你不知？程先生，你亲自去中西女塾帮她办理的休学手续，从中西女塾把她接走。这整个上海滩，你若是不知她下落的话，恐怕就再没有人会知道了。"

程重熙本对吴芷漪突然要求休学一事很是纳闷不解。他也问过吴芷漪要休学的原因，吴芷漪却怎么也不肯说。她只是一再求他立刻帮她办理休学，并求他不要告诉她家里头。

程重熙也是不得已之下方才答应下来的。

他本是接了吴芷漪要回家住的。可吴芷漪说什么也不肯来，只说要住在外头。程重熙只好暂时安排她住在了锦绣饭店里头。

临走的时候，吴芷漪一再跟他说，让他不要告诉任何人她如今住在这里。

程重熙知道吴芷漪必定是发生了一些事情。他也一直在揣测到底是发生了何事，会令她如此。

到了此时，程重熙终于明白了吴芷漪为什么要休学了，为什么要再三叮嘱他不要告诉任何人她如今的下落。

原来她是在躲人。躲这位卡尔先生。

既然如此，程重熙自然更是不会透露半个字的。

程重熙的态度十分坚决："卡尔先生，万分抱歉，我实在是不能帮到你。我还有事要忙，恕我招待不周。"

这已经是端茶送客之态了。

识相的人，就会借机告辞。

可对面的这位卡尔先生泰然自若地端坐着，纹丝不动。

程重熙竟有种错觉，仿佛他才是这座房子的主人。

"卡尔先生，请！"

载沁嘴角微勾，似笑非笑："程先生，我今日是无论如何都要找到 Eileen 的……"

程重熙听到他称吴芷漪为 Eileen，明明是很普通叫个英文名字而已，可从卡尔先生口中低声说出来，却让人觉得有种亲昵暧昧。

程重熙心头忽然涌起一种很不好的感觉。

"程先生，你是 Eileen 在中西女塾的监护人，想来与他们家素有交情，关系匪浅。且她在上海读书的这段日子里，你对她一直照顾有加，我承你的这份情，所以对你也是客气有礼、尊敬有加。可程先生……你千万不要逼我……"说到最后一句话的时候，载沁的声音轻了数分，传入程重熙耳朵里头却是比大声说话更显得雷霆万钧，危险莫名。

程重熙道："卡尔先生，我不知你和吴芷漪之间到底发生了什么事情，你为什么要找她……可是我还是那句话，我实在是不知吴芷漪如今的下落。"

载沁拿眼瞧他。

程重熙也算是见惯了场面的，可竟被他不动声色的目光给逼得硬生生地收回了自己的视线。

"我相信程先生的话。既然程先生说不知 Eileen 的下落，那定然是真的不知道。"

闻言，程重熙不觉松了一口气。

"可是……程先生,以你跟 Eileen 家的关系,就算你不知 Eileen 下落,那总该知道 Eileen 的老家在哪里吧?你把 Eileen 老家的地址给我,我去她家里寻她便是了。"

这位卡尔先生果然不简单,这一招以退为进要得实在是漂亮。

程重熙渐觉棘手。

程重熙是知道盛家和盛家所有人被朝廷通缉一事的,也知道新锦记缫丝厂的当家——女扮男装的沈如锦是他圣约翰大学同学盛怀新的妻子。可哪怕他与沈如锦之间一直有生意来往,两人之间也只是彼此心照不宣而已,从未曾点破。所以盛家目前的具体情况和具体的住址,他是真的不知。他唯一知道的也仅仅是沈如锦创办的新锦记缫丝厂的位置。但,这是决计不能对外透露的!

载沁见他沉吟,不由得淡淡一笑:"程先生不会连 Eileen 老家的地址也不知道吧?"

程重熙权衡利弊,当机立断:"是。我确实不知。"

载沁沉下了面色:"程先生,我把你当成朋友。而你,却把我当成傻子,是不是?"

"程先生,前头我说过了,我是无论如何都要找到 Eileen……你识相的话,就立刻告诉我……不然的话,我叫你们程家吃不了兜着走!"

这卡尔先生登门拜访,是见了他们程家洋房的。能在上海的公共租界买下这么大一块地皮建洋房的,实力都不容小觑。且这卡尔先生与德国人弗兰克交好,不可能对他们程家一点不了解。可这卡尔先生却全然不以为意,撂下这等狠话。那就说明决计不是随便说说,他绝对有这等能力。

程重熙冒出了冷汗,可他依然道:"卡尔先生,我实在是不知。请恕我不远送了。"

"程先生,想来你是不清楚我身份?不如你挂个电话给弗兰克,问明我的真实身份,咱们再来好好谈一谈吧。"

见了这卡尔先生气定神闲、胸有成竹的样子,程重熙不得不去挂电话给德国人弗兰克。

在听得弗兰克说了卡尔是谁后,程重熙顿时跌坐在了舶来的欧式高背椅子里头。

怪不得这卡尔先生从来都是矜傲冷淡、从容不迫的样子，原来他们这等人在他眼里不过就是小厮跑腿的角色而已。

程家就算是洋人买办，富甲一方又怎么样？在位高权重如端亲王府眼里，不过就是一只小蝼蚁。要弄死他们，只需稍稍动下手指便好了。

吴芷漪是怎么招惹上这么一个大人物的呢？

程重熙只知盛家因为盛怀新从事革命，欲推翻清廷统治被清廷通缉逃亡，可却是不知道下令追捕盛怀新，令盛家落到如今田地的罪魁祸首便是这个卡尔先生——载沁贝勒爷。

所以程重熙揣测莫非是因为盛怀新革命党的身份，所以这载沁贝勒爷带人要捉拿吴芷漪？

可又转念一想，便知不对：这载沁贝勒爷话里话外的意思显然不是因为这个。

莫非这载沁贝勒爷是个色坏子，对吴芷漪见色起意？

可也不对。这载沁贝勒爷面目俊美，身姿挺拔，一副英气勃勃的模样，一看便知道不是沉溺酒色之徒。

加上，这载沁贝勒爷称呼吴芷漪的亲昵口气……前面对他客客气气的，先礼后兵。

难不成这载沁贝勒爷与吴芷漪之间……

程重熙脑中模模糊糊地闪过了一个念头，把他自己都给惊着了：不会吧？这怎么可能?!

程重熙摇着头下楼，对载沁行了一个大礼："草民程重熙给载沁贝勒爷请安。"

"程先生，你不必多礼。你是 Eileen 的朋友，便是我的朋友。我并不想为难你。我真的只是想要知道 Eileen 她如今到底在哪里而已。"

程重熙道："载沁贝勒爷，您能告诉我，您为什么要找吴芷漪，您跟吴芷漪到底是什么关系吗？"

Eileen 是他的心肝宝贝。大清女子最重视的就是自己的名节和名声，若是毁了，会遭人耻笑，一辈子在人前抬不起头来的。载沁护着 Eileen 的声誉，自是半个字也不会对外透露的。

"程先生不必知道。你只需告诉我 Eileen 的下落便可。"

"既然如此，恕程某不便相告。载沁贝勒爷，您请回吧。"

载沁起身："程先生已知我的身份，却依然守口如瓶，我载沁很是欣赏程先生的气节和为人。既然如此，我先告辞了。"

"载沁贝勒爷，您请！"

小汽车驶出程家，过了一个路口后，载沁吩咐道："找个隐蔽的地方停车。"

开车的侍卫奉命行事。

前头的小汽车看见了，也掉了个头开了过来，停在了他们边上。

李大均有几分明白。过了片刻，果然看到了一辆小汽车行驶而过，后车厢坐着的便是程重熙。

载沁道："跟着这辆车。不过别跟得太近，别让他发觉了。"

侍卫应了声"是"，发动车子，小心谨慎地跟了上去。

如此跟梢了一会儿，只见前头的小汽车停了下来。程重熙推开门下车，进了路边的一家店铺。

载沁看了一眼，颓然往后一靠，出声道："回去吧。"

李大均道："主子，这都还没跟着他找到 Eileen 小姐呢。"

"他不知是发现我们的车子了，还是自己反应过来了。总而言之，他这几日是不会去见 Eileen 的了。"

李大均看了看店铺招牌，瞬间明白了过来：以程重熙的身份，哪里需要去南北货行买东西呢？

这时，程重熙出了南北货行，上了车。他的黑色车子掉了个头，按原路返回了。显然是回程家了。

这程重熙是个聪明人。不仅聪明，而且对朋友有情有义。

载沁是欣赏的。

不过载沁欣赏归欣赏，但并不妨碍他让人挂电话给上海公共租界巡捕房的头头，请他帮个忙，让他负责的巡捕房找个事由把程重熙关起来。

上海公共租界巡捕房虽然不归大清管辖，可载沁的身份摆在那里，且载沁已经跟上面的人打好了招呼，这巡捕房的头头得了命令，立刻便拉了一队巡警去程家抓捕了程重熙。

程家上下大惊。

程家在公共租界也是有不少关系的。于是，这巡捕房的人铐着程重熙前脚刚跨出程公馆的大门，后脚其父程元庆便挂了电话各种请托了。

接电话的人起先都是一口应下，有的甚至还说程兄请放心，此事包在小弟我身上。

可不过短短半个小时，这些人便纷纷挂电话来说："程兄，实在是抱歉，恕在下无能为力。"

如此一来，程父程元庆更是惊上加惊，急上加急了，不知儿子程重熙到底是得罪了什么大人物，有权有势至此！

程父正焦头烂额、不知所措之际，忽然接到了一个电话。

电话那头的人道："可是程元庆程老先生？"

程父："正是在下。请问阁下您是？"

"程老先生，听说你一个下午都在找人托人，想把你家大少爷程重熙从巡捕房救出来？"

程父一愣："阁下您到底是何人？"

"程老先生，你别管我是谁，我是来给你指一条明路的。"

"这位先生，您有话请直说。"

"你家大少爷得罪的这个人只想从你家大少爷口中问一个人的下落。只要他找到这个人，立刻便会把你家大少爷放了。"

"那人想要知道何人的下落？"

"吴芷漪吴小姐。"

"吴芷漪？"程父思忖了数秒，方才反应过来，不就是重熙朋友的那个妹妹？他追问道："请问先生您到底是谁？"

"路我给你指明了。你想不想救出你家大少爷，你自己看着办吧！"说完，那人便啪的一声挂上了电话。

程父沉吟了半晌，吩咐用人道："备车，我要去一趟巡捕房。"

"是，老爷。"

巡捕房从上头得到的指示是：这程家大少爷程重熙虽然不能放，但见面却是无妨的。

所以程父很顺利地见到了儿子程重熙。

"重熙，有人给我打了一个电话，说……"程父把情况一五一十地说了一遍，而后问道："爹问你，你朋友的妹妹吴芷漪吴小姐如今到底是在何处？"

"爹，我不能说。"

"你若是不说，便只能在巡捕房继续待下去了。"

"爹，不管吴芷漪与那个人之间究竟是怎么回事，我绝不能把吴芷漪交给那个人。爹，您说您小时候没读过什么书，但祖母从小就教导您做事要讲道理，做人要讲义气。您也是从小这么教我和二弟，说咱们程家就是靠这两条发家起来，才有的今时今日……所以……爹，无论如何，我都是不会说的。"

程父程元庆哑口无言，无功而返。

…………

程父程元庆忧心忡忡地坐在小汽车上回家。

忽然，前头的汽车夫阿森出言提醒道："老爷，前头在修路，有点颠簸，您坐稳喽。"

程父这才回过神，抬起头望向了车窗外，打量了周围。他发现这不就是在中西女塾附近？程父忽然福至心灵似的想了起来：家里头就这么一辆小汽车，儿子程重熙用车，去了哪里，阿森不可能不知道啊！

"阿森，我有事情问你。"

"老爷，您尽管问。"

"大少爷最近有没有坐你的车接过吴芷漪吴小姐？"

阿森似被猫叼走了舌头似的，没了声响。

程父顿时喜出望外："阿森，大少爷接她去了哪里？"

阿森支吾道："老爷，今儿下午大少爷又叮嘱我了，让我谁问也不许说。还特地关照了，说连老爷您问也不许说。"

原来载沁走后，程重熙从保险箱里取了些钱，准备给吴芷漪送去，以备不时之需。另外，他也准备把载沁来家里找她的事情告诉她。

可车子开到半途，阿森发现后头有两辆车一直跟着自己，自己开得快，那两辆车也开得快，自己开得慢，后头的两辆车也开得慢。他就把这件事情告诉了大少爷程重熙。

程重熙闻言，猛然一惊："不好。我差点中计了！"

程重熙吩咐他在路边随便找家店铺停车。程重熙下车去了一家铺子转了一圈，出来后便吩咐他回家，还特地叮嘱他一番："阿森，吴芷漪吴小姐住在哪里的事情，无论谁问你，你都不许说。连老爷问也不能说。知道了吗？"

阿森应了下来。

程父道："阿森，大少爷如今因为这事被关在了巡捕房里头。你若也不肯说，大少爷便要被一直这么关押下去了。你知道的，那种地方哪里是人待的啊。一旦巡捕房用刑，你大少爷的身体怎么能熬得住啊！"

阿森很是为难。

程父道："阿森，我知道你是个讲信誉的人，答应了你大少爷不能告诉我。那这样吧，你不必告诉我，你只要把车子开到吴芷漪吴小姐如今住的地方，我去找吴小姐，这样的话，并不算你告诉我，且能把你大少爷救出来。这是一个最好的两全其美的办法。"

阿森想了想，觉着这并没有违背他答应大少爷程重熙的事情，遂应了下来。

夜幕落了下来。

书房内只亮了角落里的一盏落地灯。载沁坐在椅子上，望着黑洞洞的窗外。

"程父去巡捕房了？"

李大均小心翼翼地答道："回主子的话，程父去过巡捕房了。"

"姓程的还不肯说？"

"他……他还是不说……"

载沁的手里依旧捏握着其中一只翡翠手镯。他的拇指如拨动佛珠的方式，不停地拨摩着润泽光滑的镯子。

盛怀秀不见了，他找不到她，载沁只觉得心里头像是缺了一块似的，慌慌然的，对身边的所有事物都无知无觉了起来。

载沁有种预感，如果盛怀秀一直找不到的话，他心里头的那一块空洞怕是怎么填也填不满了。

这种感觉太难受了。

载沁拨了镯子片刻后，停顿了下来，道："你跟巡捕房的人打个招呼，若是到明日此时，姓程的还不肯说的话，就用刑吧。"

"是，主子。"

李大均道："主子，已过了用膳的点了，可要用膳了？"

"不用了，我不饿。"

李大均劝道："主子，再不饿也要吃点东西。您中午到现在都没用过膳呢……"

载沁在杭州心心念念了一个礼拜，兴冲冲地来接盛怀秀，可没承想盛怀秀竟然休学了。

他不知盛怀秀到底发生了什么情况，会这么急着休学，连见他一面都等不了。载沁挂心忧虑，如何能吃得下饭去。如今他一心只想要快些从程重熙口里探出盛怀秀的下落，尽快见她一面，方才能放下心来。

此时，一阵脚步声匆忙凌乱而至，有人敲了敲门："禀报主子，Eileen 小姐来了……"

李大均闻言，不觉一愣。

等他反应过来的时候，主子载沁早已经"腾"地从椅子上站了起来，大踏步地越过他往外走："Eileen……Eileen 她现在在哪里？"

"Eileen 小姐现在就在楼下客厅……"

载沁一阵旋风似的下楼而去。

只见盛怀秀站在客厅，正怔怔地瞧着一幅舶来的油画出神。

侧脸清雅温柔。

的的确确是他的 Eileen。

第7章 煎 熬

客厅的那幅油画上东一块颜色，西一块颜色，混乱无序，毫无章法可言。大清的人瞧了，都会说：这画的是什么个东西？简直混账。

然，洋人如今却极为推崇这种类型的油画。

载沁"噔噔噔"下楼的动静颇大，可是盛怀秀却恍若未闻，一动不动地盯着那油画瞧。

载沁把脚步放轻软，来到了她身后，低唤了一声："Eileen……"

盛怀秀仿佛沉浸在了画中，没有任何动静。

载沁伸手一把牢牢地将她抱住："Eileen……"

只有这般抱着她，感受她的温软，载沁才相信盛怀秀她确实回来了。

盛怀秀垂下了眼帘，缓缓地闭上了眼。

"Eileen，你去了哪里？为什么休学了也不跟我说一声？"

"Eileen，好端端地为什么要休学？你是不是有什么事情？还是……还是你家里头出什么事情了？"

载沁将她转了过来，揽着她纤细单薄的肩，仔仔细细地凝望她。

这一近看，他第一感觉便是她瘦了，憔悴了不少。

载沁抬手轻轻地触碰了她的脸："Eileen，你怎么瘦了这么多？是不是你家里头出了什么事情？所以你才休学了……"

盛怀秀垂着眼帘。

"Eileen，你到底是怎么了？你说啊。"

"你把程大哥放了。整件事情与他和他们程家都毫无关系。这么久以来，程大哥他们一直对我照顾有加。你这般把他抓起来，叫我日后有何面目去见他和程家的人。"

载沁这般为难程重熙和程家，为的不过就是找到她。如今目的已经达到，又见盛怀秀泪盈于睫、伤心自责的难过模样，自是满口应下："好好好。我叫人把他放了……"

"你叫人马上放人。"

"好。我这就挂电话。"

载沁当即摇铃唤来了李大均，吩咐他挂电话去巡捕房，让巡捕房放人。

李大均在一旁与人通了电话，而后过来禀报："主子，巡捕房说了，他们不仅立刻放人，还会派人把程大少爷送回程公馆。"

载沁含笑握着盛怀秀的手，道："你现在放心了吧。"

"我过半个时辰给程大哥打电话，确定一下他是否已经回家了。"

"好，你想打就打，打多少个电话都成。"

李大均见主子载沁此刻心情大好，便道："主子，你担心Eileen小姐，这一日都没有吃过东西了……Eileen小姐想来也没有用晚膳，不如我叫灶房做点吃的送上来？"

人找回来了，载沁悬着的心放了下来，整个人一放松，便察觉到了饥饿感。

"去吧。"

灶房本就准备好了各种菜，汤是早炖好了的，一直用小火煨着。李大均一吩咐，灶房的人立刻煎炸炒煮了起来。

六菜一汤很快便送了上来。

李大均等人如今都已经比猴子还精乖了，等听差们将菜搁下后，都纷纷退了下去。

饭厅顿时便只剩了载沁和盛怀秀两人。

载沁给盛怀秀盛了一碗汤："吃饭吧。"

他一直静候着盛怀秀开动。

盛怀秀："我……我没胃口。吃不下……"

盛怀秀不肯用饭，载沁索性用喂的，盛了一汤勺的汤递至盛怀秀嘴边："吃好饭正好挂电话去程家。张嘴。"

盛怀秀素来便知载沁性子霸道蛮横，如今知道他的真实身份，便明白他为什么会如此。她有求于他，听了这话，只好张口喝了汤。

载沁喂了大半碗，见盛怀秀摇头说不要了，方才搁下了碗勺，用筷子夹了一块清蒸鲥鱼搁到了饭碗里："吃吧。你知道我答应你的事情一定会做到的。这样吧，我们用完饭，我亲自挂电话去程家，给程重熙赔个罪，好不好？"

　　能让载沁如此放下身段，各种讨好的，大约也就盛怀秀一人了。

　　盛怀秀闷声不响，不过倒是拿起了筷子，缓慢地吃了起来。

　　载沁见状，便也动筷了。

　　盛怀秀回来了，就坐在他身畔一起用饭，触手可及，载沁满心满眼俱是欢喜。

　　一顿饭，便在载沁不断给盛怀秀夹菜，叮嘱她吃多点的氛围里头度过了。

　　用过饭，载沁很信守诺言地让李大均挂了电话到程家："找你们大少爷程重熙。"

　　"请问您是哪位？"

　　李大均："就说载沁贝勒爷找他。"

　　"是是是。您请稍候。我这就去叫我们大少爷来听电话。"

　　程重熙很快接了电话，语气恭恭敬敬："草民程重熙给贝勒爷请安，贝勒爷万福。"

　　载沁道："程先生，不必如此客气。我是来跟你道歉的，真是很抱歉。"

　　电话那头的程重熙根本没想到这位趾高气扬、不可一世的贝勒爷会亲自打电话来向他道歉，一时不由得愣了愣。

　　"贝勒爷太客气了。草民受之有愧……"

　　"谢谢程先生接受我的道歉。你照顾 Eileen 这么久，我承你的这份情，日后有机会必定会还你这份人情。"

　　"贝勒爷您太客气了。草民不过是举手之劳而已。"又是这般亲昵的语气。吴芷漪和这载沁贝勒爷之间到底是怎么一回事？程重熙一边暗中揣摩，一边说着客套的场面话。

　　"对了，请你稍等，Eileen 要同你说几句话。"

　　"她在您这里……"程重熙震惊后明白了过来：怪不得巡捕房将他放了，原来载沁找到吴芷漪了。

这时，盛怀秀已经从载沁手里接过电话："程大哥……"

程重熙急道："芷漪，你怎么在他那里……芷漪，你可知道他是谁？他是朝廷里头大名鼎鼎的端亲王的二儿子——载沁贝勒爷……"

盛怀秀轻声道："我知道。"

程重熙越发着急了起来："你知道还在那里……你赶紧走啊……"

"程大哥，对不起。这件事情是我连累了你和你们程家。"

"芷漪……"

载沁站在她身畔，盛怀秀不便多说，只道："程大哥，你放心。载沁他答应了我，以后决计不会再去找你和你们程家麻烦的。他素来一言九鼎，信守承诺，我相信他会说到做到。所以，也请你们放心。"

程重熙是何等人物，盛怀秀一句"载沁"的称呼，他便立时反应了过来："芷漪，你和载沁……你们是……"

"程大哥，请你多保重，也谢谢你这么久以来对我的照顾。载沁和我的事情，是我和他两个人之间的事情，请你不必多担心，我们自己会处理的。再见。"

程重熙挂断了电话后，脑中一直在想着盛怀秀说的那句："请你不必多担心，我们自己会处理的。"

芷漪到底是什么意思？

请他不要透露给任何人，是让他不要告诉她家人吗？

盛怀新把她托付给了他，虽然没明说是自己的妹子，可程重熙却是心知肚明的。她若是有什么事情，他以后怎么跟盛怀新交代呢？

不行。怎么也得要跟她再好好谈谈。

程重熙随即找出了载沁贝勒爷留下的电话号码，挂了电话过去。

是听差接的。

程重熙表明了身份，说："我找载沁贝勒爷和吴芷漪吴小姐。"

"请程先生稍候，我去禀报一下。"

隔了半响，电话那头响起了一个陌生男声，并不是方才听差的声音。那人道："程先生，我们主子和 Eileen 小姐已经休息了。不如你明儿再打过来？"

程重熙只得道谢，挂了电话。

这一晚，程重熙翻来覆去，睡得很不安稳。

倒不是因为去了巡捕房这一遭，而是他脑中一直在想：吴芷漪怎么会跟载沁牵扯在一起的？

莫非便是从那一回他带她去德国人弗兰克家里参加酒会开始牵扯的吗？

若是如此的话，他实在是难辞其咎。

程重熙一直到天都亮了方才朦朦胧胧地进入了梦乡。

再睁眼的时候已经是日头高挂了，程重熙拿起了床头的怀表一看，竟然十一点多了。他立时起床，梳洗更衣。

听差接起电话，一听还是程重熙，说要找他们主子和Eileen小姐，他便道："程先生，我们主人和Eileen小姐两位都还未起，请下午再打来吧。"

程重熙到了此时此刻，对载沁和盛怀秀的关系那是心明如镜的了。

他便道："可否给我一个地址，我等下过去拜访你们主子？"

听差道："程先生，我只是个下人，不敢擅自做主。请你午后再打电话过来。"

"那这样吧，你跟吴芷漪吴小姐说一声，等下让她回我一个电话。"

"好的，程先生。"

程重熙身为买办，其实事多繁杂，手头有许多的事情要办。

可是他心浮气躁，根本无法静下心来处理。

他一直等着盛怀秀的电话。

这一等便等到了下午一点多。

"芷漪，我们能不能见一面？"

盛怀秀沉吟了一下，似在电话那头跟人商议，过一会儿她才应了下来。

程重熙挂了电话，便吩咐阿森备车出发了。

他来到了和盛怀秀约定的克利番菜馆，找了一个僻静的桌子。

"程大哥……"

程重熙抬头，看见了身着高领西式裙装的盛怀秀婀娜而来。

程重熙自己家里只有一个弟弟，所以自打做了吴芷漪的监护人后，便一直把她当成了自己的亲妹妹看待。可如今这一见，第一次发现吴芷漪这个妹妹明眸皓齿，娴雅动人，真真是个很好看的女子。

程重熙绅士地为她拉开了椅子："芷漪，我记得你喜欢这家店西式的奶油栗子蛋糕，所以给你点了一份。还有果子冻……"

"谢谢程大哥。"

服务生很快把奶油蛋糕和咖啡等吃食一一地端了上来。

程重熙招呼盛怀秀吃蛋糕，他也喝了几口咖啡，方才开口道："芷漪，我想你肯定是知道我约你见面的原因？"

盛怀秀不敢直视程重熙的眼睛，轻声道："我知道。"

程重熙道："芷漪，程大哥不知你发生了什么，也不知要怎么帮你，可现今这样子……程大哥他日实在无脸见你的家人，也无法跟你的家人交代。"

盛怀秀脸上火辣辣的。她垂着头，羞怯地道："程大哥，这事情完全与你无关。是我自己的错……是我自己行差踏错了……

"可是我一直不知他是载沁……

"等我知道的时候，我便第一时间求你帮我办理休学了……"

果然如此。她是为了避开载沁，所以才会匆匆忙忙休学的。

"他肯定是不知你的真实身份吧？"

若是载沁贝勒爷知道的话，肯定不会如此善了的。

盛怀秀点了点头，表情苦涩无比："这个世界这么大，有这么多的人，我从未曾想过他竟然会是载沁。而他肯定也未料到我的真实身份……"

程重熙道："芷漪，你接下来打算怎么办？程大哥不知道能帮你什么，怎么帮你，可是若你需要程大哥帮忙的话，便来程家或者怡和洋行找我。"

程重熙大哥明知道载沁和他们端亲王府的权势，还一心想要帮她，盛怀秀感激涕零："谢谢程大哥。我这回来……确实是有两件事情想要请你帮忙的。"

"芷漪，你说，只要程大哥能帮得上忙。"

"程大哥，第一件事情，是想请你帮我瞒着我家人，此事千万不能让他们知道。"

"芷漪，纸包不住火。此事也只能瞒得了一时，瞒不了多久。只要你家里的人去中西女塾找你，这事情就会拆穿的。"

"如今也只能是能瞒多久就瞒多久……若是他们知道的话，怕是会急疯的……"

程重熙点了点头："好。我帮你瞒着，尽量能瞒多久是多久。"

盛怀秀："第二件想让程大哥帮忙的事情是请程大哥等下假装拍桌子和我吵一架……"

程重熙何等角色，立刻明白了盛怀秀的用意。但他是个重情重义之人："芷漪，程大哥不怕他。你别担心，有事尽管来找我。"

"程大哥，我受你们照顾多时，不能再连累你们了。"

就算程大哥不怕载沁，可他和程家与载沁为敌的话，无异于以卵击石，自寻死路。

就以这一次巡捕房的事情来说，程家若是有一丁半点的办法的话，程元庆程伯父决计不会来锦绣饭店找自己，告知自己因为程重熙不愿透露自己行踪，被载沁关押在巡捕房一事。

西式咖啡馆的门口停着两辆黑色小汽车。

车里头，载沁一直盯着咖啡店里头的程重熙和盛怀秀，不时地拿出怀表看时间。

"啪"的一声，载沁再一次合上了怀表。

李大均和汽车夫俱已经感受到了主子载沁的不耐烦。此时的他们眼观鼻，鼻观心，不敢发出大的响动，生怕一个不小心，撞到了枪口上。

载沁再度抬头望向了咖啡馆。只见里头的程重熙拍桌子而起，指着盛怀秀的鼻子说了句话后，便怒气冲冲地走了出来，上了自家的小汽车，绝尘而去。

载沁猛地一把推开了汽车门，快步进了咖啡馆："Eileen，这是怎么了？"

盛怀秀红着眼落泪，顿了顿才道："没什么，走吧。"

盛怀秀一进车子，仿佛失了所有精气神一般，整个人又累又倦。

载沁见她如此，便去握她的手："累了是不是？不让你出来，你自己偏偏要出来。"

载沁又火大地道："我到家就挂电话去问程重熙，为什么朝你拍桌子，冲你发脾气！他以为他是谁！连我载沁的人都敢骂！真是给点颜色就开染坊，蹬鼻子上脸了。我叫他吃不了兜着走。"

盛怀秀道："这事不能怪程大哥。他说他一片好心落到如此下场。他说从此以后与我和我们家之间再无关系，再不会管我的事情了。"

载沁醋劲大得很，他今日本就不想让盛怀秀出来与程重熙见面的。可他好不容易才把盛怀秀找回来，为了讨她欢心，不得已之下，方才勉为其难地答应下来的。

载沁刚才见程重熙坐在盛怀秀对面，两人外貌很登对，又像一对情侣似的隔着桌子面对面地说话，他看着便觉得仿若有针扎眼似的难受。如今听了盛怀秀说程重熙让她以后别再去找他和程家了，于他而言简直仿佛是天降甘露，大喜过望，可面上则装出一副气愤不平的模样："不去找他们便不去找他们！他们姓程的很厉害吗？！我载沁动动小手指就能捻死他们一家……"

盛怀秀听了这话，抬头怒瞪着他。

载沁见了，假意咳嗽了一声："好了，我知道你不许我去找他们麻烦，我不过说说而已。"

"好了，好了。我答应过你，不会为难程家和程重熙的。我载沁向来最信守承诺了。我只是恼他对你拍桌子，指着你的鼻子说话……心疼你受委屈……"

"这件事情不能怪程大哥。实在是我……我自己不好的缘故……"说到这里，盛怀秀顿时泪盈于睫，"倘若我们没有遇到，便不会发生这么多事情了……"

这是盛怀秀发自内心的话。

卡尔为什么会是他们家的大仇人载沁呢？

怎么会这样子的呢？

接下来她要怎么办呢？

走又走不了。

但要日日与载沁在一起，她又实在难受。

从前盛怀秀是不知载沁身份，可自打知道后，与他在一起的每一分每一秒，她都会想起家里头的人。想起娘，想起大哥盛怀新，想起大嫂沈如锦，想起盛家的所有人，想起盛家的一切。想起盛家如今落到如此田地，都是因为他。

盛怀秀又羞又自责又伤心难受，真恨不得找条地缝钻进去，永远不再出来见人。

所以，与载沁在一起的每一秒，对于盛怀秀来说，都是一种火烧火燎的煎熬。

盛怀秀索性也不压抑自己，无声无息地落下泪来。

她这样默默哭泣，比痛哭流涕更叫载沁心疼。

载沁不知究竟，一个劲儿哄道："我们怎么可以没遇到呢？你没有不好。都是我招惹你的，逼你的。所以，都是我不好。"

不过她这一哭倒是把休学这件事情给轻轻揭过了，载沁没有追根究底地追问下去，被她搪塞了过去。

这一个礼拜，盛怀秀没有一日是好过的。

虽然知道载沁是他们的仇人，可是盛怀秀对载沁早已经情根深种，想着此后一辈子不能再见着载沁了，心里头亦是肝肠寸断。

所以短短时日便消瘦憔悴了下来。

不见载沁，她心里难过；可是见他，她便想到了家人和所有发生过的事情，亦难过。

至于载沁，盛怀秀之前本以为他找不着她便会不了了之。

载沁如此身份，要什么样的美女无不唾手可得，断断不可能对她情有独钟的。

她于他而言，或许只是一时新鲜而已。

可她没料到载沁为了找到她，竟然逼迫程大哥到如此地步。这是盛怀秀从来不曾想到之事。

当时她在锦绣饭店听到程元庆程伯父的话后，惊愣在原地许久。

回过神来，她只觉酸楚难言，里头还掺杂着一丝丝的欢喜。

载沁比她以为的要更加在乎自己。

这很好。可又不好。

程元庆程伯父只点到即止地告诉她程重熙大哥被载沁贝勒爷关在巡捕房，说程大哥一日不说出她或者她家里头的下落，载沁贝勒爷便不会放了他。

说完，程伯父便告辞了。

程大哥重情重义，对大嫂沈如锦办的缫丝厂照顾有加，自打她来上海后，更是把她当自个儿亲妹子般地照顾。

盛家能走出困境，能有如今平稳一些的小日子，她能够来上海念书，程重熙大哥功不可没。

她如何能够对程重熙大哥弃之不顾呢？

所以，哪怕再不情愿，再不想与载沁纠缠下去，盛怀秀还是回到了载沁的洋房。

她知道自己回到载沁身边，载沁便会放了程大哥的。

事实上，也是如此。

可这个难题解决了，她之后又要面对更多的难题。

比如，现在她在载沁这里，日后要怎么办？

中西女塾不是不能复课，可是学校也不会随随便便让她休学又复课的。

且她无论如何也是要再度离开载沁的。

她不敢想象载沁若是知晓了她的真实身份会如何。

与其到了那时更加左右为难，不如早些了断的好。

两人之间是无论如何都不会有好结果的。

离开，然后忘却彼此，是两个人最好的结束方式。

盛怀秀重新踏入载沁的洋房前便已经做好了再次离开的打算的。

所以，她才会要程重熙程大哥配合演一场戏，目的便是不再牵连程大哥和程家。

可洋房里头都是载沁的人，但凡外出，载沁都是寸步不离的。她怎么才能逃走呢？

盛怀秀唯有静待时机。

对于盛怀秀的这个打算，载沁自是半点也不知的。

载沁虽然是金枝玉叶，可却是难得的深情之人。盛怀秀回来，载沁便欢喜快活极了。

载沁本是知道自己喜欢盛怀秀的。两人每个礼拜只能见一回，在不见面的日子里头，他得了空，便会不受控地想她。

可如今经了盛怀秀休学失踪一事，载沁方才知道盛怀秀对于他而言，意味着什么。

若是从此以后他再也找不到她了……载沁慌乱失措，简直无法想象。

幸好他还是把她找回来了。

盛怀秀醒来的时候，只觉得两只手腕似被什么东西箍着似的，很是不舒服。

她朦朦胧胧地睁开眼一瞧，不由得愣住了：手臂上不知何时戴了一对翡翠手镯。

嘉兴城历来富庶。盛家是嘉兴城中首富，盛怀秀她娘盛夫人也是有几件好首饰的，加上盛怀秀从小陪着娘出席嘉兴城各个富户内眷间的来往，也是见过不少首饰的。

然，这对翡翠手镯，色泽幽碧，冰润怡人，哪怕她再不识货，也知品质极佳。

盛怀秀恍神地看了片刻，移开了目光，只见沙发处的落地灯亮着，载沁坐在沙发上，低着头，也不知在翻看什么。

因拉着窗帘，也不知外头天色到底是黑还是亮，可屋里却只有这一团暖暖的亮色。载沁便处在一团的亮光里头，侧脸轮廓分明。

盛怀秀瞧了不知多久，缓缓地垂下酸涩的眼帘。

胸口处一直闷闷的，有种呕吐感，盛怀秀起身欲去洗漱间。

可她掀开被子这一动作，载沁便察觉了，含笑着抬头："醒了？"

盛怀秀径直去了洗漱间，关上门。

她趴在陶瓷洗脸盆上，想吐又吐不出，只得作罢。

盛怀秀又试图摘了手上的镯子。

她也不知自己在洗漱间待了多久，直到载沁在外头敲门："Eileen，你睡了很久，定饿了，我让厨房熬了点粥……"

盛怀秀正在脱镯子，也不知睡梦中的时候载沁是怎么给她戴上的，她竟怎么脱也脱不了，白白浪费了许多的力气。

"Eileen……"

盛怀秀出去的时候，女佣等人早已经搬进了一个小桌，摆好了饭菜后，退出了房间。

载沁拉着她的手，按着她在沙发上坐下："这都半夜了，定是要饿坏了……"

他见盛怀秀的视线落在翡翠镯子上，微笑道："这是我额娘随信叫人送来给我的，让我送给我的意中人……额娘从未见过你，可真是奇怪，这镯子你戴了竟然大小合适得很。可见你和我额娘有缘。"

说完，载沁仿佛心有灵犀一般，又郑重地对她叮嘱了一番："Eileen，有道是长辈赐，不敢辞。这是额娘的一番心意，你可不许摘下来。"

"好了，咱们用饭吧。我也饿极了。"

盛怀秀抬眼看他。载沁含笑解释："我一直等你醒来，想与你一起用晚饭，可谁知你睡得这么沉，一直睡到了这深更半夜……我如今饿得都快吞得下半头牛了……"

载沁便盛了一碗，递给了盛怀秀，又给她夹菜："最近天气越来越热了，我怕你没胃口，让灶房做了几个清爽些的小菜。你多吃点……"

其中一道小菜是青鱼干。

盛怀秀闻着便觉得腥臭味浓重，胸口处那不舒服的感觉一瞬间便放大百来倍似的。她立时起身，快步走向了洗漱间。

载沁不知怎么回事，便也跟了上去："Eileen，你这是怎么了？"

盛怀秀把门反锁了起来。

载沁隔着门，只听到里头数次传来陶瓷马桶的冲水声，旁的便什么都听不到了。

过了许久，盛怀秀才面白如纸地从里头出来。

载沁扶着她在沙发处坐下。盛怀秀不说话，提线木偶似的坐在沙发上，三魂丢了七魄的样子。

"怎么了，是不是吃坏肚子了？我叫人去请马克医生过来。"

盛怀秀一听也不知怎的便回过了神来，慌慌张张地抓住了载沁的胳膊："不用请医生，我没事，我休息一下便好了。"

载沁挨着盛怀秀坐下，伸出手握她的手，只觉得她的手冰冰凉凉的，掌心隐约有湿意。

…………

盛怀秀以为载沁会与往日一样，礼拜一便回杭州了。

可是，载沁竟然不走，日夜与她耳鬓厮磨，对她又宠又爱，又温柔又霸道。

她第一次懂得了什么是蘸了蜜的温柔刀。

既甜蜜又致命。

盛怀秀每日处于冰与火的煎熬中。

她每一日都知，她和载沁在一起的日子是在倒计时的，过一日便少一日。

盛怀秀一直在等待时机，逃离载沁的身边。

盛怀秀整个人也越来越沉默了。

载沁很多次推门进来的时候，都看到她坐在窗边的沙发上默默出神。

问她，她也不肯说。问急了，只是朝载沁淡淡一笑，摇摇头说一句"我没事"。

载沁是有感觉的。

她明明近在咫尺，可他总觉得比从前离她更远了。

他不知怎么做，唯有将她留在身边，反反复复地确认她真的在。

这日，午饭中途，盛怀秀又一次搁下了碗筷，去了洗漱间，良久后才出来。

载沁见她苍白模样，搀扶着她上楼休息："这到底是怎么了？都好几日了。你不许我请马克医生，不如这样，我陪你去医院好不好？"

盛怀秀合着眼，仿佛已经入睡了。

这时，李大均在外头轻声敲门，唤了一声"主子"。

载沁轻抚盛怀秀的脸："你好好睡一觉。"

载沁拉开了门出去，走远了，李大均方才压低了声禀报道："主子，嘉兴城的邵明恩邵老板来了，在楼下会客室。您见是不见？"

"来得正好。我也有事要吩咐他去办。还有，你派人去把马克医生请来给Eileen看看。马克医生一到，您第一时间来会客室通知我。"

载沁见李大均欲言又止，便又问道："还有事？"

李大均道："主子，邵老板今日还带了一个女学生模样的人过来，说是自己的亲妹子……"

在主子载沁身边这么多年，李大均见惯了那些为了荣华富贵给主子等人献上各色美人的角色。所以他一见邵明恩带了女子前来，便知晓了其用意。如今主子载沁对Eileen小姐用情至深，他们这群人可都看在眼里。他们这群人如今最怕就是这两个主子闹脾气，叫他们底下的人吃尽苦头。所以特地提了一嘴。

听了李大均这话，载沁立时明白邵明恩在打什么主意，不觉失笑了："好了，我知道了。等下你叫人安排一间房间给她，看着人，别叫她乱走撞见了

Eileen。要是出了错，我唯你是问。"

Eileen 可是个大醋坛子，载沁不得不防。

嘉兴城的富商大户就这么几家，虽然邵家和盛家两家有嫌隙，但平时难免有女眷间共同的交际应酬，邵明芬与盛怀秀年龄相仿，是打小就认识的。若是遇到了，盛怀秀的身份势必会揭穿了的。可载沁的安排，倒是阴错阳差地将两人隔开了，避免了任何遇见的可能性。

李大均欣然领命而去。

邵家祖上是与盛家祖上一起发家的，到了邵明恩这一代依旧是嘉兴城的富商。但邵家数代以来一直与盛家有嫌隙，一直暗中与盛家为敌，处处作梗，妄图将盛家拉下首富宝座。无奈邵家实力实在不济，一直被盛家碾压，屈居盛家之下。当年载沁抓捕盛怀新的过程中顺藤摸瓜找到嘉兴城，查封盛家，追捕盛家人等，邵明恩狂喜不已，费尽心机才搭上载沁和端亲王府这条线。他攀附上载沁后，全盘接手了被查抄的盛家的绸缎庄、机房以及所有生意，一跃成了嘉兴城的首富。

此后，邵明恩一直仰仗着载沁和端亲王的人脉和势力在经商，也成了载沁敛财的白手套。载沁筹办杭州的武备军事学堂的绝大部分款子便是来自邵明恩的"捐献"。

这几年来，两人可谓是各取所需，合作甚欢。

因着德国军火被劫，至今杳无音信，载沁心知要追回是无望的了，遂准备再购入一批。所以本就是打算近段时间要与邵明恩见一面，商量款子事宜。可前些日子因着杭州陆军武备学堂的事情太多，加上每个礼拜来回上海，一时分身乏术。

所以，邵明恩如今登门拜访，正中载沁的下怀。

但邵明恩旁的心思，载沁却是敬谢不敏的。

不多时，洋人医生马克和他新来的女护士在女佣的带领下来到了盛怀秀的屋子。

女佣敲了敲门："Eileen 小姐，马克医生来了。"

盛怀秀站在窗口，闻言便紧张地握了握双手："我没事，不用看医生。"

"Eileen 小姐，这是主子的吩咐。"

载沁的性子那是说一不二的,且马克医生如今都来了,断然是不可能让马克医生就这么回去的。盛怀秀不得已,只得让女佣请他进来。

"马克医生,麻烦你了。"

马克医生身后的女护士正弯腰搁下医箱,她听得盛怀秀的声音,不由得蹙了蹙眉。

"这是我们医生应该做的事情。"马克医生说完,便问道,"Eileen 小姐,你觉得哪里不舒服?"

盛怀秀:"我没什么不舒服,是卡尔太大惊小怪了,兴师动众地把您请来……"

此时,那女护士直起身,抬眼望向了盛怀秀。她一看清盛怀秀的脸,脸上立刻出现如被雷劈一般难以置信的神色。

盛怀秀并没有注意到被马克医生的高大背影遮住的这个女护士。

一楼会客室。

邵明恩带了妹子邵明芬给载沁磕头请安。

载沁以礼相待,招呼他们入座。而后因与邵明恩有要事相谈,挥退了屋内所有人等。李大均便让人带邵明芬到了一间僻静的屋子待着。

邵明恩前年花了大钱办了个缫丝厂,可出产的生丝品质不佳,销售不了,在仓库囤积如山,损失惨重。他这次来找载沁是为了要办西式银行一事,兹事体大,没有载沁的撑腰是决计成不了的。所以,他进门到现在就一直在跟载沁大叹苦经,说生意难做,赚不到钱还折了老本。

载沁面色淡淡地端坐着,不置一词。

邵明恩见状,摸不准载沁的心思,心里有些发怵。他便小心翼翼地试探道:"贝勒爷,上回草民跟您提起过的……学习洋人的方式办一家西式银号的事情,您考虑得怎么样了?"

载沁不说话。

邵明恩偷偷打量他的神色。

正在此时,李大均敲了敲门,在外头禀报道:"贝勒爷,马克医生已经到了。"

"好,我知道了。"载沁吩咐李大均道,"你招呼一下邵老板。"

"是。"

载沁急匆匆地走了。

邵明恩也不知办银行这事情到底是成还是不成，心里头忐忑不安地等待着。

载沁在门口听见了盛怀秀说的"大惊小怪"这句话，出声道："我哪里是大惊小怪，兴师动众了……你这每天不停呕吐，定是身子出了问题……"

马克医生询问盛怀秀状况，又详细地检查了一番，道："Eileen 小姐，你的身体并无大碍。你好好休息两日，若接下来情况还是不好转的话，你来一趟我所在的医院，我再给你好好做一番检查。"

载沁总觉得不对劲，追问道："可 Eileen 她这几日一直不舒服，日日都要呕吐几回……马克医生，你确定她真的没事吗？"

"卡尔，你放心，Eileen 小姐没什么大碍。"马克医生说到这里，又道，"卡尔，我也许久不见你。走，我们去你书房聊聊，顺便我给你看一下肩膀上的伤疤。"

载沁听出了马克医生的言外之意，若有所思地带他来到了自己的书房。

"马克医生，Eileen 她到底是怎么了？有什么话，你但说无妨。"

马克医生道："卡尔，实不相瞒，Eileen 小姐的状况很可能是怀了身孕了……"

载沁闻言，双目微微一睁，脱口而出："马克医生，你说的可是真的？"

"我要做个详细检查才能确定。若是她这几日一直这般持续呕吐，不见好转，你便带她来一趟医院。若是她过两日便不再呕吐的话，可能只是一时的肠胃不适造成的。无论是与不是，这两日的饮食都须清淡一些，以调养为主。"

载沁惊喜激动，连声道："好好好。劳烦你了。可要配一点止吐的药物？"

"如今的情况是不能配药物的。若是 Eileen 小姐真怀孕了，药物可能会对胎儿发育造成影响……"

载沁点头如捣蒜："好好好。那就不配药……不配药……"

另一厢，载沁和马克医生走后，女护士便收拾马克医生用过的听筒等医疗物品。

盛怀秀闻到了酒精味，胃液随之翻涌，忙进了洗漱间。

女护士手脚利落，很快便收拾好了。她转头看了看紧闭着的房门，而后望着敞开的洗漱间的门。

"怀秀……"

这简简单单的两个字如霹雳一般回响在盛怀秀的耳边。

在载沁的洋房，怎么会有人认识她，唤她怀秀的呢？！盛怀秀脸色大变，倏地从陶瓷台盆里抬起了头。

当盛怀秀看清面前这位女护士容貌的时候，她亦惊呆了，竟然是他们盛家的世交——朱家的朱宜慧。朱家在嘉兴城世代行医，朱宜慧的爹朱玉堃是嘉兴城出了名的大夫。

朱宜慧从小就对朱家医术产生了浓厚的兴趣，不满朱家"传子不传女"的祖宗遗训，再加上不同意她爹朱玉堃为她定下的那门盲婚哑嫁的亲事，借着盛家办百日宴来给大嫂沈如锦祝贺的时机，带了细软离家出走。也因此，朱家与他们盛家生出了嫌隙，两家此后断了往来。

"宜慧姐，怎么是你？"

朱宜慧上前一把握住了她的手："怀秀，是我。"

"宜慧姐，这些年你都去了哪里？你可知道大伙找你找得好苦。一时都找不见了，便都以为你出事了。"

"我当年离家出走，按计划本是想来上海谋生的。可我出了点意外，阴错阳差地搭上了去德国的轮船，而后在德国念了几年护理……上个月我学成归国，在德国人开的医院找了一份工作，如今在马克医生手下做护士……"

盛怀秀激动万分，牢牢地抓着朱宜慧的手："太好了，宜慧姐，真的是太好了。若是我如锦大嫂知道你没有失踪，还学了一身本事，她可是要高兴坏了……宜慧姐，你不知，自打你离家出走后便没有任何消息，朱大夫他们派了很多人去上海找你，怎么也找不到。我如锦大嫂便以为你出事了，一直自责不已，后悔当时没有拦住你出走……"

朱宜慧看了看门口动静，压低了声音道："怀秀，我上个月回国后，便回了一趟嘉兴城，去看了我爹娘和我大哥。我爹朱玉堃把你们盛家发生的事情都告诉了我……自打你们被朝廷通缉离开后，我爹很是担心你们，想方设法地打听你们的消息，可一直都打听不到……

"怀秀，我就长话短说了。我问你，你怎么会跟这个载沁贝勒爷在一起的？我爹朱玉堃亲口告诉我说，是这个载沁贝勒爷把你们盛家抄家了的。"

原来啊，朱宜慧这个月进了德国人开的医院后，因在德国念的是护理专业，精通德语，在医院里又是当护士又是当翻译的。加上她又勤劳努力，医院方面十分看重朱宜慧这个人才，便将她派给了医院里医术最好的马克医生。

今日，马克医生接到载沁这里挂来的电话，便让朱宜慧跟着他过来。可因着朱宜慧第一次来，马克医生担心她会出错，便把载沁的身份告诉了她，让她务必要比平时更加小心谨慎一些。

朱宜慧当时听到马克医生说他们现在去的地方是载沁贝勒爷在上海的洋房，载沁贝勒爷是当今端亲王二儿子什么的，想起盛家被通缉之事，心头也是一惊。但她想着自己不过是个护士，凡事都有马克医生在，自己做个聋人哑巴便是了，是不可能有什么问题的。

可是，朱宜慧怎么也没料到，她一进来便听见了一个熟悉的声音。当时她心道：这说话声温温柔柔的，怎么这么像盛家的怀秀？

朱宜慧只道：人有相似，声音自然也有相似。怀秀怎么可能会在他们家的仇人载沁贝勒爷这里的呢？

可是朱宜慧越听越觉得不对劲，仔细一看，竟然真的是盛怀秀！

朱宜慧这些年在外求学，也经历了不少事情，加上年岁渐长，早不是当日被锁在深闺、不知世事的小女儿家了。她听见马克医生口口声声地唤怀秀叫"Eileen 小姐"，载沁居然也称呼怀秀叫"Eileen"，她觉得有异，便留了个心眼，待载沁等人离开后方才与怀秀相认。

盛怀秀红着脸低下了头："我……我一开始不知道他的身份，如今是知道了……可是他不让我走……我走不了……"

朱宜慧道："怀秀，他是不是不知道你的真实身份？"

盛怀秀点了点头。

这时，门口脚步声响起。朱宜慧和盛怀秀一凛。

朱宜慧扶着盛怀秀出了洗漱间："小心脚下……"

载沁和马克医生已经推门进来了。他眼含笑意，温柔小心地从朱宜慧手中接过盛怀秀："Eileen，来，快躺下。我让灶房重新做点清淡的吃食……等下你多少吃一点。"

朱宜慧见载沁对盛怀秀这般温柔体贴的样子，心里头咋舌不已。

马克医生:"卡尔,那我就先告辞了。有什么事情,你让人及时挂电话给我,我会第一时间赶来的。"

载沁道谢。

朱宜慧背起了医箱,与马克医生一起告辞了。

临走前,她无声无息地与盛怀秀对视了一眼,示意她保重。

至于载沁,则是等用人将白粥小菜送上来,亲自陪着盛怀秀吃了,又哄着她睡下后,方才又下楼去见邵明恩。

事实上,载沁在杭州的陆军武备学堂虽然有堂姐夫张鲁扬的帮忙(毕竟是一方巡抚,给地给人又给钱,以及在张鲁扬的施压下杭州城的士绅商人也捐了不少银钱),可银钱这方面的缺口还是颇大的。

军校里头学员每个月的饷银,重金聘请的德国洋人军官的年薪,军校里头的其他一些开销……前面失了五千杆枪后,他又跟弗兰克重新订购了,这便又需要一大笔银子。

所以,须得广开财源。

载沁便答应了邵明恩开办西式银号(行)一事。

闻言,邵明恩不觉大喜过望,忙给他行了礼:"草民谢过贝勒爷。"

载沁从洋人医生马克那里得知了盛怀秀可能怀孕的消息,顿时喜上眉梢。

他年纪轻轻,可因着在德国军校受过好些年的训练,加上身份尊贵,平日里不苟言笑,所以自有一种不怒自威的气势。

自打载沁归国后,在端亲王府里的众人见他言行举止稳重端庄,都知这主子日后必有一番大作为,对于他反而比日后会袭亲王位的他大哥载鸿贝勒爷更尊敬几分。

张得胜、李大均等王府出来的侍从亦是如此。特别是见了载沁与杭州武备学堂的学员们同吃同住,一起训练后,那更是对他崇敬有加,打心眼里佩服。

可如今载沁因为高兴,这几日来便时时面带笑意,一时间将往日的阴沉淡漠尽扫而去,整个人便显得英气勃勃,越发年轻俊美了。

众人皆是精乖之人,都知道是盛怀秀的缘故。

他们家主子如今是深陷在了罗曼蒂克的恋爱里头,拔不出来了。

而盛怀秀这数日来因为不舒服卧床休息，载沁除了必须处理的事情外，便都在屋子里陪她。

但与往日不同的是，载沁这几日竟然都不闹她，对她越发温存体贴了起来。可不知为何，载沁越是如此，盛怀秀心里头却越是慌了起来。

她隐隐约约知道自己这到底是怎么了。

可她又不敢去相信和面对这个事实。

这一晚，盛怀秀用过了晚饭，又吐了两回，实在觉得疲倦，便早早地睡了。

蒙蒙眬眬中，盛怀秀感觉到载沁厚实温热的手在她腹部摩挲。

载沁的每一下温柔抚摸都带了他掌心的热度，盛怀秀只觉得很是舒服，连心头里都是一片温润舒畅。

下一秒，一个念头闪过了盛怀秀的脑中，她突然惊得身子都颤了颤。

身畔的载沁立时便察觉了，以为她做噩梦了，便一下又一下地摸着她的背，低声哄道："是不是做噩梦了？没事，没事，有我在。"

盛怀秀翻个身，佯作继续睡的模样。

事实上，她睁着眼一直到了天亮。

盛怀秀害怕极了。

这是她得知载沁真实身份之后最怕最担心的事情。

她每每不敢多想，也不敢细思。

第二日，载沁蒙眬中察觉到盛怀秀下床去了洗漱间。

他合上眼，迷迷糊糊地又睡了一会儿。

再睁眼，却还是没见盛怀秀回来。

他便去敲洗漱间的门："Eileen……"

洗漱间里，站在落地大镜子前一动不动瞧着自己腹部的盛怀秀缓缓地垂下了目光……

载沁想带盛怀秀去马克医生所在的医院做一个详细检查。

盛怀秀几次三番地都不肯去。

载沁半哄半劝半抱地将她弄到了小汽车里头，去了医院。

做完检查，盛怀秀问马克医生身边的一个女护士道："请问洗漱间在哪里？"

那女护士回道:"在走廊那一头。Eileen 小姐,我带您过去吧。"

"好。"

那女护士甚为细心地搀扶着盛怀秀:"Eileen 小姐,您注意脚下。"

"谢谢。"

载沁本是要陪盛怀秀过去的,可他见马克手下的女护士如此细心谨慎,遂放心了,加上他有话要私底下问马克,便由着那女护士搀扶着盛怀秀的手臂出了马克的办公室,去了洗漱间。

载沁:"马克医生,检查得怎么样?Eileen 可是真怀孕了?"

马克微笑道:"是的。恭喜你,卡尔,你要做父亲了。"

饶是载沁早有心理准备,可马克这一确认,他依旧欣喜若狂得不能自已:"谢谢,谢谢你,马克医生。"

待稍稍缓下来一些,他又不觉紧张了起来,问道:"马克,有什么需要特别注意的地方吗?"

"有的。比如……"

另一厢,朱宜慧陪着盛怀秀进了洗漱间后便锁上了门。

盛怀秀紧张地抓着朱宜慧的手:"宜慧姐,我是不是……是不是……"

朱宜慧点点头。

盛怀秀脸上的血色瞬间褪去。她松开了朱宜慧的手,后退了一步,颓然地闭上了眼:真的是怕什么来什么。

朱宜慧虽然不知盛怀秀与载沁之间具体发生的事情,可是,她从小与怀秀一起长大,比谁都了解盛怀秀,知道怀秀必然是有苦衷和原因的。否则是断然不可能与自己的仇家有此瓜葛的!

朱宜慧见过载沁两回。每回载沁都是对怀秀温柔体贴、款款细语的模样。若不是她亲眼见着,是决计不信权柄在握、煊赫一时的端亲王儿子竟会如此温柔地对待一个女子。若不是爱的话,那又是什么?

朱宜慧见盛怀秀无法接受这个事实,一时也不知如何开解。

片刻后,盛怀秀抓着朱宜慧的手,红着眼道:"宜慧姐,求你帮我……我一直想着离开他的……可是我被他关在洋房,四周都是他的人,我连去个花园都有几个人跟着……实在是没有办法逃走……"

朱宜慧:"怀秀,你先别急。你让我好好想一下,想个好办法。这件事情急不得,要等一个好机会,也要计划好,否则就打草惊蛇了,到时候,你再想逃就没第二次机会了。"

盛怀秀如今对载沁了解得很,知道成败只在一次机会。载沁是断断不会让她逃第三次的。

于是,她点了点头。

第 8 章 逃 离

如今确定了盛怀秀怀孕，载沁更是寸步不离。

盛怀秀已经休学了，也没有再说要复课，载沁便想着要把盛怀秀带去杭州。若是盛怀秀还想要念书，就给她请洋人家庭教师授课。

然，马克医生则建议等胎儿再大再稳定一些，说什么路途颠簸，舟车劳顿，很容易会流产。载沁一听，立刻乖乖地打消了念头，连想都不敢再多想了。

而盛怀秀想找机会离开，却是一直苦无任何机会。

盛夏酷暑，炎热无比。盛怀秀每日总是要吐好多回。载沁紧张地跟前跟后，Eileen 前 Eileen 后地唤她。

盛怀秀身体不适，载沁火炉似的一靠近，更觉得闷热难受了，连带听到他的声音都觉着烦躁。

一开始，盛怀秀尚能忍，可到了后来，她实在忍不住了："我难受，想吐……你离我远些……"这一句话还未说完，便趴在陶瓷台盆上大吐特吐了起来。

载沁金尊玉贵，此生未曾被人如此厌恶嫌弃过。可一见盛怀秀胃里头的清水都吐光，脸色比雪色还要白几分，知道肚子里头的孩子在折腾她……这一切的始作俑者还不是他自己吗？载沁心疼自责之下，便什么都不介意了，好声好气地道："好好好。我走开……我走开……"

可下一瞬，他见盛怀秀虚弱地趴在洗漱台上，便又要凑上去扶她。

如此过了两个礼拜，杭州这边拍了一封紧急电报过来，说杭州陆军武备学堂的两位德国军官出去喝酒，醉酒了之后，把一个民女拖进了小巷子给强奸了。

那民女不堪凌辱,醒来后便投水自尽了。

那民女是遗腹子,由寡母含辛茹苦地将她抚养长大。她娘见女儿投河自尽,生无可恋,某个晚上趁着夜深人静也跳河自杀了。

族里的人对守节的寡母素来敬佩有加,得知此事后,义愤填膺,欲为这对孤儿寡母打抱不平。

这家虽然是贫家弱户,可其宗族的势力在当地却是不小。他们把事情闹了起来,告到了杭州的知府衙门,要那两个洋人强奸犯偿命。

其他各大宗族见状,觉着这种事情日后也可能会发生在自个宗族里头,不能随随便便善罢甘休,让官府将此事轻轻揭过了事,于是便同气连枝地也声援了起来。

一时间,群情汹涌,激愤不已,这事情便在杭州城闹大了。

杭州城的知府大人自然知道这陆军武备学堂是载沁贝勒爷办的,他与抚台大人张鲁扬是姻亲,背后又有他阿玛端亲王,而另一方是杭州城的士绅们,无论怎么处理都是不讨好的。

这知府大人在官场上摸爬滚打多年,早就成了人精,自知无力处理这桩案子,便将这件烫手的案子上报到了浙江巡抚张鲁扬这里,请张鲁扬决断。

张鲁扬也是跋前疐后,委决不下,便让人拍电报给载沁,让他速速回杭州城来处理此事。

因牵扯到自己费尽心思从德国请来的军官,和出钱出力支持他办武备军堂的杭州的士绅势力,此事一旦处理不慎,可大可小。

这一来,载沁不得不离开上海回了杭州。

离开前那个晚上,他不甚放心,拉着盛怀秀的手对她叮嘱了一番:"若是有什么事,就挂电话让马克医生来瞧瞧。可千万要小心仔细了。"

盛怀秀怔怔地瞧着他不说话。

载沁如今甚是了解她,见她这样,便知她不应也等于应了。

过了半晌,只听盛怀秀轻轻开口:"你这一去要几日?"

载沁闻言,简直不敢相信自己的耳朵。盛怀秀从未问他归期。

载沁欢喜极了:"我也不知这一趟要去多久。那两个洋人的事情很难处理,弄不好就会闹成外交纠纷。不过我尽快回来,好不好?"

盛怀秀点了点头。载沁一时忍不住,凑上去吻了吻她。

"Eileen，要不是这次事情急，如今你的身体又不能颠簸劳碌，否则我一定把你带去杭州……

"还有，如今还有一事不能再拖了……我要让阿玛请人去你家里头提亲了……"

他这一离开，她便要想方设法逃走了的。

日后，两人再不会见面了，哪里还能够成亲呢？

盛怀秀鼻酸眼热，可面上却是半分也不能露出来的："好。这件事情等你从杭州回来再好好商议，好不好？"

这都是哄骗他的话而已。

载沁不知，含笑应下："好。"

载沁伸手去摸盛怀秀的腹部："也不知是儿子还是女儿。"

今夜之后，两人断不会有这般的对话了。盛怀秀决定放纵自己这一回。她顺着载沁的话头问他："你想要儿子还是女儿？"

载沁一本正经地道："我想过了。头胎自然最好是个儿子。如此一来，子嗣问题便一次解决了。日后无论你生男生女，我额娘也不会给你任何压力了。二来，第一个是儿子，日后也好做弟弟妹妹们的榜样，将来也可以照顾和保护弟弟妹妹们。不过第二个我便想要女儿了……当然，咱们最好能一口气生两男两女，那是最佳。这之后，我便全听你的。你想生便生，不想生便不生。"

盛怀秀闻言，不禁呆了。她从未想过载沁居然真的考虑过这个问题，且还想了这么多。

载沁见她愣怔，以为她不愿意，道："你不想生这么多吗？那咱们以后可以生三个，再不能少了。两个儿子一个女儿吧，一个儿子两个女儿也成……"

哪里会有以后？！哪里可能会生三个？！

盛怀秀觉着眼睛热辣不已，强忍着才能不落下泪来。

载沁见她低着头不吭声，以为她还是不同意，便道："好了，好了，若是你不想生这么多的话……那两个吧……一儿一女，凑成个好字吧。说好了，再不能更少的了……"

含在眼里的热辣已然失控，盛怀秀倏地侧过身，把背对着他。

载沁从背后搂着她："怎么了？"

盛怀秀极缓极缓地把头凑了过来，轻轻地靠在他怀里。

盛怀秀可是个从来不主动的人。如今能这般动作，已经是她不舍得他的表现了。

载沁高兴的吻一个又一个落在她乌黑浓密的秀发里头："Eileen，我会尽快回来的。等我回来，便去你家提亲……我想我们尽快成亲。"

第二日，载沁前脚一走，盛怀秀便说不舒服，亲自挂电话去了马克医生那里。

接电话的正是朱宜慧。她一听到盛怀秀的声音，便心领神会了，说马克医生在，她可以随时来医院。

盛怀秀让侍卫安排了车子去医院，找马克医生做检查。

等检查好，又故技重演，由朱宜慧陪着她进了洗漱间。

盛怀秀把载沁已经离开上海去了杭州的事情告诉了朱宜慧："宜慧姐，我不知他会去杭州几日，但这几日是我们最好的机会，且宜早不宜迟，要尽快。"

"好。"朱宜慧压低了声音，道，"怀秀，这些日子，我翻来覆去地想过很多办法，可到最后觉得只有这个办法是可行的……"她凑到盛怀秀耳边说了一番话。

盛怀秀点了点头："宜慧姐，我们就按这个计划来。"

"好。"

盛怀秀忽地又想起一事，道："宜慧姐，我还有一件事情要请你帮忙。请你去一趟程公馆，见一下他们家的大少爷程重熙。请他立刻离开上海，无论去哪里都好，先避一避。"

她一旦失踪，载沁一定会再找上程家和程重熙。

朱宜慧得知原委，点头："好，你放心，我会去办妥的。"

隔了一日，盛怀秀又说不舒服，挂了电话去了医院，待听到朱宜慧的声音，对了暗号，知道朱宜慧一切都布置妥当了，便又让侍卫送她去了医院。

盛怀秀在洗漱间里头匆匆换上了朱宜慧帮她准备好的一套护士衣服。

朱宜慧道："等我出去引开女佣，你便立刻离开。载沁的人见你不见了，势必会四下找你。你穿了这身衣服，便是护士了，只要不被他们撞见，大大方方地从医院大门走出去就是了。万一与载沁的人狭路相逢，撞了个正着的话，你就见机行事，进病房躲躲便是了。

"你一出了医院，便马上拦一辆人力车走。记得，中途一定要换乘。不然很容易被载沁的人追查到的。你不见了，载沁下面的人势必急疯了，会想尽各种办法找你的。房子的地址你记住了吗？"

盛怀秀连连点头。

"这是房门钥匙。里面我已经准备了大米和一些不易坏的吃食，你安心地在里头待几日。我等这件事的风头过了，会找机会去看你的。"

"好。"

朱宜慧出了洗漱间，对女佣道："麻烦你跟我来取药。"

前两次都是如此，女佣不疑有他，跟着朱宜慧去了药房拿药。

女佣拿好药回到马克医生的办公室，却没见到盛怀秀的人，心里觉着奇怪：Eileen 小姐怎么在洗漱间这么久了还没出来呢？

女佣见朱宜慧听着洋人医生的吩咐，忙碌不已，不好打搅，遂自己去了走廊尽头的洗漱室敲门："Eileen 小姐……Eileen 小姐……"

敲了好几下，里头一点声音也没有。

女佣推了推门，门推不开，显然里头有人。

女佣稍稍松了口气。

于是，她便再度敲门："Eileen 小姐……"

这时，里头传来了一个女洋人叽里呱啦的声音。

女佣如聋人一般，半句也听不懂。

她只好继续等着。

终于，那洗漱间的门从里头被人打开了，出来了一个怒气冲冲的女洋人，对着她又是叽里呱啦一通话。女佣根本听不懂，就当她是放洋屁。

她进了洗漱间，只见里头空无一人。

怎么会没人的呢？Eileen 小姐去哪里了呢？

女佣心急如焚地跑回了马克医生的办公室。

还是没人。

她慌张无措地拦住了忙碌的朱宜慧问询。朱宜慧只说我方才带你一起去药房取药的，当时你们的 Eileen 小姐在洗漱室里头，之后我也是跟你一起回来的。马克医生这么多病人，我又要做翻译又要做护士的，忙得脚不沾地的，哪里会知道你们 Eileen 小姐的下落。你快去别处找找。

朱宜慧的这番话是半点破绽也无的。

女佣赶忙四下寻找了起来。

找遍了这一层所有医生的房间和病房，都没有看到 Eileen 小姐。

女佣已知不对劲了，大慌了起来，惊出了一身冷汗。

她急匆匆地跑下楼，去小汽车边寻载沁留下的两个侍从："不好了……Eileen 小姐不见……"

载沁的人翻遍了医院，也没找着盛怀秀。

Eileen 小姐不见了。

这可如何是好?!

载沁在洋房留下四个侍卫，俱知此事干系大了。主子载沁把他们留在上海，就是为了保护 Eileen 小姐的，可如今却把人给弄丢了。

一时间，众人都慌了，不知道要立时打电报去杭州告知载沁贝勒爷此事，还是等载沁贝勒爷回上海再说。

大伙乱成了无头苍蝇似的，委决不下。

最后，一个姓黄的侍卫开了口："如果 Eileen 小姐找不到，我们横竖是没办法跟主子交代的。不如先别禀报主子此事，等他回上海再说。或许在这几日里头，我们还有机会寻到 Eileen 小姐也说不定……"

"你们的意思呢？"

另外三人一听，也觉得这也不失为一个法子。

倘若能在载沁贝勒爷回来前，找到 Eileen 小姐，那么这件事情也就遮掩过去了。倘若找不到，那也只能等主子降罪了。

于是，大伙将盛怀秀失踪的事情遮掩了起来，没有第一时间通知载沁。

载沁在杭州处理两个德国军官强奸民女一事也是焦头烂额。

他一回杭州的武备军堂，了解了各方面的情况后，第二日就去拜会了堂姐夫张鲁扬。

两人也不多寒暄，见了面之后就进入了正题。

载沁道："如今武备军校里头的几个德国人拧成了一股绳，昨儿对我明言了，说若是我们真把汉斯他们给办了，他们几个人便集体辞职返回德国……还威胁我说，此后也绝对不会有任何德国人来这所军堂教学……"

"实在是欺人太甚了！自己行为不检，犯下罪行，竟还有脸来威胁我。若不是我要办这所学校，有求于他们的话，我就亲手毙了这两人！"载沁年少气盛，也是义愤填膺，咬牙切齿。

张鲁扬叹道："洋人素来霸道无耻。别说是普通百姓了，对我这一品大员也素来盛气凌人，不可一世，毫不客气的。

"载沁，这江南一带的老百姓最是温顺纯良不过的了。倘若事情再闹大下去，惊动了朝廷和太后，势必会牵连你筹备了这么久好不容易才办起来的陆军武备学堂……

"你办这所陆军武备学堂就是想训练一支为朝廷尽忠、消灭革命党，日后要把洋人驱赶出我们大清的军队。如今这两个德国洋人强奸民女一事，证据确凿，姑息不得。再者，杭州士绅们给这所陆军武备学堂捐了不少银钱。若是偏袒洋人，不秉公办理，恐寒了他们的心。有道是王子犯法，与庶民同罪。我张鲁扬作为一方巡抚，势必要给杭州城的百姓们一个交代的。"

士绅们每逢年节都会孝敬当地官员，已成惯例。如今这情况，张鲁扬也是吃人嘴软，拿人手短。可这些自是不好透露，只能尽说些冠冕堂皇的话。

张鲁扬又道："可……倘若真的将这两个洋人砍了头，德国政府肯定要借此机会闹事，到时候恐怕会有一场外交纠纷！到时候太后追查此事，只怕会连累你阿玛……"

如今的洋人，只要找到由头，便会想要大闹一场，以此胁迫他们大清国让利赔款。

杀又杀不得，放又不能放。这两个洋人强奸犯如今成了烫手山芋。

两个人商议了许久，也还是没个决断。

张鲁扬找来了几个平日里倚重的幕僚，让他们各抒己见，各自拿出一个有关此事的解决方案，又和载沁再三商议，最后对外宣称把强奸民女的两个德国人驱逐回德国，永世不得踏入大清半步。

实际上，张鲁扬却是派人把这两个德国人客客气气地送上了前往德国的轮船，甚至还给了他们足够的盘缠作为路费。

载沁心有不甘，一开始不肯同意这个处理方案，张鲁扬一再劝他："载沁，洋人动不动就闹起外交纠纷，扬言要开战……你听堂姐夫一句话，小不忍则乱大谋。有句话叫作卧薪尝胆。又有句话，叫作君子报仇，十年不晚。

若是办了这两个洋人，出的是一时之气，可如此一来，你那陆军武备学堂的洋人军官们真闹起来，一起辞了职，陆军武备学堂便瘫痪了。我们两人所有的心血便付诸东流了……载沁，如今形势比人强……也唯有忍气吞声……忍辱负重……"

"堂姐夫，每次遇到与洋人有关的事情，阿玛也是如此，说要忍辱负重……忍辱负重……可一忍再忍，忍了又忍……我们堂堂大清究竟要忍辱负重到什么时候?! 忍辱负重到什么地步?!"堂堂的大清皇族子弟，憋气至此，载沁差点吐血。

可没想到一回到上海，四个侍卫便跪在地上禀报了盛怀秀失踪之事，载沁惊愕过后，勃然大怒："好好地去一趟医院，人怎么会不见了?! 你们到底是干什么吃的?! 一个两个的都是废物。连个人也看不住! 我要你们这些人有何用?! 来人，把他们给我拉下去各打一百大板……"

李大均知道载沁贝勒爷正在气头上，拿这四个侍卫出气了。

可这一百大板下去，不死也是要残废的。

李大均忙劝道："主子，打他们一百大板事小，寻 Eileen 小姐事大。如今找人的人手不够，主子不如先把这一百大板记下，让他们戴罪立功。等找到 Eileen 小姐再好好治他们的罪。"

"求主子让我们戴罪立功……"

载沁只觉得头痛欲裂，没一件事情是顺当的，他盛怒之下，目眦尽裂，大喝道："滚，都给我滚!"

李大均忙不迭地带了所有人退了出去。

载沁手撑着大厅里头的壁炉，站了许久。

李大均再一次仔细地向四个留守侍卫询问了盛怀秀在医院里失踪之事。

听了陪同去医院的两个侍卫的话后，李大均大皱起了眉头。这明明是 Eileen 小姐深思熟虑，计划好了要走，要离开主子的。不然好好地，人怎么会不见呢? 且 Eileen 小姐知道洋房地址，想回来是分分钟的事情。

可是他又觉着奇怪，百思不得其解：Eileen 小姐与主子之间明明是有感情的，且 Eileen 小姐如今都怀了主子的骨肉了，主子又再三说要去她家提亲。能嫁入端亲王府，嫁入皇族，这是何等尊贵荣耀之事，Eileen 小姐为什么要走?

上回是如此。

这回也是。

这到底是怎么回事？

载沁进了房间，目光缓缓地扫过屋子里的一切。

那日，他一早起身，要出发去杭州，本是轻手轻脚起床，梳洗更衣的。

可没承想，他从洗漱室出来，盛怀秀已经醒了。

载沁以为是自己把她吵醒了："还早着呢，你再睡一会儿。"

盛怀秀站着，一动不动地瞧他。

载沁极少见她用如此缠绵动人的眼神看自己，欢喜不尽，便上前搂抱着她："怎么了？Eileen，你是不是不舍得我走？"

盛怀秀不说话，只是将头埋在他怀里。

这便是她最好的回应了。

载沁想着昨晚她亦是这般温柔，一时真恨不得将她带去杭州。

可是，一想到她肚子里的孩子，载沁只能乖乖地打消了这个念头。

于是，离开前，对她亲了再亲，抱了再抱，依依不舍又关照再三地走了。

他拉开门的时候，盛怀秀唤住了他："卡尔……"

载沁忙转身，只见她对他说："你保重。"

他又抱住她："好。你也要替我好好照顾肚子里的孩儿。不然，我唯你是问。"

事到如今，载沁就算再不肯承认，也知道 Eileen 是故意离开的。

那日，她唤住他，叫他保重，其实已经是在向他道别了。

只是他当时不知而已。

李大均等人在楼下候着，见主子载沁阴沉了一张脸下了楼。

"备车，去程公馆。"

车子很快到了程家的洋房。

程父程元庆得了听差禀报，满脸堆笑地迎了出来，跪地行礼："哎呀，载沁贝勒爷大驾光临，实在是有失远迎，快请进，快请进……"

程父忙请他在沙发上坐下，又叫女佣端上了茶水吃食，热情招待。

载沁摆手道："不必了。程老先生，我是来找重熙先生的，可否麻烦他出来一见……"

程父道："原来贝勒爷是来找犬子的。哎呀，可真是不巧。犬子半个月前，因为洋行的事情搭轮船去了西贡。"

载沁怔了怔："去了西贡？他半个月前就不在上海了吗？"

如此说来，莫非程重熙与盛怀秀这回失踪无关？

"是啊。西贡那边出了点问题，华德总经理便委派了他前去处理……"

"你可知他何时会回来？"

"事关怡和洋行的内部业务，老朽不好多问，实在是不知。"说到这里，程父试探道，"不知今日贝勒爷来找犬子所为何事？"

载沁道："既然程重熙先生不在……那这件事情就等他回来再说吧……"

"哎，哎。贝勒爷，您请喝口茶，用些点心……"

载沁板着脸起身："不必了。我还有要事，就先告辞了。"

程父大松了一口气，忙跟着起身，准备送载沁这尊活菩萨出门。

载沁似想起了某事，忽然止住了脚步，道："程老先生，有件事情我想要问你，请你务必如实相告。"

程父忙赔笑作揖："贝勒爷您请问，草民知无不言言无不尽。"

"那就好。"载沁道，"我想要问你关于吴芷漪的事情。她到底是何处人氏，家住哪里？"

程父闻言，便是一凛，果然又是为了此事而来。他得了儿子程重熙的关照，自是一问三不知："贝勒爷，实不相瞒，老朽实在是不知。"

载沁从鼻子里头冷哼了一声："你不知？"

程父见载沁不信，慌张解释道："贝勒爷，实不相瞒，犬子从巡捕房回来后，老朽也曾询问过他。可是犬子不肯说，还对我说，多一事不如少一事，以后他再不会管吴芷漪之事，也请老朽不要再多问了。还说以后无论吴家或者吴芷漪的什么事情，都与我们程家无关。

"贝勒爷，老朽只知道犬子认识吴芷漪吴小姐的家人。犬子因着老朽从小教导的四海之内皆兄弟的训示，从来都是广交朋友，能帮人处就帮人的。所以当日吴芷漪的家人拜托犬子做监护人的时候，犬子便一口答应了。可没承想，我们不拿一分好处帮人，一直处处照顾吴小姐，却……却……

"贝勒爷，老朽实在是不知这吴芷漪吴家的具体地址。只隐约听说过他们是苏州府人士，可具体苏州府哪里，老朽就不知了。"

载沁寒着脸，不说话。这程父在商场浸润多年，比泥鳅还滑溜，比猴子还精，字字都恭敬，句句都客气，叫人挑不出任何错。但却是一问三不知，问了跟没问一个样。

程父程元庆见状，知道惹载沁贝勒爷不快了，便连连作揖道："贝勒爷，老朽的话句句属实。倘若你查出来老朽说的不是真话的话，您随时可以让巡捕房的人来捉拿我。"

载沁拂袖而去。

Eileen 失踪了，无论怎么找也找不到。

唯一与 Eileen 有关联的人物程重熙则去了法属西贡，不在上海，且归期不定。

程父程元庆说 Eileen 小姐家在苏州府，加上当初盛怀秀也确实说过家里是在苏州府的，两处对应，应该不是假的。载沁回到洋房后当即便修书一封，派人送去了苏州府。

可苏州知府查探回来的消息却是说苏州下面的几个县确有好几家吴姓望族和富商，可没有一家的女儿闺名是叫吴芷漪，更没有一家的女儿在上海的中西女塾念过书。

如此一来，这一条线索便中断了，只能等程重熙回来。

载沁拿到苏州知府的亲笔信后，一个人在书房里头枯坐了整整一个下午。

自打上回休学事件后，他便想着去吴家提亲，曾经亲口问过盛怀秀数次。盛怀秀总是不肯说，每次都转移话题。有几回，他便被她带过了。

当时，他也没有多想，毕竟这人都是他的了，肚子里还怀了他的骨肉，还能跑哪儿去呢？

有一回，他问得紧，她才说了她是苏州府人士。

当时他一再追问："苏州府哪里的人？你家里头做什么的？"

盛怀秀只道："家里头做点小本生意。"

"什么小本生意？"载沁不信。若是小本生意，哪里有能力把女儿送进中西女塾。

"祖上倒是有些积蓄，加上我爹很开明，觉得女子从来不输男儿，所以打小让我念书，还把我送来上海……不说这个了，你给我说说你在王府和宫里头的事情吧，你给我说说太后是怎么样的，还有皇上是怎么样的？还有珍妃真的是传闻的那样，是太后叫人将她推到井里头的吗？"当时，盛怀秀一个劲儿地问他。

他见她少有的好兴致，遂对她讲了他从小跟着阿玛额娘进宫的趣事。

至于珍妃那件宫闱秘闻，他不能多说什么，只对她点了点头，登时把盛怀秀惊愕得捂住了嘴巴。

到了如今这地步，载沁便知道盛怀秀当时都是在骗他的。或者说，是故意隐瞒他的，所以将话题转开的。

可她为什么要这么做呢？

载沁虽然在情感方面没什么太多的经历，可人都是有感觉的，虽然盛怀秀内敛羞涩，从未跟他袒露过心迹，可他是真真切切地感受到盛怀秀对他的情意。

两人之间是情投意合，互相喜欢的。

载沁对这一点是坚信的。

可她为什么一而再，再而三地要离开他呢？

为什么她不愿把她家里头的事情相告呢？

莫非她家里头有什么见不得人之处？还是他们家里头不喜欢他们满人？

载沁想破头也想不明白。

李大均等人眼睁睁地看着主子载沁一日一日地消沉了下去。

这种消沉若不是他们这些日夜跟随之人是不易察觉的。

怎么说呢，主子跟 Eileen 小姐在一起的时候，整个人是神采飞扬，英姿勃发的。

可如今，那种气宇轩昂、英姿勃勃已经不见了，主子整个人又恢复了往日的阴沉冷漠。不，甚至比往日更阴沉数分。

李大均敲着书房的门禀报："主子，嘉兴城的邵明恩邵老板求见。"

最近，嘉兴城的邵老板为了办西式银号（行）之事，三天两头地登门拜访。

这银号（行）不日就要开业了，估摸着今日来是想请主子出席开业仪式，以壮声威的。

片刻之后，书房里头传来了主子载沁冷淡的嗓音："知道了。"

傍晚时分。

某亭子间四周喧哗嘈杂。刀砍在砧板上的切菜声，锅铲相碰撞的炒菜声，母亲训斥孩子之声，小孩子"哇哇"的哭闹之声，甚至还有夫妻摔锅碗瓢盆的吵架之声。一声接一声地传来，恍若洋人交响乐一般地奏响在耳畔。

盛怀秀坐椅子上，充耳不闻，一直保持着同一个姿势，犹如失觉一般。

她也不知自己在这里坐了多久，只觉得日影西移，渐至晦暗。

门口"咚咚咚"地响起了一阵敲门声。

盛怀秀怔怔转过头，望着门口。

大约是她不应答，那人锲而不舍地继续敲："怀秀，是我，宜慧姐。"

盛怀秀听了朱宜慧的声音，仿佛魂魄归窍一般，倏地回过了神。

这一回神，她便察觉到了手心传来的痛意。

原来，她的手一直紧握着项链上的那颗鸡心，握得太牢太紧了，所以手心都被硌出了一个极深的鸡心红印。

"宜慧姐。"

"怀秀，我是不是吵着你睡觉了？"

"没有。"

"你吃过晚饭了吗？"

盛怀秀摇了摇头。如今的她什么胃口也没有，什么也不想吃。

朱宜慧见她病恹恹，神色十分憔悴，伸出手在她额头上摸了摸。感觉掌下热度正常，朱宜慧方才松了口气。

"我方才路过巷子的时候，看到小摊上有小馄饨卖，便买了两碗生的小馄饨。我来生火煮馄饨。"朱宜慧早料到怀秀肯定没吃。

朱宜慧卷起了袖子，取了废纸和洋火柴，蹲在小炉子前开始生火。

这几日，秋老虎在发怒，小亭子间里本就如蒸笼似的，闷热不堪。这火一燃起，伴着烟味，盛怀秀只觉得呼吸都困难了起来。

朱宜慧往炉子里添了点煤，又端了锅子，在里头加了水，准备等水煮沸了往里头下小馄饨。

她满头大汗地一抬头，见盛怀秀抚着胸口，白着一张脸站在靠墙的小桌边。

"怀秀，你怎么了？是不是身子难受了……"

话音都未落，盛怀秀便冲到架子处，趴在木头脸盆边，"哇"的一声呕吐了起来。

朱宜慧忙给她拍背顺气，又在搪瓷杯里倒了半杯凉水，递给她："漱漱口。"

盛怀秀漱口毕，向她道谢。

朱宜慧扶着她到床上靠躺着："你休息一下。水滚了，我去下小馄饨……"

不多时，食物的鲜香味在小屋里弥漫了开来。

朱宜慧将两碗热气腾腾的小馄饨搁在了小桌子上："怀秀，来吃点。"

盛怀秀恹恹地摇头："宜慧姐，我真的没胃口，什么也不想吃。你先吃。"

"怀秀，你这么一直不吃不喝下去是不成的……你这碗里头我没放小虾米和紫菜，一点也不腥……"

"宜慧姐，你在医院辛苦忙碌一整天了，肯定饿了，你先吃。我缓一缓，等凉一下再吃。"

因着载沁那边找盛怀秀的事情淡了下来，所以这几日朱宜慧每日都会过来。

今日来，她实际是为了怀秀肚子里的孩子来找盛怀秀谈谈的。

怀秀到底是准备怎么办？

倘若怀秀不想要的话，那么就要尽快解决。

否则孩子一天天大起来，怀秀是要吃大苦头的，甚至有个万一的话……那会闹出一尸两命的。

她见怀秀一日比一日憔悴神伤，知道她心里头难受，所以一直拖着，不知怎么开口。

可，这事情实在拖不得。

拖一日，肚子里的孩子便大一日。

朱宜慧吃完自己这碗后，端起碗到了床头喂盛怀秀。

她用勺子盛了一勺，递到盛怀秀嘴边："怀秀，吃一口……"

盛怀秀怔怔地瞧着她喂食的动作，眼睛蓦地一红，一颗泪珠子便滚落了下来。

朱宜慧惊了惊："怀秀，怎么了？别哭啊。"

"宜慧姐，我没事。"盛怀秀忙用手擦了擦，接过碗，"我自己来……"

可才吃了一口，小馄饨里头那一丁点的肉腥味便叫她难受了起来，胃液再度冲了上来。盛怀秀将碗一搁，急匆匆起身冲到木盆这里，又吐了起来。

这一回，又是一个昏天暗地，连胃里的清水都呕了出来。

朱宜慧给她拍背顺气。

她本是考虑要不要跟怀秀提肚子里孩子的事情。

可如今见怀秀这般遭罪，朱宜慧便决定了今日一定要谈，假使怀秀同意了，也可以少受一日的罪。

"怀秀，宜慧姐从小与你一起长大，虚长你数岁。如今你家里人都不在跟前，宜慧姐就把自己当作了你的亲人。所以，有件事情宜慧姐必须跟你聊一下。"

盛怀秀虚弱地道："宜慧姐，你说。"

"是关于你肚子里的孩子的……"

盛怀秀闻言，睫毛蓦地一颤，脸上越发惨白了起来。

"怀秀，这孩子到底是去还是留？你必须早做决断。这件事情迟早不宜迟。迟了的话，你再想打胎，对你的身体损伤就越大……"

话说，邵家的邵明恩背靠着载沁在上海开办了大伦银号（行）。

开业后，大伙冲着端亲王和载沁贝勒爷的名号，觉得这大伦银号（行）有大靠山，安全得很，遂纷纷去里头存钱。

一时间，大伦银号（行）客似云来，存款亦如流水滚滚而来，业务开展得有声有色。

这钱一笔一笔地存进来，有了大把现银在大伦银号（行）里头，邵明恩调了头寸，当即解了邵家资金短缺、濒临破产的危机，将整个邵家重新盘活了过来，起死回生。而载沁方面，也落实了与弗兰克采购第二批军火的合同事宜。

载沁一直不停地寻找盛怀秀，甚至又亲自去了医院，把洋人马克医生相关人等询问了一番。

可依然一无所获。

杭州陆军武备学堂这边不能扔着不管，载沁便留下了几个人继续寻找盛怀秀的下落，回了杭州。

载沁到了杭州，又日夜牵挂寻盛怀秀之事。

李大均一再宽慰他道："主子，您先别急。等程重熙程先生回电报或者程先生一回上海，必能找到 Eileen 小姐。"

载沁虽知是这个理，现在唯一寄望的只能是程重熙了。可是他心里头火烧火燎似的，简直一日都多等不了。

这回盛怀秀失踪，与上回，又是不同的。如今的盛怀秀肚子里还怀了他的骨肉，这可是载沁第一个子嗣，若是有个什么……载沁简直不敢深思。他竟从未有过如此惊惧恐慌的时候。

可他再急也是无用。

程家这边一直没消息。李大钧几次三番挂电话过去，程父程元庆只说还在出差中，归期不明。

载沁在杭州待了一个礼拜，每天牵肠挂肚，神思恍惚，实在是待不住了，便又回了上海寻人。

这一日，洋房的听差接了一个电话，电话那头的人气喘吁吁："请问载沁贝勒爷在吗？"

听差："请问是哪位找咱们主子？"

"在下是邵明恩，有急事找载沁贝勒爷。如果贝勒爷在的话，就请他立刻来接电话，我有十万火急之事。"

"邵老板，请你稍候。"

如此说来载沁贝勒爷是在上海，那就太好了。邵明恩握着电话，等着电话那头的回应。

终于，有人接起了电话，沉声道："什么事？"

"贝勒爷，草民刚刚看到革命党人盛怀新的妻子了。她就在上海。"

"什么？！你确定没看错？"

"贝勒爷，草民和草民的妹妹亲眼所见，绝对不可能看错……草民一路跟随着她，她现在就住在汇中饭店……"

载沁大喜过望："好。你守着别动。我立刻派人前去。"

"是。"

原来，随着上海大伦银号（行）各项业务的展开，邵明恩便在上海常驻了起来。

他妹子邵明芬在上海的一个女校念书。因着最近财源广进，邵明恩心情极好，带妹子邵明芬去了西餐馆吃大餐。

邵明恩如今存了要将妹子邵明芬送到载沁身边的心思，也与她言明过了："要是能进端亲王府，就算是做个妾，那也比寻常富户好太多了。这载沁贝勒爷是留过洋的人，思想比一般人都开明，如今没有正福晋，又没有子嗣……虽然你嫁过了人，和离过，但只要把握住了这次机会，那可真正是攀了高枝了，一辈子享不尽的荣华富贵……"

邵家历来就是那种见高拜见低踩的势利眼，攀龙附凤那是他们的本性。邵明芬在见载沁之前早就暗中被大哥邵明恩的说辞给打动了，否则那日也断然不会打扮一番去了载沁洋房。

邵明芬亲眼见过了载沁贝勒爷，见他面容英俊，气宇轩昂，又是在德国留洋多年归来，就算是抛开端亲王府的赫赫家世和皇族血统，也是难得一见的美男子。那次见面后，邵明芬便已经芳心暗许了。

邵明恩道："等过两日，大哥寻个事由在家里头宴请载沁贝勒爷。到时候，你可要给我好好把握机会。"

邵明芬一点即通，心领神会："好。"

用餐途中，邵明芬不经意抬头，看到了大门口走进来的两个男子。

两个人的打扮是极寻常。一个身材修长，穿了法租界最常见的黑色三件式西装，风度翩翩。另一个身量不高，身穿宝蓝色丝缎的长衫，头戴一顶同丝缎的小帽，丰朗俊俏。

邵明芬觉得这个丰朗俊俏的宝蓝色长衫男子十分面熟，她感觉肯定是见过的。

可到底在哪里见过呢？邵明芬凝神细想了好一会儿，却怎么也想不起来。

算了。想不起来就不想了。邵明芬自顾自地吃起了牛排。

她吃了几口牛排，又端起了果汁喝了一口，某张人脸忽然蹿入了脑海中。

邵明芬把自己给惊着了。

她赶忙仔细地盯着那宝蓝长衫的男子打量一番。

是她。决计错不了。

这个长衫男子是嘉兴城盛家的大少奶奶,盛怀新的妻子——沈如锦女扮男装的。

邵家和盛家同为嘉兴城的富商,城中富户间的婚丧嫁娶,特别是每年各家主人过寿辰等,盛家和邵家的女眷总是不免要碰头。邵明芬陪着娘亲出席,遇到过盛家的大少奶奶沈如锦好几回,所以见了女扮男装的沈如锦觉着眼熟。

同一日,朱宜慧又来到了盛怀秀的屋子。

盛怀秀一直没做决定。

或许怀秀的不决定便是一个决定。

朱宜慧也就不再多问了。

她如今只是想让怀秀多吃一点东西。

昨天怀秀无意中说了一句,想吃粽子。朱宜慧记在心上,在回去的路上买了糯米和赤豆,浸泡了一夜,今日包了几个,给怀秀拿过来。

盛怀秀见了新鲜出锅、温热犹存的粽子,不觉湿了眼眶:"谢谢宜慧姐。"

"跟我客气什么,快趁热吃吧。"朱宜慧剥开清香的粽子叶,将粽子递给了她。

盛怀秀接过,将一只糯米赤豆粽子吃了个精光。

第 9 章　被　迫

话说载沁接到邵明恩电话，命李大均等人乔装打扮一番去到了汇中饭店盯着革命党盛怀新的妻子。

李大均："主子，我们不抓人吗？"

"若是现在就把人捉了，只能捉拿住盛怀新的妻子一人。还不如暂且按捺几日，放长线钓大鱼，派几人乔装打扮后跟着她，找到她如今落脚的老巢。如此一来，便可将他们一家老小全部捉拿住。到时候还怕盛怀新不乖乖地束手就擒，不把那抢去的五千杆枪和那些个枪支弹药给吐出来？！"

"主子的法子好。我这就安排人手盯着她。"

"给我盯紧了。要是跟丢了，我唯你是问！"

"是。"

…………

沈如锦的新锦记缫丝厂不只与英国怡和洋行合作，跟程重熙的弟弟程重亭那边的德国礼和洋行也有买卖。这一回，沈如锦来上海本是要处理怡和洋行的业务，她不知程重熙去了西贡一事，到了怡和洋行才知程重熙不在。既然见不到程重熙，她就去德国礼和洋行的办公楼拜会了程重亭。

不承想，两人谈好事情到西餐厅吃顿饭会无意中遇到邵明芬和邵明恩。

邵明恩当时背对着沈如锦而坐，而邵明芬因着来到上海女校读书，所以按着学校的要求剪了一个齐耳短发，与当年在嘉兴城时候的样子完全不同。上海滩上的新式女学生很多，沈如锦只以为她是其中一个而已，并未多加留意。

用完饭后，沈如锦与程重亭告别，叫了辆人力车回汇中饭店。

邵明恩用礼帽遮住脸，也拦了一辆车，一路尾随而至。

说来也是巧，沈如锦一到饭店，饭店的人便唤住了她："可是306号房间的沈先生？"

"是。"

"有您的一封电报。"

沈如锦道谢后接过。

她一看电报内容就着急了起来，原来是儿子盛东青在她离开后发起了痘疹，伴有高热，吃了大夫汤药也无用，热度一直不退。家里让她速速回去。

沈如锦难得来一趟上海，本是准备明日去中西女塾看望小姑子盛怀秀之后再回去的。

痘疹便是天花，历朝历代都是绝症，孩童得了十有九夭。如今虽然有了牛痘局，可依旧有很多孩子过不了这一关。

沈如锦心急如焚，就顾不得去见盛怀秀之事了，赶忙回房间打包了行李，而后急匆匆结清了房钱，准备赶去轮船码头。

沈如锦在结账的时候，李大均等人便来了。

李大均一眼便看到邵明恩戴了个西式大礼帽，盖住了大半边的脸，坐在角落里头。

邵明恩用手指了指女扮男装在一旁付账的沈如锦。

李大均立刻明白了过来，示意手下们散开。三个手下训练有素，立时退到了饭店外面，隐了起来。

沈如锦自是半点也不知自己被跟踪了。

她买了轮船票后，便等候着开船。

不多时，开始检船票，登船。

李大均等四个人分散了开来，隐在人群中也一并跟着上了船。

第二日，载沁得知沈如锦等盛家人的具体地址后，便立刻命令嘉兴知府和苏州知府联合抓捕。

盛家人根本没有防备，被载沁一网打尽，押回了嘉兴大牢。

一路上，盛家一家老小被捉拿住了，被下了嘉兴大牢的消息立时传了开来……

载沁在嘉兴布置了天罗地网，等着盛怀新来救人。

可他怎么也没想到，等来的人竟然不是盛怀新。

嘉兴城的所有人都大吃一惊。朱宜慧的爹朱玉堃朱大夫也是如此。

惊愕过后，朱玉堃便为盛家老小担忧了起来。

他想尽办法，用尽了人脉，想进牢里头看一眼盛家人。

这些年来，嘉兴城里的人但凡有个头疼脑热的，谁家不请朱玉堃朱大夫去把个脉、问个诊，抓帖药吃。所以朱玉堃找到了一个看守牢房的狱卒。

狱卒的老娘当年病重，无钱医治，是朱玉堃免费给他老娘看了病抓了药，把病治好了的。此人事母极孝，从此便对朱玉堃感恩戴德了起来。

如今朱玉堃找到他，请他帮忙带自己进牢里，虽然要冒大风险，但狱卒还是暗中帮忙，在某天夜里顺利地带了朱玉堃进了大牢里头。

盛怀新的儿子盛东青出痘高热不退，因怕在牢里将痘疹传染开来，被单独关押在角落的一间屋子，如今由沈如锦曾经出过痘疹的陪嫁丫头穗儿照顾着。盛母盛老夫人本就年迈体弱，这一回落入官府手中受了惊，又牵挂宝贝金孙的痘疹，也病下了。朱玉堃大夫便开了两帖药，每日煎好后，让狱卒暗地里带进去给盛家一老一小服用。

朱玉堃知道女儿朱宜慧与盛家大少奶奶沈如锦情同姐妹，他打了电报到上海告诉女儿朱宜慧盛家之事，让她回来嘉兴一趟。

朱玉堃不知道盛家之人最后会怎么样（想来是落不着什么好的）。他知道女儿朱宜慧与盛家大少奶奶沈如锦交好，这些年来一直记挂着她，所以希望女儿朱宜慧尽快回来，他好暗中安排见上一面（或许便是最后一面了）。他还在电报里告诉了朱宜慧关于东青出痘疹高热反复一事，让朱宜慧带点洋人治疗痘疹的药物回来。

在上海的朱宜慧接了电报后，悚然大惊。

盛家的这桩事情太大了，自己不能瞒着盛怀秀，否则有个万一的话，盛怀秀会怪她一辈子的。

朱宜慧急匆匆地去了马克医生那里，让他开了一些治疗痘疹和高烧退热的药物。而后，她拿着药物和电报，拦了人力车来到了盛怀秀这里。

"怀秀，我有件事情要告诉你……"

盛怀秀从朱宜慧焦虑不安的脸上瞧出了不对："宜慧姐，怎么了？发生了什么事？"

"怀秀，你答应我，看完电报可不许激动……"

盛怀秀一听便知出大事了，抢过朱宜慧手里的电报。

看完电报内容，盛怀秀失声唤了一声"娘"，便晕了过去。

"怀秀……"朱宜慧忙扶着她在床上躺下，掐着她的人中。

盛怀秀醒来后，簌簌地落泪不止。

她撑着手臂，魂不守舍地下床往外走："宜慧姐，我……我要立刻回嘉兴……"

朱宜慧见她赤着足，连鞋都未穿，可见是急疯了，忙拦住她，一边给她穿鞋，一边宽慰她："好，我们立刻回嘉兴，我跟你一起回去。"

"你先别急。等我们到了嘉兴了解了情况再说。或许没有我们想象的那么坏。你若是把自己给急坏了，也是无济于事。对不对？"

"你听宜慧姐的。先冷静下来。"

朱宜慧给盛怀秀乔装打扮了一番，扮作一个粗衣布衫的寻常妇人，用锅底灰涂黑了脸和手，又戴上了头巾蒙面，顺利地搭乘了火轮船回到了嘉兴城的朱家医馆。

朱玉堃大夫见了女儿朱宜慧把盛怀秀带了回来，又是惊又是喜。朱家和盛家是世交，玉堃与盛怀秀的爹盛斯年更是从小一起长大，有着过命的交情。他亦是看着盛家的两个孩子盛怀新和盛怀秀一路长大的，素来待他们如自家子侄。

朱玉堃遂把盛家人是怎么被捉拿住，怎么从陆路被押解回嘉兴，如今在牢里是怎么个情况一一告诉了朱宜慧和盛怀秀。

"听说是那个载沁贝勒爷命嘉兴知府和苏州知府派兵团团包围了盛家人住的屋子，将屋子围了内外三层，水泄不通。所有盛家的人一个人都没逃出去，都被捉住了……"

盛怀秀白着一张脸，踉跄着后退了一步："载沁贝勒爷？"

朱玉堃咬牙切齿地道："正是这厮。也不知这个载沁贝勒爷是不是盛家上辈子的冤家……一次又一次地，就是不肯放过盛家……

"听说那载沁贝勒爷怕半路有人劫走盛家的人，派了许多官差押解。而且还下令不许走水路，只能走陆路……听说半路上确实有人想要劫人，但是没劫成功。"说到这里，朱玉堃压低了声音，"也不知是不是怀秀你大哥怀新带人劫的。"

"听说城南邵家的人可都乐坏了。邵家的邵明恩还特地从上海赶回来了，幸灾乐祸地说什么等着看盛家的好戏。"

盛怀秀一直听着，顿了好半晌，方才问道："那载沁贝勒爷如今在何处？"

"那载沁贝勒爷如今就在咱们嘉兴，住在知府李大人的南湖别院里头，说过两日便要与知府李大人一起升堂审盛家众人……"

朱宜慧一听这话，就知道盛怀秀的用意了。

她带着盛怀秀回了房，关上房门后就问道："怀秀，你是不是想去找载沁贝勒爷？"

盛怀秀自是不会瞒她，遂点了点头。

"怀秀，你觉得载沁会因为你放过你们盛家的人吗？"

盛怀秀手握着脖子上的鸡心链子，好一会儿才轻声答道："我不知道。可是，宜慧姐，除此之外，还有什么法子可以救我娘他们呢？"

朱宜慧沉默了。

"宜慧姐，但凡有一丝的可能性，我也是要试一试、赌一赌的。若是赌输了，最多不过是被他捉拿住，与我娘和大嫂他们关在一处。"

朱宜慧听她这般说，就知道盛怀秀主意已定，劝也是无用的了。

盛怀秀拦了一辆人力车："去知府李大人的南湖别院。"

"好嘞。小姐您坐稳喽。"

时正夕阳西下时分，南湖湖面如撒了碎金，一片粼粼波光。如斯美景，盛怀秀恍若未见，一路紧握着脖子上的那条鸡心链子，一直到人力车夫唤她："小姐，到了。"

盛怀秀下了车，付了车钱。

南湖别院有一排带刀官差把守着，门禁森严。

盛怀秀上前，对其中一个官差道："我有事要求见载沁贝勒爷，劳烦你通传一声。"

那官差趾高气扬地打量了一番盛怀秀，见她粗衣布钗、蓬头垢面的，以为是城里的寻常贫妇，估摸着家里有什么冤情，知道了载沁贝勒爷这个大贵人在这里，所以想要来申冤告状。

他翻着白眼，不耐烦地伸手赶人："去去去，这里不是你能来的地方，赶紧走。"

盛怀秀一再请求："我真的有事要见载沁贝勒爷，请你通传一下。"

那官差被她弄烦了，"呸"地在地上吐了一口痰，吹胡子瞪眼地骂道："你是个什么东西？里头的贵人能见你？还快不给我滚！再在这里碍手碍脚，别怪我不客气了！"

"麻烦你去通传一声，就说 Eileen 要见他。"

盛怀秀把脖子上的鸡心项链取下："你拿着这个去里头，载沁贝勒爷见了，就知道我是谁了。"

那官差见了是条金项链，露出了贪婪的目光。他一把从盛怀秀手里抢了过来，往自己的怀里一揣，拔出了腰间的佩刀："给我滚远点。再不滚本官爷就跟你不客气了！"

盛怀秀见他不仅不通传，还竟然敢私吞自己的鸡心项链，气急败坏，喝道："你敢！你动我一下试试！"

那官差见盛怀秀一介女流，发起脾气来，竟然气势不小，一时间愣了愣。

"载沁贝勒爷身边是不是有一个侍卫叫李大均的？你把他叫出来也行。"

另一个带刀官差本是守在门边看热闹，听到盛怀秀说出了载沁贝勒爷身边的侍卫长李大均的名字，不由得一愣，而后意识到：此女子虽然衣着普通，但看来是真的认识载沁贝勒爷。

既然认识载沁贝勒爷，且听着口气还是熟识的，那么便是他们这些小蝼蚁得罪不起的。

那人忙上前拦住了要动手赶人的同僚，示意他把鸡心项链拿出来还给盛怀秀，又小心翼翼地赔笑告罪了一番，道："载沁贝勒爷身边的侍卫长确实叫李大均……小的们这就为您进去通报……"

李大均听了官差禀报说有个女子求见贝勒爷，觉得奇怪，询问道："这个女子叫什么名字？"

那官差起先并没有当作一回事，加上 Eileen 这个名字是洋人名字，所以根本就没怎么听清楚。他摸着头，想了想，方才道："好像叫什么铃……小的没听清楚……"

李大均猛然打了一个激灵："Eileen？"

"是。好像是叫这个名。"

李大均霍地起身:"她人呢?"

"在大门口……"

李大均一路狂奔,生怕慢一步,Eileen 小姐就会不见了。

当他气喘吁吁地来到大门口,看到盛怀秀熟悉的脸,顿时有种"热泪盈眶""喜极而泣"之感。

真的是 Eileen 小姐。

主子找得都快疯魔了的 Eileen 小姐。

书房。

载沁正问询负责大牢看守的侍卫:"今日大牢里头可有什么动静没有?"

"回主子,我们的人已经埋伏了好几日,但不见有任何异常。"

"那个送药的狱卒可给我盯紧了?"

"回主子,有专人盯着。可是他每日除了去朱家医馆取汤药外,其余皆无任何举动。"

"朱家医馆那边派人查得怎么样了?"

"回主子,也已经派人详细查过了。嘉兴城的人都说这朱家和盛家是几代的交情了,还说如今朱家医馆的坐馆大夫朱玉堃与革命党人盛怀新已故的爹盛斯年情同兄弟,如今盛家人在大牢里生了病,朱家医馆的人想方设法找路子送些汤药,看着也并无可疑之处。"

载沁沉吟道:"你叫人盯紧了。牢里头的人也继续埋伏,不得松懈。盛怀新一定会带人来救他一家老小的……这一回,务必要将他们一网打尽……"

"是,主子。"

这时,李大均带着盛怀秀来到了主子载沁贝勒爷所住的院落。

他急不可待地敲门禀报:"主子,Eileen 小姐来了……"

李大均的声音传入房内的时候,载沁闻言,整个人愣住了。

他以为是自己太想 Eileen 了,以至于耳误听错了。毕竟这是在嘉兴,又不是在上海的洋房,Eileen 知道地址,可以随时回来。

李大均见屋里头的主子载沁没反应,便又敲了敲门,提高了些音量:"主子,主子,Eileen 小姐来了……"

载沁到了这时，反应了过来，自己不是耳误。他"腾"地起身，"咣当"一下打开了房门。

门口那个也抬起头望向了他。

四目相对。

这一瞬便无限地漫长了起来。

"Eileen……"

盛怀秀被一双有力的手臂一把搂住，带进了一个宽厚的胸膛。

四周霎时便都是载沁特有的气息。

盛怀秀缓缓地垂下眼帘，没有动，也没有挣扎，任他抱着。

李大均见状，对屋子里头的那个侍卫使了一个眼色。两人蹑手蹑脚地退了出去。

载沁抱了许久，方才缓下了激动万分的情绪，好好地打量了盛怀秀一番。这一瞧，便发现她憔悴落魄，立时心疼万分："Eileen……你这是去哪里了？怎么会瘦了这么多？"

载沁看到她身上破旧的粗布衣服，浓眉都快打结了："还有……这是什么乱七八糟的衣服？"

"Eileen，你那日在医院……好端端地怎么就不见了？你告诉我，到底是怎么回事？"

盛怀秀怔怔地望着他，不说话。

然，她的眼圈却是无声无息地，一分一分地红了起来。

眼里头的潋滟水光渐渐地在眼中凝聚，悬在了睫毛处，欲坠未坠。

载沁见了她这模样，又心软又心疼："Eileen，你是不是受什么委屈了？你莫哭。尽管告诉我，万事都有我在。"

盛怀秀听了他这话，那凝在睫毛处的眼泪终于是掉落了下来。

载沁只觉得心口"嗞"的一声，仿佛被这滴泪水烫伤了一般。

"莫非咱们的孩子……"载沁想到了他最害怕的事情，心惊肉跳了起来。

他一边说一边用手去抚摸她的腹部，急得不行了："Eileen……你到底是怎么了？是不是孩子……孩子……"

盛怀秀望着他，轻声道："载沁，你想知道我为什么上回会休学，这回又在医院里头不见了的缘由吗？"

"我当然想知道。"载沁有种谜底即将解开的感觉。可是这种感觉并不好。

"我的名字并不叫吴芷漪，我的真名叫作盛怀秀……盛怀新的盛，盛怀新的怀，秀是嘉兴秀水的秀……"

载沁脑中"嗡"的一声。

盛怀秀继续说下去："我就是你要捉拿的那个革命党人盛怀新的亲妹妹——盛怀秀。就是那个曾被你捉拿住，毁了容、被严刑拷打差点丧命的革命党盛怀新……就是四年前被你抄家通缉的那个盛家……也是如今被你捉拿住了一家老小、下了大牢的那个盛家……"

"你是盛怀新的妹妹？！这怎么可能呢？！"

"可这就是铁板铮铮的事实。因为我们盛家被你通缉，所以我家人把我送进中西女塾念书的时候不得不取了一个吴芷漪的假名字……"

怪不得他派人去苏州府查，却怎么也查不到吴芷漪这个人。

盛怀秀道："所以现在你知道我为什么要一而再，再而三地离开了吗？那是因为我们两个本不应该相遇的。"

一切秘密都摊开在了阳光下。

从前很多的不解之处，都得到了解答。

载沁回忆当日他告诉她，他是当朝端亲王的二儿子，他的名字是爱新觉罗·载沁的时候，她也是一副被惊呆了的样子。

当时他还以为她被自己显赫的身世和尊贵的身份给吓到了，还一个劲地宽慰她说："Eileen，不管我是谁，我永远是你的卡尔。"

如今才知道，她与此刻的自己是一样的：简直不敢相信这是事实。

怪不得知晓他身份后，她立刻从中西女塾退了学。她是故意躲起来不见他的。可是他不知缘由，让巡捕房抓了程重熙，逼得她不得不现身，回到洋房找他，让他放人。

所以她回来后，总是一个人坐在沙发上发呆。

每次自己问她怎么了的时候，她总是默默地摇头。

这也是为什么她后来就算日日在自己身边，但他总感觉她离他好远。再无他生病时候，对他的温柔体贴和两情相悦的那种心灵相通。

因为当时她已经知晓一切。可是洋房里里外外都是他的人，他又不离她左右，所以她逃不掉，便只能对自己虚与委蛇。

怪不得自己上一趟回杭州处理那两个德国强奸犯的事情前，她对他极尽温柔，那是因为她打算好了他一走，她就要离开的。

她是存心躲着他的，准备一辈子不见他了。

若不是这一回他把她的家人全部抓了起来，有可能这一辈子他都见她不着了，也一辈子不会知道她的真实身份和她离开的原因。

一时间，载沁心头惘惘的，不知是个什么滋味。

载沁很快冷静了下来，他抓着她的肩膀，厉声问道："我只问你一桩事情，你肚子里的孩子呢？他……他可还在？"说到最后两个字的时候，载沁的嗓音是沙哑发颤的。

他是害怕的。

盛怀秀不说话。

Eileen 曾经和卡尔两情相悦，彼此喜欢。

可那是 Eileen 和卡尔。

并不是她盛怀秀和载沁贝勒爷。

所以，面对载沁贝勒爷，她揣摩不出他的心意。

"快说，他到底还在不在了？"载沁因为害怕，声音越发地拔高了起来。

盛怀秀望着他的眼睛，一字一顿地问他："你希望他在还是希望他不在？"

载沁不假思索地脱口而出："我当然希望他在。"

盛怀秀自打踏入这里之后，第一次生出了一点点希冀。

她轻轻地道："他在。"

载沁闻言，大松了一口气，眼里头也有了一丝笑意。

"载沁，你知道我为什么事情来找你的，是不是？"

这回换载沁不说话了。

"你能把我家人放了吗？"

盛怀秀见载沁不应承，便豁出去了，道："我也是盛家人。既然你不肯放人，你把我和他们关一起吧。要动刑，要砍头，我都要与我家人在一起。"说罢，她起身便往外走。

载沁一把抓住了她的手，终于松了口："这样吧，我明天一早让人把他们从牢里放出来。你们盛家的屋子一直封着，我明儿让人去揭了封条，让他们住回你们原先的家里头……"

"不行。你要放人的话，现在就放了他们。我娘自打上次被官府捉住，身体便大不如前。她年纪大了，在牢里担惊受怕，如今病了，若是有个万一的话……还有我侄子东青，正在发痘疹，此病最是凶险不过。若是他们两人有什么事的话，我……是怎么也不会原谅你的。"

半夜三更的，治疗痘疹（天花）的牛痘局接到了命令，所有大夫都奉命集合起来，去了大牢给盛家的东青少爷看诊。

与此同时，一群官差举着火把，来到了盛家，揭了盛家大门的封条，点燃了盛家的灯火，里里外外地把盛家打扫了一番。

大半夜的做此等苦差事，大伙怨声载道、叫苦连天，但又不得不奉命行事。

盛家这么久没有人住，自是蛛丝尘网，脏乱得紧。

一群人忙到了天蒙蒙亮，个个弄得灰头土脸的，才总算把盛家打扫了个七七八八。

牢里的狱卒客客气气地将盛家老小送出了大牢，送上了李大均安排好的两辆马车："盛老夫人，大少奶奶，这几日来小的们多有得罪，可小的们也是奉命行事，混口饭吃。请你们大人不计小人过，别跟我们一般见识。"

官差们护送着两辆马车抵达盛家大门。

沈如锦等盛家的人也是一脸蒙，不解官府的人为什么会一大清早把他们从牢里放出来，还说要送他们回家。

大伙你看我我看你，面面相觑，不敢相信这个突如其来的好消息。

沈如锦客气地询问了押送他们的官差，可官差也是一问三不知，只说奉命将他们送回来。

沈如锦搀扶着婆婆盛老夫人进了家门，又将发痘的儿子东青单独安排在了一个院落。幸而昨儿傍晚朱家偷偷送进了洋人的药物，东青服了后大半个时辰便开始退烧了。看来是对症下药，有效果的。加上昨晚夜半时分，牛痘局的大夫们一个个给东青把了脉问了诊，都说在好转了，在康复中。沈如锦可算是大松了一口气。

穗儿匆匆地在家里绕了一圈，回来禀报道："小姐，各个屋子都打扫过了，门窗俱大开着……屋子里头虽然还有些霉味，但并不严重……"

众人越发觉得奇怪，想不通这到底是怎么回事。

沈如锦道："既来之，则安之。无论那个载沁贝勒爷要拿我们怎么样，但在自个儿家里怎么也是比在牢里好千倍万倍。"

确实是这个理。众人纷纷点头，忧心顿时消去了一大半。

而后，大伙便忙碌了起来。穗儿翻出了一些旧被褥，在院子里翻晒。沈如锦则去了灶房烧热水。

这时，官府的人再度上门了。

沈如锦迎了上去："各位大人好。"

这几个人身着的衣服与先前的狱卒和官差都是不同的。人人俱是绫罗绸缎，显得尊贵多了。沈如锦觉得蹊跷，面上则不露半分，客套地招呼寒暄。

为首那人对沈如锦抱拳施礼，十分客气恭敬："盛夫人，小的奉我家主子的命令给盛老夫人、盛夫人等送些干净的被褥和衣物过来……另外还有一些吃食和用的物品……请盛夫人笑纳。"

说完，那人一摆手，他身后的人便恭恭敬敬地将手里的东西搁下，而后鱼贯退下了。

那人又道："前后两个门口的几个人留着是侍候盛老夫人、盛夫人几位的。盛夫人若是有什么事情，吩咐他们便是了，他们都会办得妥妥当当的。"

沈如锦不知这葫芦里卖的是什么药。可此人以礼相待，她自然也不能失了盛家的礼数，道谢了一番，问道："请问您家主人尊姓大名？我也好向他致谢。"

"盛夫人不日便知。"说罢，那人抱拳行礼道，"盛夫人，那小的先告辞了。"

"大人您请。"

这人前脚一走，穗儿就发问了："小姐，这是怎么回事？莫非他们又有什么阴谋诡计要害我们不成？"

沈如锦沉吟不语。

穗儿先是翻看了被褥和衣服，惊讶道："小姐，这些被褥都是全新的。还有这些衣服可都是荣宝斋的……"

荣宝斋是嘉兴城成衣老字号，卖的衣服可不便宜，平日里头光顾的皆是非富即贵之人。

穗儿又去看糕点等物。这一看更讶异了："这糕点也是极好的，是周家糕点铺出品的点心……"

"小姐，老夫人，你们过来看……这些糕点好奇怪……"

闻言，沈如锦搀扶着婆婆盛老夫人走了过来："怎么奇怪？"

"小姐，老夫人，你们瞧，这是老夫人爱吃的绿豆糕和桂花猪油糖糕，这是小姐您和三夫人平时喜欢的云片糕和核桃酥……这是东青少爷和怀敏小姐爱吃的松子糖和橘红糕……还有小馄饨、大馄饨，甜咸不同口味的粽子和汤圆……真是太奇怪了。这些坏人怎么会对我们家的人的口味喜好这么清楚呢？"

沈如锦和婆婆盛老夫人对视了一眼，也是一头雾水，不知官府这唱的是哪一出戏。

"或许只是凑巧吧。不管了，有道是兵来将挡水来土掩。他们出什么招，咱们就接什么招。反正怎么着也比在牢里好。"

穗儿脑中忽地闪过一个念头，冲口而出："小姐，他们不会在糕点里头下毒吧？"

沈如锦闻言，微笑道："放心，他们不会的。如今咱们在他们手上，要杀要剐还不是一句话的事情。哪里用得着在糕点吃食里头下毒这么麻烦呢？放心吧，咱们尽管吃，他们绝对不会做这么多此一举的事情。"

盛老夫人亦点头道："是啊，不管了。反正伸头是一刀，缩头也是一刀。咱们该吃就吃，该喝就喝。也不用晒这些发霉的旧被褥和旧衣服了，直接用新被褥和新衣服就好。就算是要把咱们砍头，咱们也舒舒服服地享用了这些再说……"

"娘说得是，我们听娘的，天塌下来都不管了。"

因着在牢里这三日来担惊受怕，劳累不堪，几乎都没怎么合过眼，如今回了盛家，只觉得安心了不少，大伙用过了吃食，就各自回房休息了。

中午的时候，又有嘉兴城望湖楼的伙计送了一个席面过来。

盛家众人越发觉得惊讶了。

左思右想不知到底是怎么回事。

可想又想不出个所以然来，后来也索性不想了。

盛家众人继续该吃吃，该喝喝。

…………

他们不知这些个吃食和物品皆是盛怀秀亲自去买的。

因着怕被人认出，盛怀秀乔装打扮了一番。

载沁自然是陪同在旁。

李大均等人一大清早地去敲开了各个铺子。

铺子的老板们见了一个蒙头盖脸、衣衫褴褛的女子被一个衣着富贵、气宇轩昂的年轻男子（他们都不认识载沁贝勒爷）小心翼翼地搀扶着进来，那女子指什么买什么，都觉得怪异又诧异。

可他们见到载沁身后跟着的一群凶神恶煞般的带刀侍卫，这等气势，自然都将所有诧异埋在了肚子里，唯唯诺诺，连连应是。

盛怀秀采买后，众侍卫便大包小包地提着、拿着、抱着，奉命送进了盛家。

盛怀秀站在大门外头，远远地看着李大均带人送了进去，远远地看到了大嫂沈如锦和娘亲几人的身影。

直到李大均等人告辞退了出来，载沁方才对盛怀秀道："好了。如今看到你家人无恙，是不是可以回去好好休息了，这都一夜没休息了。你如今的身体，不能这般劳累的。"

盛怀秀不说话，又痴痴地站着瞧了良久，直到大嫂沈如锦等人都各自回房休息了，一个人影都无了，方才肯转身。

她并不是不想见娘盛夫人和大嫂沈如锦等人。

可是，她不知要怎么跟他们解释。

她怕他们知道了自己的情况，会生自己的气。

盛怀秀不知如何是好。

所以，她便懦弱胆怯了，不敢去见家人，心想着拖得一时也好。

第10章 夜 探

盛家人刚用过了不知何人送来的席面,便听见大门口有喧哗之声。

原来啊,是朱宜慧来了。

盛怀秀走后,朱宜慧忧心忡忡,一整夜都未合眼。

盛怀秀这一去,若是载沁念旧情尚还好,倘若载沁不念旧情,那怀秀不是也暴露了,也要一并下牢狱了。

一大早,朱宜慧便让父亲朱玉堃去牢里找狱卒打探动静。

这一打听,方知道盛家一家人都已经不在牢里头了。

朱玉堃惊诧万分:"官府这是放人了吗?"

不能啊。这载沁贝勒爷和嘉兴知府好不容易捉到的人,怎么可能这么轻易地将人给放了?

"也不知怎么回事,昨儿夜里上头急匆匆地吩咐下来,叫我们把盛家人送回盛家原先的屋子。我也是今日一早来当值才知道的。"那狱卒说到这里顿了顿,悄悄补了一句,"朱大夫,盛家这事情怪异得很。"

朱玉堃忙追问:"怎么说?"

那人便把上头吩咐下来,让他们牢里的狱卒客客气气送盛家出狱的事情一五一十地说了后,又道:"据说上头还再三关照了要客客气气的,不能得罪盛家的任何一个人。将盛家的人从大牢里放出来之前,上头还叫官差大半夜去盛家家里打扫,还有牛痘局的很多大夫来给盛家的东青少爷看了痘疹。我做狱卒这么多年,还是头一回听说放人之前给犯人看病,给犯人去打扫家里头的……

"反正这一桩一件的……可都是大姑娘上花轿——头一遭啊!

"听说如今还是留了官差在盛家的前后门看守着。这不还是囚着吗?可好好地为什么囚在自个儿家里头？我反正从来没见着这样的。"

狱卒因着朱玉堃对他娘有救命之恩，一直对朱玉堃感恩戴德，不甚放心地叮嘱他道："朱大夫，你自个儿小心些。反正盛家这事啊，处处都透着不寻常。"

朱玉堃谢过了他，拦了一辆人力车，特地让人力车夫绕了一圈路，经过盛家门口瞧了几眼后，确认了狱卒所说的都属实后，方才赶回家把事情告诉了女儿朱宜慧。

朱宜慧一听，便知肯定是因为盛怀秀去见了载沁贝勒爷的缘故。但里头的纠葛她不好对家里人言明，只宽慰家人说盛家人能从大牢里放出来，怎么也算是好消息。

既然载沁贝勒爷愿意放人，说明盛家的事情尚还可以转圜，还不至于到最坏地步。

朱宜慧心里头稍定，准备了一些吃食想要送去盛家。

朱玉堃拦她："宜慧，我方才去盛家看过了，盛家大门口确有两个带刀官差守着。如今官府的动机未明，盛家也不知怎么个情况，咱们先观察一下。有道是一动不如一静。爹一把年纪，倒是什么都不怕，可就怕有什么事情会牵连你和你哥。"

朱宜慧因着盛怀秀的声誉不便告诉父亲为什么盛家人会被放出来，但她知载沁都肯将盛家人放出来了，可见怀秀对他的影响力。她道："爹，你放心。我乔装打扮后去盛家瞧瞧。若是有什么，我马上回来。"

朱玉堃怎么也不肯让她去盛家，道："宜慧，你听爹说，一来，这盛家之事尚不知如何。二来，这盛家天亮才回的家，他们在牢里关了好几日，定是又累又乏，不如就让他们好好休息一下。你中午饭点的时候去瞧瞧也不迟。"

朱宜慧这才在晌午这个时辰过来。

门口的官差得了上头命令，自是不让闲杂人等随便进盛家，拦住了朱宜慧，有了一番争执喧哗。

朱宜慧道："我是奉命来给盛家的老夫人和小少爷送药的。你不让我进去，要是盛家的老夫人和小少爷有个好歹，你一个看门的担待得起吗？"说完，朱宜慧把手里的两个汤药罐子递给了官差瞧。

官差是知道牛痘局的人给盛家东青少爷看病一事的，听了朱宜慧的这番话，态度缓和一些："你是奉了何人之命？"

"载沁贝勒爷之命。"

两个官差听了这话，又见了罐子里乌漆漆的汤药，且满鼻子都是药味，确认了确实是汤药无疑，倒是不敢再拦了。

朱宜慧顺利地进了盛家。

沈如锦等人见了一个中年妇人过来，也没将乔装打扮后的朱宜慧认出来，以为又是送吃的来了。

朱宜慧搁下汤药，上前轻声唤道："如锦……"

沈如锦听见这熟悉的声音，倏地抬头，认出了朱宜慧，顿时惊喜交集："你是宜慧？"

"是，如锦，我是宜慧。"

沈如锦一把捉住了朱宜慧的两只手："宜慧，这些年你去哪里了？一切可都好？"

"好好好。如锦，我一切都好。我阴错阳差地搭了轮船去了德国，在那里学了几年的护理专业，前几个月回来的，如今在上海的德国医院做护士。"朱宜慧也激动万分，牢牢地反握着沈如锦的手。

沈如锦喜极而泣："太好了，宜慧，你一心想学医术，如今终于做了自己想做的事情。"

"嗯。我日后还要继续学习，希望可以成为一个既通晓中国医术，也懂得西方医术的女大夫。不过这是一辈子的事情，我也不急，我一步一个脚印，慢慢来。"

"好，真的太好了。宜慧，这些年来，我一直牵挂着你……"

两人经年未见，有千言万语想说，可如今也没时间说。

朱宜慧道："如锦，我听爹说东青发痘疹，热度退了又起来，反反复复。我在德国医院带了洋人用的退烧的药物过来，让我爹托人带进了大牢里。你可曾收到？"

"原来药是你从上海带来的，真的太谢谢你了，宜慧。药收到了，东青服了药，昨儿夜里就退烧了。"

"说明有疗效。你赶紧带我去瞧瞧东青。"

"你随我来。"

朱宜慧离家出走的那日是盛东青的双满月，那时他还在襁褓之中。如今躺在床上，已是垂髫小儿了。

她解开盛东青的衣物，仔仔细细地检查了一番，见东青身上还有红疹未退，有的已开始形成脓包，但只寥寥数个而已。

她对沈如锦等人详细解释了一番："我们大清的痘疹，在洋人那边的说法是因为病毒引起的。这种病可以导致全身性的皮疹，皮疹出现比较多的地方，是在头面部以及四肢的末端，出现皮疹之后，会有红色的斑疹以及变成丘疹，之后会变成脓疱疹，脓疱疹之后会结痂，结痂一般是在发病之后的第十天或者半个月左右，结痂之后会伴随着剧烈的瘙痒……

"你们别担心，东青的痘疹已经控制住了。我带了好几颗洋人治疗这病的药丸来，你们继续给东青服用……"

盛家众人一听，顿时欢喜不已。

朱宜慧怕引起怀疑，不便久留，道："如锦，你有什么便让门口的官差来朱家医馆请大夫，到时候我便会跟我爹前来。我先走了，明儿再来。"

"好。"

南湖别院，载沁所住的屋子。

上午的时候，载沁带着盛怀秀回了屋子。

一进门，他便道："Eileen，现在人都放了，牛痘局的人也说你侄子的痘疹在康复中了……你现在也放心了，可以好好用饭，好好休息了吧？"

载沁便吩咐人送上了早膳。

他把盛怀秀喂得满满当当的，直到盛怀秀抿着嘴连连摇头，表示实在吃不了了，他才打住。

之后，便催促盛怀秀梳洗一下去睡下。

盛怀秀这两日来担惊受怕，以泪洗面。如今见娘盛夫人和大嫂等人从牢里头放了出来，整个人便放松了许多，头一沾枕便沉沉睡去了。

…………

李大均等几个侍从轮值后，出了院落，回到了休息的屋子里。

这些侍从跟在载沁身边久了，对主子载沁和盛怀新与盛家之间的事情知道得一清二楚，不免议论了起来。

"头儿，你说这 Eileen 小姐怎么会是盛家的人呢？还是革命党人盛怀新的亲妹妹。世上怎么会有这么巧的事情？"

"可不是！"

"Eileen 小姐的大哥，那个叫盛怀新的革命党刺杀咱们王爷，伤了咱们王爷的手臂……又绑架过咱们主子，把他扔到了海里……前些天他还带人抢了主子的五千杆枪……咱们主子也抓过盛怀新，严刑拷打，将他毁了容……还将 Eileen 小姐的家抄了，把她的老娘和嫂子下过牢狱，听说还严刑拷问过……这……这都算是哪门子的事情？"

"我看啊，这双方之间实在是一笔糊涂账，算也算不清。"

有人压低了声音，问道："头儿，你说主子本是打算要娶 Eileen 小姐做正福晋的。如今这盛家的事情……主子这准备？"

李大均道："你们都别来问我，我可不是主子肚子里的虫子。我什么都不知。"

事实上，别说李大均不知了，如今的载沁也是不知如何是好。

他对盛怀秀情根深种，自是不能把盛怀秀下牢狱的。更何况，如今盛怀秀还怀着自己的骨肉。

可若是这么放过盛怀新，他又实在是不甘心。

先不说过往的纠葛，单单前不久武备学堂急需的五千杆枪被劫一事……

然，不甘心又能怎么办？

若是真把盛怀新抓了，杀了，后果会怎么样，那是显而易见的。

盛怀秀此生便不会见自己，也决计不会原谅自己。

可……他就算肯放过盛怀新，盛怀新会放过他们吗？一直想要刺杀他和他阿玛端亲王等人的可都是盛怀新！

然，事关他和 Eileen 的未来，这事情无论如何也是要解决的。

到底要怎么解决呢？

载沁也是思来想去，百转千折，也没想到一个好方法。

载沁原先一直盼着盛怀新来救人，这样他布下的天罗地网势必会将他和来人一网打尽。

可如今，他又盼着盛怀新最好此生不来。

秋老虎余威尚存，就算稍有微风，吹来的也是滚烫如沸的风。

寻常人等都觉得难熬，而怀了身孕之人就如怀里揣了个小暖炉，自然就更是胸闷气喘了。

盛怀秀便是这样。坐着不动都觉得心口发闷，稍动一下，便汗如雨下。因为天气炎热，更是毫无胃口，无论载沁昐咐做什么美食，她都吃不下。

载沁见她这情形，也不知如何是好。

想了许久，忽然想起一物。

载沁命人把李大人家地窖藏冰取了来，做了冰镇酸梅汤。

下面的人一送上来，载沁便搁下替盛怀秀扇风的扇子，端起碗喂她。

盛怀秀张口喝了一勺，酸甜可口又沁人心脾，顿时有了胃口。

载沁便一勺一勺地喂她。

勺子盛酸梅汤的时候，不时和冰块碰撞发出"叮叮当当"的悦耳动听的声音。

在载沁的喂食下，盛怀秀不觉便喝完了一碗。

盛怀秀自己吃了这冰镇酸梅汤，便想起了盛家的家里人。想着娘亲、大嫂、东青等人都能喝到这酸梅汤该多好。

她心里头想见家里人想极了，特别是娘亲盛夫人。

可如今载沁真真是寸步不离她左右，她如何能带着载沁去见娘亲？

再说了，见了之后，如何跟大嫂沈如锦等家人解释？

倘若娘看见自己这个模样，不是要活活把病气得更重？

这都好几日了，盛怀秀实在是不知道怎么办。

这日午后，盛家又收到了送来的一食篮的吃食。

穗儿掀开竹编盖子一看，只见里头竟然是用厚棉布包着的两壶搁了冰块的酸梅汤。

她简直惊呆了。

穗儿忙去把小姐沈如锦唤了出来。

沈如锦见了这两壶冰镇酸梅汤也露出了极为不解的神色，与每日送来的上好吃食还有补汤一样，她怎么也是想不通。

"穗儿，你把一壶送去为珍三婶那里。娘她如今病着，脾胃虚弱，喝不得冰的。"

穗儿不免又担心了起来："小姐，我总觉得不对。这大热天的，谁会给我们送酸梅汤呢？而且还是搁了冰块的……"

寻常富户在炎炎夏日都不过是把酸梅汤浸在打上来的井水里头，浸凉一些而已，哪里能喝到冰镇酸梅汤呢？

"小姐，我还是怕他们下毒……这载沁贝勒爷和知府李大人这些人可坏得很，信不得……"

沈如锦道："咱们如今在这个载沁贝勒爷和这个李知府手里，他们要杀我们也不用下毒这么多此一举……放心吧。"

她见穗儿担心犹豫的神色，便又道："你若是不信，盛一点酸梅汤，用银钗试一下，看看他们有没有下毒……你小姐我担保这里头是没毒……"

在被捉拿住后，她们随身戴的首饰都被官差抢走了，可被送回盛家后的第二日，这些个首饰竟然全部归还给了她们。

穗儿小心谨慎，便真的拔了头上的银钗，用井水洗净了后，试了一试。

没变色！

说明没毒。

穗儿犹自不信，居然真没毒。

沈如锦见穗儿瞠目结舌的样子，微微一笑，倒了一碗酸梅汤递给她："喝完快送去吧。冰都快融化光了……"

穗儿走后，沈如锦望着酸梅汤发呆：这究竟是怎么回事呢？

在这嘉兴城里头谁有这个本事能通过载沁贝勒爷和李知府这一关，一而再，再而三地给他们盛家送这么好的吃食呢？

沈如锦想了许久，自问自己认识的嘉兴人里头没有一个人有此等实力的。

另一厢，盛怀秀午睡后醒来的时候，载沁不在屋子里。

别院的丫头见她醒来，便说小姐吩咐送的酸梅汤都送去了。还说载沁贝勒爷被知府李大人请去了，临走时吩咐了让小姐醒来一定要进些食物，千万不能饿着，也不能多喝冰镇的酸梅汤。

可盛怀秀除了酸梅汤什么胃口也没有。

因着连日没食欲，胃里头总觉得不舒服。

她捂着胸口，想吐又吐不出来，实在是难受得紧。

丫头见她蹙眉难受，便道："小姐，您这样一直吃不下也不成，要不要请个大夫来瞧瞧？"

盛怀秀被这丫头的话一提醒，忽然脑中闪过了个念头，唤来了门口的侍从道：

"让人准备一下，我不舒服，要去一趟朱家医馆。"

那侍从听得盛怀秀不舒服要去见大夫，顿时便有些慌了：若是旁的事情，还可以等候主子载沁回来，让主子决断。可如今 Eileen 小姐怀着他们的小主子，若是有什么事情，他们可担待不起。

于是，侍从们忙一边派人去通知主子，一边吩咐下人备了马车，将盛怀秀护送去了朱家医馆。

朱玉堃朱大夫见了盛怀秀过来，身后又跟了四个穿着绫罗绸缎的傲气随从，以及一个丫头，不觉愣了一愣。

盛怀秀到了他们家后便不见了踪影。他问过女儿朱宜慧，宜慧只说怀秀有事，所以离开了。

如今乍然见到，又见她一副贵不可言的派头，自然惊愕不已。

盛怀秀远远地朝他使了个眼色，朱大夫便会意了过来，转头压低了声音吩咐了身边的学徒一声，让他马上进去禀报朱宜慧，说是盛怀秀来了。

盛怀秀对朱大夫描述了说自己怎么不适，怎么没胃口，却也不伸手让他把脉。

朱大夫精通医术，只要一把脉便知道她怀了身孕。盛怀秀觉得自己未婚先孕，丢尽了盛家的脸，羞耻得很，所以不敢。

说了几句，她便说要去净手。

朱远举便让盛怀秀进了内堂，故意当着四个随从的面指明了方向："我妹子的房间在那里。姑娘去我妹子房间吧。"

丫头是得过载沁吩咐的，说无论小姐到哪里，须得寸步不离地跟着，所以她自然亦步亦趋地跟了去。

盛怀秀在门口吩咐丫头："你在这里守着便是了。"

丫头不敢再跟，便应声在门口守着。

朱宜慧在房里，见了怀秀关上了门，便上前紧紧地握住了怀秀的手……

丫头在外头等候了许久，见盛怀秀一直没出来，便觉得不放心了起来，敲了敲门："小姐……"

里头传来了盛怀秀的声音："你在外头候着便是。"

丫头听到她的声音便放心了，应了声"是，小姐"后，继续等着。

…………

朱大夫给盛怀秀开了一些消食开胃的丸子。

盛怀秀目的达到，不便久留，便回了南湖别院。

载沁还没有回来。

屋子里闷热得叫人喘不过气来。

盛怀秀带了丫头来到了临湖的亭子里头纳凉。

时正傍晚时分，晚霞漫天，湖面上波光摇曳，湖边垂柳拂水，荷花正开，一片雅致胜景。

她方才与朱宜慧在屋子里小声商议了许久，可依然没有商议出个办法来。

朱宜慧劝她："怀秀，有道是纸包不住火的……这件事情你家人迟早要知道的……不如早些告诉他们……"

盛怀秀心里忐忑惶恐，没个决断。

她转开了话题，问："宜慧姐，你可有听到过我哥的消息……"

朱宜慧摇头。

盛怀秀道："我只怕载沁是不会这么轻易放过我哥的……宜慧姐，你若是能联系到我哥，就跟他说让他小心行事……千万不要随便救人……我心里总是觉得不安，好像会有什么事情发生一样……"

朱宜慧道："我明天去盛家的时候，探探你如锦大嫂的口风……可是，怀秀，这事情拖不得，你尽早决定，尽快把你和载沁之间的事情告诉你如锦大嫂……你相信我，你大嫂无论何时何地，都会站在你这边的……无论你做什么决定，你大嫂都会支持你的……"

临走时，朱宜慧还劝她道："怀秀，你好好考虑。拖下去也不是办法。"

盛怀秀则再三叮嘱朱宜慧："宜慧姐，你记得每回出门都要乔装打扮，切记别露出破绽。否则我担心载沁发觉是你救了我的话，会牵连你们……"

朱宜慧点头："你放心，我会的。"

…………

此时此刻，盛怀秀怔怔地望着湖面出神。

朱宜慧的话一直徘徊在盛怀秀耳边。

她要怎么跟家里头说她和载沁之事？她没脸说。她如何能够跟娘和大嫂说，她在上海不仅没有好好念书，而且还阴错阳差地遇见了载沁，跟载沁恋爱了，如今还怀上了载沁的孩子？

这些个话，叫她怎么有脸说得出口？

而此时，盛怀秀担心的大哥盛怀新正与孟余亭孟大当家碰了面，在商议怎么救人一事。

当日，盛家人被捉拿住的时候，盛怀新远在汉口等地搞起义，历经数月，最后却因走漏了风声而功亏一篑。

盛怀新好不容易从汉口逃回了上海，便得知了自己一家老小被载沁捉拿住了，下了大牢的事情。盛怀新立刻乔装打扮返回了嘉兴，按着会里给的地址，顺利地找到了孟余亭孟大哥。

如今的孟余亭大哥深受他们同心会的感召，已经是他们会外的势力之一了。所以，会里随时保持着与孟余亭的联系，以备不时之需。

当日，在嘉兴府和苏州府交接之地劫人的便是孟余亭和他的手下。

载沁早有所料，十分小心谨慎，派了大批官兵护送不说，还特地下了命令：若是遇到劫囚犯的人，便把刀架在盛家人脖子上，宁可当场杀光所有盛家人，也不能被劫走任何一个。

孟余亭带帮中弟兄试图在半道上劫人的时候，那些个押送官差想着若是盛家人被劫走，他们横竖也要被治罪，所以便依命行事。若是不能让孟余亭等人打退堂鼓，便索性来个鱼死网破，两败俱伤。

孟余亭见状，实在是无可奈何，只能带人撤退了，再另想别的救人办法。

如今一见盛怀新，孟余亭自是喜出望外。

孟余亭便把盛家如今的情况告诉盛怀新，说盛家人已经从大牢里放出来了，如今就囚禁在盛家。虽然不能踏出大门半步，但在家里头的行动却是不拘的，吃食也好。且每日还有朱玉堃朱大夫上门给盛老夫人和盛东青诊治。这几日，东青的痘疹已经大好了。盛老夫人的病情已经大为好转。他曾在半夜跃墙而进，见过沈如锦和盛老夫人等人，得知盛家众人如今一切都好。

盛怀新听了，大为诧异，又极为不解。

他琢磨了半晌："载沁和李知府这到底是在耍什么把戏？"

孟余亭只说他和如锦也聊过，但怎么也想不通。

盛怀新便决定今晚翻墙进自个儿家，夜探家人。

另一厢，载沁听侍从禀报了盛怀秀不舒服，去了朱家医馆看大夫一事，忙让李知府吩咐人将游船掉头返回，赶着回来了。

他一回来，侍从禀报道："主子，Eileen小姐此刻在望湖亭乘凉……"

载沁步履匆匆地来了望湖亭。

远远只见四个侍卫站在亭外守着，丫头在一旁侍候。盛怀秀正远眺湖面出神，也不知在想些什么。

载沁走进了亭子，朝丫头摆了摆手，示意她退下。

载沁悄无声息地站在盛怀秀身旁陪她。

侍卫们望去，只见两人一站一坐，在湖光天色中恍若一幅画一般。

最后一缕霞光隐去，天色渐暗，载沁方才出声道："Eileen，回屋吧。"

虽然如今载沁已知她的真实姓名是盛怀秀，可载沁依旧唤她作Eileen。

盛怀秀恍若未闻。

过了片刻，她轻轻地开口道："载沁，我能问你一件事情吗？"

仿佛心有灵犀一般，盛怀秀一问出口，载沁便知道她要问什么了。但他依然道："你问。"

"载沁，如果你抓住了我大哥盛怀新的话，你准备怎么处置他？"

果然便是载沁预料之中的问题。

载沁道："Eileen，你知道吗？我与你大哥盛怀新渊源很深。数年前，你大哥刺杀过我阿玛端亲王。当时，他和同党埋伏在屋檐上，对我阿玛的轿子顶开了数枪。若不是我阿玛福大命大，那几枪射偏了，没有被射中要害，只射中了肩头的话，我阿玛早已经不在这人世间了……单单此仇便不共戴天的了……不久后，你大哥为了救他的同党，绑架了我，用我的命交换了他几个同党……再后来，便是你知道的事情了，我捉拿住了你大哥，将你们盛家一干人等全部通缉，查抄了你们盛家的全部家产……

"上一回，我在上海手臂中枪受伤……你可知道是谁对我开的枪吗？"

盛怀秀不语。既然载沁这么问，答案是不言而喻的。

果然，下一秒，只听载沁道："就是你的大哥盛怀新。

"后来，你可知为什么我身边的侍卫头子张得胜会冒充我的名义去接你，对你下药，把你送到我床上……以前我跟你提过一回，说张得胜办砸了一件事情，恐我治他死罪……你可知张得胜办砸的是何事？

"我在杭州办了一所陆军武备学堂，想要为我大清建立一支陆军江南新军。军校的新兵学员们训练需要真枪实弹练习，所以我跟德国那边购买了五千杆洋枪和配套的枪支弹药……货到了上海后，我因为手臂受伤，便派了张得胜全权负责这五千杆洋枪和配套的枪支弹药从上海运往杭州一事……可没料到，竟然在中途又被你大哥盛怀新带人劫走了……

"张得胜他失了这批军火，知道自己死罪难逃……他知道我钟情于你，想求我饶他一死，所以把你送到我床上。想着我一开心，便能饶他一死……"

载沁见盛怀秀脸上的震惊之色，解释道："美人美色算什么？再肮脏的事情，官场上都多了去了。张得胜当时为了自保，什么都干得出来。别说把你送到我床上，只要能活命，再恶毒的事情张得胜他都干得出来……"

盛怀秀颓然地闭上了眼。

她没想到大哥盛怀新竟然跟载沁有这么多的交集，每次都是"不是你死便是我亡"的交手。

且，后来两次的事情——载沁的手臂受伤和失了军火的事件，直接导致了她和载沁关系的迅速发展。

她实在是不知老天爷为什么会这么安排。

"Eileen，你曾经说过我们不应该相遇的。在我知道你真实身份之前，我是不懂这句话的意思的。现在我是懂了……

"此刻你问我，如果你大哥盛怀新被我捉到后，我会怎么办？"载沁说到这里，停顿了下来，他在盛怀秀面前蹲了下来，在暗色里头珍而重之地望进了盛怀秀的眼眸，"Eileen，如果我告诉你，我也不知道要怎么办，你信我的话吗？"

盛怀秀信载沁所说的，字字都是真的。

因为载沁是坦坦荡荡的。

嘉兴城，深夜时分。

盛怀新穿了夜行衣，和孟余亭两个人一起来到了盛家。

为了安全起见，按着计划，孟余亭守在屋外隐秘位置，若有任何动静，他便会吹哨子发出警示之声。

盛怀新翻墙进入了自己的家。

这一跃进去,那便是盛怀新的地盘了。他熟门熟路地来到了他和如锦的院子。

屋子里点着蜡烛,显然如锦还未睡。

盛怀新敲了敲门,压低了声音道:"如锦,是我,怀新。"

门"吱呀"一声被人打开了,露出了沈如锦惊喜万分的一张俏脸。

"怀新。"

"如锦。"

"对不起,如锦,是我一再地连累了你和家人。"

"怀新,你没事就好……这么久都没你的消息了,我一直担心你的安全……"说到这里,沈如锦小心谨慎地看了看四周,拉着他进屋,关上了房门,"怀新,你怎么来家里了?你快走。载沁贝勒爷和李知府肯定在家附近埋伏着,准备抓你的。家里一切都好,你快走……"

"如锦,你放心。孟大哥在外头守着呢。若是有什么动静,他会第一时间预警的。"

沈如锦听到孟余亭孟大哥陪着他一起来了,此时此刻守在外头放哨,方才稍稍放心了些许。

"如锦,娘怎么样了?听说她受了大惊,生了一场病……"

"你放心。娘吃了宜慧从上海德国医院带回来的药,好了很多……只是娘年纪大了,身子恢复得缓慢,朱大夫说了要好好调理一两年……"

"东青的痘疹如今大好了?"

"好了。都在结痂了。朱大夫说不日即将痊愈。"

盛怀新遂放心了,道:"我去看看娘……"

…………

两人提着灯笼来到了盛夫人所在的屋子。

夜深人静,盛夫人早已经睡下了。

盛怀新没有唤醒盛夫人,怕她见了自己太激动影响了病情。再说了,见着了人,又马上离开,娘便又要开始担心他了,还不如不知他回来的好。

盛怀新在床畔陪了娘一会儿,因不能久留,不得不走了。

与往日一样，他走之前跪下来给盛夫人磕了三个响头："娘，您一定要保重身体，长命百岁。"

出了盛夫人的屋子，盛怀新对沈如锦道："如锦，现在你们被关在家里头，每日有人给你们送吃的，这里头处处透着古怪。我跟孟大哥琢磨了许久，也琢磨不出是为什么。"

沈如锦道："怀新，不瞒你说，我们也想来想去想不通。"

朱宜慧一直未曾把怀秀与载沁的事情告知沈如锦等人。她知怀秀一定有她的难处，所以才会一直拖着。怀秀没有来见盛家众人，把事情说清楚，她自是不好说破。这毕竟是盛家之事，她不好插手，也不便插手。所以盛家众人一直被蒙在鼓里，不知真相。

"如锦，如今我们盛家四周肯定布满了埋伏，等着我和孟大哥来救人，好将我们一网打尽。所以我和孟大哥不敢，也不能轻举妄动。你和娘他们再多忍耐一下。我和孟大哥做好详细周密的计划，便会第一时间来救你们出去。在这之前，一家老小就靠你照顾了。"

"怀新，你放心。我会好好照顾这个家，好好照顾娘和所有家人的。"

"如锦，谢谢你。"

"怀新，你自己也要保重。"

"我会的。你也是。"

盛怀新还有要事在身，就算再不舍，也须得走。

盛怀新翻墙而出，与孟余亭会合。

他们今夜还有第二个行动，那就是夜探载沁所在的南湖别院。

第11章 辩 论

虽然已是深夜，可那炎热却是不见半分消退。

盛怀秀汗透衣衫，哪怕载沁在身畔不停地用蒲扇帮她扇风，也是无用。

如此一来，自然是辗转难眠。

"反正是睡不着，不如我让人做一份冰镇酸梅汤送上来？你喝了后，舒畅一些，也好入睡。"

盛怀秀摇了摇头，轻声道："不用了，这么晚了，下面的人都睡了。别兴师动众的了……"

载沁道："你这般体恤心疼下面的人做什么？侍候主子是他们的分内之事。主子做主子的事情，下面的人做下面人的事情。这叫各司其职，各安其位，各尽其责，各得其所。"

不觉又叹道："Eileen，你心地太良善了。倘若日后无人护着你，恐怕会吃亏不断。"

端亲王府奴仆成群，连穿衣着鞋都是有人侍候着的，载沁从小到大都是这么一路被侍候过来的。他因着去国外留洋，在军校才学会了独立。

"这么热，你一直睡不着也不成。再说了，指不定我们儿子在肚子里也想喝酸梅汤呢……"载沁起身去门口吩咐了下去。

不多时，酸梅汤便端上来了。

载沁便扶着盛怀秀起身，靠坐在了床头，两人你一勺我一勺地分食了一碗。

因着搁了冰块这个寒凉之物，怕引起肠胃不适，载沁不敢再给盛怀秀多用了。

碧纱窗外草虫的鸣叫声此起彼伏，越发把屋内衬托得静谧了起来。

载沁拧了巾子给盛怀秀擦了脸和手，自己也稍稍梳洗了一番。

待下面的人把东西都收拾好，撤了下去，载沁这才放下了防蚊子的纱帐子，与盛怀秀靠坐在一起，一边给她扇风，一边与她说话。

"Eileen，好些了吗？"

"嗯。好多了……"盛怀秀倦意来袭，眼皮渐重。

"快睡吧……"

此时，用黑巾蒙面的盛怀新和孟余亭两人小心谨慎环顾了四周，而后悄无声息地翻墙进入了南湖别院。

两人先绕着围墙一圈，暗中探查了一番，发现后院的东南位置守卫最为森严。

看来那里便是载沁的住宿之处。

屋子四周布满了护卫，不多时又有一队人马巡逻而过，戒备极为森严。

孟余亭悄无声息地挨近了一个护卫，用迅雷不及掩耳之势出手在他脖颈后打了一掌。

那人都来不及哼一声，便软软地倒下了。

孟余亭和盛怀新小心翼翼地接住了他，将他绑住，塞了嘴巴，搁在了树后的灌木丛里头。

…………

屋内，盛怀秀的呼吸声绵长匀净，已然是睡着了的。

载沁依然不停地给盛怀秀扇风。

透过蚊帐外的朦胧烛光，载沁凝视着盛怀秀的睡颜，忍不住低头下去吻了数吻。

载沁有种强烈的预感，盛怀新这几日应该会有所行动了。

但凡盛怀新出现，他势必是要进行抓捕的。

这抓到了盛怀新，要怎么处置，却是个大难题。

杀是不能杀的。

若是杀了，怀秀这辈子都不会原谅自己。

可放又是不能放的。

放虎归山，日后多的是麻烦。

若是抓住了，只能暂时先囚禁着。

窗外，孟余亭和盛怀新隐在暗处，透过碧纱窗，看清了屋内的情形：只见载沁一直用蒲扇在给一人扇凉风。

等了良久，载沁手里的蒲扇缓缓地垂落在了丝绸毯上。

盛怀新和孟余亭对视了一眼。孟余亭用手指了指树后的那个人，又指了指屋内，意思是"今晚已经打草惊蛇了，必须进屋绑人"。

盛怀新明白孟余亭的想法。今日他们打晕了一个护卫，明日被人发现后，载沁身边必定会有加倍的人手保护，再想要找机会绑人那可是难了。

盛怀新点点头。

孟余亭示意盛怀新别跟着他进去，在窗外候着，护着这一条逃生通道。又示意，若有万一，让他第一时间离开。

盛怀新沉重地点了点头，示意他小心行事。孟余亭拔出了随身匕首，割开了窗上的碧纱，轻轻巧巧地翻身一跃，进了屋子。

孟余亭把匕首架在了载沁的脖子上："载沁贝勒爷，万福金安啊。"

载沁察觉到了不对，立刻惊醒了过来，他忙伸手到了枕下，一把握住枕头下的洋枪。

孟余亭微微一动，匕首锐利的刀锋割破了载沁的皮肤，血迹随即便缓缓地渗了出来："载沁贝勒爷，我劝您啊，千万别乱动……慢慢地把手拿出来……"

"好，我不乱动。"

"这就对了。载沁贝勒爷，您要是一乱动，我的匕首可不长眼，误伤了您可就不好了……"

载沁见了来人身材魁梧，虽然蒙了面，但仍然可见一双精光四射的眼和满脸的络腮胡子，显然不是盛怀新。

如果不是盛怀新，那么此人便会对侧身睡在身边的盛怀秀造成危险。

载沁怕惊醒盛怀秀，给她和肚子里的孩子招来伤害。载沁不敢轻举妄动，乖乖地按照孟余亭吩咐行事，下了床。

孟余亭见他如此配合，不免觉得有些怪异和诡异。

可此时身在险地，也不容孟余亭细思。

孟余亭一把拽过了载沁，匕首则不离载沁的脖子分毫："跟我走。"

"好，我跟你走。"

孟余亭便拽着载沁，出了屋子。

门口的两个侍卫大惊失色:"主子……"

载沁低声喝道:"不许说话。按这位英雄好汉的吩咐行事……"

"是。"

载沁便被孟余亭挟持着,一步一步地出了南湖别院。

众侍卫等所有人等皆不敢乱动,只能亦步亦趋地跟着。

另一厢,隐在窗外的盛怀新见孟余亭已经得手了,趁乱越墙而出,出了南湖别院。

两人在来之前便商议好了的。

孟余亭:"怀新兄弟,这一进南湖别院,凡事都由我出面。你不能露出真容。如今盛家一家老小的命全捏在载沁和李知府手里,若是你露了面,与载沁贝勒爷或者他的手下照了面,他们明日便要拿你们盛家一家老小开刀了。若是你被他抓住,盛家众人便没有任何利用价值了,到时候更是死路一条。如今他们留着盛家人做饵,要钓的便是你。咱们可千万不能让他如愿了。

"怀新兄弟,你必须应允孟大哥,万事都由我担着。无论发生什么事情,你都不需要管我。你自己尽管离开便是。至于我,你不用为我担心。你大哥我的武艺,要自保还是没问题的。再说,就算有个万一,我被载沁贝勒爷抓住了,我孤家寡人一个,什么都不怕,最多不过头点地。十八年后,孟大哥又是一条好汉。而你不仅身系着一家老小的性命,而且还关系着会里的各种事情……你的命比孟大哥的值钱百倍千倍,你要留着命,推翻清廷,救我们千千万万的穷苦百姓,把洋人赶出我们的地方……

"怀新兄弟,你要答应孟大哥。不然的话,我说什么也不会让你进南湖别院这个虎穴狼窝的。"

…………

南湖别院门口,孟余亭让人准备两匹马车。

李大均等人俱不动。

孟余亭用匕首往载沁脖子上按了按,载沁的脖子立刻血流蜿蜒。

载沁喝道:"还不给我快快备车!"

"是,主子。"

孟余亭将载沁绑了上马车,前往盛家。

众侍卫纷纷骑马跟着。

载沁听得孟余亭吩咐马车夫将马车驶去城北盛家，便知道此人与盛家有旧，遂开口道："你是何人？"

孟余亭："在下贱名不足挂齿，说出来怕污了载沁贝勒爷您尊贵的耳朵，还是不说的好……"

载沁见他身形魁梧，又满脸的络腮胡子，忽然脑中灵光一闪，想起了一号人物。他恍然大悟：怪不得盛怀新能带人劫了他那五千杆枪，看来必是得了此人相助。

载沁道："在下曾听闻枭帮的孟余亭孟大当家英雄了得，气概非凡……只是缘悭一面，无缘相见……"

到了这地步，孟余亭也不再隐瞒身份了："载沁贝勒爷果然了得。不错，在下正是孟余亭。"

载沁道："果然是孟大当家！久仰久仰。"

"不敢当。"

"孟大当家，我载沁与你往日无冤，近日无仇，不知你为什么要绑架我？"

孟余亭半真半假地道："如果在下说是路见不平，拔刀相助……载沁贝勒爷您信吗？"

载沁："自然是不信。"

孟余亭道："载沁贝勒爷，这盛家的盛怀新搞革命，想要推翻你祖宗传下来的江山。他是革命党没错，可有道是一人做事一人当，你有本事就去捉盛怀新，你把盛家的老弱妇孺捉了起来，下了牢狱，这算哪门子英雄好汉？"

载沁道："那革命党搞暗杀，杀了一个又一个朝廷重臣，难不成就算英雄好汉吗？你们口口声声说大清气数将近，可这不都是你们这群人搞的吗？你们杀了朝廷一个又一个股肱之臣，令朝廷无人可用，朝政日趋败坏。先不说远的，就说前不久被刺杀的恩铭大人吧……他在安徽兴办教育，创建了安徽陆军小学堂外，他还督促创办有安徽讲武堂等。为了安徽师范学堂，他更费尽了心思，连连上奏朝廷……你说他创办了这么多学校，是不是为了造福一方百姓？革命党为什么要刺杀他？就因为他是我们满人重臣。"

"那是朝廷昏庸无能，逼得穷苦百姓们不得不反。你看看如今的穷苦百姓过的是什么生活？我是个大老粗，不会说文绉绉的酸话，也不与你争辩这些。若是老百姓有好日子可以过，为什么会有这么多地方、这么多的人揭竿而起，要造你们的反？因为他们实在是过不下去了，活不了了。我孟余亭今夜只是为了救人而来。载沁贝勒爷，只要你将盛家众人放了，我孟余亭保证不动你一根汗毛，一定平平安安地将你放回去。"

"我若是要伤害盛家人，也不会将他们从牢里放出来，送到盛家家里头去了。"载沁道，"孟大当家，我知道盛怀新如今正在嘉兴城里头，或许就在你我附近。实不相瞒，我想要见他一面。可否请你安排一下？"

孟余亭戒备地盯着他，一副"你小子想要什么手段"的表情。

载沁道："孟大当家，明人面前就不说暗话了。你肯定知道盛怀新下落。"

孟余亭听了这话，方才开口道："你想见他？你为什么想见他？"

"为了盛家的一家老小以后的安危……"

"我信你的鬼话才怪！"

载沁道："孟大当家，咱们开诚布公地谈一下。我问你，就算你今日挟持了我，把盛家的人救出了嘉兴城。可天下之大，莫非王土。你能把他们一家老小救去哪里？盛家人要继续这么被通缉、逃亡下去吗？然后一辈子在穷乡僻壤隐姓埋名、提心吊胆地生活下去吗？"

载沁这话倒是不假！孟余亭遂不吭声，继续听他说下去，准备以不变应万变。

"孟大当家，你安排我跟盛怀新见一面。我有事情要与他详聊。我与他聊好之后，无论我们聊的那桩事情结果怎么样，我都会下令让官府撤销对盛家人的通缉令，此后只通缉盛怀新他一人。就像你前头说的，一人做事一人当，不牵连盛家其他人。"

孟余亭根本不信载沁所说的话。

"孟大当家，我载沁虽然不是英雄好汉，但我也懂得君子一诺千金的道理。我载沁是爱新觉罗的子孙，身上流的是大清皇族血脉，我也不屑骗你，也不会骗你。我与盛怀新是家国恩怨，并非私仇。我以我们爱新觉罗列祖列宗的名义向你保证，我今夜绝不会借此机会对盛怀新下手。我会放他堂堂正正地离开。至于此后追捕缉拿他，那是以后的事情。"

"这一盘赌局，孟大当家，你敢不敢与我载沁赌上一赌？只要盛怀新来南湖别院见我一面，我便放了盛家老小，从此以后撤销对盛家老小的通缉令，并下令归还他们盛家被查抄的家产。"

孟余亭掂量着载沁这一番话,觉着不像是假的。他当机立断道:"好,载沁贝勒爷,我孟余亭就信你这一回!但倘若你敢骗我的话……我孟余亭在此立誓,无论你载沁贝勒爷日后躲到天涯海角,有多少人马保护你,我孟余亭也绝不放过你,必定亲手取你的项上人头!"

孟余亭喝令马车夫停车,又命令一路远远地跟在马车后面的侍卫们牵了一匹马过来。

载沁吩咐众人:"你们都给我听好了,放他走,谁也不许追,更不许背后放冷枪。若是谁敢违抗我的命令,格杀勿论。"

李大均等人听主子如此吩咐,一时也很蒙。众人你看我我看你的,不知发生了何事,这刺客居然会这般轻易地放过主子?众人纷纷应声领命:"是。"

载沁对众侍卫吩咐完,方才转头对孟余亭道:"我载沁今夜在南湖别院恭候盛怀新的大驾。"

"好。"孟余亭翻身上马而去。

只听一阵"嗒嗒嗒"的马蹄声远去,转眼间孟余亭便骑马穿过空无一人的街道,一拐角,人和马都消失不见了。

李大均等侍卫忙翻身下马跑过来:"主子,您的伤?"

载沁捂着脖子,道:"我没什么大碍。"

李大均望着孟余亭消失的方向,道:"主子,真不追吗?"

载沁道:"不用追。我们回南湖别院。"

"是。"

载沁在众侍卫的保护下,回到了南湖别院。

大夫很快来了,给载沁脖子上的伤口上了药,包扎了一番。

载沁吩咐李大均等人道:"等下若是盛怀新来的话,谁也不许给我动手。他今夜是我的贵客,若是少一根汗毛,我唯你们是问。"

李大均闻言,均是十分不解:"主子,可若是他动手……伤了您……"

载沁道:"你们不用多问,也无须多言。照办就是了。"

李大均等人只得应下。

载沁进了院子，直奔卧室而去。屋子里的蜡烛犹燃着，透过床帘子，只见盛怀秀依旧沉沉睡着。

经历了方才的一番变故，载沁只觉得眼前的画面美好得如同一个梦。他在床畔坐了下来，伸手去触碰盛怀秀的脸："Eileen……"

他和怀秀的事情纸包不住火，迟早是要面对盛怀新的。

事情迟早是要解决的。

既然如此，便在没有两败俱伤的情况前尽快解决，是最好的。

"Eileen，你大哥盛怀新是个油盐不进、水火不侵之人，若是在得知你是他亲妹子之前，我捉住他的话，一定要对他百般酷刑折磨，也一定会杀了他……可是因为你，我愿意跟他好好聊……在能力范围内，尽可能地答应他的条件……

"Eileen……无论以后发生什么事情，我都希望你知道，卡尔是爱Eileen的……载沁也是爱怀秀的……"

…………

此时，空无一人的街道上，孟余亭牵着马等着盛怀新。

不多时，盛怀新出现了。

孟余亭不待他发问，便把载沁的话一字不漏地说给了他听。

盛怀新听了之后，甚为诧异："他真这么说？说只要我去南湖别院找他，无论商谈的结果是什么，他都会撤销对我家人的通缉令，归还我家家产，此后放过我家人，只通缉我一人？"

"是。载沁这厮的的确确是这么说的。"

盛怀新沉吟着琢磨。

"怀新兄弟，你是不是担心载沁有诈？"

盛怀新道："我确实觉得奇怪。我与端亲王府，与载沁之间的恩怨纠葛重重，他为何会愿意放过我一家老小呢？"

孟余亭道："怀新兄弟，你孟大哥我刀口舔血多年，也算是阅人无数，可我觉得他方才对我说的话，不像是作假的，他好像真的有事要与你商量……

"而且，孟大哥觉得载沁他说的话并非没有任何道理的。怀新兄弟，就算咱们这一次顺利将老夫人、如锦等一家人救出去，可以后怎么办？总不能一直提心吊胆地躲藏下去……像孟大哥和帮中兄弟这样的大老粗，无妻无子，四海为家,那是无妨。可老夫人年迈体弱,东青、怀敏两个孩子还小……总不能一直让他们过着东躲西藏、朝不保夕的生活……

"所以,孟大哥觉得可以冒一次险。倘若载沁这厮真的敢骗我孟余亭的话,我孟余亭今夜对着月光发誓,一定取他项上人头!"

载沁在屋子里翻书静候。

李大均前来禀报:"主子,革命党盛怀新来了。"

"你把他带到书房。另外,叫人准备热茶和吃食,不可怠慢了。"

"是,主子。"

两个侍从客客气气地将盛怀新带到了一间烛火通明的屋子里头,那侍从道:"盛先生,您稍候片刻。我们主子这就过来。"

盛怀新点了点头。

那两个侍从便关上门出去了。

盛怀新环顾了屋子,只见书架上零零散散地摆放了一些书籍。

院子里很快地响起了脚步声,盛怀新便知道自己要等的人来了。

果然,下一瞬,两个侍从推开了房门,身着常服的载沁走了进来。

载沁双手抱拳,客客气气地道:"怀新兄,你我很久不见了,近来可好?"

盛怀新见他这般礼数周到,不觉诧异又戒备:"载沁贝勒爷,我们之间从来都不是朋友。您今夜到底是为了何事要把我找来,不如开门见山地直说吧。"

这时,底下的人送来了热茶和几样吃食。

载沁道:"怀新兄,如今天快大亮了,您这一夜奔波劳碌,先喝口茶,用点点心吧。"

载沁原先以为盛怀新会担心茶和吃食里下了毒,不肯用。可出乎意料的是,盛怀新端起茶便饮了数口,还把每个糕点都品尝了一番。

盛怀新确实是饿了。二来,他敢来载沁这里,便是抱了出不去的准备的。这是载沁的老巢,南湖别院里里外外都是载沁的人,若载沁要杀他那是不费吹灰之力的。

所以,他半点也不怕载沁会下毒,取过自己喜欢的糕点便用了起来。

载沁从前便知道盛怀新有勇有谋，胆识过人，颇为欣赏。如今见状，又因盛怀秀的关系，越发地欣赏了起来，心道：Eileen 的大哥果然是条汉子，文武全才。我一定要尽力劝降他。如能得他相助，再延揽更多的人才，大清必能再度辉煌，恢复康乾荣光。

载沁也陪着用了一些。

嘉兴是江河湖海的交汇之地，汉唐以来便是鱼米之乡、丝绸之府。这里的点心以做工细致，口感好而闻名，民间通称为嘉湖细点，是出了名的精致好吃。

盛怀新自然是从小吃到大。可这些年，他加入了会里后，为了推翻清朝的统治殚精竭虑，四处奔波，已经许久没有品尝过这些家乡糕点了。

于是，他痛痛快快地吃了个够，又端起了茶盏喝了两口，这才再度开口："想来载沁贝勒爷今夜请我来也不是为了喝茶吃点心的，有什么事情，请直说吧。"

载沁微微一笑："怀新兄，你说你我两人日后有成为朋友的可能吗？"

盛怀新道："载沁贝勒爷，你我之间恩怨重重，我刺杀你阿玛端亲王，几次三番地绑架你，抢你枪支弹药，你捉住了我严刑拷打，通缉我全家，也数度将我家人下了牢狱……可这些都不是因为私人恩怨……我们有朝一日放下了这些，是有可能成为朋友的……"

载沁听了盛怀新这话，脸上的笑意不觉微微加深了些许。

"但前提是我们这些革命党推翻了你们大清的统治……"

载沁的笑容在脸上僵住了。

载沁顿了好片刻，方才道："怀新兄，你们真的觉得自己能推翻大清吗？"

"当然能，一定能。"

"怀新兄，若是有一天……我们大清真没了，你觉得这个国家这个世道就会变好吗？"

"是。只要推翻你们清廷的统治，这个世道这个国家就一定会变好。"

"不会的。怀新兄，若是没了我们大清的正统，这一整个国家就会成为一盘散沙，到时候会被洋人各国分而蚕食……"

盛怀新冷笑道："载沁贝勒爷您高估了自个儿的重要性了吧？如今这个国

家国不成国，家不成家，难道载沁贝勒爷觉得就不是一盘散沙吗？

"自打道光二十年鸦片战争以来，英国人逼着我们签订了丧权辱国的《南京条约》，强占了我们的香港，勒索了我们两千一百万银元的巨额赔款，强迫我们接受一系列的不平等条款。美国、法国见了有这等大好事，忙不迭地派了炮舰而来，用武力迫使我们签订了《望厦条约》和《黄埔条约》。葡萄牙人居然连租借协议也不屑跟我们签了，直接就把我们的官员驱逐出澳门，强行霸占澳门。沙俄、意大利等也不甘落后，蜂拥而来，纷纷要求分享在我们中国的权力，瓜分我们中国的土地，强迫我们签订了《天津条约》《北京条约》《瑷珲条约》《勘分东界约记》，等等。这些年来，我们中国的土地被洋人抢占，司法、海关等各种权力都受到了侵犯。在中国人自己的土地上，洋人可以随意欺辱压榨我们中国人。你口中的堂堂大清政府做了什么？一步一步地屈辱退让、苟且偷生、奴颜婢膝、廉耻尽丧。老百姓为什么要起义，要推翻你们清廷的统治？因为这个国家已经懦弱至极了，保护不了他的子民了，任子民被人随意鱼肉，被人肆意欺凌。老百姓因为爱这个国家，也为了要活下去，所以只好自救。你口中的堂堂大清政府做了什么？做的只是一再地绞杀老百姓的各种爱国反抗运动；做的是向洋人列强卑躬屈膝，无耻地出卖我们中国人的国土和百姓；做的是一而再，再而三地割地赔款，只为着延续你们满人的统治而已……到了光绪帝二十年，连东洋小日本都敢发动对我们清朝的战争……最后怎么样，你口中的堂堂大清政府连个弹丸小国——小日本都打不过，还跟日本人签订了《马关条约》，赔偿日本军费两亿两白银，割让辽东半岛、台湾全岛以及附属各岛屿和澎湖列岛给日本……光绪帝二十六年，八国联军侵华，北京失陷，慈禧和光绪帝仓皇出逃，被迫签订了《辛丑条约》，赔款白银四亿五千万两，分三十九年付清……

"载沁，你口口声声说我们大清，堂堂大清政府……你睁开眼睛，仔细地瞧一瞧，如今你口中的堂堂大清是怎么样的……

"堂堂大清的威海卫及其附近海面，整个九龙半岛，全部租借给英国。

"堂堂大清的整个长江流域是英国人的势力范围。

"堂堂大清的广州湾及其水面租借给法国九十九年，两广和云南是法国的势力范围。

"堂堂大清的整个东北全境由沙俄控制。

"堂堂大清的山东成为德国人的势力范围。

"堂堂大清的福建是日本人的势力范围。

"遍布堂堂大清的四十六个海关,有哪一个海关的人事任命是大清政府说了算的……

"我们的国家面临亡国之危,我们的民族面临灭顶之灾,我们中国人面临着成为亡国奴之险……

"载沁,你口中的堂堂大清控制了如今中国的多少面积?如今大概只有一个紫禁城吧。"

载沁颓然地坐在椅子上,面色惨白如纸。

盛怀新越说激动,从椅子上站了起来:"载沁,我们盛家在嘉兴是数一数二的富商,吃穿不愁,可我为什么要冒着被砍头,冒着连累家人的风险去革命呢?那是因为这整个中国大地,在老百姓的心中已经压抑了太多的屈辱、痛苦、仇恨和愤怒。这些屈辱、痛苦、仇恨和愤怒就是一座又一座的火山,正一个一个地在喷发……

"这些火山是压制不住的了……你们越是压制,接下来的爆发就越巨大……

"载沁,你口中的堂堂大清已经是一座腐朽不堪的屋子了,行将倒塌……它已经没救了。载沁,你认清现实吧……

"载沁,我从来不是针对你或者你们端亲王府……我们只是一心想要救国,想拯救这个天下的百姓于生死存亡之间……相反,你身上也有不少让我盛怀新钦佩的地方,比如你想救你们祖宗传下来的大清江山,你也想救天下的黎民百姓,你想力挽狂澜……你有你的雄心壮志,明知道不可为却还是要努力为之……只是你我二人各为其主,最终目的不同……

"载沁,你问我有朝一日,我们两人可不可以成为朋友?我觉得我们是可以成为朋友的。但是前提是在大清亡国后……可能你听了会动怒,但你知道我说的句句都是真心话。

"你今夜约我前来,如果是想劝我归降朝廷才肯放过我的家人的话,我是决计不会答应你的,我盛怀新绝对不会助纣为虐、苟且偷生……

"只要你肯放过我的家人,你尽管杀了我便是。"

载沁脸上灰白,坐在椅子里头不吭一声。

盛怀新要说的话都已经说完了，他便不再开口，静等着载沁发落。

反正今晚来之前已经做了最坏的打算，所以他才会如此慷慨激昂地对着载沁痛骂了朝廷一番。

载沁似被抽去了所有的精气神，叹了口气，道："你说的我知道。哪怕我嘴上不肯承认，但心底里头都知道……很多事情，我不过是在自欺欺人罢了……

"可是就算是自欺欺人，我还是要为之努力的……我不甘心……我不甘心！

"只要我们大清上下一心，振作起来，学习洋人的各种长处，好好地奋发图强……有朝一日，我们大清一定可以将洋人赶出去的……"

盛怀新不说话。也不知为何，他竟然是理解载沁的。若是易地而处，或许他就是第二个载沁，他也会像载沁这般做的。

好半响之后，载沁振作了一番精神："不过怀新兄……我今夜约你前来，不是为了劝降你的。"

盛怀新十分不解："那你约我来所为何事？你就开门见山地直说吧。"

载沁道："我是为了怀秀的事情……"

此话一出口，盛怀新惊住了："怀秀的事情？什么事情？你……你怎么会认识怀秀的？"

盛怀新起身，一把揪住了载沁的衣襟："载沁，你快说！否则休怪我对你不客气！"

载沁道："怀新兄，如果我告诉你，我与怀秀两情相悦，已经互许终身了的话，你信是不信？"

盛怀新气冲冲地道："你胡说八道！我们家怀秀怎么可能跟你两情相悦、互许终身的呢？她根本不可能会认识你。再说了，我们家怀秀就算认识你，她也绝对不会喜欢你的……你这谎也扯得太过了……"

载沁望着他，不说话。

可那坦坦荡荡的眼神却叫盛怀新心头一分一分地凉了下来。

盛怀新顿时想起了这回盛家一家老小大半夜地从牢里放了出来后，被安置在盛家家里头一事……

想起了这几日来，好吃好喝之物一而再，再而三地送进了盛家……

想起妻子如锦说的那些吃食竟然都是家里人各自爱吃的口味……

想起了载沁对孟余亭大哥说的一番话："我有事要与盛怀新谈。无论我们谈了之后，那桩事情结果如何，我都会让官府撤销对盛家人的通缉令，归还盛家被抄的家产，此后只通缉盛怀新一人……"

之前所有的疑惑不解，盛怀新如今一下子全然明白了过来。

载沁说他与怀秀两情相悦、互许终身的事情是真的。

盛怀新不禁踉跄地后退了一步。

不会的。

怎么会如此的呢?!

怀秀怎么会遇上载沁，与载沁情投意合的呢?!

盛怀新策划过多少次暗杀刺杀行动，也亲自参与暗杀刺杀众位朝廷大臣的行动，几次三番命悬一线，早已经练就了泰山崩于前而面不改色的冷静理智。

然，此时他见了载沁诚恳真挚的眼神，也不禁霍然变色：载沁不是诓他的。载沁说的都是事实。

可事实是一回事情，盛怀新愿不愿意接受又是另外一回事情！

载沁道："怀新兄，请你别生怀秀的气。怀秀与我认识的时候，彼此都不知对方的真实身份。否则，我和她两人……"

盛怀新何等人物，联想到今晚与妻子沈如锦重逢时，沈如锦对他说了家里头的种种事情，特别是有人给家里送来两大壶酸梅汤一事，便知妹子盛怀秀如今定是在嘉兴，且就在这南湖别院。

旁人的上好吃食，可能是载沁吩咐人送的。可炎热天气里头，能细心地想到给如锦等人送酸梅汤，必然是怀秀所为。

他忽然想起了先前孟大哥进载沁卧室绑架载沁的时候，他们看到载沁在给一个女子用蒲扇扇风。当时他见了这情形，还在心里诧异了一番：载沁显然极宠爱这个女子。

如今看来，这个女子十有八九便是自己的亲妹子——盛怀秀。

"怀新兄，如今我与怀秀之间已经是既成事实了，希望你和家人能够接受，千万别责怪怀秀……总之，千错万错都是我载沁一个人的错，是我喜欢她，缠着她不放的……"

事情怎么会这样的?！自己的死对头爱上了自己的亲妹子，如今对自己低声下气，百般讨好。茶馆里头的说书先生也说不出这么"精彩"的故事。

盛怀新静默半响，开口道："载沁，你今日约我来，想来已经做好了打算的。你说吧。你想怎么样？"

载沁道："我想要三书六礼八抬大轿地迎娶怀秀过门。"

"载沁，据我所知，你们是有满汉不通婚的祖宗遗训的。别的小门小户如今可以不遵守，但你们皇家子孙的婚事还是恪守这一条的。"

看来盛怀新是不同意。载沁也早就预料到盛怀新决计不会轻易同意的，所以极有耐心地道："那都是二百八十多年前的遗训了，如今早已经不拘的了。再说了，我阿玛额娘素来宠我，他们一直想我娶妻生子。知道我如今有意中人，必定会应允的。"

盛怀新想了想，又道："据我所知，像载沁贝勒爷你的身份，可以同时娶几个福晋的。我家虽然不是富贵人家，但怀秀从小是被我们一家人捧在手心长大的。她性子骄纵，受不得这些个委屈的。不如……就这样算了！"

载沁道："我可以向怀新兄保证，此生可以只娶怀秀一人。"

盛怀新愣住了，一时间竟再找不到别的理由来拒绝。

载沁道："怀新兄，如果你不反对的话，我不日就回京城禀报阿玛额娘此事，让他们遣媒人前来贵府提亲。"

盛怀新自然不想答应，他沉吟半响，使用了拖字诀："载沁，我知道怀秀如今就在这南湖别院，你让我见一下她，和她聊一下，再答复你，可以吗？"

载沁见有转圜余地，想着要趁热打铁将事情早些定下来，忙不迭地应下："可以，当然可以。请怀新兄稍等片刻。"

载沁走后，很快便又有人送来了新的热茶盏，撤走了原先的茶盏。

盛怀新因为前头激昂陈词，口干舌燥，便端起来，一口气饮了半盏。

载沁扶着盛怀秀跨进了门口。

盛怀秀怯生生地唤了一声"大哥"。

载沁柔声对盛怀秀道："Eileen，你跟你大哥两个人好好谈谈。"说罢，载沁出了门，并为他们兄妹两人关了门。

同一日的清晨，盛家门口的带刀官差撤走了。

官府将原先查抄去的登记造册的物件送了回来。虽然七七八八都被调了包，值钱的换成了不值钱的。至于没有登记造册的，那自然是没有了的。但名义上好歹是归还了。

最后只剩下被邵家霸占的盛家盛锦记绸缎庄和机房未曾归还。

饶是如此，当盛老夫人得知盛家一家人被取消了通缉令，此后再不用颠沛流离地逃亡了，便高兴得不知如何是好。

盛家人和盛家的亲朋好友也是欢喜不尽。

这日，盛家所有遣散的仆人们得知了消息，都纷纷回来了。

事实上，大伙得知盛家人从牢里放出来，被关在盛家后，每天夜里都会偷偷摸摸地从墙外头挂下个篮子，送一些吃的用的进来。只是因着盛家人囚犯的身份，怕惹出事端，所以这事情做得隐秘，不让外人知晓。

如今在沈如锦的安排下，众人各归其位，各司其职。

才短短一日时间，盛家就井井有条了起来。

第 12 章　团　聚

　　盛怀新从载沁所在的南湖别院出来,便回了盛家,与沈如锦聊了南湖别院里头发生的事情。
　　"如锦,你可知载沁贝勒爷昨晚约我前去谈话了。"
　　沈如锦闻言,惊了惊:"载沁贝勒爷约你谈话?他为什么约你谈话?你应约了吗?"
　　盛怀新点点头:"我去了。"
　　沈如锦大惊失色,不由得捏着他的手臂仔仔细细地检查了起来。
　　盛怀新含笑反握住了她的手,道:"你放心,我没事,只是……"
　　"只是什么?怀新,你快说。不然我的心就七上八下的,悬在半空中……"
　　盛怀新不在的时候,沈如锦没法子,对内操持打理家里头的大小事情,对外经营一个缫丝厂,不得不独当一面。家里一群妇孺,老的老,小的小,如果她说怕,旁人不就更加惊惧不安了吗?所以每回她怎么害怕,都不敢表露半分。
　　然,每每只要盛怀新在,沈如锦便觉得有了依靠,自动地恢复到小女子的状态。
　　"只是有件事情说起来真是……"盛怀新一时词穷,不知道怎么形容怀秀和载沁之事。最后,他道,"如锦,你可知道,怀秀在上海遇到了谁吗?"
　　任谁也不会把盛怀秀往载沁贝勒爷那头想,所以,沈如锦也没有。
　　"遇到谁了?是遇到了朱玉堃大夫的女儿宜慧了吗?"
　　"不是遇见宜慧这件事情。是……"盛怀新摇头,长叹了一声,道,"载沁今晚叫我去,跟我说……他跟怀秀两情相悦,还互订了终身……他昨晚约我去便是要征求我的同意,遣人来我们盛家说媒提亲……"

沈如锦如遭雷击："怀新，你在说什么?！这怎么可能呢?！怀秀好好地在上海的中西女塾念书呢，怎么可能会认识那个载沁贝勒爷的?！他肯定是在诓你！"

"如锦，这件事情我比你更希望是假的，可确实是真的……怀秀就在嘉兴。我在载沁的南湖别院见到她了……"

沈如锦又是一惊愕，道："怀秀在嘉兴……"

盛怀新便把今夜的事情一五一十地告诉了沈如锦，孟余亭大哥是怎么挟持载沁的，载沁又是怎么跟孟余亭大哥说的，最后他是怎么见的载沁，怎么与载沁聊的。

"我与载沁交谈了一番，想到你跟我说的那些个吃食，还有那两壶冰镇酸梅汤，推测出了怀秀就在南湖别院。我便跟载沁说我要见怀秀。之后，我与怀秀聊了许久。"

…………

载沁出去后，盛怀新便追问妹子盛怀秀："怀秀，你告诉大哥，你是怎么跟载沁在一起的？你是不是被他威胁了？还是他强迫你了？你快老老实实地告诉大哥。"

盛怀秀满脸红晕地低下了头。她轻轻地摇了一下头，道："没有。载沁他对我很好，从来没有威胁我。"

"那你怎么会跟他在一起的？"

"我那时候不知道卡尔便是载沁。他也不知道Eileen是盛怀秀，是他认识的革命党人盛怀新的妹妹……我得知载沁真实身份后，几次三番地想躲开他。这一次，好不容易通过宜慧姐的帮忙，从医院乔装打扮后逃走了，躲开了他……哪知道才躲开了没多久，宜慧姐便接到了朱大夫从嘉兴打过来的电报，说盛家人都被载沁他捉到了，下了大牢……我吓坏了，怕家里头的人出事，便急匆匆地跟着宜慧姐回了嘉兴……载沁他……他也是因此才知道我的真名叫作盛怀秀的……

"大哥，我真的是不知他真实身份……我真的不是故意的……大哥，你别骂我……"

盛家人丁单薄，在三叔的孩子怀敏妹妹出生前，盛怀秀曾是他们这一代里头唯一的女孩子，打小便深受盛家上上下下的宠爱，就算是包藏祸心的二叔盛斯良和二婶盛金氏当年也是对她不错的。怀秀虽然得了家里头宠爱，可却乖巧听话，从不让家里人多操心。自打盛家被抄家通缉后，她更是懂事得叫人心疼。

盛怀新自然相信妹子怀秀说的话。

怪不得盛家人会在深夜从牢里放出来，回到了盛家老宅。官差们还提前里里外外地将盛家屋子打扫了一番。而后又送来吃的穿的用的，盛家人除了不能出门外，在家里头行动是自由的。朱大夫和宜慧也可以在盛家自由出入。

从前所有的一切不解之处，此时此刻都豁然开朗了起来。

"怀秀，载沁说你已经与他互订了终身，他要来我们家提亲。这事情可有征得你的同意？"

盛怀秀不说话。

可这样的不回答其实就是一种回答。

看来怀秀跟载沁之间……确实是彼此喜欢。

这真是一笔天大的糊涂账！

盛怀新实在是想不通他和端亲王府、载沁之间的纠葛怎么会发展到这地步的。

…………

沈如锦听到这里，便问盛怀新道："那你是怎么回答载沁的？"

"怀秀都这般说了，我这个大哥还能说什么？可我也不能随随便便答应。最后跟载沁说，这件事情我也做不了主，要回来禀报娘，让她老人家决断……如锦，你说这件事情要怎么处理？"

沈如锦沉吟了一番，道："虽然怀秀说了不是载沁胁迫她的，但并不表示这事情没有别的隐情……我想等怀秀回来，再好好问她一下……"

"如锦，我们须得沙盘推演一下，把可能的情况都分析一下，然后再一一做出应对。"

"好。"

"其实不外乎两种情况。第一种，怀秀是被胁迫的。倘若是这种情况的话，我们便决计不能答应。但如此一来，我们一家人便又要有牢狱之灾了。那么我们须得要计划好，比如要想办法把娘和孩子们救出去。他们是受不住牢狱里头的折磨的……

"第二种，怀秀真的与载沁互相喜欢。如此的话，我们是不能阻止的。只能把事情告诉娘，让娘做主。"

沈如锦也觉得有理。

盛怀新想了想，忧心忡忡地补了一句："如锦，我有种感觉……觉得怀秀是真的喜欢那个载沁的……可我到底是个男人，心思不及你们女人细腻。晚上怀秀来的时候，你再好好地观察观察她……"

…………

所以，沈如锦便留了心思，准备今晚要好好观察一番的。

在大门口，沈如锦便看见了载沁小心翼翼地扶着怀秀进来，两人眸光对视的时候那温柔缱绻的眼神，让沈如锦心里头当即"咯噔"了一下。

沈如锦面色如常地招呼他们来到了厅里用热茶和吃食。

之后，她让载沁稍坐片刻，说和怀秀有事情聊，把怀秀带去了自己的屋子。

载沁的目光一直追随着怀秀，叮嘱道："你仔细脚下。"

盛怀秀低声应了一个"好"字。

两人之间就这简简单单几个字的对话，可里头却是说不尽的情意绵绵。

沈如锦知自己已不用再试探了。

两人在沈如锦的屋子坐下后，盛怀秀问了娘亲盛夫人的情况，姑嫂两人才说了不过寥寥数句话，她的胸口便又难受了起来。

盛怀秀本是想忍住的，她不想叫大嫂知道她怀孕之事。

可是这孕妇的孕吐哪里是想忍就能忍得住的。

下一瞬，她便起身，快步来到了窗口，把头探了出去，呕吐了起来。

沈如锦是过来人，到了此刻，哪里还会不明白呢？怀秀这是怀孕了。

沈如锦怔了怔后，上前轻轻地抚着怀秀单薄的背脊给她一遍一遍地顺气。待她呕吐完，扶着她坐下，给她倒了一杯温水："来，漱漱口。"

盛怀秀红着脸，接过杯子："谢谢大嫂。"

"怀秀，大嫂嫁到盛家后，你大哥一直在外头闹革命。你见大嫂孤孤单单的，每天学堂一放学便过来陪我说话，还经常给大嫂带街上的好吃的。这些年来，大嫂自觉跟你比亲姐妹还要亲。如今大嫂想问你几句话，你老老实实地告诉大嫂,好不好?"

"大嫂,你问。"

"怀秀,你真的喜欢载沁?"

盛怀秀只觉得自己的脸火辣辣的,但她还是很认真地点了点头:"是。"

"他也喜欢你?"

盛怀秀蚊蝇似的"嗯"了一声。

"怀秀,你想跟载沁成亲吗?"

"大嫂,我说实话,你不许笑话我。"

"怀秀,你知道的,大嫂向来疼你都来不及,怎么会笑话你呢。你尽管说。"

盛怀秀低垂头,轻声道:"在不知道载沁的真实身份前,我是很想跟他成亲的……后来知道载沁的真实身份后,我想着他对我们家做的种种事情,便想逃开他,离他远远的,此生再不要见他了……可是离开他的时候,我又总是禁不住会想他……大嫂,我曾经有机会不要这个孩子的。可是……我……我不舍得……如今你让我说实话,我便跟你说实话,我想跟载沁成亲的。可是娘和大哥那里……还有大哥与他之间那么多的事情……大嫂,我……我不知道要怎么办……"

沈如锦拉着盛怀秀的手:"怀秀,你愿意把这一番心里话都告诉了大嫂,大嫂很高兴。既然你是真心喜欢他,你们是彼此钟情于对方的,大嫂便不反对你们的亲事。娘和你大哥这里,大嫂会如实地把你的话转告给他们的。至于你大哥和载沁之间的恩怨,那是他们男人之间的事,是家国情仇,咱们女人就不参与。可是怀秀,你必须想清楚了,你跟载沁在一起,日后的这一条路,不好走啊。"

"大嫂,我知道。可是就算难走,我还是想跟载沁一起走。也只想跟他走这一条路。可是大嫂,卞家那里……"

沈如锦微微一笑:"卞家那里你尽管放心,卞家早已经将当年两家订下的婚书退到了当年保媒做媒的朱玉堃大夫家里,如今明面上还未另聘他人,但也已经表明他们的态度了。上回在上海的时候,大嫂不知情,是最近这几日朱玉堃大夫来家里头给娘诊脉,大嫂才知晓此事的……

"这如今都不兴指腹为婚、父母之命、媒妁之言这一套了。再说了,难道只兴男方跟女方退婚,就不兴女方跟男方退婚吗?卞家都退回婚书了,如今若是我们盛家开口提出退婚的话,卞家想必是求之不得,也正好可以帮他们卞家洗去落井下石的恶名……"

另一厢,邵家的邵明恩接到嘉兴知府李大人的命令,让他把盛家的盛锦记绸缎庄和机房返还给盛家,当年盛家绸缎庄和机房的所有货以及账面货款等总共折算成现银十万两还给盛家,顿时便如晴天霹雳一般。

"什么?!让我把绸缎庄和机房还给盛家?!还要我付十万两银子给他们?!"

如今邵家在上海的大伦银行日进斗金,邵明恩并不是缺这十万两银子。

可这吃进去的东西,要吐出来,总是叫人不甘心的。

邵明恩当然不想归还。

他对李知府的命令好奇不解,不知盛家这是攀上了朝中的哪位人物,竟然敢与端亲王府作对,违抗载沁贝勒爷的命令。

邵明恩再三追问。李知府与他来往多年,私下里收了邵明恩不少的孝敬,便偷偷地告诉了他说自己是奉了载沁贝勒爷之命行事,至于盛家到底攀上了朝中哪棵大树,他实在是不知。

邵明恩简直不敢相信自己所听到的:"李大人,这不能吧?!载沁贝勒爷和那盛家可是有不少仇怨的,贝勒爷他没有理由这么做啊?!"

李知府:"明恩兄,此事千真万确。本府只是奉命办事。明恩兄,你千万莫怪啊。"

邵明恩内里头纳闷,但面上一直按捺着,使着眼色让花娘们招呼李知府喝酒。

这一喝,李知府又喝高了,凑到邵明恩身畔道:"明恩兄,还有一事……"

"李大人,还有何事?您尽管说。"

"听说……别院里头……有个女子……日夜陪伴在载沁贝勒爷身畔……载沁贝勒爷对她宠幸……宠爱得很……"

"李大人可知那女子是谁?"邵明恩知道李知府和自己一样,为了紧紧地抱牢载沁贝勒爷和端亲王府的大腿,打过不少要往载沁贝勒爷身边送人的念头,且也送过几回,但每次都是被原封不动地退回来。如今邵明恩听到这个消息，很是惊愕的。

李知府摇头表示不知，大着舌头道："除了……除了贝勒爷带来的亲信……旁人根本近不得她……她的身边……想要打听她的身份也无从……无从打听起……"

邵明恩沉吟了起来。

第二日，邵明恩派人去南湖别院送上了请帖，说三日后在邵家的游船上宴请载沁贝勒爷，请贝勒爷赏脸参加。

邵明恩这一回宴请有两个目的：一个是想要跟载沁贝勒爷求情，不想赔盛家那十万两银子；第二个目的，便是"醉翁之意不在酒"，想要把妹子邵明芬送到载沁身边。

李大均把请帖捧给了主子载沁。

载沁扫了一眼，随手搁在了桌上："就说我允了吧。"

盛家。

沈如锦把昨夜的情况一一告诉了盛怀新。

到了这个地步，盛怀新还能说什么呢？

他背着手在屋子里来回踱步。

沈如锦见状便知道他内心深处并不同意。可怀秀是他最疼爱的妹子……

"娘这边由我去说。只是……这日后，你跟载沁两个人可怎么办？"

盛怀新叹道："如今只能走一步算一步，见招拆招了。"

"今日傍晚，载沁和怀秀还要过来。到时候，你要不要见一面？"

"好。"

当夜，盛怀新和载沁的见面是这样的。

载沁进了盛家后，沈如锦命穗儿沏了热茶，让盛怀新招呼载沁，自己则带了怀秀去了盛夫人的屋子，把偌大的客厅留给了盛怀新和载沁两人。

盛怀秀有些担心，跨出了厅门，依旧频频回头。

沈如锦含笑道："既然两家要结亲，就算不是今日，这一关也总是要迈过去的。"

"咱们让他们去吧。这么大的人了，难道会打起来不成？再说了，就算是打起来了，你我也只当作没看到，让他们打个够，打到尽兴为止。"

盛怀秀听了这话，心头的紧张之情顿时消去了不少。

盛怀新见如锦和妹子怀秀走后，便不客气地开口了："载沁，我警告你，日后可不许对怀秀不好，否则我盛怀新肯定不会放过你的。"

载沁人生中少有如此吃瘪的时候，然，他是满脸笑容，心甘如饴地吃瘪的。

"怀新兄，我会对怀秀好的。"

"载沁，你记住了，你答应过我，只娶怀秀一位夫人，可别到时候说话不算话。"

"君子一诺，五岳为轻。"

"还有……我问你，日后你我为敌，你可会迁怒于怀秀？"

"怀新兄，此事我已经与怀秀交谈过了，你我各有理想和奋斗目标，倘若有朝一日，你落入我的手中，我必定按照大清国法和律例处置你。而我载沁若是落入你们手中，要杀要剐，也悉听尊便。我对怀秀说过，倘若真到如此地步，无论是我处置了你，还是你处置了我，她都不许怪罪我们其中的任何一人。"

盛怀新没想到载沁和怀秀竟然会谈论如此深入的话题，不由得长叹了一声：

"这个傻丫头……"

至此，盛怀新是真的信了，怀秀是真心喜欢载沁这个人的。

"我亦答应了怀秀，以后怀新兄犯罪，决不会牵连盛家其他人，只缉拿怀新兄一人。但怀新兄方面，可否答应我一件事情？"

盛怀新道："你先说说看。"

"假如怀新兄遇到要刺杀我阿玛、我家人或者我的情况……希望怀新兄可以尽量不接受这些任务……毕竟这也是为了怀秀着想！"

盛怀新道："恐怕我不能答应你。因为我一切行动都是听会里安排的。会里需要我去哪里，我便去哪里。会里安排我做什么，我便做什么。"

载沁听了，也不再多言了。

这一来，两人便无话可说了。

整个盛家大厅霎时安静了下来。

盛怀秀与娘亲盛老夫人相见，一时间彼此喜极而泣。而后在沈如锦的劝说下，两人收了泪，坐下来说话。

盛老夫人拉着女儿盛怀秀的手，兴致极好地一再询问盛怀秀在上海中西女塾念书的事情。盛怀秀就把学校的事情一一告知了她。

母女两人说了许久的话，盛老夫人疲乏了，盛怀秀扶着她睡下。

盛老夫人这一回被捕后在大牢里头担惊受怕了一番，如今见了女儿，捉着她的手方肯睡去。

盛怀秀被娘亲盛老夫人留在了家里头。

载沁纵然有千般不舍，亦无可奈何。

盛家经历了一番颠沛流离、牢狱之灾后，终于得以全家团聚，自是日日都欢喜热闹。

然，这份热闹也仅仅持续了短短三日而已。

三日后，盛怀新便又跟娘磕头告别了。

盛老夫人知道儿子每一次离开都可能是最后一次见面，自是难过不舍。但她知道儿子盛怀新所做的事情是为国为民，加上这数年来经历多了，远比一般母亲坚强。

盛老夫人强忍着泪水，闭上眼，摆手道："去吧。"

"儿子走了。请娘好好保重身体。"

这一番离开后，盛怀新又是毫无音信，把盛家的这一副重担再度扔给了沈如锦。

沈如锦对内料理盛家一家老小的生活，对外跟官府讨要被邵明恩侵占去了的盛家祖上传下来的绸缎庄和机房，另一厢又打算在机房附近再买一块地，将新锦记缲丝厂迁来嘉兴，忙得不可开交。当然，这是后话，这里暂且不提。

相对于盛家的热热闹闹，南湖别院那里便显得冷冷清清凄凄惨惨。

这一日清早，载沁便无缘无故地发了一场火。

众侍卫都知道是因为主子载沁见不着 Eileen 小姐的缘故，心里头不快，所以拿他们当出气筒。

众人在当值的时候都万分乖觉，尽量地不出现在载沁面前。

同一日夜里，得知盛怀新已经离开盛家了，"独守空闺"的孤家寡人载沁实在是忍不住了，便带了两个侍从，做了"登徒子"，翻墙进了盛家去看盛怀秀。

盛怀秀听见屋外有人敲门，以为是大嫂沈如锦来了。一打开门，瞧见竟是载沁，她惊讶："你怎么来了？"

"你都在家住了好几晚了……我想你了……"

盛怀秀闻言，一张俏脸便红透了。

载沁握着她的手，一进跨门便迫不及待地问："你什么时候回别院？"

盛怀秀不说话。如今她回了家里，如何再能去南湖别院呢？

载沁怏怏不快了起来："过几日，我便要去杭州了……你就不能再多陪陪我？"

"如今出门都要告知一下娘和大嫂……"

"那就告知一声，明日我想带你去湖上泛舟……"

载沁见盛怀秀不肯应，知道自己要再加把劲，遂温言软语地道："我这去了杭州，怎么也得要一个礼拜或者半个月才能来嘉兴见你……就这样说定了，明日我们去游湖。"

正在此时，忽然响起了两声猫叫。

载沁道："有人来了。"

显然这猫叫是载沁的侍卫发出来的声音。盛怀秀一惊的同时，又是害羞了起来。她推着载沁："你去后面的小间里头躲躲。"

院子里随之响起了脚步声和穗儿熟悉的声音："怀秀小姐……"

"为什么要躲？不过是你们家的一个丫头而已。再说了，你家人都同意我们的婚事了。我们是未婚夫妻，光明正大的……有什么好躲的……"

"怀秀小姐，您晚饭都没怎么进食，我家小姐怕您半夜饿了会伤胃，所以方才下厨做了份凉拌面，吩咐我给您送过来……"

盛怀秀面皮薄，怕被穗儿撞见载沁在她屋里，推着载沁往后头的小间里头去："你快进去躲躲……"

载沁只能叹了口气，依了她。跨进小间前，他凑过去迅速在她脸上落下了一吻："亲一下算是补偿我的。"

盛怀秀摸着被载沁亲吻过的滚烫如沸的脸，不觉呆住了。

穗儿在外头敲门："怀秀小姐……怀秀小姐……"

"来了。"

"我家小姐见今晚您都没怎么动筷子,知道您如今不喜欢荤腥,所以亲自下厨做了一碗黄瓜鸡丝凉拌面让我送过来……"

"谢谢穗儿姐姐,劳烦你特地跑一趟送过来……"

穗儿虽然是大嫂沈如锦的陪嫁丫头,可这几年来忠心耿耿地陪着盛家一家老小四处逃亡,几经生死。盛家上下早已经把她当家人看待了。盛老夫人更是定了日子要认穗儿做干闺女,所以盛怀秀也以姐姐相称了。

碧油油的黄瓜丝和白嫩嫩的鸡丝,淋了芝麻香油和糖、醋等各种作料,最上头还撒了芝麻粒,瞧着清爽可口,诱人得很,盛怀秀一时觉得腹中饥鸣如鼓。

"穗儿姐姐,你帮我谢谢大嫂。"

"好,怀秀小姐您慢用,我去忙了。"穗儿告退了出去。

"穗儿姐姐慢走。"

待穗儿一走,载沁从小间里头出来,看了沈如锦做的凉拌面,不觉赞道:"你大嫂手艺真不错。这清清爽爽的,叫人看着也有食欲。"

"我大嫂又贤惠又能干,做什么都很棒……简直无所不能……"

载沁最近了解到了盛家大少奶奶沈如锦在盛怀秀的爹盛斯年去世后撑起一个盛家,在逃难中亦是,甚至还在逃难中女扮男装办了一个缫丝厂,生产出了一种品质极佳的生丝,出口英、德等国,供不应求,赚得盆满钵满,盛怀秀也因此方能去上海的中西女塾念书,对沈如锦甚为钦佩敬重。

如今听了盛怀秀的话,他亦赞道:"你大嫂是个奇女子,巾帼不让须眉。"

盛怀秀道:"我大嫂是我最为敬佩的人。我们盛家如果没有我大嫂的话,如今不知落到什么田地了。"

载沁不敢接这话。毕竟他是始作俑者之一,心虚得很。

他见屋内有一桶凉井水,便上前盛了一勺,倒在架子上的铜脸盆里头,端过来让怀秀洗了手,而后自己也洗了洗。

他拿起碗筷,喂怀秀吃面。

盛怀秀轻声道:"我自己来。"

载沁道:"我喜欢喂你。"

盛怀秀与他对视微笑，就着他筷子递过来的面条，吃了一小口。这一入口，酸爽可口，一时间食欲大动。

盛怀秀一口又一口，吃了半碗："我饱了。"

载沁知道她食量小，剩下的便自己用了。他尝了一口后，再度赞道："这鸡丝凉面爽口美味，比我从前吃过的那些味道都更胜一筹。"

盛怀秀闻言，微笑道："那是自然。我如锦大嫂能干得紧，做什么都是最棒的。"

"Eileen，你也一样棒。"

两人压低声音说话，不知不觉夜色更深沉了。载沁端了水，让盛怀秀梳洗了一番。

等一切都弄妥当了，载沁并没有半点想离开的意思。

盛怀秀伸着懒腰，打着哈欠道："这都二更一刻了……"

载沁握着她的手微笑："Eileen，你想赶我走是不是？"

盛怀秀确实是这个意思，毕竟她怕被家人撞见载沁。那可真是要羞死人了。但照实说又怕伤了载沁的心，便违心地道："没有。"

载沁今夜本就不打算回别院的，于是打蛇随棍上，道："没有就好。没有那我今晚就留下来了……"

盛怀秀一呆："我不是这个意思……"

载沁使出无赖劲，准备软磨硬泡："Eileen，你就让我留下来休息一晚。这样子啊，我答应你天亮前一定离开……"

盛怀秀红着脸："不成，你不能住在这里。"

载沁："那我退一步，我五更一定回去。"

"不行。"

"那我再退一步，最后一步，已经退得不能再退了啊。四更。四更我一定回去。"

"不成。"

"Eileen，你这也不肯答应，那也不肯答应……那我不回去了。明天早上一起去见大嫂好了。反正你大哥大嫂都同意咱们的婚事了……"

若是被大嫂沈如锦知道载沁夜宿在盛家，住在她屋子里，那她还不如一头晕过去算了。

然，盛怀秀知道载沁的性子，今晚无论如何是不会走的了，她又不能喊人把事情闹大了。盛怀秀拿他也无法子，气得转过身，不肯理睬他。

载沁识相地不再去招惹盛怀秀，便好整以暇地踱步打量怀秀的闺房。

房间的布置简单得很，只有一旁的书架上搁了盛怀秀的不少旧书。

大约是因为盛家被查抄，除了不值钱的书籍，旁的都不见了。但抄家这个罪魁祸首是自己，载沁不好提这一茬，否则自己估摸着会被盛怀秀打出门去，吃不了兜着走。

载沁打量了屋子一圈后，上前拿起了一柄蒲扇给盛怀秀扇凉风。他一边扇一边伏低做小地道："你看，有个免费的仆人不是？也不用自己动手，徐徐清风自来……"

说了好一会儿的话，载沁见盛怀秀还是不肯理睬他，只好委屈巴巴地控诉她："你这都在家里住了三晚了……我今晚若是不来寻你，估摸着等我回杭州前，都见不着你一面。你把我一个人孤零零地扔在别院里头……也不想想我多孤单寂寞……"

盛怀秀听了不觉又好气又好笑：这么多随身的侍从，哪来的孤单寂寞一说？

"自打你来南湖别院到如今，我们才在一起短短数日而已……我这要是去了杭州，若是有事耽搁的话，一个月都有可能……你就不想多见见我吗？"

盛怀秀听了载沁这样温柔款款的话，自然是不能再硬起心肠不理睬他了："我不热了。你自个儿扇吧。"

载沁一听这话便知盛怀秀消气了，开始心疼自己了。

"这几日呕吐好些了吗？"

"早上总是吐个不停……"

载沁伸手去抚摸她的腹部："小子，你可不能这样折腾你娘。我告诉你，差不多得了，要懂得见好就收啊。要是你再这样一直折腾，等你出来，你阿玛我天天揍你的屁股……"

盛怀秀不觉莞尔："哪里有你这样子的爹。"

"他不乖我就揍。儿子是要打的，有道是棍棒底下出孝子。

"还有，我们得先说好了，等他生下来，你可不能太宠，慈母多败儿。这事情可真多了去了……

"我以前在德国留学的时候，发觉这洋人的家里头跟我们大清是很不一样。这洋人吧，觉得孩子们有孩子们的世界，等到孩子们长大后，做爹娘的就不会去多管孩子们的事情了。可是咱们大清不一样，这孩子生出来，哪怕到了九十九岁，也还是得管……我以后可不会这样，这样太亏了……等我们的孩子一长大，到时候我们大清也强盛了起来，再不用看洋人的脸色了，我就带着你坐大轮船去环游世界……我先带你去德国，我带你去看我曾经念过的军校和住过的地方，然后我们坐着火车去法国，去逛逛法国巴黎和里昂，再穿过英吉利海峡去英国，去看雾都伦敦……之后再返回巴黎，坐东方列车，从巴黎到君士坦丁堡……然后我们再去沙俄看看，最后去美国，还要去埃及看金字塔和尼罗河……大清外头的世界很大很大……Eileen，我都想和你一起去瞧瞧……我们一起去全世界……"

"好。"

两人彼此凝视，在彼此漆黑的瞳仁里看见自己的倒影，忽然便觉得天地都仿佛静止了下来。

屋里燃了一根蜡烛，此时只听"嗞"的一声熄灭了。

屋里头顿时陷入了一片漆黑之中。

第二日一大早，天边才露出鱼肚白，在盛怀秀答应了今日跟他游湖后，载沁被盛怀秀赶了出来，翻墙出了盛家。

载沁回了府，梳洗了一番，进了早膳，换了件衣服，便来盛家，眼巴巴地等着接盛怀秀去游湖。

船只缓缓行着，河岸两边的屋子树木投影于水中，随着清澈的波浪载浮载沉。不多时，船只便沿着四通八达的河道来到了南湖里。

湖里的荷花花期虽然已近尾声，但依然有不少盛放或欲放的荷花。

一眼望去，晴空如碧，接天莲叶，无边无际。偶有船只在叶间穿梭，余波荡漾，惊起荷叶间停留着的鸟儿，拍打着翅膀"扑棱""扑棱"地飞远了。

此等美景，加上又有彼此陪伴，真叫人有一番"不知今夕是何夕"之感。

载沁有些后悔答应去赴邵明恩的宴了。

午时，载沁陪着盛怀秀用了饭。

"你不是一直说困吗？你好好在船上休息。我等下有事情要去应付一下，很快就过来陪你。"

盛怀秀不知载沁要去见的是盛家的死对头邵明恩，她怀孕嗜睡，用了饭后，便在后舱的房间沉沉睡了过去。

载沁的船与邵明恩的船在湖中交汇，他踩着船踏板去了邵家的游船上头。

邵明恩与李知府早已经候着多时了，此时正候在船头相迎。

邵家的游船停靠在湖中央，觥筹交错、丝竹管弦之声不绝于耳。宴席上，邵明恩和李知府一再向载沁敬酒，载沁素来并不好这杯中之物，只喜欢偶尔小酌怡情而已，所以饮了数杯便搁下了瓷杯。

邵明恩见状，便又提议到船头赏湖景。

他趁着载沁和知府李大人出去欣赏风景，从袖兜里掏出一个小油纸包，暗中给载沁的杯子的酒里头加了点药粉，摇匀之后，方才出去作陪。

载沁惦记着盛怀秀，便推说醉了，由侍卫扶着回了自个儿的游船休息。

载沁刚坐下，一旁侍候的人端上了醒酒汤。

李大均屏退了左右侍候的人，指着湖边的一栋房子，道："主子，邵老板说难得见着主子如此喜欢这个湖的风景。他在湖边有栋房子，这是那房子的房契和地契。请主子笑纳。

"另外，他还让小的带主子去房子小憩片刻。"

说到这里，李大均又对载沁耳语了一番，说方才看见邵明恩在主子的酒杯里头加了点东西，估摸着是助兴的药物。他乘人不备，偷偷把主子的酒杯换给李知府了。

如此看来，邵明恩必然在那房子里备好了美女。

李大均还说邵明恩方才临走的时候塞给他一锭金子，说请他在主子面前多多美言几句，让主子将盛家那十万两银子的事情给揭过了。

那是邵明恩和李知府对盛家和主子的纠葛不知底细的缘故，才会打这一个主意。李大均觉着好笑，但面上不露声色。

李大均将金子搁在了桌上："主子，这是邵老板贿赂小的的金子。"

载沁赞了一句李大均办得好，对李大均道："既然如此，不如就成了邵老板之美吧，你把邵老板的这番话转给知府李大人吧。就说李大人这一番辛苦了，邵老板说在湖边的那栋房子里头给他准备了份礼物，请他笑纳。至于这锭金子，就赏给你了。"

"谢主子的赏。"李大均双袖一甩，单膝跪地谢恩。

载沁并不知邵明恩那湖边房子里的人是邵明恩的妹子邵明芬。

李知府喝了那杯加了料的酒，进了湖边的房子里刚躺下休息，药性就开始发作了。

忽然之间，听见门"吱呀"一声被推开了，一个剪了齐耳短发的女学生端了热茶盏进来。

李知府愣了一愣后，兴奋之情溢于言表，上前一把搂抱住了邵明芬，迭声唤着"美人"。

那邵明芬一见屋里的人竟然不是俊美的载沁贝勒爷，而是一个腆着肚子、发须皆灰白的糟老头子，吓得大惊失色，茶盏随之"啪"的一声打碎在地。

她拼命挣扎了起来："你是谁？你放开我……"

内院传出了一阵又一阵凄厉的"救命"之声，李知府带来的人都候在外头，谁也不敢进去打扰李知府的兴致。

邵明芬叫天天不应，叫地地不灵，被李知府玷污了。

邵明恩原本期望她能怀上载沁贝勒爷的孩子，一朝飞上枝头变凤凰。可如今偷鸡不成，反而大大地蚀了一把米。

邵明恩不好声张，只能暗自吞下了这个苦果。

而那李知府得了好处不仅不帮忙办事，还帮着盛家催着他付那十万两银子："明恩兄，盛家那边日日来官衙催那十万两银子，上午来一回，下午来一回，摆明了明恩兄不付钱，他们就不会善罢甘休之态。明恩兄，如今这盛家也不知背靠着哪棵大树，连载沁贝勒爷都不得不买账，可见是不好惹啊。你还是早些归还的归还，付清的付清吧。"

邵明恩只能再三道："麻烦李知府拖延一些时日。"

邵明恩想使用拖字诀。毕竟官场上的事情，拖着拖着就不了了之的多了去了。

李知府也不知那齐耳短发的女学生便是邵家千金邵明芬。他食髓知味，便借此机会跟邵明恩讨要这个新式美人，说他从未遇到过滋味这般难忘的美人。说什么到底是上过洋学堂的女学生，不一般，他想讨去府里侍候。

邵明恩火冒三丈，可又拿李知府无可奈何，还得找借口推托，最后只能去妓院买了个雏妓送去给了李知府方才了了这桩事情。

谁知这雏妓送过去才两日,官府衙门就下了令,命邵家三日内归还盛家所有东西,不仅是绸缎庄和机房,还必须付清那十万两银子,否则官府会没收邵家的资产折算成银两赔偿盛家。

李知府白日下令,晚上便做东宴请了邵明恩,一再说这命令是载沁贝勒爷下的,他也是不得不奉命行事而已。

邵明恩不甘心就这么乖乖地归还盛家的机房和绸缎庄,但是又不能不遵命行事。

"明恩兄莫急。"李知府皮笑肉不笑地凑了过来,在邵明恩耳边说了一条毒计,"如今这情况,不归还是不行的。但是……"

李大均等人守在盛怀秀的院落四周。

四更天的时候,在屋顶上负责守卫的一个侍卫发出了暗号,呼叫李大均。

这后半夜,李大均也是眼皮打架,困倦不已,听得暗号,登时一凛。李大均跃上了墙头。

那侍卫指着远处,压低了声音,道:"头,你看那边好像是着火了,有亮光……"

李大均忙定睛细看,果然在盛家东北方位有亮光,且越来越亮了……

"这火势有些不对头。一下子便这么大范围地烧了起来,像是被淋了油似的……"

…………

不多时,便听到有人大声疾呼,吵嚷了起来。

夜深人静,饶是隔了极远的距离,也隐约听到"走水了""着火了""快来救火"之类的声音。

不久后,整个嘉兴城响起了一阵十分急促的节奏鸣锣。

应该是通知水会和水会成员救火。

如此一来,全城几乎都被这声音吵醒了过来。盛家也不例外。

盛怀秀道:"是水会的锣鼓声,是有地方着火了……"

载沁道:"着火也与咱们无关……你继续睡……别管这些个杂七杂八的事情。"

这时，有人提了灯笼快跑着穿过小巷，一路来到了盛家敲门："大少奶奶，大少奶奶……咱们盛家的绸缎庄和机房着火了……"

那人扯着嗓子大喊大叫，盛家人顿时便都被闹了起来。

李大均和侍卫对视了一眼，面面相觑了起来：着火的竟然是盛家的地方。

盛怀秀也急了，准备下床着衣，出去看看情况。

载沁拦着她："你别急，急也是无用。你如今这样子也帮不上忙……"

盛怀秀焦心如焚："不行，我不能在这里干着急。我起来去看看娘和大嫂。"

"我陪你去。"

"不成。被大嫂看到咱们……咱们……你……你快回去……"

载沁拽住了她的手，不许她独自出门："你一个人不能乱走。这三更半夜黑漆漆的一片，你若是脚下绊一下，跌一跤怎么办？你如今的情况去了也是添乱，也不能帮你大嫂的半点忙。"

"我就去看看大嫂而已。"

"反正我不准你去。你这一去不仅帮不上半点忙，还给你大嫂添乱呢……"

"你……"

"Eileen，你就算生我气，我也是不准。你这若是有个什么，那可如何是好？"

"我会小心仔细的，会注意脚下的。"

"屋外漆黑一团，什么都看不见，你脚上又不长眼睛，到时候跌了碰了就来不及了……"

此时，沈如锦已经带了盛家的一群仆人去了绸缎庄和机房。这都还未到，远远便看到火光冲天，将城东北一带照得亮如白昼。

水会的人员早已经闻讯赶来救火了，正忙着用水铳和水机等救火……

绸缎庄和机房外头也聚满了人，大伙手忙脚乱地用木盆、水桶等在河道里装了水，一盆盆地往着火的地方浇。

众人皆知这绸缎庄和机房不日就要归还给盛家了，如今见了盛家大少奶奶沈如锦带人前来，便纷纷让开了一条道，让沈如锦通过。

这场大火到了天蒙蒙亮的时候方才被扑灭。

盛老夫人在穗儿的搀扶下也来到了。

绸缎庄和机房都已经烧毁了。偌大的地方，如今只剩下了断壁颓垣。燃尽倒下的木头柱子不时发出"毕剥"之声。

四周全都是一股刺鼻的味道，仿佛无数的头发被烧焦了一般（真丝等绸缎面料火烧后的气味便是这样的）。

这可是盛家祖上吃了多少苦、受了多少累才攒下来，传下来的基业。盛老夫人见了，顿时老泪纵横："如锦啊……怎么会这样的？"

"好端端怎么会起火了的……"

绸缎庄和机房的所有东西都在火中付之一炬了。

这火是怎么起的？

怎么会一下子就燃成熊熊大火的呢？

事实上，嘉兴城的人都心知肚明。

然，官府调查后，很快"发现"盛家绸缎庄和机房发生火灾的前几日，邵家的邵明恩并不在嘉兴城，他因着大伦银行有事情要处理，所以去了上海办事，至今未归。

如此一来，官府得出的结论是：邵明恩并无任何嫌疑。

城中众人得知了这个消息，都是义愤填膺，愤愤不平："无耻之尤！"

"这机房要归还盛家了就无缘无故地起火了，真是此地无银三百两！"

"李知府和邵家的邵明恩本就是一丘之貉，一直狼狈为奸。"

李大均把这个调查结果禀报载沁的时候，载沁气笑了："你去把李知府给我唤来。"

李知府一听李大均手下的侍卫说，载沁贝勒爷要见他的时候，他便知道多半是为了那盛家绸缎庄和机房起火一事。

这些天来，李知府一直在揣摩载沁贝勒爷跟盛家到底是什么关系。他揣测不出，便只以为盛家也认识了朝中有实权的人物，所以载沁贝勒爷不得不顾忌对方的面子。

当年查抄盛家，邵明恩从官府手里买了盛家的绸缎庄和机房的时候，李知府可是拿了大好处。加上邵明恩这些年来的各种孝敬，还有这回放火本就是他出的主意……他自然要帮邵明恩将事情轻拿轻放的。

另外，这次的起火事件确实也没有任何证据指向邵家和邵明恩。他以为凭邵明恩和载沁贝勒爷的交情，这件事情应该会就此揭过了的。

可不承想，一进南湖别院，载沁贝勒爷端坐在椅子上，不紧不慢地饮着热茶，仿佛浑然没见跪下行礼的他。

载沁贝勒爷在大厅晾了他好半响后，方才问他道："李大人，关于盛家绸缎庄和机房失火之事……你当真调查清楚了？"

这鬼天气热得犹如蒸笼似的，李知府本就肥胖不耐热，身着官服来的这一路上早已经湿透了，如今听了载沁贝勒爷这不咸不淡地一问，也不知怎么地，这李知府光可鉴人的脑门上立时飙出了汗来。

李知府额头磕地："回贝勒爷的话，那绸缎庄和机房如今付之一炬，皆成了废墟，下官派了人再三查看，但均无线索。另外，这邵家的邵老板这几日确确实实在上海处理大伦银行的业务，并不在嘉兴城……

"贝勒爷，依下官之见，这次的失火应该只是个意外而已。下官会继续严加追查的，绝对不会放过一丝一毫的线索。"

"意外？"载沁重重地搁下手里的茶盏，冷哼了一声，"这盛家的绸缎庄和机房本贝勒已经命邵老板早日归还盛家。可也不知为什么，有人把本贝勒的命令当成了耳旁风，一拖再拖……若是邵家早些归还的话，便有可能不会发生此事。这次的失火，本贝勒不管到底是不是意外，你去跟邵老板说，再赔偿盛家十万两银子作为绸缎庄和机房的损失。"

李知府惊得失了声："十万两?!"

载沁冷哼了一声："怎么？李大人这是嫌少，是吗？嫌少的话，不如再赔偿二十万两吧！"

"不不不。下官不是这个意思。"

"你去跟邵老板说，这是我的命令，让他三日内给我办妥了！若是他邵老板贵人事忙，像上次那样拖来拖去的话，不如就直接把自家的绸缎庄和机房赔给盛家了事吧。若是再不够，这不还有上海的大伦银号（行）吗？"

这几句话已经极重了。李知府冷汗直淌："是是是。贝勒爷，下官这就去联系邵老板，命他三日内办妥此事。"

"去吧。"

"是。贝勒爷，下官告退了。"

载沁本是应该回杭州武备学堂的，可因着盛家绸缎庄和机房的那一场大火，他拦着不让盛怀秀出去，盛怀秀与他置气了起来，一连数日都不肯见他。

如此一来，载沁自然是不能回去。

不过，他也正好借此机会，敲打了李知府和邵明恩一番，让邵明恩乖乖地赔这一笔款子。

办妥了这件事情，载沁便来到了盛家，准备"邀功"。

"Eileen，你放心，起火的事情，不管李知府怎么查，查得怎么样，我也不管谁是凶手，我都已经命邵明恩赔你们一笔款子。"

"这事自然蹊跷，定与邵家脱不了干系。"她把盛家和邵家过往的恩怨一一告知了载沁，希望载沁与邵明恩尽量不要来往。

"好，我答应你，日后不再与邵明恩有任何往来。"

于载沁而言，想要白手套，那可是多了去了，并非只有邵明恩可选。既然盛家与邵家有世仇，载沁自然是弃如敝屣。

盛怀秀依旧不肯见他，载沁只得隔着门与她说话。

"Eileen，你别生我气了，好吗？那晚大火，我知道你担心你大嫂，所以想要出去。因为你是盛家的一分子，你也想为家里头出一份力。可我是怕你和孩子有意外才拦你的……你也要理解我。因为在我心里，什么事情都不及你和孩子重要……"

盛怀秀在屋子里听了载沁的这番话，心顿时软得不行了。

"Eileen，人生说长很长，说短又很短的。我们要好好的，好好地珍惜彼此，好好地对待彼此，不要随随便便地对彼此生气，把好好的光阴都浪费了，好不好？"

盛怀秀想着两个人之间的曲折和不容易，心里头又是酸涩又是甜蜜。

她打开门，轻轻地答了他一个"好"字。

杭州武备学堂。

载沁接连三日都在检查学堂的公务，又检阅了这段日子的操练情况。

这日上午，他准备去拜访堂姐夫张鲁扬。

他正准备上车，忽然见侍卫匆匆地跑了过来："主子，王爷从京城拍了紧急电报过来。"

载沁接过一瞧，只见上头寥寥数字，说京城有变，让他速回。急。

载沁顿时一凛，隐约猜到是什么事了。

如果真是那件事情的话，那真的是要变天了，事不宜迟，须得尽快赶去。可他在回北京城之前，怎么也得见一下怀秀的。

安安静静的午后，盛怀秀安安静静地缝着手里的衣衫，忽地听到有脚步声响起。

盛怀秀以为是穗儿或者大嫂沈如锦给她送东西过来了，便把针插在手里做的衣服上，揉着酸疼的脖子缓缓地抬起了头。

这一瞧，盛怀秀便惊住了，竟然是载沁来了。

怎么会?！他这才去了杭州四日而已。

盛怀秀尚在呆愣中，下一秒，载沁便跨步进来了："Eileen……"

盛怀秀从椅子上站起了身。她正缝制的衣服便轻轻地从她膝盖上滑落在地上。

载沁大步过来，一把将她拥入了怀中："Eileen。"

到了此时，盛怀秀方才回过神来，真的是载沁来了。

"不是说要礼拜天才回来？"

载沁不答，反问她道："孕吐还是很厉害吗？"

"嗯。"

载沁心疼了起来，摸着她的腹部："肚子里的这小子有没有闹腾你，让你吃不下，睡不着……"

"有。"

"等他出来了，我好好揍他一顿……"

盛怀秀不觉甜甜微笑："不许你揍。"

"不行。儿子不听话、不乖的话，一定要揍的。有道是棍棒底下出孝子。要是女儿的话，就用来宠。"

载沁这年纪，很多与他年龄相仿的宗室子弟早娶妻生子，儿女成群了。可他因着出洋留学，一直有雄心壮志，并不觉得不成亲有什么问题。他一个人还觉得自由自在，没人管着拘着才好呢。

载沁是遇到了盛怀秀才知道，以前自己不想成亲生子，只是因为自己并未遇到真正喜欢的人罢了。

若是真遇到了，便是心心念念着与那个人分分秒秒地待在一起，片刻也不想分离。

就如同他这般抱着怀秀，依然觉得不满足，总恨不得能把怀秀塞到自己身体里，他去哪里她就去哪里。

亲热的时候也是。

很多很多时候，吻着都觉得不够，总是忍不住想要咬她。

他总是要时刻亲她抱她，方能证明她真的是他的。

这种情感强烈到载沁自己都觉得惊讶。

因着从前从来没有过。

也因着她是盛怀秀。

如果这都不是真爱的话，载沁不知道到底什么是爱了。

盛怀秀才想起来，载沁一路赶过来也不知有没有用午饭，她倒了杯温水："用过午饭了？"

"在路上用过了。"载沁接过水，饮了小半杯，"对了，邵家那十万两送过来了吗？"

"邵明恩吩咐管事把银票送来了。如今，大嫂正筹备着重建绸缎庄和机房，还说要把缫丝厂迁过来，都建在一处……"

"那敢情好。都建在一处，沟通起来也方便，人手也好调动。"

两人说了一会儿话，载沁见椅子上搁着的衣物，便顺手拿起来瞧了瞧。

这一看，载沁不觉一愣怔，竟然是件婴儿穿的小衣衫。小袖子、小领子、斜门襟等都已经做好了，如今只需把门襟处的两根系带缝好，这件小衣服便算是完成了。

载沁拿在手里翻来覆去地瞧了又瞧，瞧了再瞧，心肠柔软得一塌糊涂，含笑转头："Eileen，你做的？"

盛怀秀点了点头："这里，这里，还有这里……每一片连接的地方还要缝包边……"

载沁端详着，连密密麻麻的针脚都没放过："缝得真好。不过我有些吃醋了……"

"你吃什么醋？"

"你现在的心都在肚子里的这小子身上了……你都没有帮我缝过一件衣服，就先给他做了……你说我要不要吃醋？"

盛怀秀不觉莞尔。她轻声对载沁道："以后给你做便是了。"

载沁听了这话，整个人舒坦极了，握住她的手道："我说说而已。若是你真给我缝制衣服，到时候我又要心疼你了……"

两人依偎着说了好一会儿话。

盛怀秀见载沁眼底一片青色，神色有些憔悴，道："载沁，你赶了大半天路了，休息一下。"

载沁这么久没见她了，自是不想休息。

盛怀秀一定要让他睡。于是，他便乖乖睡下了。

盛怀秀便在一旁的窗口坐下，取过了小衣衫继续做针线。

这是一个静谧悠然的秋日午后，窗外的大树绿荫如盖，鸟雀叽叽喳喳地鸣叫，偶有几丝热风吹拂而来……

窗影静移间，盛怀秀做着针线活，不时抬头看一眼床上酣睡的载沁。

她只觉得心里头安宁祥和，清清静静的，什么烦忧也没有。

载沁醒来的时候，屋子里静悄悄的。他抬眼便看到了坐在窗边在给小衣衫做包边，满脸温柔的盛怀秀。

一时间，载沁眼里满满当当的，心里也是满满当当的。

真希望这一瞬间可以一直无限地蔓延下去，直到永永远远。

载沁不知自己凝神瞧了多久。

忽然，只见盛怀秀揉着脖子转过头看了过来："你醒了？"

载沁来到了她身边，一边替她揉捏脖子，一边柔声道："这件衣衫缝制好了就不许再做了，王府里头有专门做针线活的下人……不然你这般辛苦，我会心疼的……"

"缝件小衣衫而已。不辛苦……我喜欢做……再说了，哪个做娘的不给孩子缝制衣服呢？"

"喜欢做也不能让自己累着……偶尔做一件便好了……"

"没有累着，真的，我心里很开心。"

"Eileen，我有件事情想要对你说……"

"嗯，你说。"

载沁："我接到了阿玛从京城发过来的急电，要我马上回北京城。我今日是特地回来看你的……明日一早便要去上海，然后搭轮船到天津，再回京……"

盛怀秀不觉一愣："明天一早就走……这么急吗？"

"阿玛在电报上还加了一个急字，可见这件事情是十万火急的，耽搁不得。我须得立刻赶回去。"

盛怀秀闻言，便"嗯"地应了一声。

"也不知我上一回写的信，阿玛和额娘收到了没有。这回去京城，我就亲自向他们说明此事。然后，便让我堂姐夫抚台大人前来提亲。"此事已经拖不得了，回去第一时间便要让阿玛拍电报过来请堂姐和堂姐夫出面提亲。

"好。"

"只是这一去，怎么也得一两个月见不着你了……"

…………

盛怀秀缝好包边，开始缝小衣衫上的带子，载沁便陪着她说话。

两人在一起，哪怕是不说话，时间也是过得飞快。

不知不觉，系带做好了，又在门襟处缝好，这件小衣衫便完成了。

载沁目不转睛地看着这件小衣衫完工，比她还高兴雀跃。他取过了衣衫，前前后后地翻来覆去地看："Eileen，你的手真巧。这衣服做得好看极了。"

他又把小衣衫搁到盛怀秀的腹部比画了起来："小子，你娘给你做的衣服。好看吧？"

盛怀秀看着载沁欢喜的样子，她眼里心里也满是喜悦和甜蜜。

"Eileen，你可不可以把这件小衣衫放我这里？"

盛怀秀不明白载沁的意思。

"我想随身带着它。这一回就带它去北京城。你看……折好了之后，才这么一点，我可以搁在口袋里……我一路上，看着它，便像看着你们娘俩一样……带着它，便似带着你们娘俩一样……"

第 13 章　风云变

北京城，端亲王府。

载沁一进府邸，他额娘端亲王福晋得了下人的禀报，满脸笑容地带了手下一群侍候的人出来："我的儿啊，你可算是回来了。"

端亲王福晋拉着载沁的手，左瞧右瞧，上看下看，怎么也看不够。

载沁规规矩矩给额娘行了个大礼。他额娘舍不得，一个劲地唤他起来。

"额娘，应该的。您坐着，儿子给您磕头请安。"

端亲王福晋知载沁素来懂事孝顺，便欢欢喜喜地受了他的礼。

母子两人亲亲热热地坐在一起说话，又用了热茶和茶点。

这才一小会儿工夫，端亲王派了心腹奴才过来请载沁过去。

载沁起身："额娘，我去给阿玛请安。"

端亲王福晋殷殷叮嘱："去吧。额娘让灶房给你做你最爱吃的菜。等下便来额娘的院子用膳，额娘有好多话要跟你说。"

载沁想起了他前些日子写回家的那封信，便问道："额娘，我的信您和阿玛可曾收到了？"

端亲王福晋笑吟吟地道："前儿才收到，所以额娘有好多话要问你呢！你先去见你阿玛吧，等下来额娘这里细聊。"

载沁见他额娘面带笑容，心里头顿时有底了："好。我跟阿玛谈好事情便过来。"

端亲王正在议事厅跟几个心腹幕僚商议事情，听得奴才禀报说二贝勒载沁过来了，忙道："快让他进来。"而后便挥退了身边的幕僚们。

载沁行礼道："儿子给阿玛请安。"

"快起来，快起来。"

父子两人也不用说客套话。载沁开门见山地直接进入主题："阿玛，您这么急着让我回来，是不是朝中发生了什么大事？"

端亲王小心谨慎地看了看四周，见四下门窗紧闭，议事厅里头只有他们父子两人，方才压低了声音道："太后老佛爷和皇上都病了，且都病得不轻……"

载沁闻言也是一惊："太后老佛爷和皇上一起病了？太后老佛爷年事已高，可皇上正当盛年，何以会……"

"大内里头的事情，不可说，也不能说……反正是吃了好些个药了，一直不见好转，且有日益加重的趋势……"端亲王把声音压得更低了一些，犹如耳语一般，道，"阿玛私底下问过一个私交极好的太医，说太后老佛爷的病熬不过这个冬天了，所以，阿玛才急着把你叫回来……"

"那皇上呢？"

端亲王摇了摇头："阿玛打探不出来。可是，有件事情十分诡异……"

"何事诡异？"

端亲王将声音压得更低了，犹如蚊吟："太后老佛爷私底下已经在物色皇位人选了……"

载沁一凛："阿玛，此事可真？这消息您是从何得知的？"

"此事千真万确。消息来源也绝对可靠。"

"这么说来，难道皇上的病……"

端亲王叹道："太医院虽然每日入宫诊视，可还不都是按太后老佛爷的意思开的药方？皇上到底所患何病，病得如何，除了太后老佛爷和李莲英外，无人可知详情。

"阿玛急着叫你回来为的就是皇位人选一事。听说太后老佛爷如今有两种意思，一种是从载字辈里挑选一个年富力强、可堪重任的人来继续皇位，到时候太后和皇上若是有个万一，即刻可挑起大梁来……"

载沁心道：怪不得阿玛十万火急地召自己回京！

"还有一种说法是从溥字辈中抱一个孩子过去，像如今的皇帝一样从小养在太后膝下……

"这如今啊，太后老佛爷两方面都在考虑，未下决断。所以阿玛让你回来，因为阿玛从内线得知，你也在太后老佛爷的人选范围内……"

载沁浑身一震，有些不敢置信，毕竟自己家虽然也算是皇族，可血脉与道光帝、咸丰帝、同治帝已经隔得颇远了。

端亲王道："咱们端亲王府只有你跟你大哥载鸿两人。你大哥载鸿因着那妓女的事情闹得太大了，影响了声誉，所以不在人选里头。此事事关重大，须得从长计议，所以阿玛第一时间让你回来。"

载沁惊诧过后，到了这会儿已经冷静了下来。他沉吟道："阿玛，当今圣上就是载字辈的，出自醇亲王府奕譞家的，是太后老佛爷的亲外甥，四岁多被太后老佛爷选为嗣君，抱入宫中，成为皇帝……如今就算太后老佛爷要从载字辈中挑选一人，醇亲王府这不还有载沣、载洵和载涛吗？当年醇亲王奕譞娶的是太后老佛爷的亲妹妹，这世上啊，太后老佛爷最近的血脉除了娘家桂祥的承恩公府，就是醇亲王家了，我看啊，这挑来挑去的，估摸着十有八九还是醇亲王府的人，要不然就是载泽了，他娶的嫡福晋是太后老佛爷的亲侄女——桂祥的大女儿……"

端亲王轻哼了一声："那可不一定！这江山是咱们爱新觉罗的，难不成就这么一直让叶赫那拉氏拿捏着？"

载沁闻言，蓦地抬起头："阿玛……"

"不错。阿玛确有这个意思。可是咱们不能对外透露半分。否则那便是杀头的大罪。"

"阿玛，以儿子看来，这物色皇位人选一事，太后老佛爷不过是走个过场而已，还不是她想选谁就选谁？她独揽大权这么多年，朝廷上下，谁敢违抗她的旨意？连当年自己的亲儿子同治帝和如今的皇上想要办任何事情，都须得她同意……倘若敢违逆她的意思，连亲儿子亲儿媳都没个好下场……再说了，选谁也是一样的。只要她还有一口气在，她断断不会把大权交给旁人的。"

"今时可不同往日。如今还有洋人的势力……"说到这里，端亲王话锋一转，"前些日子，收到你寄来的信了。你知道你额娘盼着你成亲盼了这么多年了，倘若不是这物色皇位人选一事，你娶谁都无妨。可如今是牵一发而动全身啊。事关重大，这件事情须得缓缓，等皇位人选一事定了再说！"

"阿玛，此事缓不得。"

"为何缓不得？这缓得也要缓，缓不得也要缓！"

载沁便不吭声了。他知道如今他阿玛一门心思都扑在皇位的事情上头，是怎么也说不通的，就算是自己额娘出马劝说也是无用。自己须得另想方子说服他。不然的话，只得等皇位人选一事尽快定下来。

"载沁，若是事成，你继承大统的话，那整个天下便都是我们端亲王府的了。如此一来，你还需为训练军队一事殚精竭虑吗？到时候，还不是你想怎么训练大清的所有军队就怎么训练？载沁，你不是一直想让大清强大起来，再度恢复祖宗的盛世基业吗？如今机会就摆在你面前，孰轻孰重，你好好考虑清楚。"

…………

载沁从阿玛的议事房出来，他额娘端亲王福晋已经命人等候在院门口了，见了载沁，便引着去了他额娘那里。

端亲王福晋见儿子载沁来了，忙吩咐下面的人："让他们送膳食上来。"

用过膳食，端亲王福晋想跟儿子好好说说话，可是载沁心事重重，问三句答一句。

端亲王福晋瞧出他的心不在焉："载沁，你这是怎么了？"

载沁只好推托道："额娘，儿子觉得有些累……"

端亲王福晋一听，立时心疼了起来："是了。你这一路马不停蹄地赶回来，回了府又与你阿玛说了这么久的话，怎么会不累了？好了，额娘不烦你了，快些用过膳，便回房休息。等你休息好了，再把那个怀秀姑娘的事情一五一十地告诉娘。"

载沁心事重重地回了房，却是了无睡意。

他阿玛的意思明确得很，倘若事成，怎么也不会同意他娶盛怀秀做正妻的。可是，他如何能辜负盛怀秀呢？

载沁从怀里取出了怀秀做的小衣衫，如同这一路上一般，他拿在手里看了又看，看了再看。

这也不知看了多久，他便在书桌前坐下，提笔写信给怀秀。

载沁回到北京城的第三日，便奉召入宫了。

自打儿子载沁出门后，端亲王便负着手，神色郑重地在议事厅里头踱步。

也不知来回地走了多久，门口的奴才禀报道："王爷，沁贝勒爷回来了。"

端亲王闻言，立时转身道："快，快让他进来。"

载沁一跨进门，端亲王摆手示意门口的仆人退下并关门。

而后，端亲王便急不可待地追问了起来："太后老佛爷召你进宫，都说了什么？"

载沁回道："回阿玛，太后老佛爷让李大总管问了我几个问题。"

"都问了什么问题？"

"李大总管统共问了我四个问题。第一个是对于如今洋人的看法。第二个是对于革命党的看法。第三个是对于如今朝廷局面的看法。第四个是对于袁世凯和北洋军队的看法。"

端亲王闻言，顿时更急了："你都是怎么回太后老佛爷的？"

载沁把对太后老佛爷的回话大致叙述了一番，在说到袁世凯的时候，他道："我建议一定要杀了袁世凯。"

端亲王大惊失色："你直接跟太后老佛爷这么说的?！"

"是。"

"你怎么跟太后老佛爷说的？你快把原话给我仔仔细细再说一遍。"

"我向太后老佛爷陈述利弊，告诉太后老佛爷，若是不除了袁世凯，只怕会养虎为患，日后朝廷无人可以与袁世凯抗衡，也无人可以制得住他的北洋军队。"

"太后老佛爷怎么说？"

"太后老佛爷听了后，好半晌不吭声。最后，她长叹了一声，只说如今朝廷内忧外患，一团乱麻。朝中可堪大任的人太少了，能为朝廷分忧解难的汉人如今也只有袁世凯、张之洞等几人而已……朝廷也是不得不依仗他们……"

端亲王道："太后老佛爷对袁世凯必有太后老佛爷的打算。这袁世凯如今虽是羽翼渐丰，但谅他也没那个胆子敢造反……"

"阿玛，赵匡胤是如何陈桥兵变，黄袍加身的？还不是因为周世宗柴荣驾崩，年仅七岁的小皇帝即位，赵匡胤掌握了后周的军权，胁迫小皇帝禅位所致。历史上，这种事情还少吗？阿玛，太后老佛爷和圣上若是无事尚好，倘若有事的话……只怕以后会历史重演……到时候，袁世凯就算没那份心，他底下的那帮北洋新军的人为着荣华富贵也会怂恿他当皇帝……所以我才会劝太后老佛爷为了大清社稷杀了袁世凯。"

"阿玛，您啊，千万别跟袁世凯牵扯过多……此人对我大清到底是不是忠心，还两说呢！"载沁也知道袁世凯往日里给京城里头的各位权贵送礼是不甘人后，对他阿玛端亲王和大哥载鸿也是十分奉承。

端亲王却是不信袁世凯敢造反，且他想要让载沁上位，也需要借重袁世凯的力量，便一再关照载沁道："载沁，关于袁世凯的这些个话，你只能与阿玛说，以后在外面休得再提。"

载沁点头道："阿玛，太后老佛爷虽是召见了我，可按太后老佛爷这些年来的心思，我和载字辈的其他人，不过是醇亲王府载沣等人的陪衬而已。所以我趁着机会，把这几年来对朝政的看法、所思所想都禀报了太后老佛爷。"

端亲王却是不以为然，他从一个最低的爵位辅国将军进到了亲王，到领衔军机大臣，权倾朝野，显赫不可一世。

这人啊，有了权，尝到了权力的甜头，便想要更多的权力。

端亲王如今一门心思扑在那皇位上了。他私底下联系东交民巷的各国洋人，暗暗地去活动了起来。

可当时就算老奸巨猾如端亲王，也没料到载沁奉诏进宫，与老佛爷密谈的这一番话会让人给透露出去，给载沁引来了杀身之祸。

原来，载沁告退出宫后，慈禧躺在床上沉默了好半日，对床头侍候着的李莲英道："这载沁年纪轻轻，对朝政确实有自己的一番见地，可见当年去德国留洋是下了苦功，潜了心好好学习洋人本事的……比他大哥载鸿可强多了……"

李莲英自是顺着慈禧的话头，讨她欢心："老佛爷说得是。这载沁贝勒爷一表人才，气度不凡……"

"单袁世凯一事，他就看得比谁都清楚……去年，我调袁世凯去了外务部做尚书，同时让他进入军机处，明着是重用，实际是想解除他的兵权。袁世凯他也心如明镜，清楚着呢，立刻主动地交出了北洋新军的统帅权……可他为什么愿意这么主动交出？是因为他对北洋新军有着实际控制能力，并不是朝廷的一纸调令能解除的……李莲英啊，我恐怕真的是养虎为患了……"

"老佛爷，您如今病着就别想太多了，好好养病，您的病啊，就是为朝廷日夜操劳所致的。这些个朝廷的事情等您的病好了再说……"

这一日下午，载沁去了他额娘的院子请安，陪他额娘说话。

端亲王福晋问起了盛怀秀，问她模样怎么样，性情怎么样。

载沁便一一告诉了他额娘。

端亲王福晋见载沁说起这盛怀秀姑娘，不只神色温温柔柔的，连语气也是温温柔柔的，便知道儿子载沁对这盛怀秀姑娘是喜欢得很。

历来父母都偏疼幺儿，载沁他额娘也不例外。

她见儿子载沁这么喜欢，不知不觉也对从未见过面的盛怀秀有了很好的印象。

儿子载沁娶谁不是娶，只要儿子载沁喜欢，只要儿子高兴就好。

载沁对额娘道："额娘，今儿你等阿玛下了朝回来，就跟阿玛说说，让他拍个电报去杭州，请堂姐夫张鲁扬亲自去盛家提亲。"

端亲王福晋眉开眼笑："好好好，你放心，这事情啊，就包在额娘身上。"

载沁闻言，松了口气。不管成不成，先让额娘试试再说。

有仆人远远地穿过院落而来，在门口禀报道："福晋，段府的段宏铭少爷给沁贝勒爷送了封信来……"

载沁听得是段宏铭送来的，便道："拿进来给我。"

仆人将信捧给了载沁。

载沁打开了信，看完后对他额娘道："宏铭听说我回北京城了，说晚上请我吃饭，好好聚一下。"

段宏铭与徐瓷碧如今也不知怎么样了，可这段宏铭与载沁有一起留洋、在德国同甘共苦的交情，载沁自然是无法拒绝的。

载沁这么大的人了，端亲王福晋也不拘他，只关切地叮嘱了一番："少饮些酒，早些回府。"

载沁应了下来："是，额娘，我会尽量早些回来的。"

可端亲王福晋怎么也没想到短短数个时辰，她最心爱的儿子载沁便满身鲜血地被抬了回来。

"福晋，不好了……福晋，不好了……"嬷嬷气喘吁吁地提着灯笼一路跑，一路喊了过来。

"怎么不好了？给我好好说话！"端亲王福晋平日里头最是听不得"不好

了""完""死"这几个字的,府邸的人素来都知这个规矩。可如今底下的人且还是个平日里侍候她的嬷嬷,竟然这般没规没矩的,她自是沉下了脸喝问了起来。

"福晋,沁贝勒爷……沁贝勒爷遭刺客……"

"什么?载沁现在是怎么个情况?"

那嬷嬷"哇"的一声大哭了出来:"沁贝勒爷……沁贝勒爷如今昏迷不醒,不知死活……"

端亲王福晋听到底下的人禀报,说沁贝爷被人暗杀,如今生死未卜的时候,当场便昏厥了。

嘉兴城,载沁遭人暗算的同一时间里头。

盛怀秀在灯下给载沁做衣衫,正在缝衣襟上的盘扣。

那日,载沁来看她的时候说吃孩子的醋,她便存下了给载沁做一件棉袍的念头。

在载沁离开的这些天里头,她又给孩子做好了几件小衣衫,和配套的小裤子。这才闲了一日,便准备了棉花,裁了衣料,给载沁缝制了起来。

载沁到了京城后,便第一时间拍了一封电报来,说平安到家了。还说等从京城回江南的时候,会第一时间给她拍电报的。

盛怀秀想着载沁,脸上便不觉露出了一抹温柔笑意。

指尖忽地一疼,原来她竟然将绣花针扎进了手指里头。

一滴血瞬间涌了出来。

盛怀秀只觉得一阵没来由的心慌惊惧,便扶着腰站了起来。

可这一动,她手肘便撞到了桌上的茶杯,一不小心便把茶杯给撞倒在了桌面上,茶水流了一桌面,还滴在了载沁的衣服上,氤氲开了深色的痕迹。

她忙把载沁的衣衫搁在了椅子背上,匆匆地想去架子上拿抹布。

可一动,载沁的衣衫又被她带到了地上,踩了一脚。

盛怀秀心疼万分地将衣物捡起来,拍打着上头的脚印。

这是怎么了?

盛怀秀只觉得惶惶然,似有什么事情发生了一般。

北京城。

载沁在太医、洋人医生的轮番救治下，子弹头是取出来了，药也流水似的灌了下去，可是一直昏迷不醒。

端亲王福晋寸步不离地守在载沁床头。无论端亲王说了多少遍，让她回房好好休息，也是无用。

端亲王福晋这一辈子生了七个孩子，活下来的却只有载鸿和载沁两个儿子而已。她又素来宠爱载沁这个么子，如今见了载沁这生死未卜的样子，如何肯离开。

端亲王福晋坐在床边，抹着泪又哭了起来："今儿洋人大夫怎么还不来……"

"已经派人去请了。应该在来的路上了……你也别尽日哭了，可千万别把身子给哭坏了……"

端亲王福晋擦了泪，道："王爷，我也不想哭的。可见载沁这番模样，眼泪它就自动掉下来，根本不听我的话……"

端亲王听了福晋这一句话，不由得仰天长叹了一声。

原先他还是有一番雄心壮志，谋划着让儿子载沁登上大宝。

可如今见儿子载沁这样子，端亲王所有的雄心壮志便全然没有了，他整个人都颓废了下来，一下子老了十来岁。如今端亲王只剩下唯一一个念头，那就是让儿子载沁活下来，醒过来。

"载沁遇刺这件事情，如今查得怎么样？还没一丁半点线索吗？"

"王爷，您在想什么呢？我问您话呢？"

这时，院子里响起了脚步声。

是洋人医生在载鸿和管事的陪同下来了载沁的屋子。

端亲王福晋忙起身迎接洋人医生："洋大夫，您可算是来了……"

洋人医生检查了一番后，端亲王和端亲王福晋、载鸿三人团团围住了洋人医生，一个劲地追问。

"怎么样？"

"病人三个子弹的伤口是一日好过一日了……"

端亲王福晋闻言，顿时心口一松："那载沁什么时候可以醒过来？"

"是啊，医生，我弟弟什么时候能醒转过来？"

洋人医生摇头道："我还是那句话，病人的头部受过硬物重击，恐怕脑子里头有积血，所以才会一直昏迷不醒的。病人到底能不能清醒过来，什么时候清醒过来……我这个做医生的也实在回答不出来……"

端亲王福晋急道："洋大夫，您也不知道吗？您可是咱们京城最有名的洋人大夫啊。"

"实不相瞒，病人要清醒过来的话，要等脑部血块散去……而且因为病人脑部受过重伤，就算醒来，我们做医生的也不敢保证他是老样子的……"

端亲王福晋闻言，踉跄地后退了一步，又是一副要随时昏过去之态："大夫，您是说我们载沁他……他就算清醒过来也有可能会痴傻，是吗？"

"有可能。但具体谁也不知道……因为人脑是我们身体最复杂的结构，就算是这个世界上最先进的医生对它的了解也是只有一点点……所以，没有哪个医生敢跟你们保证病人一定会醒过来……"

载鸿道："那有没有什么办法能帮助我弟弟醒过来？"

洋人医生道："我个人有两个建议，一个是找一个病人在乎的人陪着他，经常与病人说说话。你们不要看病人昏迷不醒，但其实他脑子可能是清醒着的，就是没有醒过来，无法跟我们说话。我们说的话病人他都可能听得到……你们经常陪着他，跟他说话，有助于他的清醒……"

端亲王追问道："那第二个建议呢？"

"如果病人一直不醒过来的话，我建议送他出国治疗，比如去我们德国的医院治疗，那里有最先进的医学机器和世界上最有本事的医生……当然，如果病人能清醒过来，那么也就不用出国治疗了……当然，这只是我个人的建议而已。毕竟去德国的路程也远，中途也可能会有意外发生。"

这一日，端亲王下朝回来，如往常一样，朝服都没换下，便径直往儿子载沁所住的院子去。

管事得知王爷回府了，匆匆地前来禀报："王爷，李侍卫刚刚苏醒过来了……"

端亲王止住了脚步，喜道："太好了，你带本王瞧瞧去。"

这李大均身中数枪，其中最厉害的一枪是在胸口，幸好洋人医生说他的心脏比常人偏了一点，所以没有当场身亡。

李大均等侍卫忠心护主，死的死，重伤的重伤，端亲王和端亲王府自然是不会亏待他们的。端亲王请了同一个洋人医生给李大均救治，用最好的药调理，又派了人日夜照顾李大均。

也幸得如此精心照料，李大均如此重伤方能一直拖到如今。若是换了寻常人家，十个李大均都早已经一命呜呼了。

李大均一副精神头颇不错的样子，见了端亲王撩着袍子进来，挣扎着想要起来："王爷……"

"李侍卫长你醒了……别动，你好好躺着便是了。"端亲王见他长期昏迷，如今乍然清醒却精神饱满的模样，便知是回光返照，他不敢有任何耽搁，忙追问起了儿子载沁遇刺时候的情形，"李侍卫长，载沁被刺的这桩事情，你好好回忆一下，肯定是革命党做下的吗？"

李大均道："回王爷的话，那群蒙面人自报家门说自己是革命党，还说了让我们在九泉之下别找错了人报仇……而后便乱枪射击了起来……我等围着主子，想护着他冲出一条血路。可他们的人马实在是太多了……

"王爷，属下没能保护好沁贝勒爷，请王爷治罪……"李大均想起了死去的五个兄弟，情绪波动激烈，咳嗽了起来。

"你们都已经尽力护主了。本王不仅不怪你们，还要奖赏你们。他们五人因护主而亡，我已经命人将他们厚葬了，也给了他们家人一笔银子。李侍卫长，你好好休息养伤。等你伤愈了，本王还要重重赏赐你……"

"小的替他们……谢……谢王爷……"李大均说完，头便缓缓地歪到了一旁，再无任何声息了。

李大均伤重不治而亡。

一个月后，不省人事的载沁被家人暗中送去了德国医治。路程遥远，怕在轮船上出现意外，所以端亲王府对外宣布载沁身亡的消息，并像煞有介事地为他办了一场葬礼以避人耳目。

盛家在原地重建了机房和绸缎庄，又将缫丝厂搬迁了过来，对外重新招工。

沈如锦起用了原先盛家的老班底继续打理绸缎庄和机房，而原先和她一起打理新锦记缫丝厂的赫若男等人则继续负责搬迁过来的缫丝厂。

凭着几代以来的仁义守信和好产品，盛家的生意极为兴隆。

单单英国怡和洋行和德国礼和洋行的订单,她已经忙不过来了。

这一日,沈如锦在绸缎庄的办公室核算账上这个月的应收款,有伙计敲门:"东家,有您的一封信。"

沈如锦接过一看,见信封上画了一棵平安竹,她顿时眼睛一亮,知道是盛怀新写来的。

沈如锦兴冲冲地打开了信,可是看完后整个人手脚冰冷。

盛怀新在信里头跟她说了一事,说载沁在北京被人暗杀了。还说整个北京城里头都在传言是革命党做的。可是他觉得很可疑,他私下里联系过很多人,都说各自的会里并没有收到"刺杀载沁"的这个命令。盛怀新最后得出了一个结论,说载沁被暗杀的这件事情"事有蹊跷"。

就算再有蹊跷,可载沁死了却是事实。

怀秀怎么办?!她要怎么接受这件事情?!

沈如锦拦了人力车回家。

盛怀秀不解地看着脸色惨白的大嫂沈如锦,从她手里接过信……

片刻后,信纸从她的手里滑落……

此时,大街上有人在大声嚷嚷:"天塌下来了……天塌下来了……皇帝驾崩了……太后薨了……"

光绪三十四年(1908年)11月14日,光绪帝爱新觉罗·载湉驾崩于瀛台涵元殿。

第二日,11月15日,慈禧太后叶赫那拉·杏贞薨。

一个多月后,12月2日,年仅三岁的溥仪即位,由光绪的皇后——隆裕太后和溥仪之父醇亲王载沣摄政,载沣为摄政王,改国号为宣统。

宣统元年(1909年)。

这一年,时局越发地坏了起来,云南各地连续地震,福州风火大灾,广州大风为灾,均死伤无数。紧接着湖北省洪水泛滥,涉及三十余县,灾民近三百万人。

沈如锦的绸缎庄、机房和缫丝厂在各种夹缝中求生存,靠着产品过硬的品质以及程家兄弟的帮助,出口给英国怡和洋行和德国礼和洋行生丝以及丝绸布料,生意一直颇为红火。

而邵家的绸缎庄和机房以及缫丝厂等各项生意均是入不敷出，邵明恩仅靠着大伦银号（行）支撑着他所有的生意。

另一厢，载沁贝勒爷被革命党刺杀身亡的消息已经传遍了。

且如今小皇帝即位，其父载沣为监国摄政王，统领朝政。所谓一朝天子一朝臣，端亲王在朝中早无慈禧太后摄政时二人之下、万人之上的地位了。

众人都是趋炎附势之徒，这些个转变都一一地看在眼里，往大伦银号（行）存大额银子的自然也是越来越少了。

邵明恩渐有独木难支之势，在款子的调度上越来越焦头烂额了起来。

这一日，程重熙来嘉兴办理关于怡和洋行的丝绸和生丝的采购事宜。

程重熙与沈如锦敲定了怡和洋行的事情后，对沈如锦道："沈老板，我这一回来，还有一件很重要的事情要与你商量。"

沈如锦道："程兄，我们都是自己人，你有什么事情，但说无妨。只要我能做得到，必是愿意全力以赴的。"

程重熙道："如果我说如今有一个机会可以报复邵家，甚至可以让邵家倒闭，让邵明恩走投无路，你想不想利用这个机会？"

沈如锦一愣："什么机会？"

程重熙瞧了瞧四周，压低了声音道："我听说邵家大伦银号（行）的款子出了问题……"

"程兄，你是说大伦银行备着提存款子不够，周转困难？"

"是。如今朝中势力大洗牌，小皇帝登基后，他生父载沣做了摄政王，这端亲王已经失势了。当日，这邵家邵明恩私底下跟人说大伦银号（行）背后有端亲王做靠山。大伙都是看在他身后大靠山的分儿上才愿意存钱的。如今形势大变，大伙都不愿意往里头存银子不说，还纷纷把原先存着的钱往外取，转存别的银行和银号……现在他们大伦银号（行）里头已经是个空架子了……大约只有一些普通的小市民消息不灵通，都还没反应过来……所以，现在对你和盛家来说有一个大好的机会，可以整垮邵家和邵明恩，就看你愿意不愿意？"

"你的意思是我们在市面上大肆散播大伦银号（行）资金周转不灵，要倒闭的消息吗？"

程重熙道："这是其一。但单单这个办法的话，还不一定让大伦倒闭。"

沈如锦何等聪慧，一点即通："我们可在大伦银号（行）存入一笔大额款子，之后趁其不备提出，同时散播大伦银行资金周转不灵，要倒闭的消息……"

"不错。但是不能一下子存入一笔大额款子，而是找多一点的人在不同时间分批存入，以防止邵明恩起疑心。最后，我们派人在同一日提取。如此一来，势必会发生挤兑潮。我们便是压垮大伦银号（行）的最后一根稻草。"程重熙道，"如此一来，到时候邵明恩和邵家不倒闭也不可能的！"

沈如锦沉吟着，良久未语。

程重熙十分不解："沈老板，如此大好的机会，你还在犹豫什么？这邵家和邵明恩对你们盛家可是从来都是心狠手辣着呢！"

沈如锦坦诚道："其实我很心动……"

程重熙闻言，微笑道："那就好。那我们就按计划办。至于资金方面，你完全不用担心。我们程家有足够的资金，你想调动多少都可以……"

沈如锦道："可是程兄，我沈如锦不能为了报复邵家和邵明恩这么做。你刚说过，大伦银号（行）行如今的存户都是些小散户小市民。如果我们利用这个机会，让大伦银号（行）发生挤兑，从而倒闭的话，这些小老百姓辛苦了一辈子才攒下的一点血汗钱就要付诸东流了……多少人此后会食不果腹，无家可归，露宿街头……一些老人会连棺材本都没有了……到时候就算报复了邵家和邵明恩又怎么样？我沈如锦一辈子都会于心难安的……

"所以，这个机会再好也没用。我沈如锦决不会去做这件事情。

"我沈如锦相信举头三尺有神明。邵家和邵明恩做的坏事，是一定会有恶报的。如今还没有报应，是因为时候未到而已。"

程重熙的目光里头不觉露出了钦佩之意。

"程兄，假如你对办银行一事有兴趣的话，咱们也可以从长计议。比如，我们可以跟邵明恩摊牌，把大伦银号（行）买下来……如此一来的话，至少可以帮很多小市民保住他们一辈子辛辛苦苦赚来的一点血汗钱……又比如我们找人合股，自己筹款办一个……

"程兄，这个世界这么大，单单我们中国就这么大，钱这个东西是永远赚不完的……但是有些事情我们不能做。有些钱我们不能赚！！"

程重熙眼里的钦佩更甚了，他脱口而出地赞道："沈老板，你说得好。我程重熙如今算是真正了解你的为人了。能让我佩服的人不多,能让我佩服的女子那更是少之又少了。沈老板,我很佩服你。我很高兴,也很荣幸能与你合作。以后,我们要进一步地紧密合作起来。

"还有……沈老板,你猜得没错,一直以来,我确实有办一个银行的想法,而且是跟西方特别是瑞士那边学习办一个现代的银行……邵明恩的那个银行还是有很多我们传统银号的陋习,还是太陈旧了。就算不是现在,在不久的将来,也势必是要被淘汰的。所以如果我们要办的话,一定要办现代化的银行……"

沈如锦对他的话也是深表赞同,连声道好。

"沈老板,如果你感兴趣的话,等我回上海以后再去做一番调查和研究,然后把情况详细告诉你,你再决定要不要跟我合作。"

沈如锦:"好。"

可是,商场如战场。

邵明恩大伦银号(行)周转不灵的事情,早让很多有心人士盯上了。

不然,程重熙也不会来嘉兴找沈如锦说了那一番提议。

沈如锦宅心仁厚,悲天悯人,不愿因一时之利而害得很多人毕生积蓄在一夜间消失殆尽。

可商场上,嗜血秃鹰多的是。

他们可不会像沈如锦那样因为一时心软而放弃这么大好的一个机会。

从前因着大伦银号(行)背后有大靠山,众人不看僧面也得看佛面。如今众人都知道这大靠山已经失势了,但众人谨慎,还在观望而已。

半个月后,京城传来了一个大消息,说端亲王以年老体弱多病为由向朝廷辞官,带了一家人搬去了天津的外国租界。

如此一来,那群嗜血秃鹰等待着的大好时机来了。

这一日,大伦银号(行)即将破产的消息传遍了上海滩,所有在大伦银号(行)存钱的市民都拥到银号(行)门口……

大伦银号(行)发生挤兑潮,无力支付,只能宣布破产。

与此同时,嘉兴李知府也被调离了嘉兴。

李知府是恋恋不舍地走的。

他这几年可是在这江南富庶地搜刮了远超于他上任时候想要的银子的,

如今被平调去了穷山恶水、毫无油水之地，想着就肉疼不舍。

可再怎么不舍，还是不得不走。

然，令李知府没想到的是，送他家眷和细软回乡的船只在水路遇到了枭帮（这当然就是孟余亭命手下兄弟做的），所有在嘉兴城搜刮来的金银财宝都被打劫一空。

李知府在上任途中得知了这个消息，心头泣血，号啕大哭，如同号丧。

上海的程重熙程家经过慎重考虑，决定办一个银行。

程重熙盛意拳拳地邀请沈如锦入股，他们兄弟二人通过这几年的合作，对沈如锦的为人和办事能力那是十分之欣赏和敬重。

程重熙甚至对他爹程元庆说："爹，从前儿子听过巾帼不让须眉这几个字。可这些年来，在我认识的女子中，真正能担得起这几个字的，唯有我朋友盛怀新的夫人——沈如锦。"

程家和盛家认领各自要出的金额和股份，合办一个富民银行，彼此通力合作，不分你我。

这是盛家又一转折点的开始。

宣统三年，1911年10月10日，革命党人领导的湖北新军发动了"武昌起义"，辛亥革命爆发。

11月4日，浙江独立。

11月7日，嘉兴光复。

全城户户挂上白旗，大街上的热闹程度犹胜新年。

沈如锦也吩咐门房光叔在自家的门口挂上了白旗。

盛夫人拄着拐杖，望着远处的天空，道："如锦，怀新要回家了。"

沈如锦含着泪微笑点头。

自打这一天起，盛家一家人便开始日日夜夜地盼着盛怀新回来。

这一日傍晚，沈如锦在灶房里头热火朝天地准备一家人的吃食，忽然听到门房光叔一路跑来唤来的声音："大少奶奶，大少爷回来了……"

沈如锦冲出了灶房。

她看到了从风雪中而来的盛怀新。

两人四目相对。

"如锦……"

"怀新……"

两人紧紧地相拥在一起。

漫天雪花一片一片地从天空中洒落下来。

两人不知拥抱了多久,沈如锦轻声地问:"怀新,还走吗?"

"不走了。无论怎么样,都不会再走了。我答应过爹,革命成功,推翻了清廷,我便留在盛家,孝顺爹娘,好好经商,将我们盛锦记发扬光大。"

那个时候,大家都以为皇帝退位,清廷倒了,是民国了,以后便有好日子可过了。

所有人都满怀着对未来美好生活的憧憬和信心。

可是不久后,大伙发现形势并无半点好转。袁世凯一亡,他手下的北洋军队迅速分裂,中国进入了一个军阀混战、群雄割据、民不聊生的乱局。

盛怀新对此十分不解,亦觉得十分痛苦,一再对沈如锦道:"我们千辛万苦推翻了清廷,可为什么我们的生活却依然没有好半分,甚至过得更苦了?如今洋人依旧没有赶出去,反而有更多人在军阀抢夺势力的混战中丧生……"

"怀新,你已经做了你该做的,尽了该尽的力……"

"这些年来,我们中国人一直被洋人欺凌,国无宁岁,岁无宁日……如锦,我们中国的这个乱世难道就永远没有终了的一天吗?!我们中国人就不能过上一天的好日子吗?!"

"怀新,不会的……我们中国不可能一直乱下去的……我相信有朝一日,一定会有一个国富民强的盛世的……"

沈如锦抱着还在襁褓中的盛北青,道:"我们这一代没有做到,我们的孩子东青、南青、西青、北青这一代一定可以做到……如果他们这一代也没有做到的话,那么他们的下一代也一定可以做到……只要我们一代又一代人自强不息,发愤图强起来,到时候,我们中国会像你曾经所说的一样,没有鸦片,没有战争,人人有饭吃,人人有衣穿,人人都有屋住。到了那时,我们也不会再对洋人卑躬屈膝,而是洋人见了我们中国人都是客客气气的,不敢得罪我们中国人半分。我们中国一定会强盛起来,再没有任何国家敢欺凌我们!"

由于对政局极度失望,沈如锦和盛怀新大力兴办实业,利用实业赚来的钱办教育，开启民智。他们资助许许多多的孩子读书，出国留学，学习西方的各种先进的知识和科技。

后来，他们培养的很多孩子回国后，各自成为行业中的翘首，做出了很多贡献。

很多很多年后，沈如锦所描绘的盛世终于实现了。

他们这一代人没有看到。

可是，他们的子孙后代看到了。

番外一　一切皆可原谅

六年后，1917 年，上海。

红灯。小汽车缓缓地停在了十字路口。

载沁将后座的车窗摇下，望向了车外。

这时，一辆人力车徐徐地停在了车边。人力车上坐了一个身着素色格子旗袍的女子，说来也巧，正在他视线探出的那个瞬间，那女子也不经意地转过了头来。

四目相对。

载沁坠入了一双黑白分明的眸子中。

但只一秒或者更短的时间，载沁便淡漠地移开了视线。

而那女子在看清他冷峻干净面容的那一秒，整个人骤然一震，而后便直愣愣地望着他，简直像要将他望穿似的。

此时，绿灯亮起，汽车夫发动了车子离开。

后视镜里，只见那人力车一路狂奔，似在追黑色小汽车一般。

小汽车的速度极快，很快就将其远远地抛在了后头，一拐弯，便什么都看不见了。

然，载沁没想到的是，当天晚上，他又与这素色格子旗袍的女子见面了。

那是在上海总商会会长虞生明筹办的慈善筹款晚会。好友段宏铭和他一起出席。

两人的车子一进虞生明的洋房花园，虞生明夫妇得讯早已经候在了台阶处。

见车子停下，虞生明忙带着夫人笑容满面地上前，殷勤备至地为段宏铭拉开了车门。

当今国务总理段祺瑞的大公子——段宏铭无论走到哪里都会受到一片热情欢迎和阿谀奉承。一如当年大清王朝还在时，身为端亲王府二贝勒爷的自己。

不过如今改朝换代了，时移势异。

载沁在德国医院苏醒了过来，得知在他昏迷的这数年中，光绪帝和慈禧太后在两日内接连而去，醇亲王家三岁的溥仪登上大统，三年后被迫逊位，大清由此亡国。袁世凯一如他当年所料依靠着他手上的北洋军队掌握了国家大权，成了中华民国的大总统。

当时德国国内形势已经动荡不安了，随时可能会跟法国开战，载沁听从德国医生的建议，带了仆从数人搭了轮船前往美国检查治病，并顺带游历了一番。

载沁在美国游历期间，袁世凯在国内妄图复辟帝制，当上了"中华帝国"皇帝。这种倒行逆施的行为，令全国各地扬起了反袁的旗帜，各省纷纷闹起了独立。当了83天皇帝的袁世凯被迫取消帝制，不久后便去世了。

载沁在美国游历了一年多后，回到了国内。

他在天津租界的大宅子里见到了华发丛生的额娘端亲王福晋和已经臃肿不堪的大哥载鸿。

大哥载鸿咬牙切齿地跟他讲述了袁世凯当年是怎么逼迫隆裕太后和小皇帝逊位的，怎么窃国的，说到痛恨处，涕泪纵横，恨不得啃其筋骨噬其肉。

或许因着在国外留洋多年，加上在鬼门关走了一遭的缘故，载沁很平静（当然，他也不得不）地接受了改朝换代这个事实，也接受了从高高在上的皇亲贵戚到现在无人问津的落差。不像他大哥载鸿和一些遗老遗少们，还一门心思在天津租界里头做着复辟大清的美梦。

世界潮流，浩浩荡荡，顺之则昌，逆之者亡。

大清统治中国268年，乃是大清之运势所在。如今运势已去，再努力也没有用了。

他载沁便曾经因为不肯死心，想要为之努力，到最后却差一点连性命都交待了。

他阿玛端亲王与各国洋人打交道多年，则比谁都懂得顺势而为的道理。在小皇帝溥仪登基，摄政王载沣总揽大权后，他阿玛端亲王便知道一朝天子一朝臣，端亲王府的大势已去，当机立断地辞官归隐，搬到了天津做了寓公。他将很多家产古玩变卖，换成了英镑和美元存在了洋人的银行里头。离世前，他阿玛端亲王将家产二一添作五，分成了两份，他大哥载鸿和他一人一份，并对他大哥言明，倘若他一辈子醒不过来，便让大哥的儿子兼祧两房，给他留个后。

至于当年暗杀一事到底是何人所为，载鸿数度问起，载沁也都说不出个所以然来。他由于脑部受创，已经忘记当年被刺杀那晚的所有事情了。加上那晚随同载沁出去的所有侍卫都已经死了，到底是革命党做的还是他人下的毒手，当年端亲王还在位时，都无法查出个头绪来。如今，自是更无从追查了。此事也唯有不了了之了。

端亲王福晋见儿子载沁回来，欢喜不尽，但想起去世的王爷，不觉又是悲从中来。

当年，载沁昏迷不醒地被人抬上了马车出门，千里迢迢地搭轮船去了德国，那时候她和王爷两人是做好了此生再不能见到这个儿子的准备的。

喜的是如今载沁好好地回来了。

可哀伤难过的是，一直对载沁牵肠挂肚的王爷，到死都没见上载沁最后一面。临了的时候，嘴里念叨的最后两个字便是"载沁"。

"我的儿啊，你上回写信回来，说在美国的医院检查了，那边的洋人医生也说没什么大碍了。可是真的？"

"回额娘的话，美国的洋人医生确实是这般告诉儿子的。"

端亲王福晋迭声道："那就好，那就好。只要你好好的，额娘便心满意足了。"

载沁在家里头住下几日后，段宏铭便得知了他归国的消息，前来登门拜访。

袁世凯去世后，北洋派系依旧声势浩大，掌控着整个中国的政局。北洋派系出身的黎元洪当上了大总统。同是北洋派系最具实力的人物之一，也就是段宏铭的爹段祺瑞虽然是国务总理，但却大权在握，实际控制了中央政局，让黎元洪这个大总统成了一个摆设。如今的段祺瑞可谓是全国上下最权柄煊赫、炙手可热的人物。此番若不是段宏铭亲自上门，再续彼此间友情的话，载沁自是不会去高攀他的了。

段宏铭与徐瓷碧已经成亲了，生了一子一女，凑成了个好字。或许是因为徐瓷碧之事对载沁有愧疚，或许年少时期一起在德国留洋结下的那份友情，也或许是当年在段宏铭摆下的酒宴后载沁不明不白遭人暗杀差点丧命之事，段宏铭对载沁十分照拂。

载沁也因此与段宏铭开展了在商业上的全方位合作，一起投资了数家银行和工厂，合作了好几个矿业的开采，还在天津租界大量购置和建造地产，靠着如今大权在握的段家这个大靠山，获利极丰。

这一回，两人来到上海滩，便是想要在上海大展一番拳脚。

段宏铭和载沁两人都由虞生明陪同着。宴会上的众人纷纷围上来寒暄招呼，希望可以与段家大公子段宏铭攀上点交情，好为自己所用。

正寒暄间，香风细细的虞夫人带了一位女子过来。

虞生明："段先生，卡尔先生，我来为两位介绍一下，这位是我们上海富民银行的女经理，也是我们中国银行业的第一位女经理——盛怀秀。"

段宏铭淡漠而倨傲地浅浅领首便算是打招呼了，而后便与旁人继续聊天。

载沁听了虞生明这番介绍，遂移了目光过来，落在了盛怀秀身上。

这一瞧，载沁不觉惊讶，竟是他白天在十字街口打过照面的那个格子旗袍女子。此人居然便是上海滩上大名鼎鼎的富民银行的女经理。

载沁因着与段宏铭一起投资了几家银行，也因此与银行方面的人士打过一些交道，所以去年便曾听人说起过上海富民银行有一位女经理很是能干。

前几日到了上海后，载沁翻阅《申报》的时候，无意中看到了申报的一篇报道，上头斗大的粗字标题是"中国银行业的第一位女经理——盛怀秀"，说她改进了很多洋人都没有的银行制度，比如在银行人事部门工作的人员，倘若手头没有紧急要处理的事情，哪个柜台上没人就必须立刻去顶班，决不让前来办事的顾客等候。又比如柜台人员每个人固定负责一部分存款户，既管收款又管付款，如此一来存款户的支票一来，就知其在银行有无存款，等等。这一系列改进措施，既让顾客感觉受到了重视，又提高了银行的工作效率。

报纸上还搭配了一张全身照，五官极为模糊。

此刻，载沁仔细一瞧，只见这盛经理肌肤如雪，眉目如画，方知是极美的女子。

然，眼前的这位盛经理面色煞白，似受了什么刺激一般。

载沁眉头微蹙，不解她为何如此。虽不至于到失态的地步，但总叫人觉得怪异。他按着交际场上的礼仪，绅士地向她伸出了手："久仰盛经理大名，在下卡尔。"

闻言，那盛经理的脸色更苍白了，整个人似乎摇摇欲坠了起来。

"盛经理。"

虞夫人用手肘触了触盛怀秀："怀秀，卡尔先生等着跟你握手呢……"

盛经理仿佛这才回神，伸出手与载沁握了握。

这位盛经理的手心黏腻又冰凉，似出了不少的汗。

这春夏之交，气候舒适，绝没热到冒汗的地步啊。

这时，又有一小群人满脸堆笑地拥了过来，都是欲与段宏铭寒暄，想在段宏铭眼前混个脸熟的："段公子，您好，小的是万利商行的老板，这是小的名片……"

载沁眼睁睁地看着眼前的盛经理被众人挤了出去。

之后，载沁便再也没见这位盛经理的身影。

段宏铭来这慈善拍卖晚会，不过是为了彰显段家大公子"行善不为人后"的美德而已，他让载沁掌了眼，拍下了从宫里流出来的一个花瓶，捐出了一笔款子后，便和载沁告辞了。

两人在这慈善拍卖晚会上不过待了短短大半个钟头。但段祺瑞的大公子能赏脸来参加虞生明主办的宴会，便是给了虞生明最大的面子了。

虞生明已是心满意足得很。他殷勤万分地为段宏铭拉开了车门，送段宏铭和载沁两人上车，恭恭敬敬地站在园子里目送车子离开。

载沁头疼欲裂地醒来，睁开眼，却发觉眼前一片黑暗，完全看不见任何东西。

他心头一惊，已知不对劲。

他探出手，四下摸索了半晌，发觉应该是在床上。

载沁试图回忆昏迷前发生的事情。

他记忆里头最后的一帧画面是富民银行的那位盛经理惊恐尖呼之声："小心！"

下一秒，他后脑勺被某物重重击中，一阵剧烈的疼痛传来后，他便人事不知了。

载沁摸了摸自己的后脑勺，一触便倒吸了一口凉气，那里果然有个大肿包，显然是被那群人用棍子打得狠了。

唉！见义勇为果然是要不得的啊。

他不过是开了小汽车路过富民银行附近，结果便在某个巷子口看见了一群青帮流氓围住了一辆人力车。

当他看到车子上坐着那位富民银行盛怀秀盛经理的时候，也不知怎么就一脚踩下了刹车，停下了车。

他推门下车，三步并作两步地上前。

对方人多势众，且带了棍棒，他赤手空拳，双拳难敌四手，被人从身后偷袭，狠狠地打晕了过去。

只是不知这里是哪里？不过，应该不是在那些流氓窝里头。如果是在流氓窝里头的话，他必定是被人五花大绑了的，哪里会有如此好的待遇。

正在载沁纳闷的时候，门被人推开了。

那人大约是见他坐在床上，顿时又惊又喜："你醒了？"

载沁循着声音侧过了头，望向了那人的方位："你是何人？"

那人似怔了一怔，没有回答。

载沁又问："盛经理呢？富民银行的盛经理呢？"

那人到了此时已经察觉到载沁的不对劲，慌乱失措地跑了过来，在他眼前挥手。可一切都徒劳无功。

"你……你的眼睛怎么了？"

载沁苦笑道："看不见……我醒来就这样子了……"

"怎么会这样子的？我……我马上让人去请洋人医生来……"那人匆匆忙忙地跑了出去，中途似还被门槛绊了一脚，跟跄了一下。

洋人医生很快来了，仔细地察看了脑后红肿之处，而后又掀眼皮、看嘴巴、瞧耳朵，又用听筒听心跳频率，等等，给他做了一番详细的检查后，说是脑部受重击所致，所以才会导致失明。

那人惶惶道："医生，这可怎么办？他的眼睛什么时候可以看得见东西？"

洋人医生说这种情况有可能是暂时的，也有可能是终身的。他只说自己能力有限，不知道以病人目前的情况，日后会不会恢复视力。

那人听后，声音都发颤了："你的意思是他……他有可能一辈子都看不见吗？"

洋人医生："不排除有这种可能性。人脑的结构是非常复杂的，我们现阶段对它的了解是远远不足的。不过呢，你们家人也先不要灰心丧气。在我们医学界有一种说法，就是我们每个人的身体具有自愈功能……人的身体会自己调节，自我疗愈和恢复。我建议让病人好好休息一段时日……或许不久之后便可以恢复……"

洋人医生开了一些药片，交代了怎么服用后，便离开了。

很快，又请来一位名医圣手。那名医望闻问切了一番后，只说老朽会尽力医治。那人追问他的眼睛到底会不会恢复，那大夫也只道："老朽也说不好。老朽先开几味活血化瘀的中药先服着看看效果。他这情况……只能尽人事，听天命吧……"

那人送走了大夫，交代了一个叫阿林的人跟着去抓药，之后便一直沉默。

载沁能察觉到她的不安，开口宽慰她道："又不是一定会瞎。洋人医生和大夫不是说吃些药，说不定过些日子便会好转了。"

"可万一——……"

"无妨。若是有万一的话……那也是命。再说了，或许也不至于到最坏的地步。"载沁这几年来，经历得太多了，很多事情都能坦然以对，淡然处之。再说了，他的命本就是从鬼门关捡来的。如今就算是真的瞎了，载沁觉着自己也是赚了的。

两人都不再说话，屋子里便陷入了一片安静里头。

但载沁能强烈地感觉到，她的目光一直停留在自己身上，似乎从未离开过片刻。

"这里是哪里？你是什么人？"

那人告诉载沁，这里是富民银行盛怀秀盛经理的家里。她叫吴芷漪，是盛怀秀的贴身丫头。

"卡尔先生，我家小姐有要事出差去了。临走前，她吩咐奴婢和阿林一定要好好照顾您。所以您有什么事情，尽管吩咐我们便是了。"

载沁道:"我也不能一直待在你们盛经理的家里。我在公共租界有个房子,里头也有管事和仆人,你将我送回去。他们会好生照料我的。"

吴芷漪只说她奉命照顾他,这个事情她做不了主,必须她家小姐同意。

"卡尔先生,要不……您等我家小姐出差回来再说?"

"不知盛经理她何时会回来?"

"我……奴婢也不知……卡尔先生,您就好好待在这里,让我们好好侍候您吧。否则我家小姐会于心难安,自责不已的……"

载沁如今不能视物,盛家的人不肯送他回去,他本也无可奈何,又见吴芷漪说得恳切真挚,便只好待着了。

他报了一个地址给吴芷漪,让她安排个仆人去一趟他的洋房,对他的管事说一声,免得管事以为他失踪了,去报巡捕房。

吴芷漪应了下来:"好,奴婢这就去安排。"

"对了。你们这里有咖啡吗?我想喝咖啡。"

"有,您稍等。"

吴芷漪命人去煮了热咖啡。而后,她亲自帮载沁调制了一杯,小心翼翼地递至载沁嘴边。

载沁就着杯子饮了一口后,甚为诧异:"你没加糖,调的牛乳比例很好,正是我平日喜好的口味。"

吴芷漪道:"我看我们家小姐平日里都是这么调制咖啡的。我看惯了,所以方才就照葫芦画瓢了。这可真算是误打误撞,撞上了!"

深夜时分。

因在陌生之地,加上头不时隐隐作痛,载沁睡意甚浅,一直都在半梦半醒之间辗转。

忽地,他察觉到有人蹑手蹑脚地推门进来。

载沁蓦地清醒了过来,屏住呼吸,不敢乱动分毫。

那人来到了他的床畔,站立了良久后,朝他伸出了手,在离他鼻尖咫尺之处停住了。

载沁的鼻尖甚至能感受到那人指尖的热度和她身上淡而香甜的气息。

这种气味很好闻很撩人,叫他心驰神荡。载沁只觉得莫名地熟悉,好似曾经在哪里闻到过一般。

可到底是曾经在哪里闻到过呢？载沁怎么想也想不起来。

载沁只知自打他在德国苏醒过来后，从未遇到过这般怪异的情况。

他在情感和女色方面素有洁癖，怎么会好端端地对一个连容貌都未曾见过的陌生女子有感觉呢？

那停在半空中的手却自始至终都没有落下来。

此人显然没有恶意。

但这个人是谁呢？

载沁唯一知道的是，这个人是个女子，但不是吴芷漪。

吴芷漪身上有舶来的玫瑰香水味，和此人不同。

那人在他房内待了良久，久到载沁撑不住眼皮，几乎要入睡了，方才轻手轻脚地离开了。

第二天晚上，载沁半夜醒来，再次察觉到了那人的存在。

因为他再一次闻到了那抹淡淡香甜的气息。

载沁不能视物，所以不知这人到底是谁，也不知她每晚来看他，意欲何为。

但他能察觉到，她对他是没有半点恶意的。

不觉已经是第三日了。

载沁眼前依旧一片漆黑，什么也瞧不见。

载沁觉着自己明明应该焦躁的，手头还有许多的事情要处理，这样瞎了一日又一日的，何时才是个头。可又不知道为何，待在这里，光闻着屋子的气息，他又觉得无比安心。

这是一种从未有过的感觉。

可这里于他而言明明是陌生的地方呀。载沁也不知自己到底是怎么了，为什么会有这种感觉。

反正自打他在这里醒过来后，很多事情都很奇怪，连他自己好像也变得莫名奇怪了起来。

门"吱呀"一声被推开了，载沁闻到了饭菜的香味，知道是吴芷漪给他送饭菜过来了。

他日日受吴芷漪的细心照顾，如今已经颇熟了，遂循着声响，转过了脸："这般香，灶房做了什么好菜？"

吴芷漪回他:"有红烧肉,青菜香菇,还有一个菊花清补汤……"

载沁听见她细碎的脚步声远去。显然,她去了洗漱间。跟以往每次一样,用饭前,她都会拧了热毛巾给他,让他洗脸洗手。

果然,下一瞬,一块温热的毛巾已经塞进了他手里。

待他擦拭好,吴芷漪便接过了毛巾,小心翼翼地扶着他到沙发处坐下。

一个瓷勺子递到了他的嘴边。

载沁张了口,一勺搅拌了红烧肉的饭便被送进了口。红烧肉鲜香可口,还有淡淡的清香味道,竟比记忆中尝过的珍馐美食都还要美味几分。

载沁吞咽了下去,下一勺便又递到了嘴边。

"红烧肉里加了什么香料,吃起来有股清香?"

"没有加香料,可能是铺在锅底的粽子叶的香味。"

载沁又吃了一口,辨了出来:"是了,是粽子叶的清香。"

吴芷漪又喂了他几口后,方道:"这道红烧肉的做法是先在锅子底部铺上了粽叶,然后用我们那里红烧肉的做法,加入姜块、葱结、红枣等物,再放入酱油、黄酒、盐和清水,最后用火烧上一个半时辰左右,出锅的时候便带有粽叶的香气了……"

闻言,载沁不由得大赞:"你们盛经理家的灶房师傅手艺真是一绝。等过几日我见到盛经理,须得当她面夸赞一句……"

吴芷漪的手似乎顿了一顿,一会儿后,她轻声道:"到时候,你这般对我家小姐说就是了。我家小姐是浙江嘉兴府人士,这道菜是用她家独有的做法做的,外头吃不到的。"

吴芷漪的声音总是低低微微的,仿佛怕会惊走鸟儿似的。

载沁道:"浙江嘉兴府可是一个人杰地灵的好地方啊……有机会的话,须得去游玩一番……"

吴芷漪又停顿了,轻轻问道:"卡尔先生,您没去过嘉兴府吗?"

载沁想了想,脑中全无印象,便摇头道:"我没去过。"

说完,他等吴芷漪喂饭,可许久也不见吴芷漪有任何动作。

"吴姑娘?"

吴芷漪总算是反应了过来:"哦……不好意思,卡尔先生。"

载沁被喂食了几勺饭菜,又喝了淡而鲜甜的两勺汤,立刻解了红烧肉的油腻。

用完饭，吴芷漪端来了一大铜盆的温开水，又照例侍候他漱口洗脸。

载沁问道："盛经理她平日里很忙吗？"

"是。小姐她平时打理银行里头的业务就很忙，还经常要出差。这回也是。所以她才会昐咐奴婢和阿林来照顾您。她说卡尔先生您是她的大恩人，再三叮嘱我们一定要好好照顾您。"

"盛经理太客气了，我不过是举手之劳而已。"

"卡尔先生，您……您平时都是这么见义勇为，爱打抱不平的吗？"

"不是。"他载沁从来不是一个爱管闲事之人。

"那你为什么会救我们小姐呢？小姐说，你们不过是有过一面之缘而已。"

"可能正好让我碰到了吧……"事实上，载沁也是不知。他只记得他看到了盛经理被一群五大三粗的男子围着，心头无缘无故地发紧，甚至都来不及细思就停车上前。

"卡尔先生，您是哪里人？"

"原是北平人，如今家里头的人都住在天津了。"

"卡尔先生，您……您要不要写封信给您的……夫人，跟她说一声您受伤的事情……"

载沁道："不必了。我尚未娶妻生子，家里头只有我娘和我大哥一家。倘若写信回去，不过是白白让他们为我担惊受怕而已。我娘如今年纪也大了，我不想她一再为我担心操心了。"

吴芷漪似乎呆了一呆，顿了数秒才回道："哦，好，那就不写信。"

"对了，你挂电话去富民银行问问，盛经理到底何时出差回来？我不好在这里一直叨扰你们。"

"卡尔先生，您是因为救我家小姐才受的伤，是我家小姐的恩人，我们照顾您，侍候您的饮食起居是理所应当之事。"

"对了，你们盛经理怎么会招惹到青帮的人？"

"卡尔先生，奴婢只是个下人……奴婢实在是不知……"

这三日来，但凡载沁想要深入问一些事情，吴芷漪便会用这句话来搪塞他，载沁都听腻了。

载沁知道吴芷漪没有对他说实话，但除此之外，这盛家对他好像也无可挑剔的地方。

载沁可以从每一顿不重样的饭菜中，从每一条不烫手的热毛巾中感受到那位盛怀秀经理和吴芷漪她们对他的精心照料确实是出自一片真心实意。就算他回自个儿的洋房，也未必能得到如此妥帖细致的照顾。再者，他喜欢这里安宁静谧的氛围，叫他有种极难得的安心放松。

简而言之，载沁觉得自己在这里住得很舒服。

但是，这也并不表示自己可以一直打扰人家下去。且，他还有一大堆的事情……

不知不觉又过了数日。

这天夜里，是台风天，雷雨大作。

载沁朦朦胧胧中又闻到了那一抹熟悉甜美的气息，再一次察觉到那人又来了。

那女子每晚来了屋子后，都会很安静地待在他床畔，一整个晚上不声不响，不发出半点声息。

载沁一直不知她是谁。另一方面，也觉得好诧异，她到底想要干吗？

他并没有跟任何人说起这件事情，包括日日照料他的吴芷漪。

他隐约有种感觉，但凡他把这个发现告诉吴芷漪，那个女子夜里便不会再出现了。

这两三日来，他已经隐约能视物了。可眼前总像是笼了几层白纱一般，瞧不真切。

其间，洋人医生和大夫都来过，但他并没有将这件事情告诉他们，也没有告诉任何人。

他总觉得吴芷漪有事瞒着他。他想要知道是何事，问是问不出来的，只能靠自己去发现了。

载沁睁开眼，果然看到了床畔那影影绰绰的身影。

他以迅雷不及掩耳之势探出手，凭着感觉一把捉住了那个人。

手腕纤细，肌肤柔腻，果然是个女子。

那人大惊，用力地挣扎了起来。

"你是谁？"

那人不答。

载沁探出另一只手，凭着自己的感觉想去摸她的脸。他的感觉无比准确，一摸便摸到了她的脸。

那人仿佛愣怔了，一时忘了挣扎。

载沁的手触碰到了她的鼻子，一点点地向上，去摸她的眼睛和眉毛……她的睫毛如蝴蝶的翅膀，扑棱棱地在他掌心颤动……

载沁只觉心里似有团火被这翅膀扇了起来，渐有越扇越旺之势。

他压抑着自己，指尖又一点点地向下，来到她小巧微隆的鼻头，感受她呼吸间忽急忽缓的湿热。

那抹甜香似雾般萦绕载沁的鼻尖，他的呼吸也不受控地浊重了起来："你到底是谁？为什么会每天晚上来我房里？"

"说，你想干什么？"

那人依旧不说一个字，她又开始用力挣扎，想甩脱载沁的控制，离开这间房。

只是她到底是力气小，纠缠间，反而被载沁一使力拽上了床，压制住了。载沁凑上前去，但因不能视物，没控制好距离，直愣愣地撞到了她的唇，彼此呼吸刹那交融……两人俱是一愣，呼吸都陡然加重了起来。

载沁只觉得那抹香甜越发浓烈了，整个人火烧火燎的，觉得自己的忍耐力都到了极限了，他稍稍移开了寸许："你再不说我就大喊了……"

那人依旧不出一声。

半响后，她缓缓地抬起手，用发颤的指尖触了触他的脸……

那被她冰凉指尖触碰到的地方，仿佛过电一般簌簌发烫。载沁再无法压抑，鬼使神差般地凑了过去……她竟不躲不避，仿佛痴傻了一般，任载沁吻住了她，一路攻城略地……

第二天，载沁醒来的时候，只听外头的"滴答"之声不绝于耳，显然雨势未歇。

那女子已经不在屋子里了。

中午是阿林给他送了吃食过来，服侍他用饭。

载沁问："吴芷漪吴姑娘呢？"

阿林回道："她出去办事了，要傍晚才回来。"

载沁不再多问。

傍晚时分，吴芷漪端着托盘进屋的时候，见载沁坐在窗边，哼着异国曲调的一首歌曲。

载沁的嘴角微扬，侧脸线条亦比往日柔和了许多，像是十分愉悦的样子。

吴芷漪："卡尔先生，可以用饭了。"

他止住了哼唱，含笑地转过脸与她打招呼："吴姑娘，你来了……"

照例是吴芷漪喂他吃饭。载沁配合得很，很快便用完了。

"吴姑娘，你今天办何事去了？怎么去了足足一天。"

吴芷漪只说是小姐走之前吩咐她办的事情。

"办妥了吗？"

"办妥了。"

一连数日，那女子再没有半夜出现。

载沁知她不会再来。

载沁遂向吴芷漪辞行："吴姑娘，我叨扰你们久矣，实在是不好意思再继续打扰下去了，今日便向你们辞行。麻烦吴姑娘帮忙安排一辆人力车，送我回去便成。"

吴芷漪又是那一番说辞，说自己做不了主。

载沁无奈，只好道："那我再多住一晚吧。不过明日我是无论如何都要回去的。"

吴芷漪正欲说话，便见载沁斩钉截铁地道："你不用劝我了。我意已决，你们别拦我，拦也是拦不住的。"

果不出所料，后半夜，那女子又来了。

载沁一直在等着她出现，一把逮住了她："说！你到底是谁？！"

"你到底说不说？不然我真大喊，把盛家的人都唤来了，叫大伙认一认，你到底是谁？"

那女子不发一言，也不挣扎，只是抬起手轻轻地碰了碰他的眼……

在自个儿的洋房里，管事和仆人们自是将载沁照料得妥帖周到。

盛怀秀带了厚礼前来洋房拜访载沁。

洋房管事客气地招呼盛怀秀道:"盛经理,您请在这里稍坐片刻。我这就上楼禀报我们主子。"

"劳烦您了。"

洋房管事很快便下楼来了,恭敬地道:"盛经理,我家主子如今行动不便,不能下楼相见。他请您到楼上书房一聚。劳烦您随我来。"

盛怀秀面上似是一怔,但这一抹情绪不过一秒而已,便被她敛下了。她问道:"不知这几日……卡尔先生的眼睛可有好转?"

洋房管事黯然摇头,说:"主子还是老样子。"

他在前头引着盛怀秀上楼,将盛怀秀带到了二楼最西边的书房,请她在窗边的一对西式沙发入座:"盛经理,我家主子这就过来。"

片刻后,载沁戴着一副墨镜,由听差搀扶着一步一步地走进了书房:"盛经理,劳烦你了,特地跑这一趟来看我。我实在是受之有愧啊。"

盛怀秀忙起身问候:"卡尔先生,您太客气了。要不是您出手相助的话,我那日恐要被那些人捉了去。卡尔先生是我的救命恩人,我感谢都来不及,哪里有劳烦一说。只是我害得您落到如此田地,心里头实在是愧疚。"

载沁由听差扶引着,在她对面的沙发上端坐了下来:"盛经理,你太客气了。"

"前些日子我因银行的事情出了趟远门,没能亲自照料卡尔先生,甚觉过意不去。所以今日特地登门来向您赔罪。"说罢,盛怀秀顿了顿,又关切地慰问道,"卡尔先生,您的眼睛这几日可好些?"

载沁摇了摇头。

"真是太抱歉了。卡尔先生若不是因为救我的缘故,也不会弄到如此地步。"

载沁摆手道:"事已至此,也就顺其自然吧。一切都是老天爷的安排。"

此时,听差们送上了热咖啡和一些西式糕点。

盛怀秀道:"卡尔先生,昨日我遇到了一件很奇怪的事情,想跟您打探打探。"

"哦,什么事?盛经理尽管说。"

"昨天下午,青帮的头头亲自登门给我赔罪了,他说有人跟他打了一声招呼,让他日后不要找我的麻烦。他澄清说这件事情并不是他们青帮所为。他说他和枭帮的孟余亭孟帮主是拜把子的兄弟，知孟帮主和我们盛家关系匪浅，他是决计不会动孟帮主的朋友的。此事是有人冒充他们青帮做下的，栽赃嫁祸于他们青帮。他表示会将这件事情查个清楚，给我一个交代。还说无论如何，这一回的事情是欠了我一个人情，日后但凡我在上海有什么事，叫我尽管去找他。

"可我想了许久，也没想出到底是谁出面帮我去跟青帮的头头打招呼的，卡尔先生，也不知您能不能给我一点线索，提点我一下？"

这事情是载沁所为。是他派人以段宏铭的名义去跟青帮头头打了声招呼。

青帮头头一听到是段大公子派来的人，自是无不应承。这载沁的人前脚一走，他后脚便提了厚礼登门拜访盛怀秀了。一见面，便是连声告罪。

载沁听盛怀秀这般问她，便知她已经心知肚明了。

载沁不答反问："盛经理，听你这么说来，你知道冒充青帮的人是谁？"

"是。"

"是谁？还有，你一个女子怎么会惹到这些人的呢？"

盛怀秀道："此事说来话长。我这回惹到的人……的确不是青帮。他们是一群比青帮还难缠的家伙。"

"到底是什么人竟比青帮还难缠？盛经理但说无妨。"

"实不相瞒，我惹到的是北洋军阀冯国璋的手下，驻扎江浙交界一带的李成虎李团长。"

"哦，原来是他。"

载沁和段宏铭来到上海的第二天，便在段宏铭的公馆见过这李成虎一面。这些军阀手底下的团长师长个个都是人精，各方观望，随时都准备着琵琶别抱、另投新主。如今整个北洋系中属段祺瑞的风头最盛，那李成虎收到段家大公子前来上海的消息，第一时间就赶来巴结孝敬了。

"前些日子，这李成虎团长说他们的军队没钱发放伙食费了，前来我们富民银行借款。"盛怀秀道，"我们富民银行关于借贷事项是有很严格规定的。所有的款子借出去都是需要抵押物如房契、地契等或者旁的担保，然后再经三道程序审核方能通过。倘若没有的话，头一道的审核程序便会通不过。他们是强行来打秋风的，根本没有任何抵押物。所以我借口没有抵押担保物，银行批不出任何贷款，一口回绝了他们。他们临走时便撂下了狠话，说叫我千万不要敬酒不吃吃罚酒。

"事实上，这都已经不知多少回了，军队没钱，就用各种名义来强迫我们银行借款。稍有推诿，就说饥军行将哗变，无法制止来要挟……什么没饭吃，什么哗变，其实都是些变相的敲诈勒索。

"我知道他们借不到款子，是不会善罢甘休的，肯定是要闹事的。银行的董事们都叫我暂时别上班了，避避风头。可我躲得了一时，躲不了他们一世。于是，还是每日照常上下班。结果，那天便被人堵了……

"唉。如今这世道，城头变幻大王旗，每个当权者上台后无不都要中饱私囊、敲诈一番，苛捐杂税又多如牛毛，我们这些商人实在是太难了。单说我们富民银行吧，能在各大洋人银行的缝隙中求生存已是不易了，可三不五时就会碰上这些以权压人、敲诈勒索之事，倘若我们不应允，他们便变着法子来对付我们银行，如今都已经进行人身伤害了……国家一再号召全国的商人实业兴国，商业兴国。可如此的世道，怎么兴国？如何兴国？"

载沁一直默不作声地听着，到了这会儿方道："你放心，李成虎这件事情我帮你去处理。"

盛怀秀知道他与段祺瑞大公子之间交情匪浅，只要他以段大公子的名义出面，这李成虎团长势必要卖段大公子一个面子，她忙起身道谢了一番："谢谢卡尔先生。"

载沁淡淡一笑，道："盛经理，你先不必急着谢我，我这厢也有件事情要请盛经理帮忙呢。"

盛怀秀忙道："有什么事情请卡尔先生尽管开口，只要我能做得到，无不应允。"

"不急，你先给我调一杯咖啡，我们再慢慢细聊。"

"好。"

盛怀秀动手倒了咖啡，在加牛乳加糖的时候，问道："卡尔先生，您需要加多少牛乳？几颗糖？"

"不用加糖，只加牛乳就好。"

"好。"盛怀秀搅拌均匀后，小心谨慎地把杯子递给了他，"小心，杯子有些烫手。"

载沁探出手，左右摸了摸，摸到了她的手，说了句"不好意思"，这才稳当地接过杯子："谢谢盛经理。"

载沁饮了两口，又递还给她。

"卡尔先生，您有什么事情就尽管说，我一定想方设法为您去办。"

"如此的话，实在是太好了。"载沁这才道，"盛经理，你可否帮忙安排吴芷漪吴姑娘来我家里头照顾我？"

盛怀秀不觉一愣："卡尔先生这边缺人手吗？"

"家里头的人手倒是不缺，可净是些粗手粗脚的大老爷们，哪里有吴姑娘温柔细心。本也是可以去雇人的，可一时半会儿地，哪里能找到像吴姑娘这般称心如意的呢。所以啊，请盛经理务必看在我眼睛看不见的分儿上，帮我这个忙，将吴姑娘借我几个月。"

盛怀秀很是为难，道："这……恐怕是不行……"

"为什么？"

"她前两日有事回老家了。"

"竟这般巧？！"载沁又说，"不知她何时回来？我等她回来便是了。"

"她家里头有事，恐怕一时半会儿……不会回来……卡尔先生，不如您先雇个人试用试用，倘若等她回来，您的公馆还没找到合适的丫头的话，我就让她过来。"

载沁听了这话，忽地嘴角微勾，意味不明地笑了："既然她一时半会儿回不来，我也就不强求了。那我可否跟盛经理换一个人来照顾我？"

"卡尔先生想换谁？阿林吗？阿林倒是可以的。"

载沁摇头："不是他。"

"那卡尔先生想要谁？"

"换你，盛经理。"

盛怀秀一怔后，脸色大变。但她很快便镇静了下来："卡尔先生真是会说笑。"

"我不是说笑。"

对面端坐着的载沁忽地倾身过来，伸出手一把捏住了她的耳垂。

盛怀秀僵立当场，无法动弹。

那里有个被咬破的齿印，以至于盛怀秀这几日来一直用烫卷的头发遮住耳朵。不过今日已经开始掉痂了。

"你……什么时候可以看见的?"

载沁取下了墨镜,露出了一双又黑又亮的眼睛。

盛怀秀不错眼地凝视着他的眼睛,眼圈开始一点点地泛红,仿佛高兴极了,又仿佛无限委屈难过,甚至还有几分薄怒隐在其中。

载沁实在不懂,一个人的眼神里头怎么可以包含这么多的东西。

"真正可以看清楚是我回洋房那天。前些天总是模模糊糊,只能见到一点影子。

"盛经理,我实在是不懂,在我不能视物住在你家的时候,你为什么会夜夜出现在我房间里头?"

盛怀秀别开了脸。

"你可以否认。但是你我都知道,这个伤疤便是证据。"载沁轻轻地摩挲着她的耳垂。

"从始至终,你便是吴芷漪,吴芷漪便是你。所以在这天底下,你如何能再找到另一个自己呢?你一直利用我看不见这一点,故意用香水迷惑我,故意压低了嗓音说话,连方才给我调咖啡的时候还在故弄玄虚,让我以为有两个人。我说的有没有错?"

盛怀秀不说话。

载沁知道自己胜券在握。

"可是,为什么?你为什么要这么做?"载沁一直百思不得其解。

然,盛怀秀的表情告诉他,她是不会给他解惑的。

克利番菜馆。

"干杯。"晶莹剔透的高脚水晶杯在碰触之际发出了"叮"的一声悦耳脆响。程重熙端起酒杯,正欲饮酒,忽然看到餐厅门口处进来了一对十分摩登洋气的男女。

那身形婀娜的女子,他是再熟悉不过了。程重熙对朋友说了一句"不好意思",便想起身去打招呼。

下一瞬,当程重熙看清了那男子的长相,瞳孔不觉一震:怎么会?!载沁不是死了吗?!还是世上真有跟载沁如此相像的人?!可就算有与载沁如此相像的人,又怎么会这么巧和盛怀秀在一起的?!

程重熙满腹疑问。但他按捺着，待朋友用好晚餐先行告辞离开后，方又唤来了服务生，给他上一杯热咖啡。

那个与载沁相似的人结好了账便出门去开车了，盛怀秀去了洗手间。

程重熙等候她出来，唤住了她："Eileen。"

载沁将小汽车开到了番菜馆门口，透过干净清透的玻璃大门，一眼便看到有个成熟稳重的国字脸男子在与盛怀秀说话。

两人不知在说些什么，那男子似有些激动，握住了盛怀秀的手，说话间还把视线投了过来，见载沁在看他，便隔着玻璃与他深深地对视了一眼。

嗯，眼神很不友好，敌意很深的那种。

盛怀秀也不甩开他的手，任他握着，又款款地与他说了好一会儿的话，方才出了餐厅的大门。

"他是谁？"

"一个朋友。"

盛怀秀轻描淡写地回答，似乎并不想多谈。载沁本就心中不快，如今见她这般敷衍，那股不快便达到了顶点。他口气不善地追问道："什么样的朋友？"

盛怀秀侧头瞧着车窗外，仿若未闻。

载沁双手用力地捏握着方向盘，冷哼了一声："像我这般的朋友吗？他也曾经救过你，你以身相许？"

盛怀秀倏然变色，转过了头对他道："停车。"

载沁自是不会停。他与盛怀秀之间相处时日并不长，可也不知为何他却莫名地很了解盛怀秀外柔内刚的性子，深知他一停车，盛怀秀势必推开车门，扬长而去。

"你给我停车。"

车子行驶进了洋房花园，等车子甫一停稳，果然便见盛怀秀第一时间便下了车，踩着羊皮小高跟鞋，急步往大门口走去。

载沁从车子另一头绕了过来，一把捉住了她的手："若不是像我这样的朋友，那是怎么样的朋友？"

盛怀秀毫不示弱地望进他的眼："我与他是什么关系，都与你无关。"

"旁的我不管，但你答应在我这里待半年的。在这期间，我可不想看到你跟别的男人卿卿我我。我载沁从来不与人分享我的东西。"

自打盛怀秀在洋房住下后，载沁完全控制不住自己，对她的感情一日深过一日。可他又知自己不是盛怀秀的第一个男人，暗地里早不知吃过多少回醋了。方才见那个男子与盛怀秀之间说话的亲密表情和肢体接触，显然彼此关系极好。他在餐厅门口便已经打翻了醋坛子，这一路上都在揣摩这男子的身份。最后，得出的结论是，这男子多半是盛怀秀的情人。

如今盛怀秀的回答则更是火上浇油，叫他妒火与怒火齐飞，所以他才会这般口不择言。

盛怀秀声音冷如碎玉："你放手。"

载沁自是不会放，反而扣得更紧了："是与我无关。但你要与他在一起……再等五个月……怎么？等不及了吗？"

盛怀秀露出了不敢置信之色，而后她抬起手，朝他打了过来。

载沁猝不及防，加上也没想到要躲闪，便被盛怀秀一下打在了脸上。

载沁从小到大都金尊玉贵，如今大清虽然亡了，可他家底丰厚，又有段宏铭处处护着，这几年来也都是受人尊敬欢迎，哪里被人这样打过脸，一时间，自己也蒙了。

空气一瞬间安静了下来。

这一来，载沁便自以为是地更加确认了那男子的"身份"。他摸了摸自己发热发疼的脸，忽地笑了："好了，我知道了，他与我的确是不同的。他是你喜欢的人，而我，不过是一个拿了你把柄威胁你的阴险小人。"

载沁更用力扣紧了盛怀秀的手："可那又怎么样？我们的协议还没到期。我相信盛经理是个信守承诺的人，答应过的事情是不会反悔的。"

在不远处是一个紫藤花架子，如今花期已过，只余一片繁盛绿意。

盛怀秀侧过了脸，隐忍地咬着下唇，视线怔忪地落在上头，表明了不想理睬他，更不愿意同他多说一句话的冷淡态度。

自打载沁拆穿了盛怀秀，胁迫她留在洋房后，盛怀秀便从不轻易跟他说话。

此后，盛怀秀更是与他毫无任何交流了。

耳畔净是爆竹似的声响，一声接一声。

"主子，他们人手太多了，我们已经被团团包围了……"

"主子，我们掩护您冲出去……"

"主子，我们不成了……您快走……"

那人从怀里取出了一件小衣衫，展开看了数眼后，在上头落下了一个轻轻的吻。

载沁急得不行了：后面的一群蒙面刺客马上要围拢上来了，这个人竟然还有闲情逸致去亲一件衣衫。

而后，只见那个人咬着牙道："跟他们拼了……"

载沁看清了那个人鲜血淋漓的一张脸，竟然是自己。

他猛地从梦中惊醒了过来，额头上汗津津的一片……

这到底是梦还是他亲身的经历？载沁不知。

然，到底是睡不着了。

载沁便放轻了脚步，来到了盛怀秀居住的客房。

屋子里四处都萦绕着她淡淡的气息，载沁整个人缓缓地放松了下来，不知不觉地迷糊了过去。

这一觉醒来，便已经天色大亮了。

盛怀秀已经下楼了，在饭厅用早饭。

"一份三明治。"载沁吩咐好听差，在盛怀秀的对面坐下，给自己调了一杯咖啡。

"我昨儿做了个噩梦。"载沁知道盛怀秀没什么兴趣了解他的噩梦，但他总是喜欢与她分享，加上此刻心情特别好，所以自顾自地说着，"奇怪的是，这个梦真实得好像真发生过一样。梦里我被好多人追杀，可是搞笑的是，我身中数枪，命都快保不住了，居然还摸了件小衣服出来吻了吻……"

盛怀秀整个人骤然一抖，手里的勺子"吧嗒"一声掉进了碗里头，发出了"叮"的一声脆响："什么……小衣服？"

见盛怀秀居然肯与他说话，载沁心里一喜，便将梦中所见一一形容给了盛怀秀。

听完后，盛怀秀脸上的血色似一下子被人抽光了似的，比雪色还白数分。

"你怎么了？"

"没什么……"

这时，管事撩着长衫下摆，进了饭厅，向载沁禀报道："主子，小的按您的吩咐，挂电话去德国的保险箱公司了，他们说下午就派人过来开保险箱。可他们说了，他们的员工也只能试一试，并不保证一定能打开。"

"知道了，倘若连他们都不能打开的话，就让他们把保险箱拆下来，砸了，看看里头到底搁了些什么物件……"

说完，载沁抬头，只见盛怀秀又用那种怔忡古怪的表情在看他了。

那种她明明是在自己身旁，却仿佛远在天边，明明在看自己，却好像在看别的人的那种感觉又强烈袭来了。

载沁很讨厌盛怀秀这般看自己，也特别讨厌这种感觉，每次总叫他不住地揣摩：她到底在看谁？她到底在想谁？

是克利番菜馆的那个男子吗？

"你……不记得自己保险箱的密码？"

这是盛怀秀今日第二次开口同他讲话了，载沁觉得不可思议的同时，心头又不受控地泛起了欢喜。他忍不住把从前的事情一股脑地都讲给了盛怀秀。

"我从前受过一回重伤，一直昏迷不醒，差点就去见阎王爷了。我阿玛和额娘请了紫禁城的太医们，也请了北京城里最好的洋人医生，想尽了一切办法，但都无济于事，怎么都没办法将我救过来。最后只好听了洋人医生的建议，死马当活马医治，把我送去了德国治疗……"

"你受了重伤……昏迷不醒……把你送去了德国……"

"是啊。当时我阿玛怕有人一心要置我于死地，所以对外放出消息说我已经死了……你怎么了？脸色一下子又这么白？"

"我没事……"盛怀秀用双手捧起了咖啡杯。

可奇怪的是，她的手不受控地颤抖，根本捧不住咖啡杯。

载沁见状，忙从她手中将杯子取走，而后握住她的手："你到底是怎么了？手抖成这个样子？是不是昨夜着了凉，有热度了……"

"我没事……我喝几口热咖啡便好了。"她从载沁掌心抽出手，捧起了咖啡杯，在颤抖中一口气饮了数口。

喝完后，整个人看起来确实好了几分。

"你……继续说。你后来什么时候醒过来的？"

载沁从未见过这样奇怪的盛怀秀，但见她很想了解自己的过去，心里头自是说不出的高兴，便接着道："到了德国医院的第三年方才醒过来的。之后，又听了德国医生的建议去美国做了一番检查，顺便游历了一年多才回到国内……

"自打我醒过来后，有些事情便不记得了……这保险箱的密码便是如此……"

"有些事情便不记得了……"

"是啊。洋人医生说我是因为脑部受伤，所以才会失去部分记忆……我好像只是不记得了受伤前几年发生的事情，一睁开眼以为自己还在德国留学，没有回国而已……比如我依然记得我阿玛、我额娘这些家人，记得我们北京城的王府，甚至记得所有小时候的事情……可失忆前数年的事情反而怎么想也想不起来……

"这几年来，我每次只要一想就头疼欲裂……但失去记忆好像也没有影响我的生活。估摸着都是些无关紧要之事吧。算了，如今我也不多想了。"

"无关紧要之事……"盛怀秀的声音低微，仿若呢喃一般有气无力。过了片刻，她撑着椅子摇晃着站了起来。

"你脸色还这么苍白？肯定是病了。我让管事挂个电话请个洋人医生过来给你瞧瞧。"

"不用了。我没有生病……我不想看医生。我只是有些累而已。"

载沁瞧她模样，确实是极疲累倦怠的样子，便道："那我扶你上去休息。我去一下商会，等下赶回来陪你用中饭。"

载沁以为盛怀秀会跟以往一样，不应也不答。

然，她竟然点了点头。

载沁一时倒有些蒙了。

不过蒙归蒙，他还是很快活的。

于是，载沁与人商谈好，便早早地回了洋房。只是盛怀秀依旧是一副恹恹的，精气神全无的委顿模样。

下午的时候，保险箱公司的工作人员来了，当着载沁的面试了许久，总算是打开了保险箱。

里头有一些金条、一对金刚钻戒指和几张银行的存单外，还有几张载沁的照片。

载沁看了照片里头的自己，完全想不起自己何时曾在紫藤花架下拍过这些照片。

　　那对金刚钻戒指也是。他也不知是何时买的，买了又是何为？莫非是送给徐瓷碧的吗？他实在是半点也记不起来。

　　载沁把照片取了出来，在保险箱工作人员的指导下重新设置了密码。

　　自打这天开始，载沁也不知怎么了，总感觉盛怀秀似乎对他比以往好了许多。

　　甚至好几回，他发现她看着他怔愣出神，古怪得紧。

　　虽然有些疑惑不解，但是他很喜欢盛怀秀的这种古怪。

　　也是从这日起，载沁经常会做梦，梦见一些他和盛怀秀在洋房的画面，比如两个人一起跳舞，两个人一起看书，甚至还有盛怀秀喂他吃饭，等等。

　　"真的好奇怪，梦里发生的事情很真实，好像是我真的跟你一起做过一样。"

　　盛怀秀每每望着他，不出声。

　　这一天晚上，在上海总商会会长虞生明安排的宴会上，载沁又与前几日在克利番菜馆遇到的那个不友好的男子见面了。

　　虞生明很是热络地将那男子引过来，想为彼此介绍一番。

　　那男子却淡淡道："劳烦虞会长了，其实我和这位卡尔先生是旧识。"

　　虞生明错愕道："原来两位早就认识了，那是再好不过的了。我就不多招呼你们了，你们俩好好叙叙旧。"

　　载沁心道：自己什么时候认识他了？难不成就凭在克利番菜馆的那一眼对视就算认识了吗？

　　程重熙盯着他打量了几眼，从鼻子里哼出了一声冷笑："想不到载沁贝勒爷贵人多忘事到这地步？竟然连我都不认得了？"

　　载沁听见他一口唤出自己的身份和真实姓名，惊讶地挑了挑眉毛，道："你认识我？"

　　程重熙眉头大皱，见载沁的表情不似作伪，便觉得好像有什么地方不对劲。

　　"在下 Charles 程，程重熙，是英国怡和洋行的买办。在下曾与载沁贝勒爷在上海有过好几面之缘。"那"好几面"三个字，程重熙为了讽刺载沁，咬字极重。

"是吗？不好意思。我记不得了。"

"你不记得了？那你怎么和Eileen在一起的？"

载沁纳闷道："Eileen是谁？"

程重熙失笑道："Eileen是谁？载沁，你这是揣着明白装糊涂啊。你前几日不是跟她一起在克利番菜馆吃饭的吗？"

"你说的是盛怀秀？富民银行的盛经理吗？"载沁倒吸了一口气，反应了过来，"你的意思是她的英文名字叫作Eileen……我从前便认识她？"

"载沁，你是真不记得还是假不记得？这种话你都说得出口？你还是人吗？你若是不认识她的话……你们之间怎么有……"

载沁想起了自己那些个梦。或许，那些根本不是梦。而是他和盛怀秀的真实过往。只是他失去了那些记忆而已。

载沁整个人骤然打了个寒战。

他一把抓着程重熙的肩膀，追问道："我和她之间怎么样？你快说！"

程重熙见他模样不像是伪装的，不觉狐疑纳闷了起来："你真不记得了吗？"

"这么说来，我与她从前肯定是认识的，且还不只是认识这么简单。既然你知道一切，你告诉我，我和她之间到底是怎么回事？"

"载沁，那我问你，你明明活得好好的，为什么你们端亲王府会说你死了？你先把这个告诉我，我再考虑要不要把我知道的事情告诉你。"

载沁把自己的经历一一都说了。

"原来你受了重伤被送去了德国，又失忆了……怪不得……怪不得……"

"怪不得什么？程先生，我和盛怀秀之间……到底发生过什么？"

程重熙不答反问："你真的在乎她吗？"

"废话！倘若我不在乎她的话，我跟你说这么多做什么！"

程重熙叹了一口气："载沁，这是你和Eileen之间的事情。我想还是你自己去问Eileen比较好。"

此人尽绕圈子，载沁也不想与他多废话了，转身便大踏步地往外走，准备回洋房。

程重熙却在身后唤住了他:"载沁,我程重熙好人做到底,给你一个提示,Eileen身上是不是有一条从不离身的鸡心链子?那鸡心是可以打开的。你可以看看。"

…………

载沁就着台灯晕黄的光线,看清了鸡心里头的小照片。

那上头的男女,分明便是自己和盛怀秀。

甚至那照片的背景和他从保险箱里头取出来的是一样的,都是花园里头的紫藤花架。

载沁想起有一回他进屋时,盛怀秀拿着钱包发呆,一看见他就匆匆将其塞进了抽屉。很显然,有些东西她并不想让他看到。当时他也并未多在意。此时想起,便觉得不对劲。

于是,载沁翻查了所有的抽屉和她的手包,在她钱包的夹层里找到了与保险箱里一样背景的照片,不同的是,那是她和他的合影,是鸡心里那张照片的放大版。

载沁把自己的单人照和两人合照放在一起,从紫藤花架的花期到自己穿着的衣服到各种小细节一对比,便发现两张照片是一起拍摄的。

看来,盛怀秀知道保险箱的密码,曾经打开过保险箱,提前从里头取出了两人的合照。所以保险箱公司的工作人员打开的时候,他只看到了自己的单人照而已。

程重熙说的都是真的。

他和盛怀秀从前便是认识的,且是一对恋人。

可是,他把她,还有与她的过往忘得一干二净了。

与此同时,曾经很多他弄不明白的事情都一一解惑了。

比如,在十字街口初见的时候,她直愣愣地望着他,似痴傻了一般。

比如,在虞生明家的慈善晚会上,她看见他整个人会发抖。

比如,在他失去视力的时候,为什么她会把他留在家里精心照顾他,为什么会每晚深夜出现在他房里。

比如,为什么他闻着她的气息便会觉得很安心。

比如,他不过是小小的口头威胁,她便答应留在洋房照顾他。

比如,为什么他看到过很多次她望着紫藤花架落寞出神的画面。

比如，她听到他受重伤失忆的那天早上，为什么会脸色发白。他说那句无关紧要之事的时候，她的表情会那么伤心欲绝。

又比如那之后，她对他态度的好转。

………

载沁明白了：为什么她经常会看着他的时候，仿佛又透过他在看另外一个人。

原来一直以来叫他吃醋的那个人，其实就是他自己。

载沁觉得狂喜，又觉得心碎难过。

他喜欢的人原来便是自己曾经的爱人。可难过的是，自己竟然把她忘记的同时，在她默默承受一切的时候还在不停地"欺负"她。

他也终于明白了为什么失忆后的自己会这么轻易地再次爱上她，莫名其妙地为了她吃了一回又一回的醋。因为在他的脑海深处，他从来未曾忘记过她。他一直记得她的气味，所以哪怕他不能视物的时候，也会情不自禁地受到她的吸引，再一次地爱上了她。

盛怀秀朦朦胧胧醒来的时候，总是会去摸脖子上的鸡心链子。

这些年下来，都已经成了习惯了。

可是，今天她摸空了。

怎么会没有?! 盛怀秀觉着不对，整个人顿时完全清醒了过来。她坐起身，往床头枕畔摸寻。

"你在找这个链子吗？"

是载沁。

盛怀秀朝着声音处望去，看到了载沁坐在床畔，手里捏握着的正是她的那条鸡心链子。

此刻鸡心正打开着，两人的合照赫然可见。

"你有什么要对我说的吗？比如，你为什么有我们两个人的合照？"载沁的嗓音仿佛在水里浸过似的，又低又温柔，

盛怀秀知道，所有的事情都无法再隐瞒了。

"你为什么不告诉我，我们从前是恋人？"从头到尾受伤最重的人，最难过的人，都是她。可是她忍受他的一切，从没告诉他一个字。

"你是不是觉得我始乱终弃，所以不肯认我？"

盛怀秀乍然之下见到载沁，是欢喜而不敢置信的，又是心如刀割的。她不相信载沁会忘记她，所以，她总是不肯相信他便是载沁。

真正确认是在他被人砸中脑袋、昏迷不醒的时候，她解开他的衣服，看到了他右上臂子弹伤疤的那一眼，她才确认了：他是载沁，是她的载沁。他真的没有死，他是活生生的。

"对不起，我不记得了。我不是故意的，我不是故意忘记你的。"

盛怀秀一直怔怔地瞧着他，不说话。到了此时，她才轻轻地开口："我知道。"

在他昏迷的时候，她发现了他身上好几处子弹的伤疤，便知道他曾经受过不少伤。她前前后后试探过他这么多次，发现他确实是不记得她了，不是假装的。可为什么会如此呢？她就载沁的情况去咨询过朱宜慧。宜慧姐说，载沁可能曾经伤到过头部，所以才会失去了记忆。

可载沁明明记得的，记得他的家人，记得从前很多事情。可偏偏就是不记得她了。

宜慧姐说有些人可能只失去部分记忆，不记得一段时间内发生的事情而已，让她耐心观察。还说有的人只是暂时失忆，过段时日，过一些年便会恢复了。

后来，开保险箱那日，载沁讲述了他曾经的经历，她发现果然便是如此，也终于明白了当年端亲王府为什么要散播他的死讯。载沁不是故意忘记她和她的一切的，他只是受了重伤失忆了而已。

载沁轻轻握住了她的手："对不起。我不单不记得你，还动不动就对你发脾气，也不知道什么时候会记起来……实在是不可原谅。"

"过去发生的事情，我无法改变。可是，我答应你，以后再不离开你，也再不让你生气……好不好？"

盛怀秀回握住了他的手，与他十指相扣。

只要载沁还活着，对盛怀秀来说，一切都可以原谅。

他们之间有一个盛西青，还有一个未来。

番外二　锦绣盛世，盛世如锦

某电视台采访编辑室。

周敏钦一推开门，便闻到了一屋子的咖啡浓香，顿时便心有戚戚焉：看来大伙昨天跟她一样都为电视台通宵卖命了，所以这一清早的会议便要靠咖啡来提神续命。

不多时，主编进来了。他大刀阔斧地在他的专属位置一坐下，会议便算是正式开始了。

前面的几项议题都与她跑的线无关，周敏钦心不在焉地听着，不料主编转头唤她的名："小周，最近国产大牌 E*F 在巴黎的时装发布会开得很成功，引发了潮流追捧。这可是国内时装界的大事，你们向来跑时尚这条线，派人负责采访。"

周敏钦一怔："你说的是嘉兴 E*F？太巧了，我老家也是在嘉兴的呢。"

"那好，那就决定让周敏钦负责这条线。大家意下如何？"

众人纷纷举手赞成。

主编当即在微信里转了一张微信名片给她："小周你安排时间采访一下他们盛总，这是我跟我朋友要到的他们老总助理的联系方式。"

"好的。"主编一声令下，底下众人莫敢不从。

周敏钦出了会议室，当即拨通了名片上的电话，与对方的秦助理就采访事宜沟通了一番，敲定了采访时间。

在正式做采访前，周敏钦查过他们老总盛嘉欣的资料。与清秀文雅外表形成鲜明反差的是，她是个能力极强的实干家。从美国纽约××艺术学院毕业后，回家接手家里的代工工厂。从做代工，到建立了自己的品牌 E*F，一举成为国内女装的 NO.1。如今更是冲出了中国，走向了国际。且这些年来，E

*F集团还涉猎科技、金融等各种板块，实力极强。

采访那一天，盛嘉欣的助理小秦亲自到集团大楼下面接她，然后带她坐电梯，直达了盛嘉欣办公室所在的楼层。

盛嘉欣的办公室位于二十六楼，一大面透明的玻璃幕墙，可望见半个嘉兴城的旖旎风光。

她正在办公，见助理带着周敏钦进来，便合上了文件，含笑着起身相迎："周小姐，你好。我是盛嘉欣。"

"盛总，你好。我是周敏钦。"周敏钦客套地寒暄了一番。之后，便进入了正题。

盛嘉欣十分配合，她常年做惯采访，驾轻就熟。

周敏钦为了这次采访，调查准备得十分充分，所以与旁人不同。她从百年前的盛家开始提问："听说，盛总祖上便是嘉兴城的丝绸大商贾，是出了名的爱国商人，1949年中华人民共和国成立后为国家捐出了盛家所有的产业。这E*F品牌前身的工厂原先便是你祖上捐出的盛锦记绸缎庄、机房和缫丝厂。"

盛嘉欣："是。"

大约是因为提到了盛家祖上，盛嘉欣饶有兴致地对周敏钦讲述起了家族的故事。

"我太爷爷盛怀新当年是个革命党，立志要推翻当时腐败的清朝政府。他在外革命，留了我太奶奶沈如锦一人挑起了家里的担子，既要对外经商，又要对内打理大家庭里头的各种事情……我太爷爷和我太奶奶一共有四个孩子，以东南西北取名，我爷爷盛北青是他们最小的儿子……"

盛嘉欣出生后，盛父所在的丝绸厂一再亏损，面临着厂子倒闭工人下岗的局面。时正国企改革，盛父主动承包了丝绸厂，开始自负盈亏。这在当时是一件冒大风险的事情。

年幼的盛嘉欣不懂父亲的选择。盛父告诉她这厂的原身就是咱们盛家的缫丝厂和丝绸庄，是新中国成立后你太奶奶捐献给国家的。厂里的工人很多都是咱们家以前的老伙计的后人，比如××的太爷爷等都是咱们家以前的掌柜。所以，现在厂子遇到了困难，我们盛家人要勇于挑起担子，我们有责任带领他们过上好日子。

随着改革开放的浪潮，加上盛父吃苦耐劳，带领着厂子里所有的人苦干实干，承接国外各种品牌服装加工的订单，业绩蒸蒸日上，厂子扭亏为盈。由于有了利润，员工的收入很好，厂子成了嘉兴城中人人都抢着来工作的地方。

盛父的丝绸厂办得十分出色，挖掘了嘉兴原有的刺绣人才，保留了嘉兴丝绸的特色，加工的产品远销国外。

1997年，香港回归那一年，家中最小的盛嘉欣考取了大学，后来她进入了纽约××艺术学院深造。起初，她并不想回家继承家业，但由于盛父的命令和家族使命感，她不得不回家，在工厂上班，从后道开始做起。

改革开放的这些年里，中国经济得到了迅猛发展，工人工资的提高，汇率的变动，劳动密集型的对外贸易的利润越来越薄。

盛嘉欣进入盛家工厂工作后不久，便发现了这个问题。与此同时，在与外商交易的过程中，她发现他们的企业没有自己的牌子，只能一直做代工，永远在为别人做嫁衣裳。怎么解决这个困境，走出这个困境呢？他们必须创立自己的品牌。这便是E*F这个牌子的由来。

"这便是我和我们家族的所有故事，也是我们集团的源头。我们每个人不能脱离家族而存在，就如同我们每个人，不能脱离这个社会、这个国家、这个时代而存在一样。"

周敏钦听到这里，不由得肃然起敬："所以你把盛家在民国时期原有的丝绸品牌盛锦记发扬光大，创立了集团公司，并领着时尚集团成功上市，走出了嘉兴，也走向了世界。丝绸是我们嘉兴的特色产业，也是我们的民族产业。现今整个社会的潮流是越民族，越世界。"

"其实我特别感谢我能生活在如今这样的一个美好时代。我父亲曾不止一次对我说过，他顺应了国家改革开放的潮流，下海承包工厂，带领全厂职工致富，也算是实现了一点自我的价值。现如今，我大姐是一名律师，我二姐是一名医生，都成为各自领域内很成功的专业人士。我其他的堂兄妹、表兄妹等都在各自的岗位上，各司其职，各展所长。这些都是这个美好时代给予我们的。

"我父亲常常感慨，倘若我太奶奶和太姑奶奶她们也能生在这样的好时代，以她们的聪慧才智，必定会有比我们更大的成就。所以他经常耳提面命，让我们不要骄傲,要不断努力,说我们能有现在的成绩,并不是我们有多么棒,多么出色有才华。而是这个国家,这个社会,这个时代给了我们这一代这么好这么大的机遇。他要我们懂得好好珍惜,切莫辜负这个好时代。

"一百多年前,我祖上将绸缎庄的牌子取名为盛锦记,是希望我们盛世中华,山河锦绣。可在那屈辱的百年历史中,那仅仅只是一种美好的幻想、一种奢望而已。而如今我们生活的时代,才真真是锦绣盛世,盛世如锦啊。"

做过不少的采访,但这么令周敏钦动容的却是少数。

这是她这几年来最为成功的访问。

做完访问后,盛嘉欣亲自去茶水间制作了咖啡,端给了周敏钦。

落地玻璃窗外是一幢幢高楼,盛嘉欣指着远处的一片水泽,对周敏钦做了介绍道:"那里就是我们嘉兴最著名的南湖了。"

周敏钦凝目远眺了片刻,感慨万分:"原来南湖在那个方位啊。我太爷爷也是嘉兴人,我以前听我爸爸多次说起过这个南湖。"

"原来周小姐家祖上也是我们嘉兴的,不知贵府祖上是从事哪个行业的?"

周敏钦微微一笑:"听我爸爸说,我们家祖上是做糕点的。因为姓周,所以就取名叫作周家糕点铺子,听说当年在嘉兴城也是小有名气的。"

盛嘉欣从从容容的脸上,第一次露出了不可思议的神色:"什么?你们祖上就是周家糕点铺的?我小时候听我爷爷盛北青讲过很多次。"

闻言,周敏钦亦惊讶万分:"想不到都过了这么多年,居然还有人知道一百多年前的嘉兴城有一个周家糕点铺?"

"请问周小姐的祖上是不是有个长辈叫周钟岳?"

"是。我太爷爷就是周钟岳。他很早就去世了。我爷爷是我太祖母顾子婴抚养长大的。"

"想不到周小姐竟是我们盛家的故人之后。"盛嘉欣激动不已,道,"我爷爷盛北青从小就跟我讲我们盛家清末民初的事情,很多次说起过你的太爷爷周钟岳。当年你太爷爷周钟岳和我太爷爷盛怀新是至交好友,两人是一起投身革命的……"

父母在周敏钦十多岁时因车祸双双亡故,所以周敏钦对家族所了解的情况不过是小时候听父亲所讲的那些故事而已。加上年代久远,记忆出错,早已经拼凑不出全貌了。

盛嘉欣说了声失陪，出去了一会儿。

回来后，她满脸笑容地拉着周敏钦的手道："我刚刚打了一个电话给我父亲。他听说周小姐你是周家后人，很是激动，很想见你。周小姐，不知道你愿不愿意到我们家吃顿便饭？我父亲说想跟你聊聊你们周家和你太爷爷的事情。"

周敏钦诧异又惊喜，自然是兴趣盎然的。

她太爷爷周钟岳和他们周家糕点铺，应该也有一个很精彩很感人的故事。

梅子的话

大家好。

梅子的新书又出版了,再一次和大家见面啦。

《盛世如锦》这本书在番茄小说网连载的时候,有三条爱情线,分别是沈如锦和盛怀新,周蕊玉和邵明恩,盛怀秀和载沁。

沈如锦和盛怀新的爱情线,因为盛怀新的角色设定是革命党的缘故,梅子也是第一次写,怕破坏他"伟光正"的形象,一直不敢放开手脚写他们的爱情故事,感觉好像甜也不合适,虐也不合适。所以只能写盛怀新在外头革命,沈如锦撑起了盛家的家业和一整个盛家,偶尔团聚甜蜜一下。

周蕊玉和邵明恩这一条爱情线是梅子向来最喜欢也是最爱写的强取豪夺。这条线相对比较虐,梅子也很喜欢。但因为邵明恩是坏人,做尽各种坏事,所以结局是悲的。在梅子这些年的书里面,恶人都是会有恶报的。所以这两个人从开始就注定了这个结局。

盛怀秀和载沁两个人的这条爱情线是在不知对方真实身份下的一见钟情和双向奔赴,彼此真心又彼此坚定。载沁虽然也是反派角色,但并不是真正意义上的反派。他的反派角色是站在盛怀秀哥哥盛怀新的对立面而言的,是因为不同立场下的不同选择。载沁其实也有很大的理想和抱负。他想要富国强兵、恢复康乾盛世，想要把洋人赶出中国、让中国人再不受洋人欺凌，想要禁绝鸦片等，都是值得赞许的。但他是爱新觉罗家的皇家子孙，所以他做的任何事情都是为了他们大清江山永固，让他们大清江山代代相传而已。

梅子个人很喜欢盛怀秀和载沁这一对，所以将这一对的爱情故事提炼了出来，修改了很多情节，加了两万多字的番外，出版成了这个故事。

《盛世如锦》是梅子第一次写清末民初这个大背景下的文，也是梅子第一次写这么沉重的文。每次查清末民初那段历史资料的时候，每次写那段沉重的被人欺凌的历史的时候，梅子经常热泪盈眶，难过得不能自已。那个年代是整个中华民族历史上的最低谷，受尽了帝国主义的各种欺凌。生活在那个时代的人们也实在是太苦了，生于乱世，死于乱世，连一天的太平盛世都没赶上，连一天的好日子都没有过。很多时候，梅子会忍不住拿我们现在的幸福生活与之做对比，一对比之下，真的觉得自己比生活在蜜罐里还要甜。

事实上，梅子在生活中也会遇到各种不如意，可这些不如意与那个苦难时代的人们对比起来，又能算得了什么呢？

写这个文，让梅子更懂得要珍惜生活中的每一天，要珍惜当下的每一刻，希望看过这本书的你们也能够学会珍惜。

都说我们每个人的人生是一场旅行而已。说快，它很快，一眨眼便是一生。说慢，它也很慢，漫漫长途不知何时是终点。

希望我们在人生路上都能努力工作，认真生活。在我们的能力范围内，过好当下的每一刻，过好每一天。

如果能够这样的话，或许，那便是很好很好的一生了。

亲爱的小仙女们，谢谢你们听梅子的碎碎念，陪梅子走过这一段孤单寂寞的写作路，我们下本书再见。

梅子黄时雨于浙江嘉兴
2023 年 7 月 1 日